KB107091

중국 차세대 한국학 연구논문집

중국 차세대 한국학 연구논문집

초 판 인 쇄	2016년 05월 23일
초 판 발 행	2016년 05월 31일
저　　　자	김일권·왕붕안·조영승·왕성성·한춘희·류　가
발 행 인	윤석현
발 행 처	도서출판 박문사
책 임 편 집	최인노
등 록 번 호	제2009-11호
우 편 주 소	서울시 도봉구 우이천로 353 성주빌딩 3층
대 표 전 화	02) 992 / 3253
전　　　송	02) 991 / 1285
홈 페 이 지	http://www.jncbms.co.kr
전 자 우 편	bakmunsa@hanmail.net

ⓒ 김일권 외, 2016. Printed in KOREA

ISBN 978-89-98468-99-6 93800　　　　　　　　　　　정가 23,000원

중국 차세대 한국학
연구논문집

| 지역학 | 경제학 | 문 학 | 사회학 | 어 학 | 정치학 |

김일권·왕봉안·조영승·왕성성·한춘희·류 가 공저

박문사

多維視野下的韓國學研究

主　編：金日權
副主編：王鵬雁·趙永升

博文社

중국 차세대 한국학 연구논문집

한국과 중국은 서로 이웃한 나라로 역사·문화적으로 오랫동안 밀접한 관계를 맺으며 발전해 왔고, 정서적 친밀성 또한 더욱 가까워졌다. 특히 1992년 수교 이래 20여년간 정치, 경제, 무역, 교육, 사회, 문화 등 모든 분야에서 상호 폭넓은 교류가 이루어졌으며, 이를 통해 양국 문화는 상호 성장, 발전할 수 있었으며 양국의 관계는 '간담상조(肝膽相照)'의 관계로 성숙하였다. 이러한 시기 지금까지 중국에서의 한국학이 어떻게 발전해왔는지를 정리하고 파악하는 작업은 지난 날을 되새겨 보며 후속세대들이 더 나은 방향으로 나아갈 수 있도록 길라잡이가 될 수 있는 시의성 있는 연구라고 할 수 있다.

따라서 이 책은 한국에서 한국학을 전공한 중국의 차세대 한국학 연구자들의 석사논문 원고를 모은 논문집이다. 양국 간의 관계를 감안한 맥락에서 지역학으로서의 한국학, 경제학, 정치학, 사회학, 어학, 문학 등 6가지 분야의 한국학을 통해 중국에서의 한국학의 미래를 전망 할 것이다. 본 연구는 전문성을 충족시키기에 다소 모자람이 없지 않을 것이며 구체적인 데이터에 있어 부족함이 있을지도 모른다. 또한 상식적인 문제 제기와 주관적이고 개인적인 의견을 개진하는 데 그칠 수도 있기에 들어가기에 앞서 먼저 이를 밝혀 두려고 한다.

그럼에도 이 책을 편찬하게 된 이유는 필자를 비롯한 중국 차세대 한국학 연구자들이 느끼는 한국학에 대한 문제의식을 타자의 시각으로 고민해보고, 이를 현재 중국 내에서 한국학 교육·연구에 종사하는 여러 학자들과 공유하고 싶었기 때문이다. 이 책은 다만 그러한 작업들을 수행하기 위한 예비적인 문제 제기라는 데 의미를 갖는다. 또한 중국인으로서 한국에서 지역학으로서의 한국학을 전공했고 현재 중국이라는 지역 현장에서 한국학을 강의하는 필자에게 있어 그 동안의 연구들을 정리하고, 되새김하는 매우 흥미롭고 유익한 작업이었다.

한국에서 유학생활을 하고 현재 중국 또는 한국에서 한국학 또는 중국학을 강의하며 바쁘고 어려운 가운데도 옥고를 다듬어 보내주신 여러 연구자들께 감사의 말씀을 드린다. 이 연구논문집이 한·중 관계를 위한 밑거름으로 유용하게 활용되기를 기대하며 중국에서 비교적 취약한 한국학에 대한 새로운 화두를 출현시키는 씨앗의 기능도 할 수 있었으면 하는 바람이다. 끝으로 책이 나오기까지 수고하신 모든 분들께 마음으로부터 깊은 감사의 말씀을 드린다.

2016. 5. 15
김일권

　　韓國學研究是一門源起于近代的學術領域。它有着較爲广闊的教育研究發展空間，幷有着完善的學術体系和丰富的學術內涵，同時，它對跨專業融合發展也産生了重要的影響。韓國作爲東亞區域的重要國家，雖受到中國、日本等國家的文化滲透和影響，但它一直保存着自身獨特的民族文化和歷史傳統。基于此，韓國學研究旣蘊含了國別典型特色的獨有內涵，也体現了東亞區域的歷史傳承和文化价值。

　　《多維視野下的韓國學研究》一書，由長期從事韓國學教育研究的中國靑年學者聯合編寫而成。目前國內諸多高校先后開設了與韓國相關的專業及課程，但迄今爲止，學術界尙沒有一部從韓國學角度較爲系統深入地叙述韓國學的范疇以及較爲全面地介紹韓國的政治、外交、經濟、社會、文化、語學、文學等內容的著作，故編者爲了适應中國高等教育韓國學教學·研究需要，特從區域國別研究的視角詮釋編纂了本書。

　　由于中國國內的韓國研究的相關專業大多還是以韓國語教育研究爲主，韓國學的學科轉型在中國剛剛起步，因此，關于韓國學的起源及相關范疇的內容解釋還處于摸索階段，加上經驗不足和水平有限，所以本書僅僅是韓國學教育研究轉型在中國的初步嘗試，定有諸多不当之處，敬請各位讀者不吝指正。

　　本書由韓國學各領域學者分工合作加以完成，各章節的基本分工如下：

總序及區域國別研究：金日權，經濟學：王鵬雁，文學：趙永升，

社會學：王星星，語言學：韓春姬，政治學：劉佳

　　本書在編纂過程中，借鑒參考了中韓學術界大量研究成果，有的在文中加以注明，有的未及在文中一一加以列出。但所有的相關參考均統

一在參考文獻中加以說明，以示尊重前期學術成果之意。

由此也說明，本書的編纂成果，實際上凝聚着許多相關前輩學者的學術努力和勞動結晶。謹在此向有關學者表示敬意和感謝！

希望中國·韓國學界的研究者能够以此書的出版爲契机，以此書展現的多維視野与問題意識爲借鑒，進一步開拓中國韓國學的研究，爲解決這一問題貢獻出一份力量。

主編：金日權

2016.5.15

차례

중국 차세대 한국학 연구논문집

중국의 한국학 교육 연구 현황과 전망 및 과제

김일권(金日權)

김일권(金日權)

- 한국외국어대학교 국제지역대학원 국제지역학 석사. 한국학 박사
- 연구분야 : 지역학으로서의 한국학. 한·중 관계. 한국 사회문화.

경력

- 한국 사이버외국어대학교 중국어학부, 한국어학부 강의 튜터 (2008.3-2011.2)
- 한국 대진대학교 사회과학대학 국제학부 조교수 (2011.3-2015.8)
- 중국 사천외국어대학교(四川外國語大學) 한국어학과 조교수 (2015.9-현재)
- 중국 四川省區域國別重点硏究基地 특임연구원 (2015.10 - 현재)
- 중국 사천외국어대학교 조선-한국학 연구소 부소장 (2016.3-현재)

주요 논저

- 「중국 대학의 한국어 학습자를 위한 한국사회문화 교육방안 연구」 외 다수
- 『TOPIK 高級必備 100語法点』, 上海譯文出版社, 2015
- 『재한 중국인을 통해 본 한국적 다문화주의 전개』, 박문사, 2015

▌본 연구는 저자의 석사논문 "중국의 한국학 현황과 개선 방안에 관한 연구-한국어 및 한국학 교육 연구 현황을 중심으로-"를 수정 보완하여 작성한 것임.

01
머리말

 올해로 수교 23년째를 접어든 중국과 한국은 경제적, 문화적, 인적 교류 측면에서 비약적인 관계발전을 이룩했다는 점은 부인할 수 없다. 이런 비약적인 발전과 함께 현재는 동북아의 가장 가까운 이웃관계로 발전하게 되었고 1997년 "선린우호관계", 2002년 "협력동반자관계", 2007년 "전면적 협력동반자 관계"를 거치며 현재 "전략적 협력동반자 관계"로 상호협력 관계는 날로 확대되어 왔다.

 1992년 수교 당시 50억 달러에 불과했던 한중 간 연간 교역액은 2014년 기준 2,904억 달러로 수교 당시에 비해 58배나 증가했다. 과거 한국에게 있어 가장 중요한 교역 파트너는 미국과 일본이었다. 하지만 2014년 기준 한미 간 교역액은 1,141억 달러에 불과했으며 한일 간 교역액도 860억 달러에 그치며 1965년 한일 국교정상화 이후 최저수준을 기록했다. 이에 비해 중국과 한국의 교역액은 이미 오래전에 한미, 한일 간 교역액을 합한 수치를 훨씬 웃도는 것으로 분석되고 있다.[1]

---

1 주중한국대사관 한중경제통상관계개관, http://www.koreaemb.org.cn/contents/politics.

또한 한중간의 인적교류도 끊임없이 확대되고 있는 추세이다. 수교 당시 13만 명에 불과했던 인적 교류는 2014년 기준 처음으로 1,000만 명을 돌파했다. 뿐만 아니라 1992년 수교 이후, 중국에 정착하기 시작한 한국인은 5년 만인 1997년 10만 명을 돌파해, 2007년 70만 명까지 급증했고[2] 2014년 기준 한국 내 외국인 체류 179만 명중 중국 국적이 89만 8,654명(한국계 중국인 59만 856명 포함), 타이완 3만 1,200명, 홍콩 1만 762명까지 포함하면 전체 외국인 인구 비율의 약 52.3%를 차지하는 것으로 집계됐다.[3]

한국관광공사와 중국 국가관광여유국 등의 2014년 통계에 따르면 현재 한·중간 운항편수는 52개 노선이며 부정기선을 제외하고 약 매주 837여 편의 항공편이 한국의 6개 도시와 중국의 30여 개 도시를 왕래하고 있다.

뿐만 아니라 교육 및 문화, 학술교류의 차원에서도 비약적인 성장을 가져왔다. 2010년 통계에 의하면, 한·중 대학들 간의 자매결연 등 교류관계 체결 현황을 보면 전체 2,068 건으로 미국 대학과 체결한 1,634건과 일본 대학과 체결한 1,102 건보다 압도적으로 우위에 있는 것으로 나타났다.[4] 在 한국 외국인 유학생 86,410명중 중국인 유학생이 55,008명(한국계 중국인 663명)으로 63.6%를 차지하며,[5] 在 중국 한국인 유학생은 2008년을 기준으로 점차적으로 그 수가 줄어드는 추세이지만 2014년 통계를 기준으로 볼 때 전체 재 중국 한국인 유학생 수는 62,923명으로 전체 재 중국 외국인 유학생 377,054명

---

2 재외동포신문, 「한중수교 15년-수치로 본 한중교류」, 2007년 8월24일, 제106호.
3 법무부 출입국 외국인정책본부, 「2014년 출입국 외국인정책 통계연감」 2014년 참조정리.
4 교육부, 교육통계서비스 , http://www.kess.kedi.re.kr/index 2014년 기준.
5 교육인적자원부, 외국인유학생통계 http:// www.moe.go.kr/main.jsp 2014 기준.

중 약 17%를 차지하며 2001년부터 2014년 15년 동안 줄곧 1위 자리를 굳건하고 있다.[6]

또한 한중 수교 24년 동안 문화교류에서 가장 주목할 만한 사건으로 '韓流'를 꼽을 수 있다. '韓流'는 그야말로 한중 문화교류의 상징으로 꼽힐 만하며, 21세기에 들어와서 한중 양국에서 최고의 이슈가 되고 있다.

하지만 이러한 맥락 속에서도 이웃나라끼리 마찰은 있기 마련이다. 한중 두 나라 사이에는 高句麗史를 비롯한 '東北工程'과 같은 역사적인 분쟁이 존재하며, 탈북자 문제와 같은 정치적이고 외교적인 마찰도 끊이지 않고 있다. 또한 중국에 진출한 한국기업이나 한국인들의 행태에 대한 중국 현지인들의 반발감이 확산되고 있으며, 요즘 '韓流'의 지나친 팽창을 경계하려는 중국의 한국드라마 수입제한 조치 등 '反韓流'의 움직임도 가시화 되고 있다. 이러한 시점에 현재 중국에서의 한국학 프로그램이 어떻게 발전해왔는지를 정리하고 파악하는 작업은 時宜性 있는 연구라고 판단된다.

따라서 본 논문은 한국학의 정의, 한국학의 정체성에서 출발하여 한국학이 갖는 의의 등을 정리하고 나서 이를 바탕으로 중국 내의 한국어 및 한국학 프로그램이 어떻게 발전해 왔는지 등 현황을 조사 분석하여 살펴보고 그를 토대로 문제점을 지적한 후, 미래 중국의 한국어 및 한국학 개선방안을 연구해보고 양국 간의 관계를 감안한 맥락에서 한국학의 미래를 전망 할 것이다.

본 연구는 전문성을 충족시키기에 다소 모자람이 없지 않을 것이며 구체적인 데이터에 있어 오류가 있을지도 모른다. 또한 상식적인

---

6 中國教育部, 外國留學生人數統計 http://www.moe.edu.cn/main.jsp. 2014년 기준.

문제 제기와 주관적이고 개인적인 의견을 개진하는 데 그칠 수도 있기에 본론에 들어가기에 앞서 먼저 이를 밝혀 두려고 한다.

그럼에도 이 글을 쓰게 된 이유는 필자가 느끼는 한국학에 대한 문제의식을 타자의 시각으로 고민해보고 또한 현재 중국내에서 한국어 및 한국학 관련 교육·연구에 종사하는 여러 학자들과 공유하고 싶기 때문에서이다.

이 논문은 다만 그러한 작업들을 수행하기 위한 예비적인 문제 제기라는 데 의미를 갖는다. 또한 중국인으로서 한국에서 지역학으로서의 한국학을 전공했고 현재 중국이라는 지역 현장에서 한국학을 강의하는 필자에게 있어 그 동안의 연구들을 정리하고, 되새김하는 매우 흥미롭고 유익한 작업이 될 것이다.

궁극적으로 본 논문은 중국에서의 한국어 및 한국학의 진흥이라는 목적을 위한 초석으로서, 해당 지역에서 한국어 및 한국학 현황을 충분히 인식하고, 그를 바탕으로 바람직한 한국학 진흥을 추진하기 위해 한국어 및 한국학 교육과 연구가 지녀야 할 방향을 제시할 수 있도록 노력을 하였다.

02
한국학의 정체성

▌ 2.1. 한국학의 정의

한국학은 잠정적으로 말해 '한국을 탐구하는 학문'임은 두말할 필
요도 없다. 본고에서도 한국학을 크게 "한국에 관한 지식의 체계"[7]
혹은 다소 그 범위를 좁혀 "한국과 관련된 인문사회과학 전반"[8]으로
총칭하는 개념으로 사용한다.

한국학은 우리가 흔히 말하는 물리학, 분자학, 철학 등과 같은 '영
역적'이 아니라 '지역적' 분류의 개념에 가깝다. 때문에 그 대상은 한
국과 관련된 모든 현상, 사건, 사상, 존재 등을 인식 대상으로 삼는
학문인 것이다.[9] 그러므로 한국학의 영역에는 언어, 문학, 정치, 경
제, 역사, 사회, 예술, 과학 등 여러 분야가 광범위하게 포진되어 있
다고 말할 수 있다.

현재 '한국학'이란 말은 두 가지 의미를 지니고 있다. 하나는 한국

---

7 김경일, 「한국학의 기원과 계보: 한국과 동아시아, 미국을 중심으로」, 『사회와 역
  사』 통권 제64집 , 한국사회사학회, 문학과 지성사, 2003, p.129.
8 김동택, 「세계와 소통하는 한국학을 위하여」, 『역사비평』, 2002, p.376.
9 박이문, 「학문으로서 한국학의 개념과 방법론 및 지표」, 『韓國學論集』第40輯, 2006.

을 독립된 문화권으로 인정하고 그 독자적인 성격을 이해하려는 학
문이고, 다른 하나는 한국에 대한 지역적 이해 혹은 연구를 말한다.

국학, 즉 National Studies는 국내에서 진행되는 한국 관련 학문으
로 전자의 의미를 띠고 있으며, 한국학, 즉 Korean Studies는 국외에
서 수행되는 지역학적 한국 관련 연구로서 후자의 의미가 강하다.
하지만 이와 같은 국학과 한국학의 구분은 단순한 지리적 차이에 국
한되거나 한정되는 것만은 아니다.

국외에서 이루어지는 한국학은 일종의 지역연구 즉, Area Studies
로서 말하자면 他者의 시선에서 상대를 바라보는 연구이다. 이때 한
국학의 동력은 해당 국가의 관심이나 利害관계로부터 나올 수밖에
없다. 역사적으로 볼 때 특정지역에 대한 연구의 시작은 국가정책
전략수단이라는 원칙에서 기인한 것으로 보인다. 무엇보다도 군사
적, 정치적, 경제적인 측면에서 자국의 이익 보장을 위해 타 지역을
연구하는 성격이 강했다. 때문에 그 연구의 바탕에는 자국의 문화전
통에 입각한 가치기준이 있기 때문에 한국을 바라보는 시각은 다를
수밖에 없다.

반면, 한국 국내에서 이루어지는 한국학 연구는 민족주의 定向에
서 주로 힘을 얻어왔다고 할 수 있다. 근대 이전에는 중국문화권에
속해 있으면서 스스로의 주체성과 정체성을 잃지 않으려는 노력이
라 볼 수 있으며, 근대 이후에는 일제 식민지에서의 해방과 서양문
명의 압도적인 영향 속에서 역시 자신만의 정체성을 유지하려는 자
기 분발의 표현이었기 때문이다. 역사를 거슬러 올라가 볼 때 이러
한 사실들을 잘 들여다볼 수 있다.

우선 근대 이전, 중국문화권 속에서 한국의 자국문화의 독자성을
인식하고 지키려는 노력은 三國-高麗時代의 '鄕學'[10]이나 朝鮮시대의

'東國學'[11]에서 찾아볼 수 있다. 근대 이후, 이러한 한국학의 정의에 가깝다고 할 수 있는 용어로 韓末의 '本國學'을 들 수 있다. 극단적인 國粹主義에 토대를 두고 國魂을 찾는데 주력했던 本國學은 일제 식민 지시기로 들어오면서 한 단계 학문적 깊이를 갖춘 '朝鮮學'으로 발전 했다. 또한 1930년대 민족운동의 일환으로 전개된 朝鮮學운동은 1945년 독립 이후 '國學'으로 정착되는 과정을 거쳤다.[12]

그러다가 1960년대 이후 현재 사용하고 있는 '韓國學'이라는 명칭 이 등장하여 가끔씩 거론되다가 1990년대에 들어서서 점차 논의의 대상으로 부각되기 시작했다.[13] 특히 2000년대에 들어 한국학에 대 한 관심과 논의가 눈에 띄게 증가하고 있는 추세이다.

지난 20세기에 한국학은 日帝시대에 왜곡된 학문을 극복하면서 장족의 발전을 가져왔다. 나라를 잃은 日帝시대에는 민족주의를 최 우선으로 내걸고 일제의 植民 정책에 맞서 싸우며 자주 독립 정신을 고취하는 이데올로기 중심의 한국학을 이끌어왔었고, 해방 후에는 폐쇄적 민족주의와 식민주의, 산업화·근대화라는 과제를 안고 불같 은 열정으로 한국학을 발전시켰다.

20세기 전반기와 후반기, 즉 해방 전과 후의 한국학이 이렇게 달 라진 것은 두말할 나위도 없이 시대적인 과제가 달라진 까닭일 것이

---

10 이 시기에는 중국을 京이라고 표현하고, 한국을 鄕으로 표현하여 양자를 구별하고 있었다. 삼국-고려시대에 〈鄕札〉, 〈鄕歌〉, 〈鄕職〉이니 하여 〈鄕〉를 붙여 한국문화의 독자성을 표현하는 예는 상당히 많다. 하지만 이를 더 발전시켜서 학문적 체계를 세우는 단계까지는 이루지 못했다.

11 朝鮮이라는 국호가 있음에도 불구하고 〈東國通鑑〉, 〈東國正訓〉, 〈東國地理志〉이니 하여 구태여 〈東國〉이라는 말을 씀으로서 중국과 정치적으로 구별하려는 노력이 엿보인다. 東國學의 결정은 訓民正音이라고 할 수 있다. 그 서문에서 "風土가 다르 면 聲音이 다르고, 聲音이 다르면, 文字도 달라야 한다."는 말은 東國學의 기본정신 이 풍토의 차이를 인식하는데서 출발하고 있음을 보여준다.

12 한영우 외, 「한국학 발전방안에 관한 연구」, 교육인적자원부, 2002, pp.2~8.

13 김경일, 2003, 앞의 글, pp.129~132.

다. 왜냐하면 학문은 시대와 더불어 호흡을 같이 하면서 발전해 가는 것이 정상적인 흐름이기 때문이다.[14]

한국은 지금 산업화시대를 훌쩍 넘어서 지식정보화 시대로 접어들어섰다. 한국학도 1960년대 이후 한국 국내에서는 '국학'과 '한국학'의 구분이 점차 사라졌고, 특히 최근에는 적어도 명칭에 한하여서는 후자 쪽으로 거의 수렴을 마친 분위기다. 이는 서구사회의 지적 헤게모니(Hegemony)가 범세계적으로 확산된 결과일 수도 있고, 세계화라고 하는 역사적인 흐름을 적극적으로 수용한 결과일 수도 있다.[15]

그럼에도 불구하고 '국학으로서의 한국학'과 '지역연구로서의 한국학' 사이에 존재하는 내재적인 긴장까지 완전히 해소된 것은 아니다. 한국학의 국학적 전통과 지역연구로서의 성격이 서로 마찰하고 있기 때문이다. 이와 같은 갈등은 궁극적으로 학문연구에 있어서 가치의 자유와 실천의 문제에 기인하는 것으로 보인다.[16]

국학으로서의 한국학은 항상 일정한 가치판단을 전제로 해왔으며, '민족주의'를 그 전제의 바탕으로 하고 있다. 어떠한 의미에서 그것은 모든 나라의 自國學이 갖고 있는 기본 속성이라 할 수 있겠다. 문제는 그 정도 여하일 텐데, 민족주의 성향이 강할수록 이른바 학문과 과학의 객관성 명제에 부합되기 어렵다.

물론 "지역학연구로서의 한국학"이 가치중립성 및 학문의 보편성이라는 측면에서는 "국학으로서의 한국학"에 비해 절대적으로 우위를 점하고 있다는 것은 아니다. 타자의 시선에서 상대를 바라본다고

---

14 한영우, 『21세기 한국학 어떻게 할 것인가?』, 2005, 푸른 역사, p.5.
15 전상인, 「한국학과 사회과학의 대화-역사학과 사회학을 중심으로」, 『21세기 한국학 어떻게 할 것인가』, 2005, p.70.
16 전상인, 「해외한국학의 진흥을 위하여」, 『해외한국학백서』, 2007, p.16.

해서 그 자체가 반드시 가치중립적이라 할 수는 없으며, 특히 그것이 강대국이나 선진국에 의해 주도될 경우 제국주의적 성격을 가질 가능성도 있기 때문이다. 그럼에도 불구하고 현실적으로 주어진 지식체계의 Global Standard를 외면할 수 없다는 데에 그 어려움이 존재하는 것이다.

한국학에 대한 다양한 해석상의 차이를 통해 오늘날의 한국학은 무언가 새로운 의미로 정리되어야 할 필요성이 있음을 발견하게 된다. 한국학은 무엇이 될 수 있으며 또 무엇이 되어야 하는가에 대한 고찰이 필요하며, 과거 한국학이 어떤 과정을 거쳐 왔고 현재 어떠한 의미로 정리가 되어 가고 있는가에 대한 정확한 파악의 필요성이 있다.

2.2. 한국학의 정체성

對內적, 對外적으로 한국학의 중요성을 외치는 목소리가 커지면서 "한국학"이라는 이름으로 개설, 혹은 재조정되는 대학이나 연구소 및 학술단체 그리고 지원기관 등이 양적으로나 질적으로 두드러지게 성장하고 있는 추세이다. 또한 학계에서는 '한국학'이라는 개념을 별다른 거부감 없이 사용하고 있다. 학과명으로 사용되기도 하고 또한 교과명이나 교과과정으로 사용되기도 한다.

하지만 '한국학'은 그 용어의 범람에도 불구하고 아직도 그 개념과 분야를 확정하지 못한 채 뚜렷한 합의점을 발견하지 못하고 있으며 각각의 해석자가 기반으로 하고 있는 학문적 배경에 따라 '한국학'이라는 개념이 천차만별로 해석되기도 한다. 이러한 문제를 고려하기 위해서는 한국학의 정체성에 대해 고려해 볼 필요가 있다.

한국학을 과연 어떻게 규정할 것인가에 대해 일각에서는 '한국학' 은 곧 '국학'과 동질적인 것이라 하여 '민족학(Ethnic studies)'으로 주장하기도 하고, 또 일각에서는 '한국'이라는 지역적 특성과 관련 된 학문이라는 전제에서 '지역학(Area Studies)'의 하나로서 주장하 기도 한다. 또한 '전통적인 것'이냐 '현대적인 것'이냐 등의 이분법二 分法적 대립 속에서 한국학이 혼재되어 논의되기도 하고, 기존의 학 문분과에 따라 배타적으로 기득권을 주장하기도 한다.[17]

뿐만 아니라 현재 '한국학'의 운영과 그것이 포괄하는 학문영역은 가지각색이다. 대부분의 대학 교육, 연구 기관에서는 사회과학이나 일반 어문계열의 학문은 제외하고 국어, 국사, 철학 등이 중심을 이 루면서 부분적으로 기타 학문 분야를 포괄하는 체제를 이루고 있다. 사실 이것은 말하자면 전통적인 인문학 중심의 연구체제를 계승한 것이라고 볼 수 있다. 또 이러한 연구주제가 최근 30년 이내의 현대 사회보다는 과거에 중심을 두고 있는 것도 마찬가지다.[18]

하지만 한국학중앙연구원이나 국제대학원 등과 같이 한국어, 한 국사는 물론 정치학이나 경제학을 비롯한 사회과학 분야까지 폭 넓 게 받아들여 과거와 현재를 동시에 연구하는 기관들도 있다. 이런 경우는 사실 서양식 한국학 연구 방식에 가깝다고 할 수 있는데, 그 적합성 문제를 둘러싸고 아직 학계의 의견이 엇갈리고 있는 것도 사 실이다.

즉 다시 말해 전통적인 한국학은 '국어'와 '국사'를 중심에 놓고 인문학을 넓게 포용하면서 과거의 역사와 민족 문화전통을 탐구하

---

17 정순우, 「한국학이란 무엇인가?」, 『The Journal of KAMES』, No.21-2, 2000, p194.
18 한영우, 「韓國學의 槪念과 分野」, 『한국학 연구』제1집, 1989, pp.20-24.

는 데 합의를 이루고 있다. 현대식 한국학은 한국을 지역 단위로 설정하여 비교 연구의 측면에서 다루고, 과거와 현재를 모두 포괄하며, 언어를 핵심에 놓고 기타 정치, 경제, 사회, 역사, 문학, 종교 등을 '문화' 일반으로 보면서 多學問的接近方法(Multi-Disciplinary Approach)을 시도하는 것이 특색이다. 즉 인문학과 사회과학이 통합된 연구체제라 할 수 있다.[19]

어쩌면 한국학의 정체성에 대한 이러한 서로 상이한 의미 규정 속에서도 吳越同舟식의 불안한 동거는 계속되고 있다. 한국학에 관한 개별적인 논의들이 변증법(辯證法)적인 합의를 통해 진정한 담론으로 자리를 잡지 못하고 있는 형편이며, 소모적인 논쟁으로 시종 일관되고 있는 현실이다.

개화기 이후, 특히 해방 이후 현재에 이르기까지 한국은 서양의 학문을 보편타당한 학문으로 수용해왔다. 지역학으로서의 한국학은 제도화된 학문의 출발 단계에서는 비교적 적절한 방법이라 생각한다. 하지만, 일정한 정도의 학문적 성숙기를 거치면 자연스럽게 분과 학문체계 속의 특정한 전공으로서 자리 잡아야 할 것이다. 즉 지역학으로서의 한국학은 학문적 정체성과 더불어 통합 인문사회과학적 실천성이 추구되어야 할 것이다.[20]

한국학의 정체성, 한국학의 발전은 무엇을 의미하며, 그 방법 또한 어떤 것일까를 논하는 것은 간단한 문제가 아니다. 하지만 중요한 것은 학문의 기초를 다지고 기본적이고 중요한 주제에 대한 연구

---

19 한영우, 앞의 글, 1989. 한영우 교수는 본고에서 한국학을 '전통적인' 한국학과 '서양식' 한국학으로 분류하는데, 이것은 사실 현재 논의가 되고 있는 '국학으로서의 한국학'과 '지역학으로서의 한국학'으로의 분류와 같은 맥락으로 볼 수 있다.
20 박희병, 「통합인문학으로서의 한국학」, 『21세기 한국학 어떻게 할 것인가』, 한림대학교 한림과학원 한국학연구소 제1회 학술심포지엄, 2005. 박희병 교수는 논문에서 21세기 한국학의 발전 모델로 '통합인문학으로서의 한국학'을 제시하였다.

를 계속 수행해 가는 것이다. 그것은 보수적이든 진보적이든, 한국
의 현실로부터, 그리고 한국인의 역사적 경험으로부터 문제를 발견
하고 그것을 실제의 연구로 수행하는 것을 말한다.[21]

이러한 학문적 연구 영역의 성과들이 축적되기 시작하고, 일정한
시간이 지난 후에야 비로소 한국학은 하나의 연구영역으로 스스로
의 정체성을 확립할 수 있을 것이다.

또한 '국학으로서의 한국학'과 '지역연구로서의 한국학'을 구분
하는 일은 현실적으로는 가능하겠지만 규범적으로는 사실 무의미
한 것이다. 그리고 궁극적으로 한국학은 하나여야 할 것이다.

한국학은 인류사회의 일원인 한국과 한국인에 대한 이해를 제고
시킴으로써 인류의 보편적 가치를 추구하는 것이 기본적인 목표가
될 것이다.[22] 또한 한국학은 외국인의 입장에서 보면 한국을 들여다
볼 수 있는 유리창이고 한국인의 입장에서 보면 스스로의 얼굴을 비
춰볼 수 있는 거울과도 같다.

자아로서의 한국을 다루면서도 타자로서의 한국에 대한 고려가
병행되고, 타자로서의 한국을 연구하면서도 자아로서의 한국에 대
한 고려가 병행될 때 비로소 보다 균형적인 한국에 대한 연구가 이
루어질 수 있을 것이다.[23]

한국에 대한 관심이 확대되고 있는 시점에서 한국학의 발전을 통
해 각국에 걸쳐 문화적 관계에 바탕을 둔 知韓 혹은 親韓 인사를 확
보하여 한국에 대한 시각을 넓히고, 서로의 삶에 대한 이해의 폭을

---

21 최장집, 「한국학의 특징과 한계, 발전을 위한 조건」, 『한국학의 정체성 대 토론회
   : 민족학, 지역학 또는 해체』, 2005.
22 김동택, 앞의 글, 2002, p.377.
23 김미라, 「해외한국학현황 및 발전저해요인분석」, 한국외국어대학교 국제지역대
   학원 석사논문, p.10.

넓힐 수 있는 계기가 마련되어야 하는 것이 바로 '한국학'이 지녀야
할 역사적 사명인 것이다.

▮ 2.3. 한국학의 세계화

한국의 경제력은 이미 세계 10대 강국중 하나이다. "SAMSUNG"
이나 "HYUNDAI"등과 같은 대기업의 브랜드는 이미 전 세계인들
에게 익숙해져있다. 한국 경제의 발전으로 아시아의 노동력이 다수
유입되고, 드라마와 가요가 중심이 된 韓流가 중국, 일본, 대만 등 중
화권과 동남아를 비롯한 아시아 전역으로 확산되고 있다. 이에 도
처에서 한국에 대한 관심이 높아지고 한국어를 배우려는 사람들이
늘어나고 있다.

이렇게 경제나 대중문화는 당당하게 세계로 뻗어가고 있음에도
불구하고, 한국학은 인접국인 중국을 대상으로 하는 中國學이나 일
본의 문제를 다루는 日本學에 비해 국제적인 관심을 모으지도 못하
고 있다. 또한 한국이 세계 경제에서 차지하는 위치에 비해 유독 한
국학만은 초라하게 움츠러들고 있으며, 저평가되고 있다는 것도 사
실이다.

한국은 그동안 괄목할만한 경제발전을 통하여 세계적인 이목을
집중시켜왔다. 1988년 서울올림픽의 성공적인 개최로 국제적인 위
상을 높인 바 있으며, 2002년 월드컵을 일본과 공동으로 주최함으로
써 이를 계기로 한국과 한국인, 그리고 한국문화에 대한 국제적인
관심이 증대되었다. 뿐만 아니라 1990년대 후반부터 시작된 韓流는
이제 중국, 대만, 홍콩을 비롯한 중화권 국가뿐만 아니라, 동남아 국

가와 일본, 중남미, 중동, 아프리카에 까지도 확산되었다. 최근에는 드라마를 비롯한 K-POP 등 의 흥행에 힘입어 이집트 등 아랍권 국가와 동유럽도 한류의 영향권에 들게 되었다. 이에 따라 방한 관광객이 늘고 문화 컨텐츠의 수출이 활발해지는 등 긍정적인 경제효과와 국가 이미지 향상이 눈에 띄게 나타나고 있다.

국제적인 관심이 한국에 집중되는 이 시기에 마땅히 한국과 한국문화에 대한 적절한 정보와 지식, 그리고 문화를 제공할 수 있는 준비가 되어야 하고, 제대로 된 평가를 받기 위해 노력해야 할 필요성이 있으며, 그 중심에 한국학이 자리매김 되어야 한다는 것이 필자의 문제의식이다. 마땅히 한국학을 외국에서 한국에 대한 인식에 영향을 미치는 주요한 분야 중 하나로 발전시킬 필요가 있는 것이다.

한국학에는 문학, 건축, 음악, 미술, 영화, 등 많은 분야가 포함되어 있다. 하지만 이들 각각은 개별이 아니라 범주인 것이다. 따라서 범주간의 공통 속성이 존재할 가능성이 있다. 비록 아직은 그 공통속성이 무엇인지는 모를지라도 공통 속성의 존재 가능성은 배제할 수 없다.

예를 들어 한국을 다른 나라와 비교할 수 있는 특질이 있다. 바로 한국의 언어 - 한국어이다. 이것은 한국학의 각 분야가 공통으로 갖는 속성이나 성질이 될 수 있다. 한국은 세계 유일의 한글을 갖고 있으며, 따라서 한국어는 한국학의 정체성을 표현하고 확인해줄 수 있는 가장 두드러지고 효과적인 수단이 될 수 있을 것이다.

세계화 시대를 맞이하여 현재 세계 각국에서는 자국을 해외에 널리 알리는 문제를 국가적인 사업으로 추진하고 있다. 즉, 자국의 역사적 전통과 현재의 실정을 소상하게 제공하는 일은 무형, 유형적

국가이익과도 직결되는 문제이며, 이를 통하여 자국의 국제적인 위상을 높일 수 있기 때문이다.

한 예로써, 중국 정부는 중국어학원이자 중국문화센터인 '孔子學院(Confucius Institute)'을 중국어학습 열풍을 타고 세계 곳곳에 설립하고 있다. 胡錦濤 중국 국가주석이 '和諧世界'[24]를 외교이념으로 표방한 뒤 정부가 문화교류를 적극 지원하면서 '孔子學院'이 급속하게 늘고 있다. 2004년 11월 한국 서울에서 처음 문을 열어 2년 만인 2006년 연말까지 50여 개국 120여 곳으로 늘어났고 3년 뒤인 2009년에는 90여 개국 300여 곳으로 늘어났다. 중국 당국은 최근 급증하는 중국어 교육 수요에 맞춰 2010년 연말까지 500곳으로 확장 설립한다는 목표로 2010년 중국어 보급 예산을 8억 위안으로 늘렸다고 한다. 중국 전통문화를 알리고 중국어 교육을 진행하는 이 기관은 중국문화 수출의 尖兵 역할을 하고 있는 셈이다.

中國國家敎育部와 國家對外漢語敎學領導小組辦公室[25]의 통계에 따르면 현재 중국어를 배우는 외국인은 1억 명으로 추산된다고 한다. 중국인과 해외 화교를 제외한 세계인 50명 중 1명이 중국어를 배우고 있다는 셈이나 마찬가지이다.[26]

중국의 '孔子學院'과 같은 의미로 프랑스의 '알리앙스 프랑세즈(Alliance française)' 나 독일의 '괴테 인스티튜트(Goethe Insitut)' 모두 자국 문화를 대표하는 언어를 다른 나라에 스며들게 하는 소프트

---

24 〈和諧世界〉은 胡錦濤 중국 국가주석이 2005년 9월 유엔창립 60주년 정상회담에서 발표한 중국의 신 외교정책이다. 즉 중국의 핵심외교 원칙이 세계 각국 간의 갈등과 분쟁을 최소화하는 조화롭고 평화로운 국가관계 형성에 주력을 하겠다는 개념으로 분석된다.

25 http://www.hanban.edu.cn 2011년 통계자료 참조.

26 2006년 11월15일 동아일보 국제면 기사 〈中 대표수출품은 섬유, 신발, ( )이다.〉 참조.

파워(Soft Power) 전략의 하나라고 볼 수 있다.

영국도 '브리티시 카운실(British council)'을[27] 운영하고 있으며, 109개국에 233개 사무소를 설치하고 연간 약 9억 달러의 예산을 집행하고 있다. 각국의 이러한 노력들은 모두 결국 자국의 학술 문화적 비중과 위상이 다른 국가에서 높아지는 것이 얼마나 중요한지를 알고 있기 때문이라 할 수 있다. 또한 이러한 노력이야말로 한 국가의 정체성을 확인해줄 수 있는 가장 두드러지고 효과적인 수단임을 잘 알고 있기 때문이다.

한국에서도 1991년 외교통상부 산하에 한국국제교류재단(Korea Foundation)이 창설됨으로써 본격적인 해외 한국학 지원 사업이 이뤄지고 있다. 문화관광부에서도 2005년 1월, 국어·민족문화과를 신설하고 한국어, 한국학, 한복, 한식, 한옥, 한지를 중심으로 "韓브랜드화"[28]지원전략을 수립했으며, 한국학 학계에서도 한국학을 세계에 뿌리내리고자 하는 노력들이 한창 진행 중이다.

그 가운데 몇 가지 예를 들어보면, 문화관광부에서 한글의 우수성을 세계에 알리고 해외에 널리 한국문화를 전파한다는 목적으로 산하 소속인 국립국어원의 주관으로 '세종학당'의 세계 각 곳 설립을 추진하고 있다.

서울대학교 역시 규장각 한국학 연구원 산하에 국제한국학센터를 개설하고 국제 한국학 네트워크를 구축하기로 했으며, 최근 미국

---

27 http://www.britishcouncil.org 참조.
28 문화관광부가 세계화, 산업화가 필요한 한국 전통문화를 가리키는 통합 명칭으로 사용하고 있는 '韓 스타일'의 애초 이름은 '韓 브랜드'이다. '韓 스타일'의 6개 분야에 처음에는 한국어와 한국학이 포함되었다가 현재는 한국어는 한글로 이름을 바뀌었고, 한국학을 빼는 대신에 한국음악을 넣었다. 한국학은 학문 활동이므로 산업화(즉, 상품화)가 좀 곤란하니까 뺀 것으로 이해할 수 있을 것 이다. (www.han-brand.com 참조)

UC Berkeley와 한국학 서적의 공동출판 프로젝트를 진행하는 등 한국학의 세계화를 위해 본격적으로 나설 계획이다.

한국학 연구의 本山인 한국학중앙연구원은 2002년부터 World Congress of Korean Studies를 개최하였으며, 다년간 수집된 정보를 바탕으로 웹 페이지(Korean Studies Net)를 구축하여 해외한국학 기관과 한국학 연구자들의 네트워크를 형성하고, 한국학의 세계화 발전을 위한 장기적인 지원전략을 설계하는 데 기여하고 있다. 또한 고려대학교는 2005년, 개교 100주년을 맞아 국제한국학센터(ICKS)와 민족문화연구원의 주최로 International forum on Korean Studies를 개최한 적이 있다.

특별히 강조할 것도 없이 세계는 점점 좁아지고 있다. 그에 따라 국가와 국가, 사람과 사람 그리고 문화와 문화 사이의 접촉은 더욱 빈번해지고 있다. 한국학은 이제 세계화라는 거부할 수 없는 새로운 시대적인 흐름 앞에 마주하고 있다. 본격적인 세계화 질서 속에서 방어적·폐쇄적 자민족중심주의(ethno-centrism)의 한국학은 이제 설 자리가 없다. 이제 '한국학'은 한국과 세계를 연결하는 개방적이고 열린 지식체계로서의 '한국학'이어야 한다. 다시 말해 '한국학'은 한국의 정체성만 확인하는 논리보다는 한국과 세계가 서로 소통하고 이해하며 교류를 한층 심화시킬 수 있는 매체가 되어야 하는 것이다.

현재 한국학의 세계화는 초기 단계일 뿐이다. 아시아 각국에서 한국학은 자발적인 발전을 보이고 있지만, 세계 속에서 한국학은 정체성을 확립해 가는 답보 과정에 머물러 있을 뿐이다.[29] 한국학이 세계

---

29 이영호, 「한국학연구의 동향과 동아시아 한국학」, 『한국학연구』제15집, pp.15~16.

화되기 위해서는 우선 한국 내에서 한국학에 대한 학문이 제자리를 잡아야 한다고 본다. 자신의 정체성과 문화를 다른 나라 사람에게 제대로 알리고 이해시키는 것은 다른 나라의 문화와 정체성을 알고 이해하는 것만큼이나 중요한 일이기 때문이다.

그러기 위해서는 스스로 두 가지 이상의 일을 해야만 한다. '우리'가 먼저 '상대'를 알고, 그것을 통해서 '우리'것과 '상대'의 것이 지닌 유사함을 찾아내서 '상대'가 '우리'에게 흥미를 갖도록 만들어야 하는 것이다. 이것이 한국의 한국학 학자들이 해야 할 일이다. 이것을 조동일 교수는 "우리 학문으로 남의 학문 넘어서기" 라고 하였다. 이것이 한국 내 한국학이 지향해야 하는 목표이기도 하다.[30]

국제사회는 이른바 Global을 넘어 'Glocal'[31] 시대를 맞아 세계화의 물결을 타고 근대적 국가와 민족의 개념이 퇴색되고 있으며, 특히 경제적으로 독자적인 노선을 걷기는 불가능해졌다. 그러므로 한 국가의 발전은 이제 '세계화', '국제화', '개방화'의 潮流에 얼마나 성공적으로 적응하는지를 고려하지 않고는 논의하기 어려운 상황에 처해 있다.

한국학이 현실적으로 택할 수 있는 세계화 전략은 세계라는 크고 넓은 무대에서 환영받을 수 있는 속성, 즉 세계적이라고 생각되는 속성을 찾아내어 特化시키는 것이다. 다시 말해 한국학을 세계화시키려는 일방적인 노력보다는 세계적인 보편적 속성을 찾아내서 역으로 그것을 한국학에서 찾아내는 것이다. 때문에 요즘 거의 문화정

---

30 주영하, 「미래 한국학 풍성하게 할 대안은 흥미유발」, 한국학중앙연구원, 2006.
31 세계화를 의미하는 Globalization과 지방화를 의미하는 Localization의 합성어로써, 세계화를 추구하면서 동시에 현지 국가의 기업 풍토를 존중하는 경영 방식. '세계화'가 국경 개념이 허물어지는 오늘날의 세계적 현상을 지칭한다면, '지방화'는 지방이 경제활동의 중심이 되는 추세를 반영하고 있는데, 이와 같이 '세계화'와 '지방화'가 동시에 진행되고 있는 현상을 말한다.

책의 기본전략이 되다시피 한 "가장 한국적인 것이 가장 세계적인 것이다."란 구호는 위험하고 무모한 발상이라고 할 수 있겠다.

한국학은 바야흐로 세계화될 것이며 또한 그렇게 되어야 한다. 세계와 소통하지 못하는 한국학은 사실 애당초 무의미한 것이다. 한국학을 거론하는 목적 자체가 세계와 소통하기 위해서이기 때문이다.

03
중국에서의 한국어 및
한국학 현황과 문제점

▌ 3.1. 중국 내 한국어 및 한국학 현황

사실 예로부터 중국과 한국은 가장 가까운 이웃이었으며, 수천 년의 교류 역사를 갖고 있다. 중국의 〈詩經〉, 〈春秋〉, 〈論語〉 등의 작품은 오래전부터 벌써 한반도에 전해졌으며, 그 후 佛敎, 道敎의 경전과 서적, 程朱理學 등 학설들도 한반도에 많이 전파되었다. 그 후 退溪學과 道山學은 程朱理學의 연구를 새로운 단계로 발전시킴으로써 儒學의 발전에 새로운 국면을 맞이하게 하였다. 이처럼 양국의 교류는 오랜 전통과 역사를 갖고 있다.[32]

하지만 20세기 중반에 역사적인 이데올로기(Ideology)의 차이로, 오랜 시간 상호 의존관계를 유지해왔던 양국은 정치상의 敵視, 군사상의 對峙, 경제상의 隔絶, 문화상의 斷絶의 국면을 맞은 적도 있었다.

---

32 沈定昌, 「中國에서의 韓國學연구 현황 및 전망」, 北京大學 韓國學硏究中心, 2001.

비록 이 시기, 양국 간 비록 아무 往來도 없었지만 양국의 학자들
은 줄곧 상대 국가의 문화, 경제, 정치 등 제반 분야에 관심을 가지고
연구해왔다. 예를 들어 1981년 중국 新華出版社는 『南朝鮮經濟高速度
增長要素』라는 한국 경제연구에 관한 책을 출판하였고, 1985년 중국
世界知識出版社는 한국사회를 전반적으로 소개하는 책자 『南朝鮮』을
출판하였다.[33]

한중 수교 이전까지만 해도 중국에는 한국어를 가르치는 대학이나
한국학을 연구하는 연구소가 별로 없었다. 한국어[34]를 가르치는 대학
으로는 北京大學(1949), 延邊大學(1949), 中國對外經濟貿易大學(1952),
洛陽外國語大學(1956), 中央民族大學(1972), 北京第二外國語大學
(1972) 등 몇 개 대학에 불과했고, 한국학을 연구하는 연구소로서 吉
林社會科學院-朝鮮硏究所뿐이었다.

초기 중국에서의 "한국학(또는 조선학)을 어떻게 정의할 것인가"
에 대해 중국의 저명한 한국학 학자들은 이런 견해를 내놓고 있다.

> 朝鮮學은 조선의 정치, 경제, 철학, 역사, 언어, 문학, 교육, 예술 등을 연
> 구하는 전문학과로서, 중국의 입장에서 볼 때 外國學의 영역
> 에 포함된다. …… 그러므로 朝鮮學을 연구한다는 것은 남쪽,
> 북쪽 할 것 없이 조선의 모든 정치, 경제, 과학, 기술, 문학 등

---

33 한중 수교 이전 중국에서는 남한을 南朝鮮이라고 불렀으며, 북한을 北朝鮮이라고
불렀다. 그러므로 여기서 朝鮮은 남, 북한을 통칭한 명칭으로 사용된다. 하지만 인
용문에 따라 조선과 북한, 그리고 조선반도와 한반도 등 용어가 혼용되고 있음을
주지하기 바란다.
34 엄밀히 말해 1992년 한중 수교 이전까지의 한국어교육은 조선어 교육이었으며,
이 학교들은 대부분 북한의 도움으로 설립되어 북한에서 파견된 학자와 교사들이
주요 교수 업무를 담당했다. 대표적인 예로 北京大學 조선어학과 최초의 학과장은
북학에서 파견된 류렬(柳烈)이었다.

을 연구하며 그 가운데서 좋은 것 들을 배워 중국의 사회주의
건설에 이바지 하는 것이다.
– 延邊大學 故 鄭判龍 敎授[35]

所謂　朝鮮–韓國學, 据我個人的理解, 是一門硏究与朝鮮半島有關的各
　　　个方面問題的學問, 旣包括地理, 人种, 語言等等, 也包括歷
　　　史, 文化, 文學, 藝術, 哲學, 宗敎等等, 是一門內涵極爲廣範
　　　的學問.
　　　– 北京大學 季羨林敎授 [36]

　　이를 통해 판단할 때, 한국학은 남북한과 관계되는 모든 학과를
가리키는 것으로, 바꾸어 말하자면 한반도의 철학, 정치, 경제, 법학,
교육, 언어, 문화, 예술, 역사, 지리, 체육 등 모든 분야를 아우르는 종
합적인 학문을 가리킨다는 것을 알 수 있다.[37]
　　중국에서의 한국 관련 교육은 1940년대로 그 역사를 거슬러 올라
간다. 1942년, 당시 국민정부 교육부는 동양 여러 나라와의 교류 추
진과 동남아 지역 언어의 통·번역 인재 양성을 목적으로 1942년 지
금의 雲南 昆明에 國立東方語文專科學校를 창설한다. 이후 1945년 重
慶으로 옮겨지고 1946년 2월에 重慶에서 처음으로 조선어학과를 증
설하게 되며 첫 입학생들을 맞이하게 된다. 하지만 그 해 여름 학교

---

35 『朝鮮學 硏究』第1卷, 延邊大學出版社, 1989, pp.1~18.
36 『朝鮮學–韓國學叢書』第一輯, 中國社會科學出版社, 北京, 1995, 季羨林 敎授의 한국
　　학의 개념에 대한 정의를 이해를 돕기 위해 필자가 직접 번역을 하였다. (번역: 소위,
　　조선-한국학이란 조선(한)반도에 관련된 여러 분야의 문제를 연구하는 학문이다.
　　여기에는 지리, 인종, 언어뿐만 아니라 또한 역사, 문화, 문학, 예술, 철학, 종교 등 문
　　제들도 포함된다. 즉 조선(한)반도와 관련된 포괄적이고 종합적인 학문이다.)
37 李德春, 「中國 韓國學的興起与展望」, 《제8회 재중국한국학학술회의 논문집》, 2004, p.194.

는 다시 지금의 南京으로 이전을 하게 되고, 1949년 6월에는 다시 北京으로 옮겨가 北京大學 동방어문학과로 통합되어 운영하게 된다. 때문에 중국에서의 한국 관련 기관의 개설은 國立東方語文專科學校의 朝鮮語학과 개설로 그 시작을 알 수 있다. 그로부터 시작하여 현재 중국은 지속적으로 한국어 및 한국학 관련 교육의 맥을 이어오고 있다. 하지만 지난 수십 년 동안 중국에서의 한국어 교육은 세계 政勢의 영향을 받지 않을 수 없었던 바, 中華人民共和國이 건국되면서 조선(북한)과의 유대관계가 강화되고 밀접해져 조선(북한)의 영향을 직접 받았다. 따라서 사실 이 시기 중국의 한국어 교육은 사실상 朝鮮語교육이라고 규정지어야 마땅할 것 같다.

그러다가 1992년 한중 수교가 이루어지면서부터는 한국과의 교류와 그 영향 아래 놓이면서 많은 대학교와 연구소들에서 한국어 및 한국학 관련 교육·연구를 시작하게 되었으며, 현재는 완전히 한국어 교육을 실시하고 있어 이 시기부터는 韓國語교육이라 규정지어도 무리가 없을 것 같다.[38]

냉전시기가 해소되고 한중 수교가 이룩되면서 중국의 한국학은 서서히 양적으로 확대되기 시작하였다. 특히 한중 수교 전후, 중국의 일부 沿海地域에 한국어 붐이 일면서부터 한국학도 점차 수요가 크게 증가하였다고 할 수 있겠다. 그때부터 전국의 대학교들에서 한국어학과 (〈표 1〉 참조) 설립이 점차 증가하였고 이외에도 한국학 관련 문제를 핵심주제로 삼는 연구기관 (〈표 2〉 참조)들이 대학을 중심으로 설립되기 시작하였다.

학문으로서의 한국학, 즉 한국의 고유한 학문을 연구 개발하는 연

---

38 金京善, 「중국의 한국어교육과 한국학 연구」, 『해외한국학백서』, 2007, p.58.

구기관이 존재하게 되면서 이러한 연구기관들은 한중 학술교류를 강화하고 동아시아 문명의 정체성을 밝히면서 한중 양국 간의 다각적, 다층적 교류와 우의를 증진시키는 데 큰 공헌을 하였다.[39] 하지만 초반에는 한국어 강좌를 기반으로 중국의 한국학이 출발한 것이며 지금도 한국학 관련 분야에서는 대체로 한국어에 대한 교육과 연구가 주종을 이루고 있다.

한국어교육은 한국학의 기반으로 결합되기도 하고 한국학과 별개로 개설되기도 한다. 양자의 관계에 대해서는 추후 더 본격적인 검토가 필요하겠지만, 일단 기존의 상황에 비추어볼 때, 한국어는 그 자체만으로는 한국학이라고 할 수 없다. 그러나 한국어는 분명 한국학의 가장 중요한 기반이며 그것이 독립적인 학과가 될 경우 그 자체로 한국학의 일부로 규정되어야 할 것이다.[40] 때문에 여기서는 한국어학과 자체를 한국학 교육의 한 부분으로 규정지어 논의를 진행하도록 하겠다.

필자는 현재 중국의 한국어 및 한국학 관련 학과의 설치 현황과 한국학 연구의 기반 시설이라 할 수 있는 한국학 관련 교육·연구 현황[41]을 살펴보고 거기에서 이루어지고 있는 한국어 및 한국학 관련 교육·연구 동향에 대해 알아보고자 정리를 하였다.

〈표 1〉은 한국어(朝鮮語), 한국문화, 독립학과 혹은 프로그램으로서의 정규대학의 한국관련 학과의 설치 현황이며, 〈표 2〉는 한국, 한

---

39 李德春, 앞의 글, 2004, p.197.

40 김동택, 앞의 글, 2006, p.220.

41 〈표 1〉과 〈표 2〉는 국제교류재단, 『해외한국학백서』 2007 과 沈定昌, 「中國에서의 韓國學現況과 展望」을 참조하여 정리를 하였으며, 최근 자료인 경우 본인이 직접 해당학교 한국어과 웹사이트 조사와 관계자와의 이메일 문의를 바탕으로 확보한 정보와 자료를 가지고 작성하였다. 필자가 조사하고 정리를 한 경우, 학교명 뒤에 '*'를 표시하였다.

반도 관련연구를 핵심 과제로 삼는 연구소들과 연구 활동 정황을 정리한 것이고 〈표 3〉은 중국 내 한국학 관련 학회 현황이다.

〈표 1〉 중국 내 대학교 한국 관련 강의 프로그램 현황

대학교	설립년도	교사 인원수	학제, 학위	재학 생수	주소, 전화
南京大學 Nanjing University	1997 중한관계사	정교수:5명	역사학과 소속 (中韓關系史) 석, 박사 과정		江蘇省南京市漢口路 2 2号 南京大學 外國語學院 86-137-7034-0694
	2006.9* 한국어학과	정교수:1명 부교수:1명	한국어학과 4년제 학사.	16명*	
南京師范大學 Nanjing Normal University	2002. 8	부교수:1명 조교수:4명	4년제 학사	36명	南京市亞東新城區 文苑路 1 号 南師大外國語學院 86-25-8589-1497
揚州大學 Yangzhou University	2003. 9	부교수:2명 조교수:8명	4년제 학사	133명	江蘇揚州市大學南路 88号 揚州大學 外國語學院 86-514-797-1756
广東外語外貿 大學 GuangDong University of Foreign Studies	2002. 9	전임교수:5명	4년제 학사	54명	广東省广州市白云大道 北二号 東方語言文化學院 韓國語系 86-20-3620-9535
延邊科學技術 大學 Yanbian University of Science & Technology	1995.9	정교수:4명 부교수:5명 조교수:3명	4년제 학사	120명	吉林省延吉市北山街 延邊科技大學韓語系 86-433-291-1446
延邊大學 Yanbian University 〈세종학당〉 협약식체결 2007. 05	1972 조선어학과 (한국어학과)	교수:2명 부교수:5명 조교수:8명	학사/석사	310/30	延吉市公園路977号 延邊大學 朝鮮語專業 86-433-273-2423
	1952 조선어문학 (인문대학)	교수: 7명 부교수:5명 조교수:7명	학사/석사 /박사	339/88 /42	延吉市公園路977号 人文大學 朝鮮-韓國學學院 86-433-273-2214

대학교	설립년도	교사 인원수	학제, 학위	재학 생수	주소, 전화
吉 林 大 學 Jilin University	1993	교수 :8명 한국인교수:2명	학사/ 석사	91/9	吉林省長春市修正路 1788号 吉大朝鮮語系 86-431-516-6195
對外經濟貿易 大學 University of International Business and Economics	1952	교수: 6명 조교수:1명	학사 / 석사	75/16	北京市朝陽區和平 街北口對外經貿大 學 朝鮮語系 86-10-6449-3207
北 京 大 學 Peking University	1946년	교수: 5명 조교수:3명	학사 / 석사	68/20	北京市海淀區頣和園路 5号 北大外國語學院 東語系 朝鮮語系 86-10-6275-1979
北京語言大學 Beijing Language and Culture University	1995.9	부교수:1명 조교수:3명 시간강사:4명	학사/ 석사 (2006년 계획실시)	학사:7 7명 석사 모집 예정	北京市海淀區學院路 15号 亞歐語系 朝鮮語系 86-10-8230-3226
北京聯合大學 旅遊學院 Beijing Union University	2005.9	전임교수:2명 초빙교수:1명	4년제 학사	30명	北京市朝陽區北四 环東路 99号 旅游學院 韓國語專業 86-10-6490-9333
北京外國語大學 Beijing Foreign Studies University	1994.8	교수:2명 조교수:3명	4년제 학사	72명	北京市西三环北路 2号 北外亞非語系 86-10-8881-6325
北京第 2 外國語 大學 Beijing International Studies University	1972	교수:2명 조교수:4명 한국인교수: 1명	4년제 학사	144명	北京市朝陽區定福 庄南里1号 朝鮮語系 86-10-6577-8840

대학교	설립년도	교사 인원수	학제, 학위	재학 생수	주소, 전화
中國傳媒大學 Communication University of China	2002	전임교수:1명 초빙교수:1명	4년제 학사	23명	北京市朝陽區定福 庄東街1号 國際傳播學院 外語系 86-10-6578-3140
中央民族大學 Central University of Nationalities 《세종학당》 협약식체결 2007. 03	1972.9 조선어문학	정교수:4명 부교수:1명 조교수:5명	학사/ 석사	175/19	北京市海淀區中關村 南大街27号 朝鮮語系 86-10-6893-2215
	2004. 9 한국어과	부교수:3명	학사	27명	中央民族大學 韓國語系 86-10-6893-1762
聊城大學 Liaocheng University	2005.9	전임교수:3명 초빙교수:2명	학사 4년제	60명	山東省聊城市文化 路34号 聊大 外國語學院 韓語系 86-635-823-8330
青島農業大學* Qingdao Agricultural University (萊陽農學院)	2005.9	부교수: 1명 조교수:4명	학사 4년제	64명	山東青島市城陽區 春陽路 青島農大 外國語學院 韓語系 86-532-8608-0754
山東大學 Shandong University	1992. 8	부교수:4명 조교수:3명	학사 / 석사	102/8	山東省濟南市山大 南路27号 山東大學 韓語系 86-531-8837-5816
山東大學 威海分校 Shandong University at Weihai	1992.9	부교수:7명 조교수: 6명	학사 4년제	328명	山東省威海市文化 西路180号 韓國學院 韓語系 86-631-568-8429
山東師范大學 Shandong Normal University	1994.8	부교수: 3명 조교수:4명	학사	127명	山東省濟南市文化 東路 88号外國語學院朝 鮮語系 86-531-8618-2707
烟台大學 Yantai University	1993.9	교수:1명 부교수:3명 조교수:10명	학사	300명	山東烟台市萊山區 清泉路32号 外國語學院 韓語系 86-535-690-3471

대학교	설립년도	교사 인원수	학제, 학위	재학 생수	주소, 전화
解放軍外國語 學院 The Pla University of Foreign Languages (洛陽外國語大學)	1955. 9	교수:2명 부교수:3명	학사/석사 /박사	110/9 /2	河南省洛陽市澗西 區 廣文路2號院 解放軍外國語學院 亞非語系 86-379-6454-3501
魯東大學* (烟台師范學院) Ludong University	2005.9	조교수:6명	학사	325명	山東省烟台市芝罘區 紅旗中路186号 國際交流學院 韓國語系 86-535-667-6930
中國海洋大學 Ocean University of China <u>〈세종학당〉</u> <u>협약식체결</u> <u>2007. 09</u>	1992.9	교수: 4명 부교수: 2명 조교수: 7명	학사/ 석사	240 /20	山東省靑島市魚山 路5号中國海洋大 學 外國語學院 朝鮮語系 86-532-8590-1533
濟南大學 Shandong-Jin an University	2004. 9	조교수:3명 겸임교수:2명	학사	65명	山東省濟南市濟微路 106号 濟南大學 外國語學院 韓語系 86-531-8630-3672
曲阜師范大學 Qufu Normal University	2005.9	부교수: 1명 조교수:4명	학사	40명	日照校區：日照市 烟台路29号 外國語學院 韓語系 86-537-8555-1031
靑島大學 Qingdao University	1995. 9	교수: 1명 부교수: 2명 조교수:7명	학사	200명	山東省靑島市宁夏路 308号 靑島大學 外國語學院 韓語系 86-532-8595-4409
上海外國語大學 Shanghai International Studies University	1993	교수: 1명 부교수: 2명 조교수:4명	학사	108명	上海市大連西路 550号 上海外國語大學 東方語學院 朝鮮語系 86-21-6770-1289

대학교	설립년도	교사 인원수	학제, 학위	재학 생수	주소, 전화
夏旦大學 Fudan University	1995.9	교수: 3명 부교수; 2명 조교수 : 4명	학사/석사/ 박사 2006년9월 모집예정	50/15/ 모집 예정	上海市邯鄲路220号 夏旦大學 外文學院 朝鮮語系 86-21-6564-3482
西安外國語大學 Xian International Studies University	2004.8	조교수: 5명	학사	49명	西安市郭杜教育開發區 文苑南路1号 西安外國語學院 韓語系 86-29-8531-9419
大連外國語大學 Dalian University of Foreign Languages	1993.8	교수: 2명 부교수: 5명 조교수:7명	학사/석사	500/26	大連市中山區延安 路94号 大連外國語學院 韓國語系 86-411-8280-3121
遼宁大學 University of Liaoning	1993. 8	부교수: 1명 조교수:3명	학사/석사	167/6	沈陽市皇姑區崇山 中路 66号 國際關系學院 韓國語系 86-24-6260-2470
遼東大學 Eastern Liaoning University	1992.9	부교수: 4명 조교수: 11명	학사	195명	丹東市振安區臨江 后街116号 朝鮮經濟与文化學院 86-133-4216-7977
天津師范大學 Tianjin Normal University	2003.9	부교수: 1명 조교수: 4명	학사	76명	天津市河西區衛津路 241号 外國語學院 亞歐系 86-22-2307-6482
天津外國語學院 Tianjin Foreign Studies University	2000.9	교수: 1명 부교수: 2명 조교수: 1명	학사	220명	天津市河西區馬場 道117号 天津外國語學院 東語學院 韓語系 86-22-2325-4395
天津外國語學院 濱海外事學院 Binhai School of Foreign Affairs of Tianjin Foreign Studies University	2004.9	부교수;1명 강사: 4명	학사	106명	天津市大港區濱海 外事學院 亞非語學院 韓語系 86-22-6325-2225

대학교	설립년도	교사 인원수	학제, 학위	재학 생수	주소, 전화
鄭州輕工業學院 Zhengzhou University Of Light Industry	2004.9	조교수:3명 겸임교수:1명 교환교수:1명	학사	50명	河南省鄭州市東風路 外語學院 韓語系 86-371-6355-7866
齊齊哈爾大學 Qiqihaer University	2000.9	부교수:3명 조교수:2명	학사	174명	齊齊哈爾市文化大 街30号 外國語學院 韓語系 86-452-273-8435
東北師范大學* Northeast Normal University	2006.9	전임강사:5명	4년제 학사	40명	長春市淨月潭旅游 經濟 技術開發區博碩路 1488号 人文學院 應用韓國語系 86-431-4537256
黑龍江大學 University of Heilongjiang	1996.9	부교수:2명 조교수:4명	4년제 학사	157명	哈爾濱市南崗區學 府路 72号 黑龍江大學 東方語學院 韓國語系 86-451-8660-8962
長春稅務學院* Changchun Taxation College	2005.9	조교수:5명	4년제 학사	40명	吉林省長春市淨月 大街3699 長春稅務學院外語系 朝鮮語(經貿韓語)專業 86-431-8453-9114
齊齊哈爾師范 專科大學 QiqiharTeache r's Training College	2005.9	조교수:5명	전문대	40명	齊齊哈爾市文化大 街40号 齊齊哈爾師范專科 大學 應用韓語系 86-452-273-8435
鹽城師范學院 * Yancheng Teachers University	2005.9	교수: 1명 조교수: 7명	4년제	120명	江蘇省鹽城市開放 大道50号 鹽城師范學院外國 語學院 朝鮮語系 86-515-88334240

대학교	설립년도	교사 인원수	학제, 학위	재학 생수	주소, 전화
西南民族大學* Southwest University for Nationalities	2007.9	부교수:1명 조교수:6명	4년제		四川省成都市武侯區一环路 南四段16号 西南民族大學外國語學院 86-150-0287-0566
四川外國語大學* Sichuan International Studies University 〈세종학당〉 협약식체결 2012.04	2006.9	교수: 1명 부교수: 4명 조교수: 3명	4년제 학사 석사/MTI	150명 40명	重慶市沙坪壩區烈士墓 壯志路33号 東方語學院 韓國語系 86-23-6538-0493
西北政法大學* Northwest University of Politics and Law	2014.9	교수: 1명 조교수: 3명	4	35	陝西省西安市長安南路300号 西北政法大學 韓語系 86-29-8818-2507
越秀外國語學院 Yuexiu Foreign Languages College of Vocational Education * 〈세종학당〉 협약식체결 2007. 10	2000.9	교수: 6명 강사: 7명 한국인교수:7명	전문대	600명	浙江省紹興市會稽路428号 浙江越秀外國語學院 東方語學院 應用韓語專業 86-575-8834-3188
香港中文大學 The Chinese University of Hong Kong	2001	강사: 3명	초급/중급 한국어자격프 로그램		www.scs.cuhk.edu.hk 852-2209-0254
香港城市大學 City University of Hong Kong	2003	강사: 2명	부전공, 선택과목		www.ctl.cityu.edu.hk 852-2788-9552

〈표 2〉 중국 내 한국학 연구센터 현황

南京大學 韓國研究所
Nanjing University
Institute Of Korean Studies
	설립연도: 1997년, Tel: 86-25-8359-3162
	소속: 歷史系
	소장: 劉迎勝, 소속연구원: 15명
	주요활동: 2003.10 제5회한국전통문화세미나
	       2005.11 동북아 안보관련 워크숍
	       2006. 5 한국전통문화 워크숍

遼宁大學 韓國學研究中心 Liaoning University Center For Korean Studies	설립연도: 1993년, Tel: 86-24-6260-2470 소속: 국제관계대학 소장: 張東明, 소속연구원: 30명 주요활동: 2005. 8 제6회한국전통문화학술대회

北京大學 韓國學研究中心
Peking University
Center For Korean Studies
(1991년 朝鮮歷史文化研究所)
	설립연도: 1993년, Tel: 86-10-6275-5673
	소속: Asia Pacific Research Institute
	소장: 楊通方, 소속연구원: 30여명
	주요활동: 1995.10 한국전통문화국제학술회의
	       2005. 2 세계한국학학술대회
	       2006.10 제7회 한국전통문화학술대회

北京語言文化大學 韓國語敎育文化研究中心 Beijing Language and Culture University	설립연도: 1994년, Tel: 86-10-8230-3224 소장: 崔順姬, 소속연구원: 4명 주요활동: 한국어교육 문화연구

山東大學 韓國研究中心
Shandong University
Korean Studies Center
	설립연도 : 1992년10월, www.krc.sdu.edu.cn
	소장: 陳尙勝, 소속연구원: 20여명
	주요활동: 1999. 제3회 한국전통문화국제학술회의
	       2002. 중한관계 및 동아시아 정세 국제
	           학술대회
	       2003. 한중인문학회 국제학술세미나

延邊大學 朝鮮-韓國學
研究中心
Yanbian University
Institute of Korean Studies
	설립연도: 1989년
	소장: 金虎雄, 소속연구원: 20여명
	주요활동: 조선-한국학 학술회의
	       한국어교육의 과제 및 발전방향에 관한
	       세미나
	       한중인문학회 국제학술세미나
	       2007. 8. 제8회 한국전통문화국제학술대회

浙江大學 韓國研究所
Zhejiang University
Institute of Korean Studies
	설립연도: 1993년, Tel:86-571-8827-3684
	소장: 沈善洪, 겸임연구원: 40여명
	주요활동: 1998. 제2회 한국전통문화학술대회
	       1999. 제4회 중한인문과학학술세미나
	       2002. 제8차 한중인문학회국제학술대회

中央民族大學 朝鮮-韓國學研究中心 Central University of Nationalities Korean Studies Center	설립연도: 1992년,　Tel: 86-10-6893-2863 소속: 조선언어학부 소장: 李元吉,　소속연구원: 30여명 주요활동: 1992. 全國朝鮮學學術報告會 개최
夏旦大學　韓國研究中心 Fudan University Korean Studies Center	설립연도: 1992년,　Tel: 86-21-6564-3484 소속: 국제지역연구센터 소장: 石源華,　소속연구원: 40명 주요활동: 2000. 제4차 한국 전통문화국제학술대회 　　　　　1999. 한국임시정부 창립80주년 기념학술회의 　　　　　2005. 제1회 중국한국학 박사연구생 포럼
南京師范大學 中韓文化研究中心 Nanjing Normal University	설립연도: 2002년,　Tel: 86-25-8630-7261 소속: 문학원 소장:党銀平,　소속연구원: 党銀平 외 3명
延邊大學 科技技術學院* 韓國學研究所 Yanbian University of Science & Technology Korean Studies Center	설립연도: 2000년,　Tel:86-433-291-2584 소장: 金錫起,　소속연구원: 10여명 주요활동: 2004. 『중국에서의 한국학교육V』 출판 　　　　　2004. 제8회 9월 한국학 국제학술회의 개최
烟台大學　韓國學研究中心 Yantai University Korean Studies Center	설립연도: 2004년,　Tel: 86-535-690-3471 소속: 東亞研究所 소장: 丁鳳熙,　연구원: 5명
天津師范大學 朝鮮-韓國文化研究中心 Tianjin Normal University Korean Studies Center	설립연도: 2005년,　Tel: 86-86-22-2307-6482 소장: 金長善
遼東學院　朝鮮半島研究所 Eastern Liaoning University Korean Studies Center	소장: 滿海峰 Tel: 86-139-4152-0598
青島大學　韓國研究所 Qingdao University Korean Studies Center	설립연도 :1998년,　Tel: 86-532-8595-5630 소속: 法學院,　소장: 朴英姬
四川外國語大學 朝鮮-韓國研究中心 * Sichuan International Studies University Center for Korean Studies	설립연도: 2007년,　Tel:86-23-6538-5988 소속: 中外文化研究所 소장: 林香蘭 주요활동: 2010. 제25차 한중인문학회 국제학술대회 　　　　　2011. 제2회 범주강삼각주 한국어교육 학 　　　　　　　　술대회 　　　　　2012. 서부지역통합 한국학 연구센터 설립 　　　　　2014. 서부지역 차세대 한국어교사 워크샵 　　　　　2015. 제20회 중한언어문화 국제학술대회

吉林省社會科學院 朝鮮-韓國研究所 JiLin Academy of Social Sciences Institute of Korean Studies	조선과 한국의 정치, 경제, 역사에 관한 연구진행 주요성과:「中朝邊界史」,「韓國經濟發展論」, 　「韓國著名獨立運動家傳」 등 논문발표. 조선: 조선사회과학원, 조선주체과학원, 　김일성종합대학교와 학술교류 체결. 한국: 한국학중앙연구원, 평화문제연구소, 　한양대학교 등과 학술교류 체결. 일본, 미국의 조선, 한국연구기관과 학술교류 체결

〈표 3〉 중국 한국관련 학회 현황

中國 韓國語敎育硏究學會 China Association for Korean Language Education	설립연도: 2002년 10월* 소속: 中國非通用語敎學硏究會 명예회장 : 安炳浩 (北京大學　名譽敎授) 상무부회장: 金秉運 (對外經濟貿易大學 敎授) 소속회원: 200여 명

　2013년 12월까지의 통계에 따르면, 현재 중국에는 총 2,491개 대학이 있으며 그 중에서 4년제 정규 대학교가 1,170개소가 있는데 현재 중국 교육부에 정상 등록된 한국어 및 한국학 관련 강좌가 설치된 4년제 대학이 100여개에 달한다. 물론 4년제 대학, 3년제 전문대학, 2년제 실업계 고등학교 등을 포함한다면 그 수치는 훨씬 늘어날 것이다.[42]

　여기서 주의할 점은 중국에서의 한국어(조선어) 교육은 이중성격을 띠고 있다는 점이다. 하나는 재중 동포 즉, 朝鮮族 학생들에 대한 母語로서의 조선어(한국어) 교육이며, 다른 하나는 중국의 한족이나 기타 소수민족 학생을 대상으로 한 외국어로서의 한국어교육이다.

---

42 오상순, 「중국에서의 한국어교육의 현황과 과제」, 2005년 국제학술대회, 충남대학교 인문과학연구소, 2005 과 중국 교육부 홈페이지 www.moe.gov.cn 2014년 정보공개 통계자료를 바탕으로 정리.

이처럼 제1언어, 제2언어로서의 차이점에 의해서 그 교육상황은 구분되어 진다.[43] 때문에 본 논문에서는 제2 언어로서의 한국어 교육을 중심으로 논의를 진행한다.

〈표 2〉에 한국어 및 한국학 교육기관 현황이 잘 나타나고 있다. 보다 시피 현재 중국의 한국어 및 한국학 관련 교육은 4년제 대학 정규 학사 학위 과정을 중심으로 이루어지고 있다는 것을 알 수 있다.

한국어 및 한국학 교육기관은 1946년 國立南京東方語文專科學校을 시작으로 1992년 한중수교 이전까지만 해도 北京大學, 中國對外經濟貿易大學, 洛陽外國語大學, 北京第二外國語大學, 延邊大學 등 몇 개 대학뿐이었다.[44] 하지만 중국에서 改革開放政策이 실시되고 국제적으로 냉전시기가 종결됨에 따라 한중 양국이 국교정상화가 되면서 양국의 관계는 급속도로 성장을 하였다. 이러한 현실은 한국어를 습득한 인재들에 대한 수요를 대폭 늘어나게 하였다. 하여 중국 국내에서는 沿海地區를 시작으로, 많은 지역의 대학들에 한국어학과가 개설되기 시작하여, 현재 4년제 학위 과정으로 한국어과를 개설한 대학만 꼽아보아도 100여 개의 대학들에서 한국어 및 한국학 관련 교육을 진행하고 있으며, 최근 1~2년 사이에도 많은 대학들에서 4년제 한국어학과 설립을 하였거나 혹은 설립할 움직임을 보이고 있다. 필자가 조사한 바로 四川師范學院, 成都大學, 浙江外國語大學 등 학교들에서도 한국어학과 개설을 위한 작업에 들어갔거나, 이미 교수진을 형성하고 신입생 모집을 준비하고 있다. 여기에 2년제 혹은 3년제 전문대학에 설치된 한국어 및 한국학 관련 학과까지 합한다면 그 숫

---

43 李得春, 「중국에서의 한국어 교육의 급속한 부상과 한국어의 위치」, 『교육한글』제 10권, 1997.
44 延邊大學과 北京第二外國語大學의 경우 1950년대에 조선어학과를 개설했지만 사정으로 1977년, 1979년에 폐쇄됐으나 1990년대 이후 다시 학과가 개설되었다.

자는 훨씬 웃돌 것으로 예상된다.

이밖에도 현재 고등학교에 한국어 강좌가 제2외국어 선택과목으로 개설된 곳은 北京지역에 北大附中, 人大附中 등이 확인되는데, 북경에도 더 있을 것으로 추산되며 기타 지방에서도 상당수 있으리라 추측된다. 뿐만 아니라 사설 외국어학원에서도 한국어강의를 설치하는 곳이 늘어나고 있다.

중국의 한국어 열풍은 세계 그 어느 나라보다도 강해졌다. 한국어를 배우는 학생 수와 대학교의 한국어학과 수가 날로 늘어나고 있어 해마다 그 통계수치를 새로 쓰고 있는 형편이다. 그 중 대부분 대학들은 한국어 어학 중심의 교육이 주종을 이루고 있으며, 한국어학과가 정식 전공 학위 과정으로 개설되어 심도 있는 교육과 연구가 이루어지고 있다.[45]

지난 70여 년의 여정은 힘들고 어려운 시간들이었지만 실로 한국어 및 한국학 관련 교육은 사상 초유의 전성시대를 맞이하였다고 볼 수 있다.

특히 주목해야 할 것은 중국에서 한국어학과가 설립된 역사는 70여 년이지만 수교 이후의 24년 동안 이루어낸 업적은 양적으로 뿐만 아니라 질적으로도 과거 45년을 훨씬 능가하고 있다. 중국의 한국어 및 한국학 교육은 24년간 줄곧 발전과 성장의 길을 걸어왔던 것이다. 이는 한국학을 전공하는 우리들에게 실로 바람직한 현상이 아닐 수 없다.

지역 연구에 있어 해당 지역의 언어습득은 기본 축이 되어야 한다. 여기에서 물론 한국학도 예외가 아니다. 미국 University of Hawai'i at

---

45 90년대 이후에 설립된 대학들에서는 대외로는 〈한국어과〉라는 명칭을 사용하고 있지만, 中國國家敎育委員會 한국어과의 공식 명칭은 〈조선어과〉이다. (李得春, 앞의 글, 1997 참조)

Manoa의 Edward J. Shultz교수는 "모든 한국학 수련의 초기 단계에서 한국어 능력의 확충이야 말로 가장 중요하다."고 말했다.[46] 한국학에서 어학교육이 가장 기본적인 기초 교육사업이라고 할 때, 중국에서의 한국학의 기본 토대는 나쁜 편이 아니라 중국의 학문적 토양 위에서 생존 할 수 있는 튼튼한 기반을 갖췄다고 볼 수 있다.

하지만 〈표 4〉에서 볼 수 있다시피 한국어를 배우고자 하는 학습자의 태도나 특징은 주로 학습이 일어나는 문화적 환경에 의해 우선적으로 결정된다. 현재 중국 대학에서 한국어를 전공하는 학생들은 하나의 외국어를 숙달하고자 또는 외국학을 전공하려는 내적 요구보다는 선택 동기를 장래의 취업선택의 기회와 연결시키고 또 일치시킨다.

〈표 4〉 한국어를 배우는 이유[47]

출처: 외교통상부(2005년)

구분	빈도	비율(%)
좋은 직업을 갖기 위해	52	46.3
수입을 늘리기 위해	5	4.46
일 또는 사업과 관련해서 필요하기 때문에	11	9.82
최신 지식 또는 정보를 얻기 위해	7	6.25
국제어이기 때문에	5	6.25
중요한 언어이기 때문에	3	2.68
조상의 언어이기 때문에	3	2.68
한국문화를 이해하기 위해	9	8.04

---

46 Edward J. Shultz교수가 2006년 5.31일부터 6월2일까지 총 3일에 걸쳐 열린 『서울대학교 개교 60주년 및 규장각 창립 230주년 기념 한국학 국제학술회의』에서 「해외 한국학 지원 실태와 국제 한국학 연구의 강화」라는 제목의 발표를 하면서 국외의 한국학연구의 발전을 위하여 소통수단인 언어가 중요함을 강조하며 한 발언이다.

47 민현식, 「한국어 세계화의 과제」, 한겨레말글연구소 발표문, 2005.

구분	빈도	비율(%)
한국을 좋아하기 때문에	5	4.46
한국을 방문 시, 좀 더 즐거운 여행하기 위해	1	0.89
재미있어 보여서	4	3.57
친구, 애인 또는 가족과의 의사소통위해	1	0.89
배우기 위해	0	0
이미 배운 적 있어서...	1	0.89
기타만 기재	3	2.68
무응답	2	1.79
합계	112	100

최근 중국 山東省 靑島大學 한국어학과 재학생 200명을 대상으로
한 설문조사에서 51%의 학생이 한국어를 배우게 된 동기로 취업준
비를 꼽았다. 그 뒤로는 "한국어가 좋아서"가 23%, "한국문화를 알
고 싶어서" 20% 라고 답했다. 장래희망을 묻는 질문에 34%가 한국
어 통역이나 번역을 하고 싶다고 답했고, 27%가 한국으로 유학을 가
고 싶다고 답했다. 한국기업에 취직하고 싶다고 답한 학생도 26%나
됐다. 한국어학과가 인기학과로 급부상하고 있는 이유는 취업률이
100%에 이를 정도로 전망이 좋기 때문이다. 실제로 山東省에 있는
靑島大學 한국어학과의 경우 교내에서 유일하게 지난해 졸업생 전원
이 취업됐다.[48]

중국의 한국어 및 한국학 관련 연구 기관은 한국의 언어, 역사, 사
회, 문화, 정치, 경제 등 모든 분야에 걸쳐 한국의 고유한 학문을 연
구 개발하는 기관이다.

중국에서 한국학 연구가 본격적으로 시작하여 발전한 시기는

---

48 「중국 한국어과 학생 귀하신 몸」, 中國 黑龍江新聞, 2007년 08월 10일자 참조.

1970년대 말로, 1978년 12월 중국 共産黨 제11기 中央委員會 제 3차 회의에서 결정되었고, 중국 共産黨의 주요 업무가 社會主義現代化建設로 옮겨졌던 시기이다. 이러한 국가의 중대 정책으로 중국 사회과학 학계는 정책 결정과 업무 수행에서 다른 나라, 특히 사회주의 국가들의 발전 경험을 본보기로 삼고자 했다. 이러한 배경에서 중국에서의 한국학 연구는 조선(북한)에 대한 연구를 중심으로 北京, 長春, 延邊등 연구 조건이 비교적 좋은 지역에서 활발히 시작되었다.[49]

그 당시 한국은 중국과 아직 국교가 수립되지 않은 상태였고 중국은 한국을 '南朝鮮'이라고 불렀다. 때문에 그 당시의 중국의 한국학 연구는 그 대상이 조선이든, 한국이든 간에 상관없이 모두 조선학(한국학)연구라고 일컬을 수 있다.

특히 냉전이 끝나고 한중 수교 이후 중국의 한국학 연구는 더욱 활발하게 진행되고 있으며, 이미 학계에서 하나의 연구 영역으로 자리를 잡아가고 있다. 이런 현상은 중국 정부의 지지와 여러 대학과 학술단체의 적극적인 참여로 이루어진 것이다. 그리고 한국국제교류재단이나 한국학중앙연구원, 학술진흥재단, 재외동포재단 등의 전폭적인 지원도 중국 내 한국학 연구가 진일보 활성화되는 데 큰 역할을 하였다. 특히 이들은 한국의 외환위기 시기에도 지원을 아끼지 않았다.

중국 내에서 한국학을 연구하는 목적은 매우 뚜렷하다. 중국의 한국학 연구목적은 애초 조선(북한)의 사회주의 건설 경험을 모색해보려는 의도에서 출발했으며, 최근에는 아래와 같은 목적을 갖고 있다. 첫째, 정책적인 목적이다. 즉 중국정부가 한반도와 관련된 정책을

---

49 朴健一, 「中國 韓半島研究」, 『해외한국학백서』, 을유문화사, 2007, p.76.

결정할 때 논리적인 근거를 제공하기 위한 목적으로 한반도의 정세 흐름을 인식하고 파악하는 것이다. 둘째, 경제적인 목적이다. 북한의 경제 회복과 한국의 경제 구조 조정 등을 살펴봄으로써 효과적으로 중국과 조선(북한) 및 한국과의 경제적인 협력을 이룩하는 것이다. 셋째, 교육적인 목적이다. 한국의 시장경제가 글로벌화에 어떻게 적응되어 발전하고 있는지 살펴봄으로써 자국의 사회주의 시장경제 발전에 귀감으로 삼기 위해서이다.[50]

이러한 목적으로 현재 한국학 연구 내용은 1980년대 초의 역사, 문화, 언어 등 "순수 학문"적인 문제에서 수교 이후, 경제, 금융, 정치, 안보 등 다소 현실적인 문제로 바뀌었다. 또한 남북한 국내 위주의 문제에서 남과 북의 관계, 남북한과 중국, 미국, 러시아, 일본 등 국가들과의 관계에 관한 연구로 바뀌었다. 이러한 다양하고 구체적인 연구 실적과 경험을 축적하게 됨으로써 중국만의 독특한 "한국학 연구"를 위해 든든한 기초를 닦는 계기가 되었다.

현재 중국의 한국학 연구 인력은 일정한 규모를 갖추게 되었고, 더욱 발전하게 되었으며, 한국학연구센터도 각각 黑龍江, 吉林, 遼宁, 北京, 天津, 山東, 江蘇, 上海 등 지역에 분포되어 있다. 이런 연구센터들은 자신만의 독특한 특색에 따라 지역적으로 나뉘어 연구를 진행하고 있으며 짧은 시기에 이미 많은 성과들을 축적하였다.

北京大學의 「中韓關系史」(古代卷蔣非非, 近代卷徐万民, 現代卷宋成有), 「当代中韓關系」(劉金質等), 復旦大學의 「韓國獨立運動和中國」(石源華), 浙江大學의 「中韓經濟發展比較研究」, 山東大學의 「中韓關系史論」(陳尙勝), 延邊大學의 「簡明韓國百科全書」(鄭判龍等), 吉林社會科學院의 「中

---

50 朴健一, 앞의 글, 2007, p.114.

朝邊界史」(楊昭全等), 「韓國經濟發展論」(陳龍山等) 등 논문들은 한국학 연구 성과중의 일부분이다.

한중 수교 23년 사이 한국학 관련 저서는 이미 500여부 이상 출판되었고, 이밖에도 延邊大學의『朝鮮學-韓國學叢書』, 北京大學의『韓國學論文集』, 浙江大學의『韓國研究』, 中國社會科學院 韓國研究中心의 『当代韓國』등의 학술 잡지는 꾸준히 지속적으로 전국적인 범위에서 출판 발행되고 있다.

또한 꾸준히 현재 실력을 갖춘 고학력의 젊은 연구원들이 각 지역의 연구기관과 대학에서 한국학 관련 연구에 종사하고 있으며, 각 연구센터들 사이에 활발한 연구 협력이 이루어지고 있으며, 공동으로 프로젝트를 진행하는 등 새로운 흐름이 나타나기 시작했다.

현재 중국의 한국어 및 한국학 관련 교육과 연구는 이미 성숙한시기에 이르렀고, 특히 냉전이 끝난 후 중국의 한국학 관련 교육과 연구는 많은 발전을 거듭하여 학계에서 하나의 학술 영역으로 자리를 잡고 있다.

3.2. 한국어 및 한국학 교육·연구의 문제점

이미 언급한 바와 같이 최근 중국 내에서는 한국어 및 한국학 관련 학과를 경쟁적으로 설립하고 있는 추세이다. 그렇다면 이렇듯 한국어 교육이 급증하는 상황이 연출되는 이유가 무엇인지 살펴볼 필요가 있다.

그 까닭은 다음과 같이 몇 가지로 정리할 수 있다. 첫째, 수십 년 동안 중국은 이데올로기 문제로 소원해져 있었던 한국과의 관계를 청산하고 정치, 경제, 문화, 여러 분야에서 교류가 빈번하여 한국어를 전공한 인재에 대한 국가적 수요가 대폭 증가되었기 때문이다. 둘째, 한국은 아세아의 '네 마리 용'으로 부상하며 '한강의 기적'을 이루었기에, 한국 경제의 초고속 성장과 정치적 선진적인 민주화를 선망의 대상으로 한국을 표본으로 연구하고 싶었기 때문이다. 셋째, 최근 한국의 대중문화를 중심으로 하는 문화콘텐츠가 일으킨 '한류'의 확산 영향 때문일 수도 있다. 한국어학과의 증가도 이러한 이유로 분석해 볼 수 있다. 하지만 상기 이유가 결정적인 것은 아니라는 것이 필자의 생각이다.

최근 동아시아 각국에서 역시, 한국어 및 한국학 관련 학과들이 雨後竹筍처럼 개설되고 있다. 하지만 이러한 사실을 직시할 필요가 있다. 1980년대 이후, 한국은 서구 지역을 중심으로 각국 유수 대학에 한국어 및 한국학 관련 학과를 설립하고, 정착시키기 위해 적지 않은 지원금을 제공해 왔다. 비록 나름대로 성과를 이룩했다고 볼 수도 있지만, 그 실적은 지원에 비해 가시적인 효과를 얻지 못하고 답보상태에 있거나 오히려 퇴보하고 있다.[51] 한국의 지원이 끊어지면 언제든지 문을 닫을 준비가 되어 있는 실정이며 또한 실제로도 그런 상황이 발생하고 있다.

이러한 사정에 비추어 볼 때, 대조적으로 한국의 경제적인 지원도 없이 최근 중국을 비롯한 동아시아 국가 대학들은 자발적이며, 경쟁적으로 한국어학과를 개설하는 강한 의지를 보이고 있다.

그들이 한국어 및 한국학 관련 학과를, 더 정확히 말하면 한국어학과를 경쟁적으로 설치하는 진정한 이유가 한국을 배우고 싶기 때

---

51 2005년 10월 4일 세계일보 국제면 기사〈유럽대학들 한국학 구조조정 1순위〉중 인용.

문만은 아닐 것이다. 그들 현지에 진출한 한국기업들에 한국어 인력을 공급하기 위해서일 것이다. 즉, 이들 국가에 진출하는 한국 기업의 수가 많아지면서 한국어를 구사할 수 있는 현지 인력 수요가 급속하게 늘어난 것이 그 주된 이유라고 할 수 있다.[52]

한국 기업의 현지 진출로 한국어과 출신들은 취업이 잘 되는 '귀하신 몸'으로 부상하는 분위기가 만들어졌고, 이 같은 분위기 때문에 동아시아 각국 대학에 한국어 및 한국학 관련 학과들이 급속도로 늘어나는 것이다. 그런 이유를 증명하다시피, 실제로 최근 2014년 말 기준으로, 한국 기업의 對中 실제 투자액은 39억 7,000만 달러에 달해 전년 동기 대비 29.7% 성장한 것으로 나타났다. 이는 8년만에 최고치를 기록했으며 이로서 2014년 연말까지 한국기업의 대 중국 투자 누계는 598.2억 달러에 달하고 있다[53]. 몇 년간 중국의 각 대학의 한국어학과 졸업생들의 취직률이 100%이며, 많은 경우 사람이 없어서 못 데려가는 상황까지 발생한다고 한다. 그야말로 한국어 교육은 중국에서 그 어느 때보다도 破竹之勢로 활성화되고 있다.

이렇듯 최근 한국어 구사 현지 인력에 대한 수용이 폭발적으로 늘어나면서 이에 대응하기 위해 중국의 여기저기에서 앞 다투어 한국어과를 만들고 있는 것이다. 때문에 대학이라는 이름답게 학문적 차원에서 학생들을 가르칠 수 있는 준비도 제대로 갖추지 않고 학과를 개설하는 대학들이 많아졌다.

그리고 분명한 것은 '韓流'의 확산과 늘어나는 한국어과의 숫자가 곧바로 한국과 한국학에 대한 관심의 증대로 착각하는 오류를 범해서는 안 될 것이다.

52 홍정선, 「동아시아 한국학과 정착과 발전을 위한 제언」, 경향신문, 2006.
53 KOTRA, 『Global Business Report』, 한국수출입은행 통계 참조. 2014.

　문화적 소비로서의 韓流현상은 관련 산업의 필요와 노력에 의해 확산되거나 축소될 것이다. 여기에는 한국어에 대한 수요가 일정 정도 수반되겠지만, 이것이 곧 한국학으로의 확산으로 이어질 것이라는 기대는 지나친 것이다.

　앞서의 〈표 4〉에서도 볼 수 있고, 학과 명칭이 '조선어과' 혹은 '한국어과'라는 사실에서 알 수 있듯이, 이런 학과들이 가진 최대의 관심은 취업을 위한 한국어 습득에 집중되어 있으며, 학문적인 한국학에 대한 관심으로까지는 발전하지 못하고 있다.

　이는 한국어 및 한국학 교육의 의의를 논외로 하면 대학의 본질적인 가치를 훼손시키는 일면이 있다. 대학의 본분이 전적으로 직업교육에만 있는 것이 아니라는 것과 마찬가지로, 교사나 학생들의 관념이 일방적으로 한국말 배우기에 머무르는 현상을 오히려 경계해 볼 필요가 있다.

　위에서 현재 중국 내 대학에서의 한국어 교육과 연구 현황에 대해서 살펴보았다. 그러면 여기서 중국 내 한국어 교육과 연구의 양적인 현황 파악이 아닌 질적인 내부적 실태 파악을 통하여 현재 중국의 한국어 및 한국학 교육이 지니고 있는 문제점들을 살펴보도록 하겠다.

1) 한국어 교육의 문제점

(1) 커리큘럼(Curriculum)미흡

　현재 중국의 한국어학과 개설 대학들의 지리적 분포를 보면 북단에는 黑龍江省, 남단에는 廣州, 중부에는 西安, 南京, 杭州에 이르기까지 중국의 전 지역에 폭 넓게 분포되어 있다.

중국 내 4년제 대학의 한국어 및 한국학 관련 전공의 교육목표는 대동소이하다. 다만 이들 지역과 학교는 각자의 개성과 특성을 가지고 있고, 한국어 인재 수요가 다른 만큼 그 커리큘럼도 각각 약간씩 다른 양상을 보이고 있다. 하지만 전체적으로 4년제 학사 단위의 교육과정으로 한국 관련 전문 인재를 양성한다는 큰 전제가 같기 때문에 각 대학들의 교과과정과 커리큘럼을 살펴보면 많은 공통적인 분모를 찾을 수 있다.[54]

실제 중국 대학 내의 한국어과의 커리큘럼을 살펴보면 대부분 단순한 듣기, 말하기, 읽기, 쓰기 위주로 짜여 있으며, 취업 등의 현실적 목적을 가진 회화 중심의 의사소통 능력 신장에 커리큘럼 운영의 초점이 맞춰져 있어 졸업할 무렵이면 거의 대부분 학생들이 한국어를 어느 정도 구사할 수 있다. 물론 의사소통에만 중점을 두고 있기 때문에 정확한 문법이나 완전한 문장 구성은 그리 중요하지 않게 취급되는 부작용까지 생길까 우려된다. 그만큼 실질적인 회화 능력 신장만이 현재 중국 한국어 교육에서 강조되고 있다는 것이다.

중국 내 대학의 한국어교육은 학생들이 한국어를 처음 배운다는 점에서, 한국어라는 특정 언어에 대한 入門期적인 성격을 갖게 된다.

한국어 교육 방법은 대체로 1990년대 이전에는 '문법-번역 중심의 교수법'이 위주로 사용되었다. 그 당시에 교과 과정은 학생들로 하여금 일정한 열독 능력과 이해 능력만을 중시하였고, 실제적인 언어 응용능력, 특히 듣기와 말하기 능력은 그다지 비중을 차지하지 못했다. 하지만 한중 수교 이후, 주목적이 문헌을 읽는 것에 있었던 '문법-번역 중심의 전통적인 교수법'은 글로벌 시대에는 맞지 않는

---

54 金京善, 앞의 글, 2007, p.66.

다는 이유 때문에 '기능주의 이론에 의한 교수법'이 강조되고 있다.

실제 많은 대학들의 한국어학과의 교육 목표를 살펴 본 결과, 중국 내 한국어 교육의 궁극적인 목표는 중국사회와 한중 교류가 필요로 하는 인재를 양성한다는 것이다. 즉, 언어 능력의 신장과 함께 한국어 전공자로서 갖추어야 할 한국관련 전문 분야의 지식이 강조 되고 있다.

때문에 중국에서의 한국어 및 한국학 교육의 교과목을 분석해보면 크게 두 가지로 나눌 수 있다. 하나는 한국어 능력의 양성을 위한 기초과목이고, 다른 하나는 취직에 대비한 한국 관련 전문 지식 습득을 위한 기능과목이다. 학교에 따라 다소 차이가 있을 수 있지만, 거의 별로 큰 차이가 없다.

기초과목은 회화중심의 의사소통의 실용적인 언어교육을 중심으로 하고 있고, 기능과목으로는 언어 영역과는 별개의 독립된 영역으로 한국 사회, 문화 교육을 설정하고 있다. 물론 여기서도 언어 능력의 신장을 위한 효과적인 수단이나 방법이라는 맥락에서 언어 교육과 직결되는 언어문화 부분이 주요한 구성내용이다.

이러한 독립적인 영역으로서의 교과목으로 한국의 사회와 문화 교육이 필요함에도 불구하고 그에 따른 실제 커리큘럼 개설과 교육내용이나 교재개발, 교수법에 대한 연구는 미진한 상태이다.

이미 단순한 언어 교육만으로는 학습자들의 욕구나 필요를 충족시키기 시대는 지났다. 한국과의 교류가 경제, 무역, 관광, 학술, 산업 등 모든 분야에서 이루어지고 있으므로, 한국어뿐만 아니라 앞으로 한국어 학습자들의 취업에 필요한 정치, 경제, 사회, 문화에 대한 실용적인 한국학 교육이 함께 뒷받침되어야 할 필요가 있다.

그리고 이제 한국학이 명실상부한 학문으로서 자리 잡기 위해서는 대학에서의 한국어 및 한국학 교육이 직업 교육을 넘어서 학문적인 차원으로 진행되어야 한다.

한국학을 시작한 직접적인 동기가 취업 때문이었을지라도, 대학에서의 한국어 및 한국학 교육은 결국 포괄적인 지역 학문으로서 언어, 역사, 문하, 정치, 경제, 사회 등 분야의 전문적인 학자를 배출하는 데 있어야 한다.

사실 현재 중국 대학에서의 한국학 교육이 깊이 있게 진행되고 있다고 는 볼 수 없다. 취업목적의 외국어교육은 학문연구로서의 방향을 제시하지 못한다. 때문에 커리큘럼은 복합적인 한국 관련 전문 인재 양성을 위해 구성되어야 하며 한국학과 관련된 다양한 강좌들이 개설될 필요성이 있다. 하지만 아직도 많은 대학들에서는 합리적·과학적이고 실용적인 커리큘럼을 제대로 갖추고 있지 못하는 상황이며, 학교 및 학과 사정상 그러한 강좌들을 제대로 개설할 만한 여건도 갖추지 못한 상황이 대부분이다.

(2) 전문 교육자의 부족

교육자의 자질은 교육의 성패를 좌우한다. 한국어 및 한국학 교육도 예외일 수가 없다. 한중 수교 이후, 한국 관련 학과가 급증하면서 한국어를 가르칠 만한 전문 인력의 확보가 제대로 되지 않은 상황에서 많은 학교들은 한국어 구사가 가능한 非 한국 관련 전공 교수, 또는 같은 학교의 다른 학과에 근무 중인 재중 동포, 즉 朝鮮族 교사를 채용했거나 행정직에서 채용한 사람들도 많다.

실제 중국 대학의 한국어 및 한국학 관련 학과의 규모는 크지 않은데, 한국어 및 한국학 관련 교수진이 7명 미만인 학교가 65%나 된다. 한국어 및 한국학 관련 교육을 담당하는 교수 중 약 80%가 재중

동포 즉 朝鮮族이며, 이들 중 상당수는 학사 학위 소지자거나 석사 학위 소지자들이다. 교수 경력 4년 미만인 사람도 50% 내외로 보고되고 있다. [55]

실제 이들 대부분이 한국어에 능통한 것도 아니며, 표준 한국어를 사용하는 것도 아니다. 대부분은 한국어의 표준 발음, 즉 한국의 서울 말씨와는 거리가 먼 발음으로 현장에서 교육을 진행하고 있다. 그도 그럴 것이 재중 동포의 경우, 서울과는 접촉이 없는 지역에서 타고난 조상의 말을 대대로 이어 받아서 쓰고 있으므로 함경도 사투리를 다수로, 경상도, 전라도 방언을 사용하는 교사들도 많으며, 이리 저리 섞인 혼질적인 악센트의 발음을 하는 경우도 많다. 게다가 오래전부터 조선(북한)과 밀접한 관계를 맺어 온 중국이다 보니 자연스레 조선(북한)식의 어휘와 말투를 받아서 쓸 수밖에 없었던 것이다. 그리고 조선족은 중국에서 오랫동안 살아왔기 때문에 그들의 언어도 중국 현지의 영향을 여러 면으로 많이 받았다. 특히 중국의 한국어학과의 중국인 교수진의 70%가 조선족 교사라는 것을 감안할 때, 중국 조선족의 언어가 중국에서의 한국어 교육에 얼마나 많은 영향을 미치고 있는지 잘 알 수 있다.

더 심한 경우는 금방 학부를 졸업한 학생들도 경우에 따라 교사로 채용하는 학교도 있는데, 한국어학이나 또는 계통적인 외국어 교수법을 체계적으로 전공한 사람들이 적으며, 한국의 사회나 역사, 문화를 제대로 파악하고 있는 사람 역시 드물다. 그러므로 결국 발음조차도 제대로 가르치지 못하는 무리를 초래하게 된다. 가르치는 교사가 비표준적인 발음을 하는 한 배우는 학생들 역시 그런 리듬과

---

55 張光軍, 「중국에서의 한국어 교재 개발의 문제점 및 해결방안」, 『중국에서의 한국어교육』, 2000.

억양으로 말할 수밖에 없는 것이다. 그것이 계속 악순환 되어 한국
어 및 한국학 관련 교육이 왜곡되고 있는 현실이다.

현재 중국의 많은 대학의 한국관련 학과의 전임과 비전임 교사의
전공분야는 어학과 문학 그리고 역사학으로 분류되는 것이 현실이
다.[56]

이러한 현실로 말미암아 한국어 및 한국학 관련 학과 수는 폭발적
으로 늘어났지만 '학문으로서의 한국학' 교육은 여러 가지로 어려움
을 겪고 있다. 사회나 문화 등 인문학의 핵심 분야를 강의할 수 있는
인력이나 교과과정도 온전하게 구비되어 있지 못한 현실이 한국학
의 본격적이고 정상적인 교류를 가로 막고 있는 것이다.

특히 대학원 과정에 들어가는 학생들은 한국사회나, 문화, 정치,
경제에 더 많은 관심을 갖고 있는 경우가 많은데, 실제 전문분야
교수진의 부족으로 이들을 지도할 수 있는 여건이 못 되는 대학도
많다.

현재 중국의 한국어 및 한국학 관련 교육은 오로지 언어 습득 만
에 집중된 교육을 文, 史, 哲에 대한 균형적인 관심으로 교정하여 '학
문적인 한국학'으로 자리 잡을 수 있도록 만들어야 하는 어려움에
직면해 있다.

또한 Native Speaker채용에도 많은 문제점을 갖고 있다. 특별한 경
우, 예를 들어 KOICA파견 자원봉사자나 교환교수의 경우를 제외하
면 거의 대부분 원어민 강사들은 현지 사정에 익숙한 지인들의 주선
과 소개로 채용된다. 채용조건 또한 정해진 것이 없으며 한국인이라
는 이유만으로 채용되는 경우도 있다. 한국인이라고 누구나 한국어

---

56 金京善, 앞의 글, 2007, p.65.

를 가르칠 수 있는 것도 아니며, 표준어를 사용하지 않고 사투리를 구사하는 경우도 많다는 것이다. 즉 한국어 교사가 되기 위한 직업적인 준비도 하지 않고 채용되는 경우가 비일비재하다.

실제 교육과정 운영에서 그들의 수업 부담은 상당부분을 차지하는데 그들이 중국 한국관련 교육에 크게 영향을 미치고 있다는 것도 알 수 있다. 이러한 Native Speaker의 말과 행동에서 학생들이 한국어 사용의 典範을 찾으려하는 면까지 고려하면 이러한 Native Speaker의 능력 기준과 양성과정, 채용과정에 대한 적극적인 검토가 필요하다. 또한 채용된 후 현지에 대한 일정한 교육이 필요하다.

이러한 상황에 맞추어 전문 교육인력양성과 현직 교사의 재교육 문제, Native Speaker 채용기준 규범화 역시 빨리 체계화되어야 할 사안이다.

(3) 교재와 관련자료 부족

현재 중국에서의 한국어 및 한국학 관련 교육이 활성화되고 전례 없는 전성기를 누리면서 한국어 및 한국학 교육 관련 교재에 대한 수요도 대폭 늘어났다. 이런 수요에 부응하여 지난 1990년대부터 시작하여 지금까지 많은 양의 한국 관련 교재가 편찬되었다.

특히 최근 몇 년 사이에 출판된 한국어 교육 교재는 수와 종류에서도 절대적 우세를 차지하고 있다. 현재 중국에서 사용되고 있는 한국어 및 한국학교육 관련 교재는 중국어본 및 한국어본 교재들이 주종을 이루고 있다. 그 외 한국의 사회나 문화를 소개하는 비디오 테이프와 기록영화나 드라마 비디오 테이프 등 시청각 보조자료, 교육용 보조 자료들도 활용되고 있다.

역사가 오래 된 대학들에서는 그래도 자체 교재를 만들어서 사용하지만 새로 설립된 학교들에서는 다른 대학의 것, 아니면 한국의 교재를 그대로 가져다 쓰는 형편이다. 하지만 한국 국내 한국어교육 기관의 '외국어로서 한국어교육'에 사용되는 교재들은 대부분 영어권 화자들을 대상으로 편찬하였으며 중국 대학들의 교육계획에 적합하지 않다. 때문에 학생들이 배우는 데 애로가 많이 발생한다. 또한 학생들이 학습 시 참고할 만한 참고 서적이나 학습용 문제집도 갖추고 있지 못하는 형편이다.

지금까지 출판된 교재의 다양함과 양에도 불구하고 모든 대학들에서 한결같이 교재의 부족함을 느끼고 있는 상황은 기존에 출판된 교재들에 문제점이 있음을 示唆하는 것으로 선택하여 사용할 만한 교재가 상대적으로 적다는 것을 말해주고 있다.

한 가지 예로, 현재 중국 대학의 거의 모든 한국학과에 개설된 필수 교과목 중, 한국학의 기초분야인 한국 사회·문화관련 강좌 로 〈韓國槪況〉 또는 〈朝鮮半島槪況〉이라는 교과목이 있다. 한국에 대한 개괄적이고 다방면적인 이해와 전체적인 접근의 의미를 가진 과목이지만, 한국 사회·문화관련 전공서적으로 中國 海洋大學出版社에서 출판된 李承梅 와 李貞子의 共著로 된 『韓國槪況』이 가장 많이 교육현장에 사용되고 있다. 하지만 이 책 역시 2000년에 출판된 책으로서 한국 사회·문화의 특성상 현재와는 맞지 않은 부분이 많다.[57] 이렇듯 한국사회, 한국경제, 한국문화 등 기초 한국학 관련 학과목들의 교재는 더욱 준비되어 있지 않다. 때문에 커리큘럼에 이러한 교과목들이 개설되어 있지만 교재가 미처 따라주지 못하기에 여기저기서 임시로 자료를 복사해서 쓰거나, 때 지난 교재를 쓰는 경우가 많다. 때

---

57 李海英 외, 「한국학 전공자를 위한 한국 사회·문화 교재 개발 방향」, 『中國韓國語教育研究學會 2006년 정기 학술발표대회 논문집』, 2006, pp.220~222.

문에 고급 단계의 한국어교육을 위한 교재개발과 한국어학과 학습 자들을 위한 한국문화, 한국경제, 한국민속, 한국역사 등 다양한 한 국학 관련 기초 과목들의 교재개발도 시급히 해결해야 할 상황이다.

또한 중국인들은 한국어를 배우기 어려운 일종의 언어로 인식한 다. 유형학적으로 전혀 다른 언어라는 점에서 생소하다고 느끼며 형 태의 다양성 때문에 매우 복잡하다고 느끼게 된다. 고립어인 중국어 가 어순이 결정적으로 중요하다면, 한국어는 문법적 형태가 중요하 다. 이렇듯 한국어가 배우기 어려운 언어 중 하나로 인식되고 있는 만큼 학생들이 보다 흥미를 가지고 효율적으로 공부를 할 수 있도록 다양한 시청각 자료와 체계적인 보충학습 자료가 구비되어야하는 데 이 역시도 취약한 형편이다.

현재 대학교 도서관에서 찾을 수 있는 한국에 관한 자료의 대부분 이 전문적인 서적이거나 학술논문들이기 때문에 학생들이 흥미를 가지고 편히 읽을 수 있는 한국관련 자료가 부족하고 기존자료에 대 한 업데이트도 시급하다. 또한 강의를 보완하거나 학습효과를 높이 게 할 수 있는 보충학습 자료들도 많이 부족하다.

현재의 교재들은 교재로서의 漸進性, 연계성, 체계성, 과학성, 종 합성 등의 원칙과 시대성, 趣味性 등 교재로서의 필요 충분 요소를 결격하고 있는 것이 대부분이다. [58]

현재 중국의 한국어 및 한국학 관련 교육에서 체계적이고 규범적 인 통일된 교재가 없으며 학생들의 평가 기준 자체도 공통된 것이 없다. 물론 앞으로 보다 통일되고 획일적이며 체계적인 커리큘럼과 교재가 나오리라 기대해보지만, 현재로서는 좀 어려운 형편이다.

---

58 安炳浩, 「중국에서의 한국어 교재의 사용실태와 그 개발 방안」, 『延邊科學技術大學 제1회 한국어 교육의 과제와 발전방향 演討會 論文集』, pp.142~146.

또한 교재 편찬은 많은 인력을 동원하여야 하는데, 앞에서 지적했듯이 65% 이상의 대학은 강사진이 7명 미만인데 수업하기에도 인력이 모자라는 형편에 교재편찬에 인력을 동원하는 것은 불가능한 것이다. 또한 교재를 편찬하려면 풍부한 전공지식과 이론 지식을 갖춰야 할 뿐만 아니라 현장에서 가르친 경험도 있어야 한다. 하지만 대부분 중국의 한국관련 교수진의 50%가 경력 4년 미만이라는 점을 감안할 때, 교재 편찬의 경험도 부족한 것이다.

2) 한국학 연구의 문제점

(1) 한국학 관련용어 사용 문제

아직 중국의 한국학 학자들 중에는 구소련이나 동구권에서 유학을 했거나, 조선(북한)유학 출신의 학자들이 다수이며, 이들은 '한국학'이라는 용어 사용을 난처해한다. 한반도와 관련된 학문을 '한국학'이라고 옮길 경우 조선(북한)을 의식하기 때문이다.

중국에서의 한국어 및 한국학 교육현장에서 역시 학과명이 통일되지 못하고 있고, 한국학 관련 용어 사용도 규범화되지 못하고 있는 현실이다. 즉 국제적으로 분단국가의 정식 명칭인 '대한민국' 과 '조선민주주의인민공화국' 이라는 두 개의 국호 때문이다.

남과 북은 오랫동안의 적대적인 정서가 아직도 가시지 않고 있고, 서로의 명칭에 거부감을 갖고 있다. 이들은 '조선어'냐 '한국어'냐 하는 것을 너무도 정치적인 이념과 연계시킨다. 하나의 언어에 두 가지 명칭 일뿐, 한민족의 공통어이며, 절대 다른 계통의 언어가 아니다.

역시 오래전부터 조선(북한)의 영향을 짙게 받은 중국에서는 과거로부터 '조선'이라는 말이 널리 쓰일 수밖에 없었다. 학과 명칭 역시

'조선어학과(朝鮮語系)'로 나타나는 것이 자연스러울 수밖에 없었다.

90년대 이후, 한중 수교이후에 설립된 대학들에서는 대외적으로, 실용적인 측면에서 '한국어학과(韓國語系)'라는 명칭을 쓰고 있지만, 실제 中國 國家敎育委員會에 등록되어 있는 규범적 학과 공식명칭은 '조선어학과(朝鮮語專業)'인 것이다. 때문에 학계에서는 아직까지 '한국어', '한국학'이라는 용어를 사용하기 어색한 상태이다. 이것은 정치, 외교적인 문제와도 연관되어 있는 문제이기에 현실적으로 빠른 시일 내에 관련 명칭을 통일화시키기는 어려울 것이다.

(2) 한국학 연구 인재 부족

〈표 2〉에서 보다시피 현재 중국에서는 한국학 연구가 붐이라고 일컬을 수 있을 만큼 급격히 양적이나, 실적으로 팽창하고 있지만 그에 상응한 문제점 또한 적지 않다.

1980년대까지 중국에 한국학 관련 연구기관은 吉林社會科學院 朝鮮硏究所뿐이었으며, 그 당시 그들은 한국과는 교류를 하지 않았고 조선(북한)과 교류를 하고 있었다. 1992년 양국 국교 정상화되면서 한국어 및 한국학 관련 연구기관이 우후죽순처럼 설치되었다. 〈표1-2〉에서 작성한 한국학 연구기관 뿐만 아니라 中國社會科學院 韓國硏究中心, 浙江社會科學院 韓國學硏究中心, 華東師大 韓國硏究中心, 溫州大學 韓國學硏究中心, 四川外國語大學 朝鮮-韓國學硏究中心 등 연구기관이 이미 설립되었거나, 설립준비중이다.

근년에 각 지역별로 연구기구가 이곳저곳에서 설립되고 있지만, 보다 체계적이고 信憑性있는 연구결과는 나오지 못하고 있다. 이곳저곳에서 무계획적이고 고립 분산적으로 연구를 전개하는 까닭에, 연구역량이 분산되어 연구내용이 서로 중복된다거나 하는 일이 비일비재하고, 지엽적인 문제에 천착하는 일이 빈번해 연구의 수준과 능력을 논할 바가 아니다. 뿐만 아니라, 중국의 한국학 연구는 너무 개인적이고 분산적인 연구에 머물러 있으며 직관적이고 감성적인 인식에만 머물러 있다.[59]

우선 중국의 한국학 관련 연구에서 가장 큰 문제점은 인재부족이라고 본다. 약 13억 6천만 명(2014년, 연말기준)이라는 인구대국에 비해 한국학 연구 분야에는 전문 인력이 너무 적어 수요에 적절히 대응하지 못하고 있는 것이다. 중국은 인문 사회과학 분야에 학문적 조예가 깊은 전문가들이 적지 않지만, 한국어에 능통한 사람이 거의 없어, 한국을 연구할 때 대부분 영어나 일본어로 된 자료를 주된 자료로 활용하는 형편이다. 따라서 1차 자료를 이용하지 못해 연구에 곤란이 많다. 비록 영어에 능통한 연구 인력이 대거 한국학 연구 진영으로 들어오고 있기는 하지만 이들 역시 갖고 있는 한반도에 대한 지식이 너무 적다. 또한 한국어를 전공한 학자들이나 중국의 조선족 한국학 관련 연구자들은 언어에는 문제가 없지만, 전문적인 인문사회과학 관련 지식이 결여되어서 다각적이고 심층적인 연구를 하기에는 부족함이 많다. 비록 해외의 한국학 관련 연구 기관들과 활발한 교류를 하고 있기는 하지만 두 개 이상의 외국어를 완벽하게 구사할 수 있는 연구 인력이 매우 부족하다.

이밖에도 한국학 후학양성을 위한 한국학 석, 박사 과정의 프로그램이 개설된 학교가 없다. 한국어학과는 이미 20여개 대학교에 석, 박사과정 강좌를 개설했다. 하지만 한국학 관련 강좌는 아직 마땅할 만한 석, 박사 교육 프로그램도 갖추지 못하고 있는 상황이다.

---

59 沈儀琳, 「中國에서의 韓國學硏究 現況」, 『中蘇硏究』통권 56호, 1992, p.198.

04

중국에서의 한국어 및
한국학 개선 방안과 전망

┃ 4.1. 개선방안

　지금까지 중국에서 한국관련 강좌 개설 대학교들의 한국어 및 한국학 교육과 연구는 양적으로나 질적으로 많이 성장하였다. 위에서 중국에서의 한국어 및 한국학 교육·연구가 어떻게 전개되어 왔으며, 그 현황과 문제점들을 개괄적이고 구체적으로 짚어보았다.

　이제는 앞으로의 한국어 및 한국학이 어떻게 문제점들을 개선해 나아가야 하는가를 검토하고, 나름대로의 방안을 제시하고자 한다.

1) 한국어 및 한국학 교육의 개선방안

(1) 실용적인 커리큘럼의 운영

　4년제 대학 한국 관련 전공의 경우 교육 목표는 大同小異하다. 여기서 中國海洋大學의 한국어학과의 교육목표를 예로 제시하면 다음과 같다.

교육목표 : 학생들의 한국어 말하기, 듣기, 읽기, 쓰기, 중한, 한중번역
등 능력을 신장시키고 한국문학, 한국 사회·문화(지리·역
사·정치·경제·풍속·종교 포함)등 고급 단계의 전문화된 지
식을 전수함으로써 한국관련 전공자들로 하여금 졸업 후,
중·한 교류를 위한 통역과 번역 및 한국과 관련된 연구에
종사하게 한다. 또한 대학 및 기타 교육기관에서 한국 관련
교육에 종사하게 한다.[60]

이를 통해 알 수 있듯이 중국 내 한국어교육의 궁극적인 목표는
중국 사회가 필요로 하고 한·중 교류가 필요로 하는 한국어 능력이
뛰어나며, 한국 관련 지식을 갖춘 전문분야의 인력이다. 즉, 언어능
력의 신장과 함께 한국어 전공자로서 갖추어야 할 한국학 전문 분야
의 지식이 강조되고 있다. [61]

하지만 지금까지 중국의 한국어 교육에서는 한국학 관련 교육에
대한 연구는 대체적으로 언어 능력 신장을 위한 효과적인 수단이나
방법이라는 맥락에서 언어교육에 통합시키는 쪽으로 논의가 전개
되어 왔다. 본고에서는 이에 대한 검토를 통하여 한국 관련 학습자
를 위한 한국학 관련 커리큘럼 개발의 필요성을 제시하고자 한다.

실용적이고 효율적인 커리큘럼을 운영하기 위해서는 학습자의
특성 및 요구 등을 조사하는 작업이 반드시 선행되어야 한다. 여기
서 中國海洋大學 한국학과 李海英 교수팀이 "한국학 전공자를 위한

---

60 中國海洋大學 韓國語系(중국해양대학교 한국어과) http://ouckorean.zzo.net.

61 李海英 외, 「한국학전공자를 위한 한국 사회·문화교재 개발 방향」에서는 한국학
전공자를 위한 한국사회·문화 교재 개발의 방향을 제시하고 있다. 하지만 여기서
논의하고 있는 한국 사회와 문화는 한국학 고유의 학술적인 영역과 내용보다는 한
국어 전공자가 한국과 한국인을 더 폭넓게 이해하며, 한국관련 일을 할 때 밑바탕
이 되어줄 실용적인 한국학임을 직시할 필요가 있다.

한국 사회 문화교재 개발 방향"이라는 논문에서 사용된 설문조사 결과를 근거로 논의를 진행한다.

李海英 교수팀은 중국 내 4년제 대학 11개 대학[62]의 한국 관련학과 전공 교수 14명과 한국전공 재학생 287명을 대상으로 2006년 3월 한 달간 설문 조사를 실시하였다.

그 결과를 정리해 보면 다음과 같다. 한국 사회문화 관련 교과목 개설 여부를 묻는 조항에 11개 4년제 대학 한국어학과 전임교수 모두 '있다'라고 대답한 것으로 볼 때, 현재 중국 내 대부분의 4년제 대학 한국어학과에서 전공 필수과목중 하나로 한국 사회문화 관련 과목을 개설하고 있음을 알 수 있었다.

또한 학습자들을 대상으로 이런 사회·문화 교과목들의 필요성에 대해 조사한 결과 '필요하다'가 59.7%, '아주 필요하다'가 34.19%순으로 나타 난 것으로 볼 때, 한국어를 전공하는 학습자 대부분이 한국 사회문화 관련 과목의 필요성을 느끼고 있음을 알 수 있었다. 한편, 학습자들이 관심을 갖고 있는 분야는 '한국의 문화' 75.9%, '한국의 의식주생활' 56.7%, 나머지 한국의 경제, 정치, 역사 등도 거의 비슷한 비율로 선호하는 것으로 나타났다. 이러한 학습자의 요구에 관련 교육자들은 민감하게 반응하고 대처 할 필요성이 있다.

때문에 한국어 학과에서는 기초적이고 실용적인 한국학 강의들이 커리큘럼에 부가 되어야 한다. 즉, 한국의 문화, 한국의 정치, 한국의 경제, 한국의 역사, 한국의 민속, 한국의 예술, 한국의 자연지리 등 다양하고 실용적인 한국학 관련 커리큘럼을 개설하여 학습자들

---

62 설문에 참가한 11개 대학들로는 洛陽解放軍外國語學院, 對外經貿大學, 復旦大學, 揚州大學, 延邊大學, 濟南大學, 中國海洋大學, 中央民族大學, 天津師範大學, 靑島大學, 長春稅務學院 등이다. (이 대학들의 관련 정보는 〈표 1-1〉참조.)

로 하여금 한국학 제반 분야에 대한 포괄적이고 통합적인 시각을 확보하게 하며, 한국에 대한 총체적인 이해라는 틀을 제공할 수 있어야 한다. 또한 이렇게 함으로써 한국학이 다른 학과들과 상호보완적 관계를 이루도록 하는 것도 한국학의 성장을 도모할 수 있을 것이다. 연계과정이나 협동과정도 생각해 볼만한 대안이다.

커리큘럼을 운영할 때, 1,2학년에서는 학습자들의 한국어 실력 향상에 신경을 쓰고, 3,4학년부터는 한국학 관련 교과목을 편성하여 한국관련 서적을 한국어로 전공 교수에게서 배우게 함으로써 학생들로 하여금 한국 관련 지식을 갖춘 전문분야의 인력으로 성장 하게 끔 하는 것이다. 비록 어려움도 많겠지만 전공 교수진만 확보가 된다면 한국학 발전을 위해 좋은 대안이라고 생각한다. 최근 한국 국내의 외국어로서 한국어교육을 전담하는 대학교 소속 한국어 어학원에서도 한국어와 한국학 분야를 연결시키는 교육사례가 경희대학교에 있다.[63]

한국학이 명실상부한 학문으로서 자리 잡기 위해서는 대학에서의 한국어 및 한국학 교육부터 직업 교육이 아닌, 다분한 학문적인 차원에서 진행되어야 한다. 그러기 위해서는 굳이 언어교육에만 국한하지 말고 한국학 전반으로 커리큘럼을 확대할 필요성이 있다.

현재 北京大學, 對外經濟貿易大學, 延邊大學 등 설립 된지 오래 되고 쟁쟁한 교수진을 갖춘 대학들의 커리큘럼은 비교적 합리적이고 복합적인 한국관련 인재 양성 취지에 잘 맞물린다. 하지만 갓 설립된 학교들은 아직 여러모로 제반 여건을 갖추지 못하고 필요한 커리큘

---

63 초급과 중급코스에서는 한국어능력 신장에 커리큘럼의 운영초점을 맞추고, 고급코스에서는 한국어 학습자들의 취업이나 진학에 필요한 한국의 사회, 문화, 정치, 경제에 대한 기초적인 한국학 교육이 함께 뒷받침 되고 있다.(http://korea.iie.ac.kr 참조)

럼도 제대로 운영을 하지 못하고 있는 상황이다. 각 대학들 사이에 커리큘럼 운영에 관한 정보와 경험을 자주 교류하면서 하루속히 한국학과의 커리큘럼을 더욱 과학적이고 실용적이며 합리적으로 설정하기에 힘써야 할 것이다.

또한 이러한 교육체계를 마련하기 위해서는 한국어 교육의 목표를 명확히 설정할 필요가 있다. 한국어를 바탕으로 한국학에 대한 관심으로 학문적으로 깊게 접근할 것인지, 회화능력을 길러 한국 관련 기관이나 업체에 취직을 할 것인지를 분류할 필요가 있다.

그러한 분류된 교육목표 설정에 따라 적합한 커리큘럼을 달리하여 개설하고, 최소의 시간과 역량으로 최대의 효과를 올릴 수 있는 최적의 교육체계를 마련하는데 관심을 기울여야 한다.

한국학의 대중화를 위해 한국어에 더해 한국문화 소개 프로그램을 유지하도록 하는 것이 필요하며, 다양한 문화체험, 멀티미디어 교재를 활용한 수업으로 흥미를 유발시키고, 장단기적인 한국 연수 프로그램을 병행하도록 유도해서 지원할 필요가 있다.

(2) 교사양성과 현직교사의 재교육

교육자의 자질은 교육의 성패를 좌우한다는 것은 잘 아는 사실이다. 현재 중국에서의 한국어 및 한국학 교육에서 교사의 전문성과 자질이 열악한 상황으로 가장 시급히 개선되어야 할 부분이다. 중국의 한국학 전공 학자들은 규모가 너무 작을 뿐만 아니라 교사 수와 예산도 부족하며 관련 학자들도 강의와 과중한 행정업무로 인하여 한국학 이외의 학자들과의 진정한 협력도 어려운 상황이다.

중국의 4년제 대학의 경우 부교수나 정교수 모두 다 일정한 정원이 있기 때문에 정원의 결원이 없는 한 보충이 어렵다. 학교당국의 관심부족과 재정적인 어려움이 자체 교수진 확보 문제에 장애가 되고 있다. 또한 교수직 수를 늘리는 것도 어려운 형편인데, 한국학은 다른 학과들보다 우선순위가 밀리기 때문에 현실적으로 장애요인이 한두 가지가 아니다.

때문에 교과목에 따른 전임 이상의 전공교수를 확보해 지속적이면서도 소신 있는 강의가 이루어질 수 있도록 노력해야 한다. 많지 않은 인적 자원을 실용적으로 활용한다는 측면에서 기존의 교육자들에 대한 재교육문제가 급선무이다.

현재 대부분 중국의 대학교 교수들은 강의시간이 많고 연구 활동 시간이 부족한 실정이다. 또한 계통적인 교수법을 배우지 않은 교사들이 상당 부분이다.

중국 내 한국어 교육자들의 세미나나 연수 단기 및 장기 훈련 과정을 정기적으로 운영함으로써 교수요원의 전문성을 확보하며 학습자들의 학습 요구에 맞는 교육을 체계적으로 준비해야 한다. 이를 위해서 중국 내 한국학 교육자들에게 한국 관련 기관에서 정기적인 연수 프로그램을 개설하여 지원한다거나 한국에서 석사과정이나 박사과정에서 공부할 수 있는 기회를 제공하는 등 교육자들의 자질을 높이는 방안이 강구되어야 할 것이다.

현재 중국에는 한국어 교원 양성과정이나 교원 자격 인증 시험 제도가 없으므로 한국어교사 교육을 위한 표준교육과정을 개발해야 할 것이다. 한국 국내에서는 2002년 11월부터 문화관광부가 주최하고 한국어세계화재단에서 주관하여 한국어교육 능력인증제를 실시하고 있다. 통계에 따르면 외국인이나 재외동포에게 한국어를 가르칠 교사양성을 위한 교육대학원과 대학, 비정규 교육기관이 작년 상반기 40여 곳에서 현재 5배가량 늘어난 200여 곳으로

추산된다.[64]

하지만 중국 내에서 한국어 교육을 담당할 교사를 양성하는 제도권 안의 교육기관과 교과과정은 아직 없다. 중국에서도 학술교류협정을 체결한 한국의 대학교들과 공동 협력하여 KFL(Korean as a Foreign Language)과정을 개설 운영하여 현지 한국어 교육자를 양성하는 것이 바람직한 선택이 될 것으로 보인다. 실제 Sakhalin State University 의 Institute of Economy and Oriental Studies, Oriental Studies Dept. 에서는 KFL한국어교사양성과정을 운영하여 현지인 한국어교사를 양성하고 있다.[65] 최근 중국 四川外國語大學 朝鮮-韓國學 硏究中心에서도 '차세대 한국어 교사양성과정'을 운영하여 중국 현지 한국어 교사 양성에 큰 공헌을 하고 있다.

한국관련 교사 양성은 한국인보다는 해당 지역의 문화를 잘 이해할 수 있는 현지인들을 육성하는 것이 장기적으로 볼 때, 더욱 바람직 한 개선방안이 될 것이다.

(3) 교재·강의 자료의 체계화와 평가기준 규범화

언어 교육에서 기본적인 3요소는 교사(teacher)와 학습자(learner)와 교재(materials)이다. 교재는 교육과정, 교육이념 및 철학, 교육방법, 학습자에 대한 관점, 교육 목표 등이 총 망라된 표상이기에 한권의 교재가 갖는 의미는 사실 교재 이상의 의미를 갖는다. 아무리 훌륭한 교과과정, 교육이념이 정립되었더라도 이를 구체적으로 표현한 교재가 없다면 교육 과정을 실제적으로 구현하기 어렵다. 따라서 교육 정책이나 이념을 구체적, 체계적으로 표현한 좋은 교재가 수업

---

64 「한류 속 한국어교사 자격증 열풍」, 스포츠서울, 김영숙 기자, 2006년 1월 6일, 참조.
65 「한국어교육, 활성화 시키자」, 재외동포신문, 2007.11.15 일자 참조.

내용의 질을 결정한다고 볼 수 있다.

현재 중국에서의 한국어 교육에는 전국적인 통일 교재도 없으며, 학습자들에 대한 평가에도 공통적인 기준이 없다. 역사가 오래된 대학교들에서는 그래도 각자 편찬한 교재를 사용하고 있다. 예를 들어 현재 기초 한국어 교과목에는 北京大學出版社에서 1996년 출판된『標準 韓國語』(1~3卷), 民族出版社에서 2000년에 출판한『韓國語』(1~4卷), 延邊大學出版社에서 2001년에 출판한『基礎韓國語』(上, 下) 등 세 종류가 가장 많이 사용되고 있는 교재이다.[66]

이렇듯 각 대학들에서 사용하고 있는 교재는 그야말로 각양각색으로 전국적으로 통일된 교재도 없고 교수 요강도 통일되지 않고 평가기준도 정해져 있지 않아서 각 대학교들마다 수준의 차이가 많이 난다. 각 대학들에서 통일적으로 쓸 수 있는 통일되고 규범화된 한국어교재, 4년제 학부생들의 한국어교육에 적합한 체계적인 교재개발이 급선무이다.

또한 한국학의 기초교육인 한국사회·문화관련 수업은 거의 모든 중국 내 한국 관련학과에 개설되어 있다. 李海英 교수팀의 설문조사 진행 결과에서도 95%의 학습자가 한국사회·문화관련 수업이 필요하다고 하였지만, 정작 한국사회·문화관련 수업에서 사용 중인 교재 유무에서는 "없다"가 62% "있다"가 38% 순으로 나타났으며, "있다" 라고 답한 경우, 거의 대부분 학교가 2000년에 출판된 李乘梅와 李貞子의 共著인『韓國概況』을 유일한 교재로 사용하는 것으로 나타났다.

현재 중국의 한국학 교육 관련 학술회의가 정기적으로 개최되고 있다. 대표적인 학술회의로는 한국 학술진흥재단의 후원으로 1997

---

66 金京善, 앞의 글, 2007, p.70.

년부터 매년 延邊科學技術大學에서 열리는 〈한국어교육의 과제와 발전방향 연구토론회의〉이다.[67] 그 주제로는 커리큘럼, 교재개발, 교수법, 능력평가, 발음교육 등 다양하게 분포되어 있다.

이러한 학술회의를 통하여 중국에서의 한국어 및 한국학 인프라 구축을 강화하여 中國 敎育部에서 주관하여 중국의 한국어 및 한국학 관련 국공립 대학 교육현장에서 통일적으로 사용할 수 있는 한국어 교재를 편찬하여 출판을 시도하는 것도 좋은 방안일 것이다. 교재 통일 문제는 학계에서 계속 논의되어 온 문제지만 아직까지도 별 진전이 없다.

현재 중국 내에서 편찬한 한국어 교재는 중국인 학습자들의 언어능력 신장에 도움은 되지만 '서울 맛'이 적은 것이 결함이다. 교재 편찬을 하고 있는 편찬자 거의 모두가 한국 본토에서 성장한 사람이 아니어서 교재 서술이 표준 한국어가 되기 어렵다.

최근 중국과 한국에서 중국어권 학습자를 위한 한국어 교재 연구개발 관련 논문들이 많이 발표되면서 교재 개발의 절박성과 구체적 방안이 모색되기도 했지만 실천적인 움직임은 아직도 거의 없다. 이 문제들은 중국의 한국어 교육자들에 의해서만은 해결하기 힘든 과제이기도 하다. 또한 개별적인 대학이나 몇 명의 교육자가 할 수 있는 일도 아니다.

양국의 교재 개발 전문가들 간의 교류나 공통 연구, 세미나 활동을 활성화 할 필요성이 있다고 본다. 이것은 최신이론 도입과 자료수집 정보교환에 도움을 줄 뿐만 아니라 교재의 질을 향상 시키는

---

67 이 학술회의는 2004년부터 〈재중국 한국학 학술회의〉로 명칭을 바꾸었다. 주최 측인 한국 학술진흥재단에서 정한 명칭으로, 한국 관련 교육프로그램을 굳이 언어교육에만 국한하지 말고 한국학 전반으로 지평을 확대해 나가려는 의지로 해석된다.

데 큰 효과가 있으리라 본다. 예를 들어 중국의 실정을 잘 알고 있는 中國 韓國語敎育硏究學會와 같은 학술단체에서 통일적으로 조직하고 한국의 국립국어원이나 한국어세계화재단 등과 같은 전문 부서나 대학교, 한국어 전문가들이 협력하여 공동과제로 추진하는 것이 바람직하다고 본다. 한국 국내의 '외국어로서 한국어교육'기관들과 공동출판과 연계출판도 하나의 좋은 방안이다.

또한 아직도 고급 단계의 학습자들에게 보여 줄 수 있는 비디오교재나 듣기교재가 전무한 상태이다. 현재 사용되고 있는 시청각 자료는 한국영화나 드라마 그리고 방송자료를 녹화해서 사용하는 경우가 대부분이다. 하지만 이러한 자료들은 교재로 사용하기에는 다소 억지감이 있을 법하다. 그도 그럴 것이 이러한 영상물들은 한국인을 대상으로 만들어졌기 때문에 난이도에서 외국어로서 한국어 학습자에게는 적합하지 않다. 반드시 그들에게 맞는 다양한 시청각자료와 수업보조 자료들이 개발되어 제작되어야 한다.

현지 대학교 들은 재정적인 어려움 때문에 현실적으로 이 문제를 해결하려면 한국 정부나 관련 연구단체의 지원이 절실한 실정이다. 한 가지 언급하고 싶은 것은 이러한 지원이 단발성 차원의 지원이 아니라 장기적인 계획을 바탕으로 지속적인 지원이 이루어져야만 그 효과가 배가 될 수 있을 것이다.

위와 같이 교재의 다양성으로 인해 체계적이고 공통적인 평가기준이 없으며 각 대학에서 나름대로의 평가기준을 설정하여 평가를 할 수밖에 없다.[68] 때문에 학습자들에 대한 평가기준을 만들 필요가 있다.

---

68 金錫起, 「중국에서의 한국어교육 현황 및 한국어 능력시험 실태」, 충남대학교 인문과학연구소, 『2005학년 국제학술대회 – 디지털 시대의 삶과 문화』, 2005.

현재 중국에서 시행되고 있는 한국어 능력시험은 KICE(Korea Institute of Curriculum & Evaluation)에서 실시하는 TOPIK(Test of Proficiency In Korean)이 유일하다. 이 시험은 지속적으로 시행하되 중국의 교육 실정에 맞는 중국 자체 내 표준화된 한국어 능력 시험을 개발하여 실시함으로써 중국에서 필요로 하는 수요에 공급할 수 있도록 하며, 한국어과 전공 학습자들에게는 일정 급수를 통과해야 졸업한다는 규정을 만드는 것도 효과적인 학습법이 될 듯하다.[69]

그리고 중국 자체 내 한국어능력시험에 한국어를 중국어로, 중국어를 한국어로 번역하는 문제들을 포함시키는 것도 중국 내 한국어 교육목표와도 잘 맞아 떨어질 것이다. 이러한 교육평가는 교육목표가 올바르게 설정되었는지, 교육과정이 제대로 이행되고 있는지 등을 확인하고 판단할 수 있는 계기가 될 수 있다.

또한 말하기 평가의 도입은 TOPIK에서도 제기되는 문제이고 KICE에서 연구하고 있는 문제이기도 하지만 빠른 시간 내에 좋은 방법을 강구하여 실시하는 것이 바람직하다고 본다.

중국에서 한국어 교육이 제대로 평가를 받고 자리를 잡기 위해서는 미국의 SAT(scholastic Aptitude Test)Ⅱ, 일본의 大學入試センター試驗에 한국어가 외국어 선택과목으로 채택됨으로 이들 나라에서는 중·고등학교에까지 한국어가 정식 선택과목으로 확산되기에 이르렀다. 이러한 사례처럼 중국의 대학입시인 高考에 외국어 선택과목으로 채택하여 중·고등학교에서부터 한국어를 제2외국어로 교육하도록 확산시킬 필요성이 있다. 중국에서 한국어 교육을 실시하고 있는 고등학교는 아직은 초기 단계이며, 수준도 결코 높지 않다. 만약

---

69 실제로 현재 중국 대학교의 졸업 기준에는 중국 자체 내에서 실시하는 영어(제2외국어)평가시험 비전공 4급·6급, 전공 6급·8급 통과해야 한다.

한국어가 高考에 외국어 선택과목으로 포함된다면 매우 고무적인 일일 것이며, 그 것을 계기로 앞으로 한국어 및 한국학을 공부하는 학생이 점차 증가하리라 예상된다.

2) 한국어 및 한국학 연구의 개선방안

중국에서의 한국학 연구는 대학부설 연구소 및 독립연구소에서 주로 이루어지고 있다. 한중 수교 이후 23년이라는 짧은 시간에 한국학 연구의 수많은 성과들이 이루어지고 있다는 점은 가찬할만한 일이다. 하지만 모든 대학들이 다 그런 것은 아니고 시스템이나 인력에 문제가 있어서 유명무실한 연구소들도 없지 않다.

(1) 관련용어 명칭 규범화

아직도 한국 관련 용어 사용이 규범화되어 있지 않다. 1992년 이전의 한국과 국교를 맺기 전에는 조선(북한)과의 밀접한 관계에 따라 조선(북한)의 영향을 짙게 받은 중국에서는 '조선'이란 말이 널리 쓰일 수밖에 없었다. 때문에 관련 학과 명칭 역시 '조선어학과', '조선학'으로 나타나는 것이 자연스러울 수밖에 없다.

또한 19세기 중엽부터 중국에 이주해서 살던 朝鮮族이 그들 스스로의 언어를 '조선어'라고 하는 점과도 무관하지 않다. 1949년 新中國이 설립될 때부터 강조했던 '少數民族政策' 중 하나가 바로 민족어에 대한 규범화와 보호였다.

그러나 한중 수교 이후, 양국 간의 활발한 교류를 바탕으로 중국 내 대학에서는 '한국어', '한국학'이라는 용어 사용이 점점 자리를 잡아 가고 있는 상황이다. 따라서 이제는 '조선어'와 '한국어', '조선학'

과 '한국학'이 공존하여 혼용되고 있는 상황이다.

남북 분단으로 인한 '한국어'와 '조선어', '한국학'과 '조선학'의 복수 명칭은 주변 국가인 일본에서도 어쩔 수 없이 계속 혼란을 빚고 있다. 일본의 4년제 대학 한국어 과목 명칭을 살펴보면 '한국어' 33.1%, '조선어' 27.8%, '한글' 14.3%, '코리아어' 7.8% 순이다. 또한 국립대학인 경우 '조선어'라는 명칭이 55.2%인 것으로 나타났다.[70] 베트남 또한 사회주의국가로서 조선(북한)과의 외교적 관계 때문에 한국학 관련 용어가 중국과 비슷한 상황으로 통일되지 못하고 혼용되고 있다.

이러한 현실은 오늘날 한 민족이 분단으로 인해 남쪽과 북쪽 두 국가로 갈라져 체제를 달리하고 각기 국호를 씀으로 인해 생겨난 현상이다. 공동생활의 테두리 안에서 인간에 의해 만들어진 모든 소산을 총칭하여 문화라고 부른다면 남북한은 같은 언어를 사용하면서도 '한국'과 '조선'이라는 엄연한 두 문화적 실체로 존재하고 있다. 남북한은 이미 각자의 국가영역 속에서 행동양식, 의식과 신념체계가 매우 달라져 있다.

그런가 하면 '한국'과 '조선'은 서로에 대해 형편없는 존재로 비하하기도 하고, 때로는 어마어마한 두려움의 대상으로 인식하는 이중적 이미지를 갖기까지 한다. 이러한 문화와 의식의 차이가 '한국'과 '조선'이라는 국가호칭에 고스란히 나타난다.

2007년 남북 정상회담, 이산가족 상봉, 개성공단 사업 확장 등으로 남북한 간에 인적 접촉과 왕래가 향후 더욱 잦아질 것으로 예상된다. 상대방을 어떻게 부르는가 하는 것은 그 사람과 국가에 대한

---

70 김석자 고혜선, 「해외한국어 및 한국학 강의 프로그램 현황과 개선에 관한 연구-일본의 경우: 대학에서의 한국어 교육을 중심으로-」, 『日本學報』第66輯, 2006, p.336.

첫 인상을 심어주는 중요한 의미를 갖고 있다.

앞으로 남북한 사람들이 만나면 서로 이미 엄청 달라져 있는 한국과 조선의 현실을 있는 그대로 이해하는 노력을 기울인다는 차원에서 남한과 북한을 '한국'과 '조선'으로 칭할 것을 제안한다. 현실적으로 한국과 조선은 같은 민족이지만 서로 다른 국가이기 때문이다. 때문에 한국학 관련용어들도 규범화하고 통일화할 필요성이 있다.

중국에서의 한국학 연구는 남과 북을 모두 포괄하여 연구하는 학문으로서 '韓國-朝鮮學'라고 두 국가의 호칭을 함께 담아서 규명할 필요성이 있으며, '조선어'와 '한국어'도 명칭을 구분하여 사용하거나 '朝鮮語(韓國語)' 이런 식으로 병행하여 표기하는 것을 제안해 본다.

(2) 전문연구인력 양성과 효율적인 지원 확대

한국 정부와 대학 그리고 학술단체의 지원에 힘입어 현재 중국에서는 한국학 연구가 활발하게 이루어지고 있다. 물론 한국과 중국은 수천 년 동안 교류를 해왔었고, 이미 오래전에 많은 경전들과 사상들이 한반도에 전해진지 오래다. 양국의 교류는 수천 년 동안 교류를 지속되어 왔으며 현재에 와서 거의 붐이라고 일컬을 수 있을 만큼 급격히 양적, 질적으로 팽창했다. 그에 상응해서 문제점 또한 적지 않다. 일단 가장 큰 문제점은 전문 연구인력 부족과 양성의 어려움이다.

한국학 연구 분야에는 전문연구 인력이 너무 적어 수요에 적절히 응하지 못하고 있다. 특히 외국어 능력과 탄탄한 실력을 갖춘 연구인력의 양성이 시급한 사항이다. 현재 중국의 인문사회과학 분야에는 학문적으로 조예가 깊으신 전문가들이 적지 않으며 활발한 연구를 진행하고 있다. 하지만 한국어에 능통한 사람은 거의 없어 한국을 연구하기 위해서는 영어나 일본어 자료를 주된 자료로 활용하는 형편이다.

한국학 전문연구 인력이라 함은 한국어에 精通해야 할뿐더러 한국에 관한 전문지식들도 상당히 갖추고 있어야 한다. 따라서 이러한 연구 인력들에 대한 적극적인 지원정책이 필요하다. 한국 국내의 해외 한국학 전문가 양성체계를 정비하여 그들에게 한국에서 현지 연구를 하도록 기회를 제공해 주고 새로운 연구경향과 정보를 제공해 줄 수 있는 합동 워크샵(Work Shop)도 마련해줌으로써 실질적인 한국학 교육과 연구 프로그램을 정예화 하는 작업을 하여 질적인 발전을 이루어야 할 것이다. 현실적인 상황에 대한 밀접한 고찰이 없는 연구는 卓上空論일뿐이다.

또한 해외 한국학 관련 연구기관들과의 소통을 위해 네트워크(Net Work)를 강화하여 중국의 한국학과 한국의 한국학, 해외 한국학이 제도적으로 소통할 수 있어야 한다.

이밖에도 한국학의 후학양성을 위하여 한국학 석, 박사과정이 개설되어야 한다. 한국학의 연구가 이뤄지기 위해서는 한국어 교육에 머무르는 것이 아니라, 한국학 관련 교과목을 개설하고 강의 및 연구가 진행되어야 실질적인 한국학의 교육 및 연구가 진행되고 있다고 할 수 있을 것이다. 현재 중국의 한국학 커리큘럼은 언어와 문학, 역사라는 두 가지 측면에 초점을 맞추고 있고, 저학년에서 고학년으로 올라가며 심화되지 못해 실질적인 한국학 전문가 양성과는 단절되어 있거나, 학부에서 대학원 과정으로의 연계가 마련되어 있다고 하더라도 전문분야의 연구를 위한 여건이 미비하며 전문 인력 양성을 기대하기 어렵다. 한국학이라는 독립학과로서의 학사제도가 사

정상 비현실적이라면 오히려 기존의 여러 분과학문들과 Net Work
화 되어 있는 연계전공이나 협동과정으로 편제하는 것이 적절할 듯
하다.

이러한 연계전공이나 협동과정과 같은 학제 간 연구와 교육에는
기존의 분과학문들의 커리큘럼 및 교육편제의 개혁이 전제조건이
되어야 한다. 그리고 그러한 바탕 위에 한국학 연계전공이나 협동과
정을 운영할 수 있는 분과학문 간 협력체계, 그리고 이러한 교육과
연구를 수행할 수 있는 통합인문사회학적인 한국학 연구센터가 필
요한 것이다. 이러한 분과학문들의 연계전공이나 한국학 연구센터
를 통하여 한국학 전공자들을 양성하는 것이 보다 안전하고 장기적
인 효과를 거둘 수 있을 것이다.

현재 해외 한국학을 지원하는 정부기구에는 여러 종류가 있다. 해
외 한국학만을 전문적으로 지원하는 외교통상부 산하 국제교류재
단(Korea Foundation)과 국내 학문지원을 전담하면서 부수적으로
해외 한국학을 지원하는 교육인적자원부 산하의 학술진흥재단
(Korea Research Foundation) 그리고 교육부 산하 한국학중앙연구원
(The Academy of Korean Studies) 등이 있다. 이 중 국제교류재단은
해외 한국학 지원을 주된 업무로 삼고 있다.[71]

정부기구의 이러한 한국학 지원은 부처별로 나눠져 있을 뿐만 아
니라 중복되는 지원 프로그램이 많다는 점이 늘 지적되고 있다. 또
한 예산 증액을 둘러싼 외교부와 재경부의 갈등 및 재경부의 기획예
산처 그리고 전경련의 불참으로 삐꺽거리고 있는 실정이다.[72]

---

71 한국국제교류재단 홈페이지(http://www.kf.or.kr/korean/)의 해외한국학 관련정
   보 참조.
72 김동택, 앞의 글, 2006, p.235.

이러한 사정으로 정부기구들의 해외 한국학 지원에서 자원을 적절하게 배분하지 못하고 있다. 현재 재단에서 시행하는 해외 한국학 지원사업의 경우 선진국가들 중심으로 이루어지고 있으며 상대적으로 제3세계 국가들에 대한 배려는 형편없이 낮은 편이다. 한 예로 재단이 하버드대학의 한국문학 교수직을 설치하기 위해 지불한 비용은 약 350만 불 정도로 알려졌다. 또한 미국이나 유럽의 다른 대학의 경우에도 이에 버금가는 비용을 투여했다.[73]

하지만 이러한 선진국들의 경우 필요하면 자체 펀드를 만들어서도 교수직을 설치하고 강좌를 개설할 것이며 또 그러한 능력이 충분하다. 이에 비해 여건이 결여된 중국의 경우 더 저렴한 비용으로 훨씬 많은 교수직을 설치할 수 있을 것이고, 강좌를 개설할 수 있을 것이며, 그런 만큼 충분한 효과를 볼 수 있을 것이다.

한국은 세계 10위권의 경제대국이 되었고, 한국기업은 거대한 경제주체로 성장하였다. 또한 사회적인 공헌도 세계 도처에서 다방면에 걸쳐 이루어지고 있다. 그러나 그러한 사회공헌 활동이 한국학 분야에서만큼은 아직 미진한 편이다. 일본의 경우 NISSAN, TOYOTA 등 대기업들의 자금에 힘입어 일본 국제교류기금(Japan Foundation)의 해외 일본학 지원규모와 해외 한국학 지원규모의 차이가 100배에 이른다는 추정도 나오고 있다.[74]

재원이 부족한 해외 한국학의 부피를 늘리기 위해서는 재단 혼자만의 힘으로는 한계가 있는 상황에서 기업의 참여를 유도하는 일은 꼭 필요하다. 중국에 진출한 유수 한국기업들 역시 기업홍보에 도움

---

73 김동택, 「세계와 소통하는 한국학을 향하여」, 2002, p.392.
74 임철우, 「세계 한국학 진흥, 기업참여가 열쇠다.」, 『한국국제교류재단 NEWSLETTER』 Vol.13, No.3.

이 되는 단기적 이벤트성 사업에만 치중하고 있을 뿐, 한국의 국가
적 위상에 걸맞은 한국학의 위상을 확보하기 위한 관심이나 지원에
는 전혀 관심이 없다.

중국의 한국학 지원 사업에 대한 이들의 적극적인 참여를 유도하
기 위해 한국 정부차원의 제도적인 지원정책이 필요하다. 해외 한국
학 지원액에 대한 전액 세금공제 대상이 되게끔 하는 시도를 해보는
것도 좋은 방안이다.

따라서 세계 10위권의 경제력에 알맞게 한국학 지원 및 관리체계
도 일대 혁신을 이루어 한국학이 다시 크게 활성화 될 수 있는 계기
를 마련하는 것이 경제적으로만이 아니라 문화적으로도 선진국이
될 수 있는 첩경일 것이다.

4.2. 중국에서의 한국어 및 한국학 발전전망

중국 경제는 1992년 개혁개방을 본격화한 이후 연평균 9.8%의 고
도성장을 기록하고 있다. 특히 2001년 WTO 가입 이후 4년 만에 세
계 4위의 경제대국, 세계 3위의 무역대국으로 부상하는 등 비약적인
발전을 거듭하면서 세계경제 성장의 견인차 역할을 하고 있다.

최근 수년간 동아시아 국가는 이러한 중국을 경제성장의 동력으
로 삼고 있는데 그 중에서도 한국은 최대 활용국이라 할 수 있다. 수
교 15년인 2007년 한국의 對중국 무역은 최소 35조원의 GDP를 창출
하면서 한국경제 성장에 연평균 8.7% 기여하였다.[75]

---

75 삼성경제연구소, 「한중 경제관계의 회고와 전망」, 『CEO Information』 제618호, 2007.

현재 중국은 경제건설을 위주로 개혁개방을 더욱 진지하게 진행하면서 국가를 발전시켜가고 있다. 이러한 경제 건설 과정에 중국은 다른 국가들의 좋은 경험을 배워야 한다. 한국은 아세아의 '네 마리 용'으로 급부상하며 '한강의 기적'을 이루었기에, 중국은 한국 경제의 초고속 성장과 선진적인 정치적 민주화를 선망의 대상으로 한국을 표본으로 연구할 가치가 있다. 때문에 21세기에 한중 양국은 문화, 경제, 정치 등 모든 분야에서의 교류가 더욱 밀접해질 것이며 협력이 더욱 강화될 것이다.

특히 양국은 가장 가까운 이웃관계로서 가끔씩 마찰이 있을지라도 여전히 우호관계를 유지하며 상호의 보완성과 지역적 협력이 추진됨에 따라 더 긴밀한 관계로 발전할 것이다.

이에 따라 한국어 및 한국학 교육과 연구도 더욱 증가하고 발전할 것이다. 한중 경제협력이 중국 沿海地區로부터 內陸으로 확장됨에 따라 內陸의 대학들에서도 한국어 학과가 개설되는 경향이 나타나고 있는바 이러한 추세는 차후 계속될 것이다.[76]

또한 중국은 평화지향적인 나라로서 남북한 사이에서 중재자 역할을 할 수 있는 잠재력을 갖고 있다. 때문에 중국에서의 한국어 및 한국학은 남, 북한을 아우르는 교육과 연구를 진행함으로써 한반도 전체의 정치, 경제, 사회문화를 염두에 두어야 한다.

조선(북한) 역시 최근 10년간 개혁개방 정책을 모색해 왔으며 늦은 속도로 진행되고 있다. 개혁개방이야 말로 조선(북한)을 국제사회의 일원으로 이끌어 내는 방향이고 남북의 평화적 통일의 기반을 조성하는 첩경이기 때문이다. 조선(북한)은 서서히 개혁개방이 될

---

76 최근 시안(西安), 쓰촨(四川) 등 서부 내륙지역을 중심으로 한국어학과 개설이 눈에 띄게 늘어나고 있다.

것이다. 그렇게 되어 중국이 남,북한과의 교류가 더욱 활성화되고 확대될 경우 한국어 및 한국학 교육·연구는 또 한 차례의 비약을 마련할 수 있는 절호의 기회가 되어 전성기를 맞이할 것이다.

하지만 이러한 현실과 미래에 陶醉되어서는 안 된다. 그러한 현실과 미래에 도전하기 위해서는 대비할 수 있는 올바른 자세가 필요하다. 일찍 1970년대 초 文化大革命 후기에, 中·朝關係가 호전되면서 여러 대학에 조선어학과가 개설되기 시작하였다. 그러나 몇 해도 안 되어 당시 현실적으로 그렇게 많은 한국 관련 인재를 수용할 수 없었으므로 강좌를 폐쇄하거나 학생모집을 중단하지 않으면 안 되었다.

지난 반세기 동안 중국에서의 한국학 발전역사는 우리에게 중국에서의 한국학의 생존과 발전은 나라의 정치, 경제, 외교 정세와 갈라놓고 볼 수 없다는 것을 일깨워 준다. 文化大革命시기 조선학(한국학)연구가 일체 금지되었던 사실이 이를 잘 증명하고 있으며, 1970년대에 일시적으로 조선어(한국어)학과가 증설되었던 것도 그 시기의 조선(북한)과의 외교관계와 연관되는 것이다. 그리고 냉전시기에 한국과의 교류가 중단되어 있었던 것도 그것을 잘 설명해주고 있다. 오늘날 급부상한 한국학 현황도 한중관계 개선과 갈라놓을 수 없음이 자명하다.[77]

---

77 李得春, 앞의 글, 2004, p. 202.

05
맺음말

국가 경쟁력이 최고의 화두가 되어버린 21세기, 세계 각국은 자국의 국제 경쟁력 향상을 위한 국가 이미지 고양 정책을 펼쳐가고 있다. 이러한 시각에서, 한국을 해외에 널리 인식시키고 국제적 경쟁력을 향상시키기 위한 전략적 차원에서 해외에서의 한국학 연구 진흥을 위한 기초 연구의 필요성은 날로 커지고 있다. 그러나 '한국학 연구'는 그 중요성에도 불구하고 아직 낮은 발전 단계에 머물러 있으며, 특히 지역별, 언어 문화권별 편중 현상이 두드러진다.

한국 국제교류재단에서는 2007년 1월초, 해외 한국학 강좌 개설 대학, 국내외 한국연구 관련 학회, 한국연구 도서사이트, 해외 한국어 강좌 개설대학, 해외 한국연구기관과 해외 주요 대학부설 한국학 연구센터 등이 소개 되어 있는 『해외한국학백서』를 발간하였다. 이 백서는 1990년에 발간된 한국 학술진흥재단의 『해외 한국학의 개황과 발전방향』이후 해외 한국학의 현황을 집대성한 최초의 종합보고서이다.

백서에는 2005년 10월부터 실제 조사 작업에 착수하여 입수된 55개국 632개 처의 자료와 정보가 수록되어 있어, 어느 정도 해외 한국학의 윤곽을 살펴볼 수 있다. 하지만 해외 한국학 교육 연구에 대한 정보가 피상적으로만 제공되어 있다는 점이 가장 큰 문제이다.

재단의 사업소개 위주이고, 설명이 간단하여 해외 각 지역의 한국학 현황이 어떠한지, 수요가 어떠한지, 구체적으로 필요로 하는 과제는 무엇인지, 전망은 어떠한지에 대한 정보는 많이 부족하다. 해외 각 지역의 상황이 다르고, 한국학 발전을 위해 필요로 한 것이 서로 다름에도 그에 대한 정확한 분석이나 정보가 결여되어 있다.

본 논문은 중국에서의 한국학 진흥이라는 궁극적인 목적을 위한 초석으로서, 해당 지역에서의 한국학의 위상과 문제점, 모델안 개발 등과 같은 관련 연구가 지녀야 할 기본적인 방향을 고찰하고, 향후 중국 내 한국학의 기본 방향을 제안할 필요에 의해 계획되었다.

중국은 1990년 3개 대학에서 한국학 관련 강좌를 개설하던 데로부터 현재 40여개로 늘어나는 등 가장 높은 증가세를 보이고 있다. 또한 수교 이후의 한국학의 신장세가 두드러졌음을 보아낼 수 있었다.

본 논문은 현재 중국 내 한국학 강좌 프로그램 개설 대학과 교육자, 수강인원, 학제, 연락처 등에 대한 구체적인 정보를 담고 있으며, 현재 중국 내 대표적인 한국학 연구기관들의 현황과 학술활동 등에 대한 구체적인 정보를 담고 있어 중국 국내 한국학의 정보 소통에 기여하도록 하였다.

한국의 4년제 대학 약 190개교 중에서 중국관련 전공학과를 개설하고 있는 대학은 100여개로 전체의 50%를 넘는다. 이에 반해 중국에는 1,970개 이상의 4년제 대학이 있으나 한국관련 전공학과를 개설하고 있는 곳은 100여개뿐이며 이는 전체의 5%에 불과하다. 21세기에 접어들어 한중관계의 중요성이 점차 증대할 것은 확실한데 이러한 한국학 교육·연구의 부족함은 장래의 중국에게도 커다란 손실임이 분명하다.

중국 내에서 한국학의 객관적인 현황을 충분히 인식하고, 바람직한 한국학 진흥을 추진하기 위해서는, 보다 근본적인 시각에서 그동안 중국에서의 한국어 및 한국학 현황을 짚어보는 일이 무엇보다도 선행되었어야 할 과제이었음에 불구하고, 이러한 작업들이 양국에서 서로 제대로 이루어지지 못한 것이 아쉬웠다.

본 논문은 이러한 공백을 채워주는 의미에서 일정한 정도의 공헌을 했다고 생각한다. 하지만 보다 구체적이고 질적인 분석과 연구가 미흡한 한계를 갖고 있어 아쉬움이 남는다. 이 논문을 계기로 향후 보다 진일보 구체적이고 질적인 분석과 연구를 기대해본다.

| 참고문헌 |

〈단행본〉

탁석산, 『한국의 정체성』, 책세상, 2000.
한영우 외, 『21세기 한국학, 어떻게 할 것인가』, 푸른역사, 2005.
한국국제교류재단, 『해외한국학백서』, 을유문화사, 2007.
沈善洪 主編, 『韓國研究中文文獻目錄』, 杭州 文學出版社, 1994.
延邊科技大學 韓國學研究所, 『중국에서의 한국어교육VI』, 태학사, 2005.
中央民族大學 朝鮮-韓國學研究所, 『朝鮮-韓國學研究』, 新星出版社, 2006.

〈논 문〉

김동택, 「세계와 소통하는 한국학을 향하여」, 『역사비평』61호, 2002년 겨울호.
김동택, 「한류와 한국학 -해외 한국학 현황과 지원방안」, 『역사비평』74호, 2006년
    봄호.
김경일, 「한국학의 기원과 계보- 한국과 동아시아, 미국을 중심으로」, 사회와 역
    사』64, 2003.
김윤태, 「중국의 한국학 연구 동향」, 『中國研究』第38卷, 韓國外國語大學校, 2006.
김왕배, 「아시아의 작은 용: 한국학의 성장과 부흥」, 『사회와 역사』57, 2000.
김미라, 「해외 한국학현황 및 발전 저해요인 분석」, 한국외국어대학교 국제지역
    대학원 석사학위논문, 2007.
송현호, 「중국에서의 한국학 연구 동향」, 『한국문화』제33호, 2004.
전상인, 「해외 한국학의 진흥을 위하여」, 『해외한국학백서』을유문화사, 2007.
정 광, 「해외 한국학연구의 현황과 그 지원의 효율성연구」, 『이중언어학』제19권
    제1호, 二重言語學會, 2001.
민현식, 「한국어 세계화의 과제」, 한겨레말글연구소 발표문, 2005.
박이문, 「학문으로서 한국학의 개념과 방법론 및 지표」, 『韓國學論集』第40輯, 2006.
박명규, 「21세기 한국학의 시공간성과 동아시아」, 『21세기 한국학의 진로모색』,
    서울대학교 개교 60주년 및 규장각 창립 230주년 기념 한국학 국제학술
    회의, 2006.
최장집, 「한국학의 특징과 한계, 발전을 위한 조건」, 『한국학의 정체성 대토론회:
    민족학, 지역학 또는 해체』, 2005.
염창권, 「중국대학의 한국어학과에서 학생들의 한국어습득 양상에 대한 문화 기
    술적 연구」, 학술진흥재단, 2007.
이영호, 「한국학 연구의 동향과 '동아시아 한국학'」, 『한국학연구』제15집, 2006
한영우, 「한국학 발전방안에 관한 연구」, 교육인적자원부, 2002.
황성모, 「한국학 연구의 방향」, 『한국학의 세계화 I』, 한국정신문화연구원 제6회
    국제학술회의 논문집, 1991.
金京善, 「중국의 한국어교육과 한국학 연구」, 『해외한국학백서』, 을유문화사, 2007
金錫起, 「중국에서의 한국어교육 현황 및 한국어 능력시험 실태」, 충남대학교 인
    문과학연구소, 2005학년 국제학술대회 -디지털 시대의 삶과 문화, 2005.
沈定昌, 「中國韓國學研究現況及展望」, 北京大學 韓國學研究中心, 2001.

沈儀琳, 「中國에서의 韓國學 연구현황」, 『中蘇研究』第56號, 1992.

李德春, 「中國韓國學的興起与展望」, 제8회 재중국한국학학술회의, 2004.

李海英 外, 「한국학 전공자를 위한 한국사회·문화 교재개발 방향」, 2006.

汪榕培, 「面向21世紀的我國高等外語專業敎學」, 『外語和外語敎學』第2期, 2000.

季羨林, 「序文」, 『朝鮮學－韓國學叢書』第2輯, 中國社會科學出版社, 1995.

Edward J. Shultz, 「해외한국학 지원 실태와 국제 한국학연구의 강화」, 서울대 개
교 60주년 및 규장각 창립 230주년 기념 한국학 국제 학술회의, 2006.

James B. Lewis, Recent Trends and Future Prospects for Korean Studies in Europe,
Current Trends and Future Objectives of Korean Studies, International
Center for Korean Studies Institute of Korean Culture, Korea University,
2005.

〈Web Site〉

http://www.koreaemb.org.cn/contents/politics

http://www.moe.go.kr/main.jsp

http://www.moe.edu.cn

http://www.kf.or.kr

http://www.krf.or.kr

http://www.mct.go.kr

http://www.ksnet.aks.ac.kr

http://www.ouckorean.zzo.net

한-중 FTA 추진의
무역구제 협상전략에 관한 연구

왕붕안(王 鵬 雁)

■ 이 연구는 "2016학년도 사천이공대학교 특별연구비에 의하여 수행되었음"
(Supported by a Sichuan University of Science & Engineering Grant).

왕붕안(王鵬雁)

- 한국 단국대학교 경영학 석사, 박사
- 연구분야 : 한·중 경제, 국제무역, 국제경제

경력

- 現 중국 사천이공대학교(四川理工學院) 국제통상학과 조교수
- 現 중국 四川省區域國別重点硏究基地 특임연구원

주요논문

- 「중국의 미국산 제품에 대한 반덤핑 조치에 영향을 미치는 결정요인」
- 「한국의 TBT 통보가 중국 농산물 수출에 미치는 영향 분석」
- 「중력모형을 이용한 한국과 중국 지방정부의 교역량 결정요인 분석에 관한 연구」 외 다수

01
서 론

▎ 1.1. 연구의 배경 및 목적

글로벌 금융위기 이후 세계경제 질서 개편 과정에서 중국의 위상이 한층 더 높아지고 있다. 중국은 지난해 세계경제가 침체의 늪에 깊숙이 빠져있는 와중에서도 8.7%의 고성장을 기록했다.

또한 중국이 미국과 함께 세계정치·경제 질서에 결정적인 영향력을 행사하고 있다는 의미에서 G2라는 표현도 나오고 있다. 지난해 중국의 수출은 세계 수출량 총액의 약 10%를 차지하면서 중국은 독일을 제치고 세계최대 수출국이 되었다.

물론 글로벌 금융위기 여파로 세계 교역량이 급감했기 때문에 앞으로도 이 같은 추세가 이어진다고 확신할 순 없다. 그러나 2008년 수출량을 수출액으로 산출해보면 2008년 수출액은 1조 4,307억 달러다. 이는 중국이 세계무역기구(WTO)에 가입한 2001년 당시 수출액 2,661억 달러의 무려 5배가 넘는 규모다. 2001~2008년 동안 연평균 증가율은 27.2%에 이른다. 세계의 공장이라는 표현이 다시금 생생하게 느껴지는 대목이다. 중국은 경제 발전방식 전환을 가속화하고 내수 확대에 주력하여 세계경제에서 계속해서 '세계공장' 역할을 담당하는 동시에 '세계시장' 역할을 꾸준히 키울 것이다. 이는 중국과 다른 나라가 공동 번영하는 기반이 될 것이다.

갈수록 집중되는 '세계시장' 중국은 기타 개도국이 전통 수출시장인 미국과 유럽 외에 새로운 안정적인 소비시장을 찾는 데 도움이 되고 수출 확대와 고용 증대 기회를 가져다준다. 아시아지역에서 중국은 이미 아세안의 최대 무역파트너이자 수출국이 되었다. 글로벌 측면에서 보면, 중국의 적극적인 '세계공장'과 '세계시장' 역할 발휘는 글로벌 WIN-WIN 효과를 낳는다.

2010년 한국과 중국의 양국 간 교역규모는 약 2071.7억 달러로 1992년 수교 이후 약 32.6% 급격하게 증가하였으며, 중국은 對한국 수출은 687.7억 달러, 대비 28.1% 증가 수입은 1384.0억 달러, 대비 35% 증가하였으며, 2010년 중국의 무역수지 흑자규모는 1,831.1억 달러에 달한다. 이러한 중국의 對한 무역수지 흑자의 지속적인 증가는 양국 간 통상마찰의 주요한 원인이 되고 있으며, 현재 한국은 중국을 반덤핑 규제 최대 대상국으로 지정하여 중국 상품에 대하여 집중적으로 반덤핑조사를 실시하고 있다.

중국은 그동안 자국의 경제개발과 산업보호를 위하여 관세, 비관세장벽을 행사하고 시장의 기능보다는 정부의 규제를 통해서 경제를 운영하여 왔다. 최근에 중국은 대외무역규모가 초고속 증가하면서 다른 국가로부터 많은 무역구제조치를 받는 대상국이 되고 있고, 한국 역시 중국 무역구제조치의 주요대상국이 되고 있다. 중국은 자국의 경제적, 법률적 상황을 고려하여 WTO협정을 기준으로 다른 국가와의 FTA 체결 시 별 다양한 형태의 무역국제규정을 마련하고 있다. 특히, 한국의 최대교역상대국인 중국과의 FTA 체결 시 무역구제 분야가 협상에서 매우 신중한 부분이라는 것을 인식해야 국내 산업에 끼치는 피해를 제거 또는 구제할 수 있는 철저한 대응방안을 반드시 마련해야 한다.

자국 산업에 실질적 피해를 야기하는 불공정무역행위에 대한 반덤핑, 상계관세, 세이프가드의 조치는 오히려 제재수단으로 예외적으로 인정하는 제도이다. 중국은 1979년 개혁과 시작하기부터 대외무역을 증대시키기 위하여 저임금, 저가격 전략을 채택하였다. 이로써, 해외시장에서 우수한 경쟁가격을 갖게 되고, 중국 제품도 해외시장에서 신속하게 확대할 수 있었다. 역시 중국의 수출은 많이 증대하는 동시에 세계 각국이 주었던 통상압력도 증가하고 있다. 중국 수출에 대한 외국 통상압력은 바로 무역구제(반덤핑, 상계관세, 세이프가드)조치이다. 즉, 수입의 자유화, 관세인하 등을 통한 국내시장의 개방에 따른 외국으로부터의 덤핑수입이나 보조금을 지급받는 물품의 수입 또는 특정외국 물품의 수입급증으로 인해서 국내 산업이 입게 되는 피해로부터 국내 산업을 보호해야 하는 조치이다.

현재까지 무역구제제도에 관한 연구 논문이 많이 있지만, 본 논문처럼 FTA 협상에 있어서 무역구제에 관한 대응방안을 제시하는 논문이 부족한 실정이다.

1.2. 선행연구

현재까지 무역구제제도와 FTA 관련 연구는 무역구제제도만을 단독적으로 다루거나 FTA 농업, 제조업 분야를 다루는 것이 대부분이다. 따라서 반덤핑, 상계관세, 세이프가드 각각에 대한 연구 및 문제점에 관한 연구가 많이 있지만 FTA와 무역구제를 함께 다룬 연구가 부족하다. 이에는 위성국(2009), 曲魯濤(2010), 마광(2009), 金守美(2008), 송희영(2004) 등의 연구가 있다.

위성국(2009)은 중국의 WTO 가입 전후의 무역구제제고의 변화를 통해 중국의 무역구제제도의 문제점을 모색하였다. 그의 연구에서는 중국의 반덤핑, 상계관세, 세이프가드 제도의 유래, 문제점에 관련하여 분석한 틀을 이용하여 이루어졌고, 이에 한·중 FTA 체결 전망과 무역구제 관련 예상 쟁점을 적재하였다.

曲魯濤(2010)은 한국과 중국의 반덤핑제도의 비교, 한국과 중국 관련 반덤핑 이용현황을 분석하고 중국의 반덤핑제도의 문제점과 개선방법을 지적하였다.

마광(2009)은 양국의 FTA 추진현황의 바탕으로 양국이 체결된 FTA 중의 무역구제(반덤핑, 상계관세, 세이프가드)조치 조항의 비교 내용을 제시하였다.

金守美(2008)는 FTA와 무역구제제도의 여러 가지 이론적 바탕, FTA 체결 현황 및 무역구제제도의 이용현황을 파악하여 FTA와 무역구제제도의 관계를 도출하는 것을 목적으로 한다. 또한 한국의 기 체결된 FTA의 무역구제규정 간 비교를 통해 시사점을 도출하고 연구내용을 한·중 FTA 무역구제에 적용한다는 것을 이루어졌다.

송희영(2004)은 한·중 양국 간의 반덤핑조사 증가 요인에 대한 연구를 하였는데, 동 연구에서는 한·중 양국 간 반덤핑규제 동향을 분석하여 한·중 양국 간 반덤핑 조사 증가요인을 분석한 후 향후 정부의 대응방안 및 업계의 대응방안을 제시하였다.

02
한·중 무역구제 부문
대외협상 기조 분석

▌ 2.1. 한·중 양국의 반덤핑 현황 및 중국의 정책기준

중국 상무부의 『2011 국가별 무역투자환경 보고서((國別貿易投資環境報告2011)』통계에 따르면 2009년 한해 동안 중국산 제품에 대해 이루어진 무역구제조사 조치는 총 66건에 이르며 관련 금액이 71.4억 달러에 달했으며, 그 중 반덤핑 조치는 43건이다. 동시에 무역구제조치, 기술장벽, 수입제한 등 무역장벽조치는 중국 대외경제무역이 대한 큰 영향을 주었다.[1]

---

1 2011 국가별 무역투자환경 보고서(國別貿易投資環境報告2011). 서론. 중국 상무부.

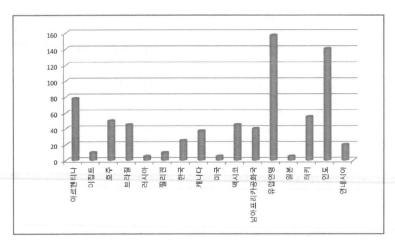

* 출처: 저자 작성. 2011국가별 무역투자환경 보고서(國別貿易投資環境報告2011).
중국 상무부 토대 자료.

〈그림 1〉 2010년말까지 주요국별 대중국의 반덤핑 현황

〈그림 1〉에서와 같이 1995년 1월 1일부터 2010년 말까지 중국은
미국과 EU 및 개발도상국으로부터 중국에 대한 반덤핑조사 국가가
증가하고 있으며, 특히 유럽연맹 및 인도의 對중국 반덤핑조사 비중
이 가장 크다.

1995년 1월 1일부터 2010년 말까지 한국은 미국, 중국 및 인도 등
총 20개 국가로부터 수입규제 조사를 받았다. 〈표 1〉를 살펴보면, 반
덤핑조사가 268건이고, 반덤핑조치건수는 165건이었다.

〈표 1〉 한국의 반덤핑 피제소 건수

연도	조사건수	조치건수
1995	14	4
1996	11	6
1997	15	3

1998	27	14
1999	35	15
2000	23	23
2001	23	12
2002	23	13
2003	17	22
2004	24	13
2005	12	8
2006	11	10
2007	13	6
2008	9	8
2009	7	7
2010	4	1
합계	268	165

출처: http://www.wto.org/english/tratop_e/adp_e.htm 자료정리.

한국에 대한 반덤핑 주요 제소국가 통계자료를 〈표 2〉에서 조사건수와 조치건수를 살펴보면 각각 인도 1위 47건, 35건; 중국 2위 31건, 25건; 미국 3위 29건, 14건; EU 28건, 12건 등이다.

〈표 2〉 외국의 대한국 반덤핑 조사 현황

제소국가	조사건수	조치건수
인도	47	35
중국	31	25
미국	29	14
EU	28	12
합계	135	86

출처: http://www.wto.org/english/tratop_e/adp_e.htm 자료정리.

〈표 3〉에서와 같이 1995년 1월 1일부터 2010년 말까지 한국이 외국을 대상으로 반덤핑 조사건수는 111건이고, 반덤핑 조치건수는 70건이었다. 중국은 1위, 일본은 2위, 미국은 3위이다.

〈표 3〉 한국의 주요국별 반덤핑 조사 현황

피제소국	조사건수	조치건수
중국	23	19
일본	16	12
미국	13	7
인도네시아	6	3
합계	58	41

출처: http://www.wto.org/english/tratop_e/adp_e.htm 자료정리.

〈그림 2〉를 살펴보면, 2010년 중국은 한국에 대해 가장 많은 50건의 반덤핑 조사를 실시했다. 일본은 2위이고 총 37건 실시했고, 3위는 유럽 36건이다.

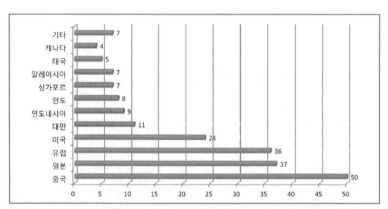

출처: 무역위원회(http://www.ktc.go.kr/).

〈그림 2〉 對한 반덤핑 규제 현황(2010년 말까지)

〈표 4〉 한·중 양국 간 2010년 반덤핑 조사 중인 현황

구분	한국			중국		
	조사개시	품 명	조 치(%)	조사개시	품 명	조 치(%)
1	97.4	푸르푸릴알콜	신청철회	97.12	신문용지	9~55(종료)
2	97.10	전기다리미	43.77(종료)	99.4	폴리에스터 필름	13~46
3	97.11	페로실리코 망간	17.95~24.68 (종료)	99.6	스테인리스 냉연간판	4~57 (가격약속)
4	99.11	알칼리망 간건전지	26.7(종료)	00.12	이염화메탄	4~28
5	02.1	백시멘트	미소마진	01.2	폴리스테린	피해부정
6	02.11	정보용지 및 백상지	2.22~7.72 (종료)	01.6	L-라이진	피해부정
7	03.6	규산나트륨	신청기각	01.8	폴리에스터칩	5~52(종료)
8	03.7	차아황산소다	11.78~21.07	01.8	폴리에스터단 섬유	2~33(종료)
9	03.12	염화콜린	10.28~27.55	01.10	아크릴레이트	2~20(종료)
10	04.4	이산화티타늄	4.82~23.08	02.2	인쇄용지	4~51
11	05.4	도자기질타일	2.76~29.41	02.3	무수프탈산	0~13
12	05.9	PF-DTY	2.60~8.69	02.3	합성고무	7~27
13	06.2	PVA	11.11~35.17 (종료)	02.3	냉연강판	0~40(종료)
14	07.4	플로트판유리	15.22~36.01	02.3	PVC	6~76
15	07.5	과산화벤조일	0~9.72	02.5	TDI	3~5
16	07.9	초산에틸	5.81~36.01	02.8	페놀	5~16
17	07.10	PET 필름	5.67~25.32	02.9	MDI	피해부정
18	07.10	크라프트지	4.03~10.79	03.5	클로로포름	62
19	08.1	POY	2.97~6.26	03.7	광섬유	7~46
20				03.12	수화하드라진	28~35
21				04.4	골판지	11~65.2 (종료)
22				04.5	비스테놀A	피해부정
23				04.8	EPDM	피해부정
24				04.11	핵산	25~119
25				04.12	ECH	3.8~4.0

구분	한국			중국		
	조사개시	품 명	조 치(%)	조사개시	품 명	조 치(%)
26				05.4	폴리우레탄 및 스판덱스	0~60
27				05.9	옥탄올	조사중지
28				06.1	비스페놀A (BPA)	5.8~37.1
29				07.3	아세톤	5.0~51.6
30				08.5	디메칠 사이클 로실옥산	25.1
31				08.11	아디프산	5.9~16.7
32				09.2	테레프탈산 (TPA)	2.0~3.7

* 출처: 지식경제부 보도자료. 한·중 무역구제기관 한자리에 모여 협력 논의-제 11차 한·중 무역구제 협력회의 개최. 2010.11.9.

〈그림 3〉에서와 같이 2010년에 한국은 총 11건의 중국산 품목, 중국은 총 20건의 한국산 품목에 대해 반덤핑 관세를 부과 중으로, 양국 상호간 2010년까지 규제중인 반덤핑 조치가 많다. 또한 한·중 간 교역규모가 지속 증가하고 있음에 따라 향후에도 양국 간 반덤핑 조치가 증가할 우려가 상존하고 있는 상황이다.

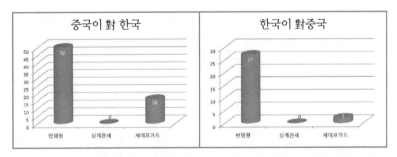

* 출처: 저자 작성. 2011 국가별 무역투자환경 보고서(國別貿易投資環境報告 2011). 중국 상무부 토대 자료.

〈그림 3〉 한·중 양국의 무역구제 조치 현황

위의 〈그림 3〉를 살펴보면, 2010년 말까지 한·중 양국 간 반덤핑, 상계관세 및 세이프가드의 조치 건수 통계를 통해 한·중 양국은 모두 반덤핑 조치가 증가되어 해왔다. 상계관세 조치가 없었지만 향후에 발동 조치를 위하여 미리 방지할 수 있는 제도가 필요하다. 그리고 세이프가드 조치는 중국의 對한국 조치가 15건으로 한국의 對중국 조치 2건보다 많다. 이것 역시 방지 가능한 제도가 필요하다고 본다.

중국은 양국 간 교역불균형에 문제가 있어서 반덤핑규제를 통해 통상압력을 가하고 있다. 한·중 양국 간의 상호 무역의존도가 높은 것도 중국의 對한국의 반덤핑규제 원인으로 볼 수 있다. 한·중 교역 구조는 한국이 중간재와 부품 등 고부가가치 위주의 상품을 중국에 수출하고, 중국으로부터 제조업 완제품을 수입하는 구조이다. 최근에 전자부품, 철강, 산업용 및 가정용 전자 등 형태가 나타나고 있다. 중국의 對한국 반덤핑 제소 현황을 본 결과, 조사대상 품목들의 수출경쟁력이 아주 약한 것으로 나타났다. 화학공업은 한국의 對중 주력 수출품인 동시에 중국 내 공급과잉이 심하고, 중국으로서는 자국 기업을 보호하기 위한 목적으로 한국과 기술격차 급속히 좁혀지려고 비효율적, 자의적인 보호무역수단을 활용하는 것으로 보인다.

한국의 중국에 대한 반덤핑 제소는 중국의 대한 수출량이 급속히 증가한 필연적인 관계가 있다. 일반적으로 보면, 수출이 많을수록 반덤핑제소를 당할 가능성이 높다. 수출액이 증가하면 한국 산업과 경쟁 품목이 많아지고, 수출상품의 수량이 많아지면 반덤핑 피소 건수도 많아지게 된다. 그리고 중국 기업이 국외 시장에서 자리를 매기 위하여 저가 수출, 저가 시장이 형성되었다. 이로써 국외 경쟁기업 제품보다 싼 덤핑행위를 하게 되었다. 그로 인해 자연스럽게 덤핑제소도 많아지게 되었다.

▌2.2. 중국의 반덤핑 제도

1994년 대외무역법 제30조는'수입물품이 덤핑으로 국내 산업에 초래한 피해에 대하여 반덤핑조치를 취할 수 있다.'[2]라고 규정하여 반덤핑 법률제도를 실시하였고, 1997년 3월 25일에는 국무원이 〈중화인민공화국 반덤핑과 반보조금조례(反傾銷和反補貼條例)"〉를 제정·공포하였다. 반덤핑조사에 대한 실체적이고 절차적인 규정을 마련하였고, 세이프가드 관련 규정이 누락되어 있고 조례의 내용이 모호하며 WTO 반덤핑협정과 불일치하는 부분이 있어 문제점이 제기되었다. 이 조례는 반덤핑에 관한 최초의 전문입법으로 평가된다. 국무원의 조례제정을 계기로 1997년 12월 10일에 중국 무역구제제도 실시 후 최초로 미국, 한국, 캐나다 수입 신문용지에 관한 반덤핑조사가 발동되기도 하였다.[3] 이 조례는 반덤핑 실체법과 절차법이 함께 규정되었다. 신청, 입안(立案) 시작에서부터 중재, 반덤핑 세금을 징수까지 적합한 규정을 하였다. 외국 상품의 덤핑을 겨냥한 반덤핑 소송에 대한 확실한 법률근거를 제공한다. 그런데 이 조례는 WTO에 관련한 기본원칙과 불일치 점이 있다. 그리하여 2001년 11월 26일 1997년 조례의 내용을 수정하여 〈중화인민공화국 반덤핑조례(反傾銷條例)〉 새로운 법률을 공포하였다. 덤핑과 보조금을 동시에 포함하고 있는 구 조례에서 덤핑과 보조금을 분리하고 WTO 반덤핑협정의 기본골격을 수용하는 등 현실에 맞게 크게 보완하였다.

상무부 출범 이후 〈반덤핑 산업피해조사와 판정규정〉은 〈반덤핑 산

---

2 위성국, 「중국 무역구제제도에 관한 연구」 석사학위논문, 경희대학교 국제법무대학원 중국법무학과, p.14, 2009.
3 전게서. p.14.

업피해조사규정)으로 개정되었고, 2004년에 대외무역법[4]과 반덤핑조
례도 개정됨으로써 반덤핑제도 운영을 위한 법체계를 완성하였다.[5]

　　결국 현재는 중국의 반덤핑제도는 2004년 완성된 전국인민대표회
의 대외무역법과 국무원의 반덤핑조례 및 상무부의 시행세칙과 2002
년 최고인민법원의 반덤핑 관련 사법해석을 그 법원으로 하고 있다.
아래 〈표 5〉에서와 같이 중국의 반덤핑 제도체계를 상세히 소개하였다.

〈표 5〉 중국 반덤핑제도 체계

구분	제정처	법률	제정	시행
법(Law)	전인대	對外貿易法(대외무역법)	1994. 5.12	2004.7.1
조례(Rule)	국무원	反傾銷條例(반덤핑조례)	2001. 11.26	2004.6.1
규칙 (Regulation)	상무부	傾銷及傾銷幅度期中復審暫行規則 (덤핑 및 덤핑마진 중간재심 규칙) 反傾銷新出口商復審暫行規則 (반덤핑 신규 수출자 재심 규칙) 反傾銷問暫卷調査行規則 (반덤핑 조사 질의서 규칙) 反傾銷退稅暫行規則 (반덤핑관세환급규칙) 反傾銷價格承諾暫行規則 (반덤핑가격약속규칙) 反傾銷調査信息披露暫行規則 (반덤핑조사정보통보규칙) 反傾銷調査廳証會暫行規則 (반덤핑조사공청회규칙)	2002.2 ~2002.3	2002.2 ~2002.4

---

4 대외무역법은 총 11장 70개 조항으로 구성되어 있으면, 반덤핑제도와 관련된 조
　항은 제8장 제41조와 제42조이다.
5 정지원, 박혜리, 여지나, 「한·중 FTA 반덤핑분야: 제도 및 예상 쟁점」, KIEP 대외
　경제정책연구원, p.45, 2007.

구분	제정처	법률	제정	시행
규칙 (Regulation)	상무부	反傾銷調査實地核査規則 (반덤핑조사현장조사규칙) 反傾銷調査立案暫行規則 (반덤핑조사개시규칙) 反傾銷調査公開信息査閱暫行規則 (반덤핑조사공개정보열람규칙) 反傾銷調査抽樣暫行規則 (반덤핑표본조사규칙)	2002.2 ~2002.3	2002.2 ~2002.4
규정 (Regulation)	상무부	産業被害調査廳証規則 (산업피해조사공청회규칙) 反傾銷産業被害調査規定 (반덤핑산업피해조사규정)	2002.12 2003.10	2003.1 2003.11
규정 (Regulation)	최고 인민법원	最高院審理反傾銷行政案件應用法 律若干問題的規定 (반덤핑행정사건심리규정)		2003.1

* 출처: 중국 사이트: 저자 작성. 각 법률 규정 조사 자료 토대 정리(www.baidu.com).

| 2.3. 중국의 상계관세 제도

중화인민공화국반보조금조례 제2조는 "수입상품에는 반보조금
이 존재하고 이미 국내산업에 실질적 피해 혹은 실질적 피해 위협을
초래하거나 국내 산업에 대한 실질적 지연되는 경우, 이 조례에 의
해서 조사를 진행하여 반보조금조치를 취할 수 있다"고 규정하고 있
다.[6] 따라서 반보조금조사를 진행하려면 보조금의 존재와 피해가 존
재하고, 보조금과 피해 사이에 인과관계가 인정되어야 한다.[7]

---

6 반보조금조례 제2조.
7 위성국, 「중국 무역구제제도에 관한 연구」 석사학위논문, 경희대학교 국제법무대
  학원 중국법무학과, p.86, 2009.

　반보조금조치에 관한 중국의 법원은 대외무역법에 근거하여 반덤핑과 반보조금조례를 제정하여 공포하였다. 중국이 WTO 가입을 목적으로 WTO협정과 불일치 상계관세에 관한 규칙과 절차를 2001년 11월 반덤핑조례와 함께 반보조금 조례가 제정되었다. WTO원칙과 일치를 도모하고 구체성을 제고시켰다.

　제3조 반보조금이란 수출국(지역) 정부 또는 공공기관의 제공한 수혜자에게 이익을 가져다주는 재정지원과 어떠한 형식의 수입 혹은 가격지지를 말한다. 여기서 수출국(지역) 정부 또는 공공기관을 수출국(지역) 정부라고 통칭한다.

　재정지원은 (1) 수출국(지역) 정부가 지출금(撥款), 대출금, 자본투입(資本注入) 등 형식으로 직접 자금을 제공하거나 대출금 담보(貸款担保) 등의 형식으로 잠재적으로 자금 혹은 채무를 직접 양도하는 경우, (2) 수출국(지역) 정부가 받아야 할 수입을 포기하거나 수납하지 않는 경우, (3) 수출국(지역) 정부가 일반 기초 시설 이외에 화물(貨物), 서비스를 제공하거나 수출국(지역) 정부가 화물(貨物)을 구매하는 경우, (4) 수출국(지역) 정부가 자금조달기구(籌資机构)에 돈을 지불하거나 또는 민영기구(私營机构)에 위탁, 지시하여 위의 같은 기능을 이행하는 경우를 포함된다.

　반보조금조치가 취해지는 보조금은 반드시 특정성을 갖춰야 하며, 다음 상황 중 하나에 해당하는 보조금은 특정성을 구비하고 있다고 판단한다. (1) 수출국(지역) 정부가 명확하게 지정한 일부 기업, 산업이 받는 보조금, (2) 수출국(지역) 법률이나 법규가 명확하게 지정한 일부 기업이나 산업이 받는 보조금, (3) 지정된 특정지역 내의 기업이나 산업이 받은 보조금, (4) 수출실직을 조건으로 보조금을 획득, (5) 본국(지역) 제품이 수입제품을 대신하는 조건으로 보조금을 획득. 보조금의 특정성을 확정할 때, 보조금 받는 기업의 수량과 금액, 비율, 기간 및 보조금 제공방식 등 요소를 고려하여야 한다.

2.4. 중국의 세이프가드 제도

중국의 세이프가드제도는 1994년 제정된 대외무역법 제29조에 근거하여"수입제품의 수량이 증가하고 동종 또는 직접 경쟁적인 상품을 생산하는 생산자에 심각한 피해나 심각한 피해의 위협을 초래할 경우 국가(정부)가 필요한 보장조치를 취하여 그 피해나 피해의 위협을 제거 또는 경감할 수 있다."고 규정한다. 그러나 이는 원칙적인 규정에 불과하고 세이프가드 규정을 실행하기 위한 시행세칙이 마련되지도 못했다. 따라서 피해 발생 시 누가 어떻게 조사를 할 것이며, 어떤 조치를 취할 것인지 등을 알 수 없었다. 이로 인해 1994년~2001년 말까지 수입제품에 대해 세이프가드조치가 취해진 적이 한 번도 없었다.

중국 WTO 가입 이후 수입품의 증가로부터 자국산업을 보호하기 위해 그리고 또한 위의 제시한 문제점 때문에 중국 국무원은 2001년 11월 26일 대외무역법에 제29조에 근거하여 반덤핑조례·반보조금조례와 함께 세이프가드조례인 총5장 35조로 구성된 보장조치조례(세이프가드조치조례)를 제정하였다.

이후 외경무부는 2002년 2월'세이프가드조사입안규칙(保障措施{調查立案暫行規則)', '세이프가드조사공청회규칙(保障措施{調查听証會規則)'등 시행세칙을 제정하여 보완하였다.

03
한·중 FTA 무역구제
협상 전략

3.1. 한·중 FTA 무역구제의 문제점

한국은 현재 여러 나라와 FTA 협정을 진행하고 있지만 중국과의 FTA 협상에는 비교적 신중한 입장을 보이고 있고, 중국은 적극적인 입장을 보였다. 한·중 FTA 협상과정에서 예상되는 문제점은 첫째, 중국의 동북 3성과 산동성의 기후, 지리적 위치 및 농업생산방식이 한국과 유사하여 한국에서 생산되는 모든 농산물이 훨씬 저렴한 가격에 생산되고 있기 때문이다. 지리적 인접성과 함께 규모의 효과로 한국 농가에 큰 피해를 줄 것이 우려되는 농업분야로 예상된다.

둘째, 중국은 13억 세계최대 인구대국으로서 FTA 협상이 자국의 경쟁력이 있는 인력이동 양허협상에 적극적이다. 그러나 한국은 좁은 국토에 많은 인구가 들어오면 인구밀도로 인하여 인력이동 개방에 대한 소극적 자세를 취하고 있다. 한·중 FTA 협상 시 중국 인력이동을 어떻게 접근할지는 주시할 필요가 있다.

셋째, 중국은 아직까지 국내산업의 경쟁력이 미흡하다 보니까 중국 국내산업을 보호하기 위하여 집중적으로 반덤핑, 상계관세, 세이프가드조치를 활용할 것이다. 2010년 말까지 중국의 對한국 반덤핑 제소는 50건이었다. 그리고 1996년 마늘분쟁 때문에 세이프가드조치에 대한 검토도 필요하다고 생각한다. 중국은 세계 무역구제조치의 주요 대상국이며, 한국은 중국 반덤핑제소의 주된 대상국이다. 따라서 양국의 경제에 미치는 영향이 큰 반덤핑, 상계관세, 세이프가드 등 무역구제 부분에는 한·중 FTA 협상 과정에서 중요한 쟁점이 될 것으로 판단된다. 이 부분에 대한 충분한 검토와 대응방안이 필요할 것이다.

1) 반덤핑의 문제점

(1) 중국의 반덤핑법제(法制)의 복잡성

중국은 WTO 회원국으로 가입하면서, WTO의 규정과 일치시키기 위한 1997년 제정된 〈중화인민공화국 반덤핑 및 반보조금조례〉를 〈중화인민공화국 반덤핑조례〉로 새롭게 개정되었다. 그러나 중국에도 국내법제 〈대외무역법〉이 개정되어 있다. 〈대외무역법〉은 WTO 규정과 불일치하며, 무역구제 문제 생길 경우, 대부분 〈대외무역법〉 기준으로 해결한다. 〈대외무역법〉중"우회방지와 보복조치"규정이 있다. 이 규정은 어떤 국가(지역)가 중화인민공화국의 수출상품에 대해 차별적인 반덤핑, 상계관세, 세이프가드조치를 취하면 중화인민공화국은 실제 상황에 근거하여 해당국가(지역)에 대해 상응한 조치를 취할 수 있다는 보복조항을 규정하고 있다. 이로 인해 상대국에게 상당한 피해를 줄 수 있다. 그리고 특히 중국의 반덤핑조례의 모호성과 자의적 판단 가능성을 줄이는 방향으로 개선이 이루어져야 한다.

(2) 덤핑마진 산정

WTO 반덤핑협정 제2조는 덤핑마진을 산정할 때 거래단계, 거래시기, 판매조건의 차이 등 가격비교에 영향을 미치는 요인들을 정상가격과 수출가격에 반영해야 한다고 규정하고 있다. 그러나 중국 반덤핑조례 제6조는 수입제품의 수출가격과 정상가치에 대하여는 가격에 영향을 미치는 각종 비교성 요인을 감안해야 한다고 규정하고 있다. 구체적인 규정은 포함하지 않고 중국 자국에 유리한 기준을 적용시킬 의도가 보이다.

(3) 국내산업의 확정

중국 반덤핑조례 제11조는 국내산업을 국내 동종제품의 전체 생산자 또는 그 총생산량이 국내 동종제품의 전체 총 생산량의 주요 부분을 차지하는 생산자로 규정하고 있다. 이 협정 중"주요한 부분"에 대한 수량화된 기준이 정확하게 제시되어 있지 않다. 중국 자의성이 개입될 의도가 보이다.

2) 상계관세의 문제점

중국의 반덤핑조례와 마찬가지로 규정 의미가 불명확하여 WTO 반보조금협정과 불일치하다. WTO 보조금협정의 수준에 부합하는 수준의 규범이 필요하다. 또한 보조금 문제는 중국 WTO 회원국 가입 이후 15년간 비시장경제국으로 취급 받음에 따라 상계조사를 실시할 경우 특별 취급을 받을 수 있게 되어 있다. 2002년 12월 개정된 한국의"관세법"에 따라 특정국가의 수입제품에 대해 긴급관세조치를 실시할 수 있도록 되어 있고 2013년 12월까지 중국은 한국의'예외적인 긴급관세 적용대상국'으로 되어 있다. 이로써 중국 측은 반드시 이의 개선을 요구할 것이다. 그리고 중국이 경제발전을 촉진하기 위하여 중앙정부는 특정 기업에 부합되지 않는 보조금을 지급하고 있다. 한·중 FTA 협상 시 고려해야 한다.

3) 세이프가드 관련 문제점

세이프가드조치는 반덤핑이나 상계관세와 만찬가지로 발동요건 중"심각한 피해 및 심각한 피해의 우려", 보복조치 조항에 규정된"상응한 조치"에 관한 구체적인 기준 내용을 명확하게 규정이 없다. 이 조항을 이용해서 중국의 강한 의지로 지속적으로 한국의 농업에게 피해를 줄 전망이다. 중국은 거의 모두 농산물은 국내에서 재배하고 있어, 수출하고 있다. 따라서 FTA 체결될 경우, 한국 농업은 심각한 피해를 받을 전망이다. 그러므로 협상할 때 이 부분에 대한 적극적인 대응방안이 필요하여 예외조치가 필요한 것으로 예상되고 있다.

3.2. 한·중 FTA 무역구제 대응방안

한·중 FTA 무역구제 협상에서 어떠한 기준으로 무역구제 규정을 도입할건지, 한국 국내기업이 피해를 덜 입기 위해 철저한 규정이 정해져야 한다. 그런데 규정이 엄격하면 중국측도 상응한 조치를 하게 되면 FTA 협상 필요성이 떨어진다. 원래 FTA협상은 양국이 각자 자국에 필요한 규정을 가지고 협상하는 원칙이다. 효율성 있는 한·중 FTA 협상이 되려면 서로 양보도 필요하다. 한국이 제일 걱정하는 농산물, 인력이동에 대한 국내기업을 보호하도록 보복조치가 필요하다. 그럼 중국측에게 동의를 요청하려면 중국쪽에 걱정하는 품목별도 상응한 양보가 주어야 한다. 한국이 세계의 공장, 세계의 시장으로 부상한 중국으로부터 오는 기회 및 위협에 대응하면서 한·중 경제협력을 발전시킬 수 있으며, 대응방안은 다음과 같이 추진할 필요가 있다.

1) 반덤핑조치에 대한 대응방안

첫째, 정상가격 산정에 명확히 규정되어 있지 않다. 따라서 정상가격을 높게 책정하여 덤핑마진을 인위적으로 확대할 가능성이 있어 산정하는 방식에 대한 구체적인 투명하고 표준화된 방안을 협상과정에서 논의해야 할 것이다.

둘째, 국내산업의 수량화된 기준과 규정을 협상과정에서 구체적인 제정을 필요로 한다. 그리고 피해의 우려에 관하여 정확한 판단기준을 제시하고, 정상가격이 과대 산정되는 것을 명확히 방지할 수 있도록 하여야 한다.

또한 한·중 FTA 반덤핑조치의 협상에서 어떠한 형태의 규정을 도입해야 하는 것이 가장 이상적인 대응방안에 관한 철저한 연구가 선행되어야 한다. 중국은 WTO 반덤핑협정과 일치하기 위해 필요한 개정을 있어야 생각한다. 그러나 한·중 FTA 협상 시 달리 중국의 개정을 기다리면 안 되고 대응할 수 있는 방안을 미리 검토하는 것이 있어야 한다.

2) 상계관세조치에 관련 대응방안

중국이 자국의 산업보호에 위한 지원제도를 살펴볼 필요가 있다. FTA 협상 타결 후, 중국 중앙정부 뿐만 아니라 지방정부에서도 보조금을 많이 지원할 것으로 판단된다. 그럼 한국과 경쟁관계에 있는 산업과 품목에게 어떠한 지원을 하는지를 파악해야 한다. 2010년 말까지 중국 상무부 자료를 살펴보면, 아직까지 양국 서로에게 상계관세를 부과한 적이 없었다. 하지만 지속적으로 부과하지 않는 것이 아니다. 사건 발생하기 전에 충분히 준비를 해야 한다. 관련되는 제도 및 관행이 점검해야 한다. 중국은 최근 계속되는 높은 경제성장률을 보이고 있다. 세계 각국과 무역교역량이 지속적으로 증대시키기 위해 중국 정부의 기업이 확대할 것으로 보인다. 따라서 한·중 FTA 상계관세조치 협상에서 적용 가능성을 아주 제외하는 것은 바람직하지 않는다. 최소한 상계관세의 부과 근거는 마련해 두는 것이 필요하다.

3) 세이프가드조치에 관련 대응방안

첫째, 양국이 민감한 산업분야 및 품목을 고려해야 한다.

둘째, 다자간 세이프가드조치의 적용 규정을 도입할 것인지의 여부를 고려해야 한다.

셋째, 보복조치규정에 대한 조치가 필요하다. 중국의 일방적 조치로서 〈대외무역법〉기준으로 협상하면 한국에게 큰 손해가 입을 것이다. 양국 간 다시 공동법을 연구하거나 WTO 규정에 따라서 실행하거나 적절한 방법을 찾아야 한다. 따라서 이러한 민감 품목들이 중국으로부터의 수입증가로 인해 국내산업에 많은 피해를 줄일 것으로 예상할 수 있다.

따라서 한·칠레 FTA에서와 비슷한 한·중 FTA 세이프가드조치 협상에서도 당해 민감 품목에 대한 양자 간 특별 세이프가드조치의 도입하는 것이 가장 유리할 것으로 보이다. 이처럼 FTA의 세이프가드조치 규정은 상황에 따라 다양한 유형을 도입할 수 있고, 따라서 한국에게 적합한 세이프가드조치 규정을 도입하기 위한 노력을 필요로 한다.

한·중 FTA 무역구제 분야의 협상전략을 종합하여 보면 다음과 같다.

무역구제 제도가 시장개방과 자유무역화에 기여하는 정도를 의미하고 무역구제 제도를 실질적인 국내산업 보호수단을 사용할 수 있는 정도를 의미한다. 현재는 한·중 양국이 무역구제 제도의 이용은 실질적인 국내산업 보호수단으로 남용(濫用)될 가능성이 많기 때문에 산업보호 효과는 그다지 크지 않지만 시장을 개방하고 무역을 자유화하는데 있어서는 오히려 걸림돌(絆脚石)로 작용할 수 있다.

(1) 현행 무역구제제도 인정 실시

현재 양국이 실시하고 있는 무역구제 제도가 그대로 인정하게 되면 양국의 시장개방에는 큰 영향이 없지만 양국이 자국 산업보호하기 위한 분쟁 생길 경우, 어느 국가의 제도에 의거해야 하는지 재량권(決定權) 논란을 피할 수 없다. 그리고 FTA 체결의 목적 중의 하나는 관세인하와 비관세장벽을 제거하는 것임을 고려할 때, 현재와 같은 모호한 무역구제 제도와 규정에 따른 자의적 무역구제 조치의 활용을 인정하면 한국에게 그렇게 유리한 방법이 아닌 것으로 생각한다. 그러나 중국의 입장 보면 자국의 산업보호를 고려하기 때문에

이 대안을 가장 선호할 가능성이 높다.

(2) WTO 협정의 준수

현행 WTO 협정을 기준으로 하게 되면 협상에 장점이 될 수 있고, 중국이 WTO 가입한 후 무역구제 제도 부분은 아직까지도 WTO 협정과 미흡한 점이 존재하기 때문에 WTO 협정의 수용을 최소한 조건으로 내세우는 것에 대해 중국이 쉽게 찬성할 가능성이 있다. 그러나 WTO 협정 자체도 애매함과 불확실성이 존재하기 때문에 WTO 협정에 준하는 것도 문제가 있을 것이다. 역시 한국에게 유리한 대안이 아니라고 생각한다.

(3) 양국이 별도의 협정 선정

WTO 협정 자체가 문제가 많기 때문에 이를 수정하고 보완하는 시간이 많이 걸린다. 이를 고려할 때, 양국이 새로운 규정을 만드는 것도 좋은 방법이라 생각한다. 물론 새로운 규정의 기본 내용과 목적은 WTO 규정이 갖는 많은 문제, 한계를 극복하여 무역구제제도가 자국의 국내시장 보호를 위하여 자의적이고 임의적으로 실시되는 것을 방지하여 시장개방 및 자유무역화에 기여하는 것이 되어야할 생각이다. 그러나 새로운 법과 제도를 형성하는데 소요되는 시간과 막대한 비용을 고려할 때는 또 실질적인 이득이 있다고 보기는 어려울 것이다.

(4) 보복조항의 삭제

양국 사이의 전반적인 통상 분쟁을 사전에 예방하거나 발생 가능성을 줄이는 조치 중의 하나는 중국이 보복조항을 정비 또는 삭제하거나 최소한 한·중 FTA에서는 보복조항에 대한 공식적으로 명확하고 엄격한 규정을 제정하는 것이 가장 바람직한 방향이고 생각한다. 그러나 중국이 WTO 가입에 의한 급격한 시장개방과 선진국들의 차별적인 조치에 맞설 현실적인 수단으로서 보복조항을 삭제하기는 어렵다.

(5) 무역구제제도의 폐지

국내산업 보호를 위해 자의적으로 사용하는 무역구제제도를 봉쇄하고 시장개방에 의한 자유무역 이익의 극대화를 달성하는데 있어서는 가장 효과적이라고 볼 수 있다. 자국 산업을 보호하여 무역의 흐름을 왜곡하는 데 남용될 가능성이 있는 무역구제제도도 철폐되어야 한다고 볼 수 있다. 다만 장기적으로 볼 때 한국과 중국이 모두 시장개방에 따른 경제적 문제를 방지하거나 최소화하는 수단으로 무역구제제도를 폐지하는 건 어렵다. 그러나 일시에 무역구제제도를 폐지하는 것에 찬성할 가능성이 높아진다.

04
결 론

4.1. 연구의 요약

2010년 한국과 중국의 양국 간 교역규모는 약 2071.7억 달러로 1992년 수교 이후 약 32.6% 급격하게 증가하였으며, 중국은 對한국 수출은 687.7억 달러, 대비 28.1% 증가 수입은 1384.0억 달러, 대비 35% 증가하였다. 한국의 최대 교역상대국이 되었다. 한편, 중국도 한국의 무역구제 제소대국이었다. 2000년 한·중 마늘분쟁에서 중국이 〈대외무역법〉에 따라, 중국산 마늘에 대해 세이프가드 조치를 취하는 동시에 한국산 휴대용 무선전화기 등에 대해 상등한 보복조치를 취했다. 이번 협상중에 한국이 중국의 요구에 끌려갔던 경험이었고, 따라서 향후 한·중 FTA 무역구제조치 협상과정에서 조금 도움이 될 것으로 판단된다.

중국은 전 세계에서 가장 빈번하게 무역구제 조치의 피제소국이 되는 국가 중의 하나이기 때문에 외국의 무역구제 조치 발동을 억제하면서도 동시에 자국의 비교열위 산업을 보호하기 위한 수단으로 무역구제 수단을 빈번하게 이용하고 있다. 현재 중국의 무역구제 제도는 전반적으로 불투명성이 결여되어 있다는 한계가 있다. WTO의 관련 협정을 기본으로 하여 개선되었다고 하더라도 구체적인 조항이나 운영에 있어서 여전히 많은 문제점이 있는 것을 정확하게 파악하고 협상과정에서 개선을 요구해야 할 것이다. 이렇게 본다면, 한·중 FTA 체결 이후에도 중국의 자의적 무역구제 수단으로 자국 산업의 보호를 할 것이 보인다. 한편, 한국은 세계 최대의 시장인 중국 시장에 대한 개척과 확보에 있어서 중국의 무역구제 제도가 걸림돌이 돼서는 안될만큼 FTA 협상에 있어서 무역구제 수단의 모호적 자의적 활용 가능성을 제한하는 협정체결이 중요한 목적으로 될 것을 예상된다.

중국은 WTO에 가입한 이후 무역구제 제도에 관련법을 개정함으로써 WTO 협정과 내용이 대부분 부합하지만 앞에 살펴본 바와 같이 중국의 반덤핑조례, 상계관세조례, 세이프가드 조례의 법 규정에 관한 문제점을 드러내고 있다. 일부분 내용이 불명확하여 중국 주장이 자의적이고, 중국 국내 〈대외무역법〉위주로 진행할 것으로 판단된다. 특히 중국은 WTO 가입할 당시에,금지보조금과조치가능보조금의철폐를약속했지만현재까지도WTO 협정과 반하는 보조금이 남아있다. 보조금에 대한 통일적 법 규정이 마련되지 않아 관리도 쉽지 않다.

한·중 양국의 FTA 체결은 반덤핑, 상계관세 및 세이프가드 분야에서 중국의 관련 법 규정의 문제점에 관한 깊은 연구와 검토를 바탕으로 중국의 법 규정의 투명성을 제시시키고 WTO 협정과 일치할 필요가 있지만 한국의 국익에도 도움이 될 방향으로 이 협상을 이끌어 나아가야 할 필요가 있다.

▌ 4.2. 연구의 한계

무역구제 제도는 FTA 체제하에서 무역 통상마찰에 대비한 자국 산업의 보호수단이며, 그 유형을 결정하는 중요한 요인은 FTA 협상 상대국과의 주요 교역품목에 관한 경쟁력 우열관계에 있다. 따라서 어떠한 무역구제 제도의 도입하는 것이 가장 바람직한 것인지를 결정하기 위해서는 우선 FTA 협상 대상국의 주요 산업 및 품목별 경쟁력 비교가 필요하며, 만약 협상 당사국간 경쟁력 유사하면 WTO 협정의 준수하는 편이 양국에게 가장 바람직하다고 할 수 있다.

한국은 중국과 교역에서 농업은 전반적으로 비교열위 분야이다. 따라서 한·중 FTA 체결 목적을 비교열위적 산업 사례비교를 통해 무역구제 분야 협상이 이루어져야 한다.

실증분석을 통해 자국 산업의 피해가 얼마 정도인가의 결과가 얻을 수 있다. 이러한 실증분석을 이용하여 협상할 때 더욱 설득력이 있다.

본 연구가 가지는 한계는 FTA 무역구제 분야협상 시 채택 가능한 모델을 단순화하였다는 점이다. 실제로 많은 FTA가 무역구제 분야에 있어 매우 다양한 형태를 띠고 있음에도 불구하고 본 논문에서는 (1) 당사국간 적용 배제 (2) WTO 협정의 준수 (3) 사례적용 (4) 실증분석 적용 등 4가지로 구분하여 연구를 하였다.

지금까지 중국의 무역구제와 관련된 대부분 제도적 측면에서 연구하였다. 그러나 무역구제 제도의 특징뿐만 아니라 실제로 그 제도에 적용 대상이 되는 현지 기업 및 외국기업의 반응과 대응, 무역구제 조치에 대응하는 상대국의 전략과 중국 정부와의 상호작용 등에 대해서도 충분한 연구가 필요하다. 또한, FTA 무역구제 분야에서 보다 유리한 무역구제 제도를 도입하기 위해 무역구제 조치발동 시 영향을 미치는 요소에 대한 실증분석을 통해 연구하면 실제 협상에서 도움이 될 것이다.

| 참고문헌 |

曲魯濤, 「중국 반덤핑제도의 문제점과 개선방안에 관한 연구」, 석사학위논문, 경원대학교, 2010.

김수미, 「FTA 체제下에서의 한국의 무역구제 제도 및 적용 사례에 관한 연구」, 석사학위논문, 숭실대학교, 2008.

대외경제정책연구원, 『중국 FTA 정책의 기본 방향과 향후 전망』, 2004.

대외경제정책연구원, 『중국의 FTA 추진 목표와 주요 이슈』, 2006.

대외경제정책연구원, 『중국의 FTA 추진 전략과 정책적 시사점』, 2006.

대외경제정책연구원, 『한중 FTA 반덤핑 분야 제도 및 예상 쟁점』, 2007.

대외경제정책연구원, 『최근 중국의 반덤핑 현황 및 시사점』, 2009.

대외경제정책연구원, 『대중국 무역구제 조사 추이와 중국의 반응』, 2010.

대외경제정책연구원, 『중국 FTA 협상에서 인력이동에 관한 연구: 중국 기체결 FTA 협정 분석을 중심으로』, 2010

대외경제정책연구원, 『한중 FTA 의의와 주요 쟁점』, 2011.

마광, 「한중 FTA중의 무역구제 이슈」, 『圓光法學』제25권 제1호, 2009.

위성국, 「중국 무역구제 제도에 관한 연구」석사학위논문, 경희대학교, 2009.

지식경제부, 『한·중 무역구제 기관 한자리에 모여 협력 논의』, 2010.

한국무역협회, 『한·중 간 무역구조의 특징과 FTA 협상시 고려 요인』, 2010.

東北亞研院. 建立中韓FTA過程中的農産品貿易安排构想. 2008.5.

商務部. 國別貿易投資环境報告. http://mofcom.gov.cn. 2005~2011.

人民網. 中華人民共和國反傾銷和反補貼條例. http://people.com.cn. 2001.11.15.

人民網. 中華人民共和國保護措施條例. http://people.com.cn. 2001.11.15.

중국 상무부 www.mofcom.gov.cn

중국 무역구제 사이트 www.cacs.gov.cn

중앙인민정부 www.gov.cn

무역위원회 www.ktc.go.kr

中國自由貿易服務網 http://fta.mofcom.gov.cn

KIEP 대외경제정책 연구원 www.kiep.go.kr

중국 국가 통계국 www.stats.gov.cn

20世紀中國朝鮮族小說中的女性形象變遷史

조영승(趙永昇)

조영승(趙永昇)

- 중국 中央民族大學 소수민족언어문학 석사
- 한국 인하대학교 문화경영학 박사
- 연구분야 : 문화산업, 문화경영학. 한국문화

경력

- 한국 인하대학교 문화경영심리연구소 해외 연구원
- 중국 四川外國語大學 한국어학과 조교수

주요논문

- 「중국 서부지역 굴기와 한류 콘텐츠의 수출가능성 연구」
- 「중국 스마트시티의 발전과 전망」 외 다수

▍본 연구는 저자의 석사논문 "新時期朝鮮族小說中的女性形象研究 —— 以80~90 年代中、短篇小說爲主"를 수정 보완하여 작성한 것임.

01
引 言

　　20世紀80年代，經歷長達十年的"文化大革命"之后，中國社會進入了嶄新的歷史時期，爲文學事業的蓬勃發展提供了良好的歷史机遇。從此，广大作家開始擺脫思想的禁錮投身于文學變革的實踐当中，爲使文學成爲眞正的"人學"進行了艱難的藝術探索。同樣，對這一時期的中國朝鮮族文壇而言，广大作家開始以切身体悟認眞關注生活、生存，還有人生。同時對本民族文學藝術進行的執着探索，以及對本民族歷史、文化的認識進一步加深，使朝鮮族文學呈現出穩定的民族特色。他們敏銳地把握時代脉搏，在民族化、城市化、國際化的环境中塑造出了丰富多彩的人物形象，尤其是女性形象。這成爲該時期朝鮮族小說發展中的一大特色，更加引人矚目。

　　說起女性，是千百年來中外文學作品中所傳唱的一大主題。從朝鮮民族悠久的歷史文化來看，男性賜給女性"賢妻良母"的美譽，作爲衡量女性自身价值的標准之一，又名正言順地成爲傳承千百年的道德規范。新時期以來，由于社會、文化，尤其是思想觀念的轉變使女性開始重新判定自身价值。她們從旧觀念的束縛中解脫出來，走向更加寬广的社會舞台，逐漸認識到女性自身應有的生存价值和社會价值；她們追求獨立的人格，努力爭取在社會中的話語權。這一艱難的過程正好給广大作家提供了良好的素材，爲刻畫出印有鮮明的時代烙印，又有博大精神內涵的女性形象創造了有利條件。

圍繞該時期朝鮮族女性文學，學術界給予了及時的關注，幷通過較爲深入的研究取得了一定成果。其中，比較代表性的研究成果有：《女作家創作中反映的愛情倫理》(蔡美花，《文學与藝術》，1986)、《女性形象創造中的新探索》(金元道，《文學与藝術》，1993)、《朝鮮族女性小說中体現的女性意識》(玄東言，《文學与藝術》，1996)等。研究的重点主要集中在女性小說中的愛情、婚姻倫理觀，女性形象，女性意識及女性小說創作等問題上，這爲今后研究的進一步深入奠定了良好基础。但總体來看，在研究對象的選擇上顯得比較單一，偏重于几个作家作品，研究內容相對比較零散。隨着國內對女性文學研究的深入，在女性文學批評和研究應直接面對文學創作——所有男女作家有關女性生存和解放的思考[1]已成爲主流觀点。依此觀点來重新審度上述研究，又能發現該研究中尚缺乏一种全面而宏觀的視野。

針對以往研究中出現的片面化、零散化的局限，兼顧人物形象在小說中所占有的重要地位，綜合筆者對人物形象的多种理解与認識，本論文以女性形象爲切入点，主要采用文本分析的方法進行研究。力圖從宏觀上能較爲淸楚地把握該時期朝鮮族文學的發展軌迹；從微觀上可以通過對每一个女性形象的精細解剖，歸納出女性形象的体系，進而較爲淸晰地划出女性形象的多樣演變軌迹，幷揭示女性形象折射出的內涵。這旣是本論文定題的初衷，又是本論文的寫作目的。

本論文在一定范圍內從新審視了新時期80~90年代的朝鮮族小說創

---

1 劉慧英：《走出男權傳統的藩籬－文學中男權意識批判》，三聯書店，1996年，P8。

作。以刊載于朝鮮族代表性文學刊物《天池》(延邊作家協會期刊，1998年更名爲《延邊文學》)、《道拉吉》(双月刊)中的中短篇小說爲主要研究對象，在新時期的特殊時代背景下，對該時期朝鮮族中短篇小說中的女性形象進行嘗試性的分類，包括"圣女"与"妖婦"二元對立形象、賢妻良母形象、受害者形象、自我完善形象，并進一步對女性形象的拓展作了較爲系統的闡述，同時，融入筆者對該時期朝鮮族中短篇小說中女性形象的思考。

本論文在吸收他人研究成果的基礎上，主要在新時期朝鮮族中短篇小說中的四种女性形象類型，女性形象的拓展及多樣演變等問題上提出了自己的新見。從而在理論上較爲系統地闡釋該時期朝鮮族中短篇小說中女性形象的發展体系，爲今后朝鮮族女性文學、女性閱讀等研究實踐打下基础。

本論文主要采用文本分析方法的基礎上，運用了如下研究方法：

(1) 分類研究方法，把不同歷史時期不同性別作家所塑造的女性形象按照作品的主題、內容、作者的意圖等要素進行分類。

(2) 比較研究方法，橫向比較不同性別作家所追求的女性形象的差异；縱向比較各時期女性形象的演變及其發展軌迹。

(3) 運用女性主義批評方法兼社會學批評方法解析作品中反映的女性意識，女性自我認同，女性話語等。

隨着研究的深入展開，筆者越來越發現在該研究領域尚有許多工作要做。以女性形象研究爲契机，擺脫單一民族文學的局限，与其他兄弟民族文學以及主流文學進行比較，走出國門与韓國等國文學進行相互比較，都將是十分有意義的嘗試。因限于筆者的時間与精力，本論文未能以更爲開闊的視野來進行審視，也未能把該時期的朝鮮族長篇小說納入研究范圍之內。這些有待于日后進一步地研究探索。

02

時代變遷与朝鮮族女性意識的覺醒

▌2.1. 社會歷史脉絡与女性地位的變化

　　回顧漫長的人類發展史，自母系社會被以男權爲統治思想之一的父系社會取代以后，女性的身影便几乎隱沒在歷史的舞台。女性被游离于社會生活、政治活動、文化敎育等領域之外，剝奪了自由，喪失了話語權，淪落爲物化与欲望化的最直接的對象。結果，在男權威嚴的俯視之下，男性任意玩弄、擺布并征服女性。這种情況又出現在同屬漢文化圈，深受儒家文化熏陶的朝鮮半島。自朝鮮朝(1392-1910)儒敎成爲國敎以后，女性的社會地位漸趨低落，處于從屬男性的地位。生活在朝鮮半島的女性被"男尊女卑"、"三從四德"、"夫唱婦隨"、"烈女不更二夫"等封建道德規范所壓制，置于苦命之中。在文學作品中則女性的形象被隨意篡改、扭曲甚至處于"混沌、无名、无意識、无称謂、无身份"[2] 的命運狀態。到了近代，有着苦難移民史的中國朝鮮族而言，歷史讓他(她)們選擇遼闊的中國東北作爲生活的落脚点。從此，朝鮮族的命運几乎与中國

---

2 孟悅：《兩千年－女性作爲歷史的盲点》，《上海文論》，1989年2期，P45.

的歷史發展緊緊聯系在一起。隨着反封建斗爭、反日斗爭及文化啓蒙運動的積极開展，受壓迫的女性自我解放意識逐漸增強。她們反對包辦婚姻，提倡婚姻自由、婦女解放、男女平等并開始積极參加社會活動。新中國成立以后，朝鮮族女性更是以社會主人翁的姿態參与到社會主義新中國的建設之中。然而，在一个有着悠久封建傳統，男權思想一度占有至高无上地位的國度，女性受到一系列封建礼法的重重束縛，使女性扮演的角色變的單一，高度的概括、集中。又由于封建傳統及男性中心思想的慣性，在解放后的一段時間里女性扮演的角色并沒有産生革命性的變化。尤其是在長達十年的文革中，女性角色的扮演"不愛紅裝愛武裝"最能直接說明這一点。在這种社會环境下，處于社會邊緣狀態的朝鮮族女性更是難以"浮出歷史地表"。(孟悅，戴錦華語)

20世紀后20年，是中國社會歷史面貌發生巨變的時代。

長達十年的政治灾難"文化大革命"的結束及党的十一届三中全會的胜利召開，使中國社會邁入了嶄新的歷史時期。從此，党的工作中心轉向經濟建設使得經濟迅速發展；相對穩定的政治局面使社會長久安定；党的各項文藝方針政策的落實促進文藝的繁榮与發展，整个社會呈現出嶄新的景象。在思想意識領域，人們的思想從禁錮中得到解放，被摧殘、壓抑已久的人性逐漸開始夏蘇。充当思想意識領域前鋒的文學從政治的束縛中解脫出來，逐漸回到"人學"的本位，同時担負起歷史的重任喚起人的全面覺醒。同樣，新時期的曙光照耀，也使得女性有机會能够煥發出自身的光彩。

在新時期中國大地上，不管政治、經濟，還是思想領域的巨變与浪潮，都時刻深深地影響着生活在東北三省的朝鮮族人民，給朝鮮族社會帶來前所未有的變化。尤其是，占据朝鮮族人口總數一半的女性自身地位的進一步提高，无疑是女性邁向自身解放過程中的又一次喜悅。如果說新中國的成立讓她們在政治、經濟、文化等各方面得到与男性平等的權利，那么，"文革"的結束与改革開放在她們的思想意識領域産生了深刻的影響，讓她們從极左的思想觀念束縛中全面解脫出來，對自身存在的价値有了全新的認識。該時期朝鮮族女性地位的提高主要表現在家庭和社會生活当中。從家庭生活來看，女性的經濟地位、人格地位及教育地位[3] 顯著提高，女性不再安于營造"男主外，女主內"的傳統家庭生活模式，而是踊躍投身到社會事業之中，在社會的各行各業發揮着重要的作用。在經濟領域，不僅從事第三産業的婦女人數增多，而且在較發達的經濟領域，如國營企業、三資企業中總能看到她們的身影；在政治領域，女性能够享有參政議政的權利，并通過婦女代表大會來傳達广大女性的聲音；在文藝領域，由于朝鮮族女性歷來能歌善舞，涌現出許多活躍在國內外舞台，備受人們喜愛的歌唱演員和舞蹈演員。所有這些，已足以說明新時期朝鮮族女性地位發生了翻天覆地的變化。

對文學領域而言，隨着当代女性地位的提高，她們便可以直接參加文學創作活動。對于這一点，中外學者已達成共識：洪子誠在《中國当代文學史》一書中指出："当代中國大陸女性特殊的社會地位──在社會工作和社會地位上与男性的不平等狀況的縮小，和對女性的性別歧視的削弱──也有助于女性進入文學領域。'寫作'對于女性而言不再是特殊的、需要加以保護的權利。"[4] 同樣，埃萊娜·西蘇在《美杜莎的笑聲》一文中指出："婦女必須參加寫作，必須寫自己，必須寫婦女。…… 婦女必須把自己寫進文本──就像通過自己的奮斗嵌入世界和歷史一樣。"[5] 女性地位的提高使更多朝鮮族女性有机會能够從事文學創作，爲女作家的崛起

---

3 權立主編：《中國朝鮮族史研究(3)》，延邊大學出版社，1996年7月，P246。

4 洪子誠著：《中國当代文學史》，北京大學出版社，1999年，P356。

5 埃萊娜·西蘇[法]：《美杜莎的笑聲》，張京媛主編，《当代女性主義文學批評》，北京大學出版社，1992年，P188。

与女作家隊伍的壯大做出不可磨滅的貢獻。女性作家的崛起是新時期朝鮮族文學的巨大成就之一。

　　20世紀80~90年代短短的20年間，在中國特殊的歷史環境與社會變革之中，伴隨着男性中心思想的逐漸減退，正在崛起的朝鮮族女作家面對男作家在女性形象塑造中飽含的始終如一的男權情感不再予以認同，而以實際行動來表明自己的存在，找回自己的价值所在。在此過程中，小說中的女性以各自不同的方式訴說自我，展現形式多樣的生存狀態。

2.2. 朝鮮族男作家筆下"女性意識"的伸張

1)"女性意識"的伸張

　　女性問題作爲文學的一大主題，從古至今在衆多文人的筆下留下濃重的印記。其中對被封建制度蹂躪的女性的同情是文人創作的重要內容之一，衆多作家同情受壓迫的、不幸的女性，爲婦女的"解放"而吶喊。衆所周知，女性意識的產生并非始于近代，自古广大被壓迫的女性就爲爭取身心的自由而做出不懈的努力。如在韓國古典名著《春香傳》中的春香等，在她們身上就已經明確帶有鮮明的反抗意識。這种反抗意識是屬于"女性所受的壓迫及其反抗壓迫的覺醒，是社會層面上的"。[6]

　　新時期，在解放思想、喚醒人性的時代背景下，广大朝鮮族男作家從"文革"時期的思想禁錮中解脫出來，把目光轉向女性，開始關注女性的生活。其中，最具代表性的是對女性爭取婚姻自主權的描繪。如高新

---

6 樂黛云：《中國女性意識的覺醒》，《文學自由談》，1991年 第三期，P45。

一的小說《戀愛隊長》中的銀河，裴昌根的小說《介紹人》中的玉南都是爲爭取自由婚姻而掙扎的女性。所不同的是銀河是在与卽將要成爲自己所追求的理想男性初次見面時，講述過去戀愛過程中因与戀人在理想与事業、學習与性格之間産生差异而未能尋找到"眞愛"的故事。相比之下，玉南是在爭取自由婚姻過程中采取實際行動，顯得更加主動、大胆。爲了姐姐的自由婚姻，偸偸帶着姐姐与永男見面，這一擧動被暴露之后，母親硬給姐姐找了丈夫幷擧辦婚礼，這給玉南留下深深的傷痛。此后在偶然的机會玉南見到了永男，永男憔悴的面容使玉南心中産生了怜憫之情。經過多次接触玉南逐漸發現永男心中的一片赤誠，在他那火熱心灵的燃燒下玉南墜入了愛河。此刻，玉南与姐姐的懦弱不同，決不妥協于象徵"男權"的母親，而是爭取這段來之不易的愛情，幷与永男結爲夫妻，過上了甛蜜的生活。与此截然相反，婚后姐姐的生活幷不美滿，姐姐長期忍受着丈夫的毒打，但她把這一切歸根于宿命。小說通過"我"(玉南)与姐姐追求自由婚姻之路上的不同抉擇，表現女性在新農村建設過程中爲爭取自由婚姻，敢于同男權相抗衡的決心和勇气。作者通過該小說，對玉南以自己的實際行動來爭取自由愛情的胜利給予贊揚，同時對姐姐在"父權"的枷鎖下追求自由婚姻過程中表現的懦弱无能及由此帶來的不幸給予批判。

如果說在以上兩篇小說中女主人公是爲自由婚姻爭取自己的權益的話，這僅僅是女性意識覺醒過程中踏出的艱難一步，女性意識的覺醒還需要漫長的過程。全正煥的小說《綠色的欅樹》中刻畵的主人公玉姬正是有着鮮明自我意識的女性。作爲賢妻良母，玉姬的婚姻生活充滿了順從与犧牲，在偶然的机會玉姬發現丈夫有了外遇，這使得玉姬對自我存在价值産生了嚴重的怀疑。面對丈夫的背叛，她沉陷在憂郁、痛苦之中。但在后來她不顧丈夫的再三求饒，毅然選擇新的人生之路，幷在給丈夫

的信中寫道：“這一切都結束了，這一切卽將消失在朦朧之中。”**7**　在小說
中玉姬婚姻生活受到巨大挑戰時，她不再以犧牲自我來順從，而是堅決
與之反抗。小說中有一段描寫正好体現出玉姬內心世界的微妙變化：當
玉姬在同事的极力勸說下第一次參加舞會晚歸后，一進家門就遭到丈夫
的冷眼，玉姬感到万分的委屈。当丈夫察覺這一變化以后，抱住玉姬好
言相勸道：“你不要這樣了，……　你的幸福在侍奉丈夫的過程中才能找
到……”**8**　此刻，對于丈夫眞摯的“內心表白”玉姬却感到內心的空虛與惆
悵。作者塑造玉姬這一形象正是女性要擺脫對男性的依附，尋找自我道
路之“女性意識”覺醒的佐証。

2）“女性意識”之悖論

縱觀漫長的人類歷史，由于女性的失落使得男權話語統治了整个封
建社會。又因其慣性，在新時期初始男權話語依然被承襲，使得該時期
朝鮮族小說中在一定程度上仍然充斥着濃烈的男權情感。盡管男作家爲
女性爭取婚姻愛情自由做出了一番努力，但男權情感的无形介入必然會
使得在“女性意識”伸張的努力中帶有悖論命題。

命題一：男作家對女性外貌的欲望化描寫

在諸多小說中，男作家描寫女性時几乎都帶有男權情感，直接表現
在男作家關照下女性外貌特征的趨同，這一点在朝鮮族男作家的小說文
本中也不能是例外。他們在描寫過程中更多是注重女性外在的、視覺上
的表現。在小說中男作家肆意描繪女子形象，與其說是男性對于女性形
象的共同“審美追求”，不如說是男性對女性欲望化的直接表現。此刻，

7　全正煥：《綠色的欅樹》，《天池》，1987年11月，P35。
8　同上，P23。

女性形象不再是審美對象，而充其量是担当着滿足男性欲望的形象"工具"。對女性形象描寫的整齊划一，也一定程度上說明小說文本中女性所受到的約束及處境的艱難。

命題二：男作家自我形象的塑造

男作家筆下"覺醒"的女性要爭取婚姻愛情的自由。那么，女性首先還得面臨婚姻愛情過程中對异性伴侶的選擇，選擇什么樣的男性成爲一生幸福与否的關鍵所在。全成浩的小說《青春抒情》和李泰壽的小說《堂姊妹之間的對話》中正是表現了年輕女性心目中所追求的理想男性及其標准。《青春抒情》中，以花妮[9] 的視角刻畵了女性心目中的理想男性形象。在同一工厂工作的永澤A和B都是外貌俊秀，人品优秀的男性。永澤A在修養、道德方面无可挑剔，但他虛榮；相比之下，永澤B精干務實、持之以恒，這正是花妮心儀的對象。

如果說《青春抒情》中僅僅以花妮的單一視角刻畵兩位男性，缺乏立体的照明的話，在《堂姊妹之間的對話》中則通過姊妹的双重視角來刻畵同一个男性，這就使得男性形象更加丰滿。小說中的"對話"正是圍繞堂姊妹心目中的理想男性展開，妹妹丹心一直"怀恨在心"的"清洁工"与姐姐玉心心目中朴實、助人爲樂、自學成才的"清洁工"在一場論文發表會上得到了統一。丹心所"恨"的對象正是玉心极力称贊不已的"清洁工"。在這類小說中，都以女性的視角各自塑造女性追求男性過程中完美的、理想的男性形象。男作家正是借着女性意識的"覺醒"塑造男性自我完美的形象，其中就暗藏着男作家鑄造"男性自我權威"的企圖。

命題三：女性生理邏輯的干涉

樂黛云在《中國女性意識的覺醒》一文中談及女性意識時指出："女性

---

9 花妮(人名)：音譯，朝鮮語叫"꽃분이"。

意識的第二層面是自然層面，從女性生理特点研究女性自我，如周期、生育、受孕等特殊經驗"[10] 女性關注自我，關注自身是女性意識覺醒的表現，然而，這一女性最爲本眞的生理体驗也難免受到男權意志的无情踐踏。

在李相德的小說《思念之心》中就直露這一男權意志。過門不久的"我"倍受婆婆的關愛，当"我"得知患上"不孕之症"以后一度想要离家出走，這一魯莽很快被丈夫和婆婆所阻止，而后又被婆婆細致入微的關心深深感動。不期飽經生活磨難的婆婆因胃癌卽將要离開人世，"我"陷入痛苦之中，這就更加堅定"我"要生下儿子的信念："媽媽卽將要离開人世了，我用什么來報答媽媽的仁慈呢？是的，我要生下儿子豪杰，我要讓媽媽抱着豪杰。啊！豪杰！豪杰你在哪里……"[11] 經名医的帮助"我"終于生下了女儿，取名叫"豪杰"。当我把豪杰抱到婆婆面前時，婆婆已經离開了人世……

衆所周知，生育是女性最爲原始的本能，也是最爲直接的生理邏輯的表現。但作者是站在男權意志的中心，以女性"我"的視角進行叙述。全篇貫穿一個主題，那就是爲了婆婆，爲了卽將与世長辭的婆婆生下孩子。作者在"生"与"死"的聯系及對新生生命的无限憧憬中結尾，但這无疑是對女性生育本能的无情干涉和踐踏，是"不孝有三，无后爲大"封建道德觀念的現代表現。正如李小江在《夏娃的探索》中所言："女人——滯留于自然，継續着个体生理命運和人類群体的自然使命，以非人格化力量去生産人。在人類文明進程中，女人主要始作爲自身的物化形式，与其他自然事物一起，消極地承受人化自然的巨大變遷，卽承受着被人(男人)异化的力量"[12]。更确切的說，這是男權意志的操縱下對女性生理邏輯的

10 樂黛云：《中國女性意識的覺醒》，《文學自由談》，1991年 第三期，P45。

11 李相德：《思念之心》，《天池》，1983年2月，P35。

极大破坏。

命題四：對女性獨有情感的摧殘

樂黛云在《中國女性意識的覺醒》一文中所指出的"女性意識"的第三層面爲："以男性爲參照，了解女性在精神文化方面的獨特處境，從女性角度探討以男性爲中心的主流文化之外的女性所創造的'邊緣文化'，及其所包含的非主流的世界觀、感受方式和叙事方法。"[13]　但在諸多小說中可以看到，女性自身理應獨有的感受方式、情感方式往往湮滅在男作家的筆下，女性失却屬于自己精神方面的享有權。

金京蓮的小說《心中的波濤》中主人公英愛与丈夫男秀在患難中結爲終身夫妻。英愛曾經以自己美麗的歌喉感動台下无數的觀衆，在事業上得到极大的成就。她爲了完成做女人的職責曾經放弃了出國深造的机會，一心想做賢妻良母。即便是如此，對事業的執着追求却遭來丈夫和婆婆无情漫罵。她在自己痛苦的回憶中喊道："我想成爲女人，我想成爲讓丈夫和孩子感到幸福的女人"[14]　然而，她最爲質朴的夢想最終化爲泡影。作者塑造在家庭与事業的追求中經受痛苦的女性形象，意在于要"找回"女人的本眞。女人是人，女人首先是有獨立人格的人而存在，当女性自己決定命運的時候才能眞正成爲女人。但在小說中可以看到女主人公所向往的生存方式、生活方式却被男性的話語所淹沒，只能成爲男性所認可的女人。這是男作家對女性獨有感受方式的无礼摧殘。

時至20世紀80年代，在社會生活中仍然弥漫着男權思想，使文本环境被男權情感所"汚染"，男性爲"女性意識"的伸張有着多方面的悖論。男作者借女性的視角看似伸張"女性意識"，但却在宣泄男權的情感，小說

---

12 李小江：《夏娃的探索》，河南人民出版社，1988年6月，P42。

13 樂黛云：《中國女性意識的覺醒》，《文學自由談》，1991年 第三期，P45。

14 金京蓮：《心中的波濤》，《天池》，1986年3月，P7。

中的女性便成爲這一情感宣泄的代言人，女性只能充当男權情感的宣泄對象。在男作家對女性的外貌到女性的心理、生理乃至情感領域的全方位的干涉下，卽將要崛起的女作家欲冲破這一沉重的牢籠，爭取屬于自己的那一片天空，任重而道遠。

▎2.3. 朝鮮族女作家的崛起及對婚姻、愛情倫理的探索

1）朝鮮族女作家的崛起

　　新時期女作家的崛起是有目共睹的事實，這首先表現在女作家隊伍的壯大，形成具有一定的創作水准及震憾力的女作家群。20世紀80年代中后期以來，就中國朝鮮族文壇來看，首先，女作家的人數明顯增多呈現出逐年遞增的趨勢。其中有代表性的作家如李惠善、許蓮順等。其次，發表的小說數量相當可觀。就以延邊作家協會期刊《天池》中發表的中短篇小說數量來看，從1987~1996年間女作家發表的小說數量翻一番。再次，這一時期女作家出版有多部小說作品集、長篇小說。不僅如此，《天池》、《道拉吉》等文學刊物還專門設立了"女性文學專欄"，致使女性作家的崛起儼然成爲确鑿无疑的客觀事實。這些客觀的、外在的表現已經証實女作家正在崛起，但這僅僅是爲女作家崛起提供必要的依据。

　　韋勒克在經典著作《文學原理》一書中，把文學研究分爲外部研究和內部研究。依此觀点，女作家崛起的客觀事實只能充当文學研究中的外部研究，因此，下面就從文學的內部研究中進一步探討女作家是如何崛起的。新時期朝鮮族女作家的崛起是較爲漫長的過程，她們在蝸行摸索

中探索崛起之路。俗話說"男人的一半是女人"，反之亦然。在朝鮮族女作家崛起的過程中，有一條不容忽視的線索，那就是女作家文本中的男性形象或男性的角色扮演。女作家的崛起跟男性密不可分，女性視野中男性形象的塑造及所扮演的角色，在女作家崛起的過程中起到了至關重要的作用。這就有必要從這一線索來探討并反觀女作家的崛起之路——尋找男子漢，依附于男子漢，對男子漢的反叛、失望。這一線索在以下四篇小說中，較爲淸晰的顯現了出來。

以柳在順的小說《少女的手冊》爲例，小說中塑造了和順心目中的男性强者——鄭哲形象。有着不幸童年的鄭哲在文革中失去父母便流离街頭，又因被不良分子的蠱惑而進了監獄。鄭哲出獄后爲弥補人生的缺憾以百倍的熱情投入學習，大學畢業后創辦了一家民營企業，爲在厂六百多名殘疾人的生計終日奔波。出生于干部家庭的和順幷沒有被父母爲自己介紹的大學敎師、硏究員、留學博士等有优异條件的男性所誘惑，却對鄭哲這一强者産生神秘感："神秘的男子漢，…… 他那寬广的胸怀，强有力的胳膊，……强烈的求知欲、競爭欲，我眞想好好帮他一把。"[15] 小說最終以兩人結合，共同走向漫長的人生之路作結尾。小說以少女最爲隱秘的日記体形式，表達了對男子漢的憧憬，表露出心中理想男性的最爲眞摯的感情。像鄭哲那樣的男性无疑是女性所尋找的最爲理想的人生伴侶。

尙處于崛起中的女作家小說中的女性還有待意識的進一步覺醒，她們沒有從男權的樊籬中走出來，而是"享受"在其中。她們在雄健偉岸的男性面前顯得懦弱、无力，只能依附于至高无上的男性。方龍珠在小說《厂長的妻子》中刻畵了甘愿依附于高大男性的女性形象。小說中的玉珠

15 朴太玉：《少女的手冊》，《道拉吉》，1988年6期，P33。

是年輕美麗的女性，專科畢業以后進到一家工厂工作。由于出衆的美貌，她受到厂方領導的青睞，不久便成爲厂長的妻子。從此滿足于丰富的物質生活，在"結婚應是男性俯視女性，夫妻關系如同大樹与小草"[16]的婚姻觀的驅使下，甘愿成爲男性的附庸。当丈夫有外遇時，她沒有做出有效的行動，生怕影響丈夫而不敢吭聲。小說雖不是正面描寫厂長本人，但可以看到在高大的男性面前弱小，在男性不道德的行爲面前顯得懦弱的女性。作者刻畫的玉珠形象正是表現出在女性崛起過程中女性對于男性的依附，小說中的玉珠便是這一典型。

男權幷非神圣而不可侵犯。隨着女性意識的覺醒，女性不再甘愿作爲男性的附庸，她們勇敢地打破男權的樊篱，幷与之相抗衡。這些内容在諸多女作家小說中都有所表現，在打破男權的神圣權威之時，她們采取的方式是要么出走，要么找意中人。在許蓮順的小說《晃動的島嶼》中塑造的洪志河是細心、謹愼的男人，但洪志河從市政府調到市對外貿易局之后産生了一系列的變化。首先讓妻子辭掉工作，讓她孤守偌大的房子；以應酬爲由經常晚歸；外遇使得性生活不協調……在丈夫重重"呵護"下的惠仁心里對周圍的环境産生陌生感，更是感到自身處境的凄慘。她最終忍受不了這一切，她要找回自己，便把生活的希望寄托給第三者："請你把我帶走吧，帶到任何地方都可以！"[17]這一哀求似的結語便是女主人公逃出男權樊篱過程中的艱難，但勢必要邁出的一步。似乎在哀求聲中也潛藏着与男權(丈夫)相抗衡的"宣言式"的意義。

隨着女性的崛起与女性社會地位的提高，在女性面前男性已不再是高大的形象。男性昔日的庄重、雄壯逐漸消失，它只能成爲女性腦海中的一段美好記憶而存在。同是方龍珠在1999年發表的小說《過于矮小的

---

16 方龍珠：《厂長的妻子》，《天池》，1987年5月，P11。
17 許蓮順：《晃動的島嶼》，《道拉吉》，1994年6期，P51。

您》中，形象地刻畫珠姬眼中已經變得矮小，失去魅力的男性。珠姬跟丈夫俊浩結婚已過了20年，正應處于人生"巔峰時期"的大漢俊浩却因下崗在家中精心地料理家務。每当妻子回家以后他不敢正視，珠姬看着眼前變得凄凉的丈夫身影，沉浸在昔日的回想之中。顯然丈夫的堂堂儀表，庄重的擧止已經消失殆盡，珠姬更是在性生活中失去對于丈夫的最后一線希望，這一切使她感到万分不安。小說以戲劇性的描寫來開頭，整篇在壓抑中展開叙述，通篇充滿了低調。在開頭描寫到："說是六尺大漢，却正在圍着圍裙煞有介事地坐着削着土豆。指甲里塞滿了污垢，顯得襤褸而又疲憊，但自愿束縛在家務之中。他那身影多少讓人感到悲哀。"[18]這一對男性人物的猥瑣擧止及人格"丑態"的描寫，反映出男性高大神圣形象的土崩瓦解，男性存在意義的趨于喪失，以致男權神話的无情拆解。更确切地說，是自母系社會以后千百年來"男主外，女主內"的傳統角色及女性的附屬、隶屬地位的顚覆。

朝鮮族女作家的崛起過程，正是伴隨着神圣男權權威漸漸削弱的過程。

2) 對愛情、婚姻倫理的執着探索

愛情是永恒而持久動人的文學主題，愛情又是男女之間相互吸引的最爲强烈的情感形式。愛情對于女性來說簡直就像是她們生命的全部，正如拜倫所言："愛情是男人生命的一部分；是女人生命的整个存在"。在這愛情与婚姻相交織的過程中女作家以自身獨特的心灵体會，在交織着各种情感却又爭議不斷的領域進行諸多探索。正如在《20世紀中國文學

---

18 方龍珠：《過于矮小的您》，《延邊文學》，1999年11月，P45。

經驗》一書中指出：在新時期初始的小說中，女作家普遍從男女關系中的"愛情"角度切入，在当事者双方的男/女、給予/奉獻的双重關系中，探索着人性生存的本質以及女性存在的位置。她們通過兩个途徑來完成性別、欲望的自我梳理和考問：其一，是在事業與家庭的沖突中，女性在婚姻家庭中的角色以及面臨的兩難抉擇；其二，是欲望的自我展現和審視。[19]　就新時期朝鮮族文學而言，女作家對愛情、婚姻的探索是執着的，又是多方面的。

(1) 女性自我人格的确立

從以愛情與婚姻倫理爲主題的朝鮮族女作家小說創作來看，她們首先把目光投向女性自我价值的确立与自我尋找。通過對男女之間的愛情及夫妻之間婚姻生活中种种矛盾的揭示，展現新時期女性嶄新的愛情婚姻觀的确立。

在小說《当迷霧散去之后》中作者金順姬塑造了即將要畢業的戀愛青年。小說中的順善把自己全部的愛情獻給了男友仁學，然而仁學面對畢業前的种种矛盾徘徊不定，最終選擇了有着現代魅力，家庭背景又好的愛華，最后却与愛華的好景不長。愛華的背叛讓仁學陷入深深的痛苦之中，此時順善只給予怜憫，文中獨白道："女人不是俗物，我們有人格的尊嚴，有立足之地，也有作爲人的价值。這一切当迷霧散去之后才能看得更清楚。"[20]　同樣，在李惠善的小說《下着雪的拂曉路》中，作者也試圖達到相同的目的，應說是表達得更爲强烈。可以說，在婚姻生活中女性的處境是艱難的，小說的前半部分乙女以書信的形式向朋友玉順述說在婚姻生活中家庭與事業之間的矛盾。在尚未能調和的矛盾沖突中乙女

19　楊匡漢編：《20世紀中國文學經驗》(上)，東方出版中心，2006年4月，P410。
20　金順姬：《当迷霧散去之后》，《道拉吉》，1986年3期，P45。

正在彷徨, 在信中寫道: "我要做新時代的女性, 做一个像樣的女性。在創造与奮斗中和男性一同享受心中的快感。但是……"[21]   處于相同境遇的玉順帶着同樣的困惑, 在小說的后半部分以回信的方式做出心灵的表白: "女性也是人。做一个像樣的人, 從事社會工作。她們也要工作, 要做好, 要做出成績。大學畢業的她們不能埋沒于家庭生活之中。"[22]

在上兩篇小說中可見, 女作家都把筆墨放在婚姻愛情生活中作爲女人, 女性意識的覺醒, 更是作爲人, 人的价值的全面确立上。她們作爲女性, 更是作爲知識女性, 在她們心中要做人, 要与男性享受平等的權利, 要确立獨立人格的心情是何等的强烈。

(2) 對婚姻倫理關系的認識

婚姻是人類社會進入文明的標志, 并以男女之間最爲親密的愛情爲基础, 是愛情發展的必然結果。在新時期, 朝鮮族女作家對婚姻倫理進行嚴肅的探索, 其中包括對和諧婚姻生活的追求与對婚外戀的批判。同時, 在諸多小說中女作家以女性的立場自審婚姻生活中的种种不合理現象, 從中表現出女作家的婚姻愛情觀念的成熟。

婚姻生活中感情的付出是双方的, 在這一环節上出現的矛盾會導致婚姻生活的傾斜, 甚至是偏离。在新時期朝鮮族女作家在這一方面的探索, 其目的在于增進男女兩性之間的相互理解, 達到婚姻生活的和諧。權英順的《心中的墳墓》、韓貞花的《旋風裙》等小說中都是表現了這一主題。《心中的墳墓》中的錦珠,《旋風裙》中的美善曾經都有過与情人的熱戀, 但当他們結婚以后却發現昔日熾熱的感情漸漸淡化。就以《心中的墳墓》爲例, 妻子錦珠埋怨丈夫"不顧家務"而只熱衷于自己的事業, 但在一

---

21 李惠善:《下着雪的拂曉路》,《天池》, 1984年5月, P13。
22 同上, P15。

次出差的途中偶然見到同窗貞子，并從她的訴說中得知正因爲丈夫過分
"干涉家務"而"离家出走"的事實。然而，貞子的魯莽行爲給丈夫帶來意外
的傷害。面對貞子婚姻生活中突如其來的不幸，使得此時的錦珠深深領
悟到夫妻之間愛情的珍貴："在婚姻生活中有時會失去對丈夫的尊重，但
愛情却不能丟。必須珍惜那段愛情。"[23]　錦珠對于丈夫的埋怨情緖全然消
失，却在她心中更加激起對丈夫的思念之情。

　　婚姻生活的內涵是丰富的，若通過以上小說看到朝鮮族女作家在小
說中爲建立和諧婚姻生活而做出一番努力的話，那么在以下小說中可以
看到她們涉足婚外戀題材的小說時，其筆墨觸及到違背婚姻倫理准則所
帶來的"悲劇性"的揭示，同時作家持有的批判意識及自審意識。

　　揭示婚外戀所帶來的"悲劇性"的小說有：韓貞花的《被中的眼泪》、
方龍珠的《白發幽灵》、權善子的《雷》、張慧英的《積雪》等。在《被中的
眼泪》中，生活在窮山溝里的銀香爲早日擺脫窮困的生活，不顧父母的反
對，嫁給城里有錢但瘸腿的男人。從此物質生活上得到的极大滿足，讓
她暫時忘却精神上的需求。但每当她站在鏡前時，被自己的美貌所感
動，而丈夫的假腿時刻讓她感到厭惡，這在她心中産生了极大的不平
衡。盡管丈夫與婆婆對她關懷備至，她也曾努力增進與丈夫之間的感
情，但這些努力并沒有解決自己的性飢渴。最終不該發生的事情還是發
生了，銀香跟另一男子偸歡被婆婆發現，憤怒至极的婆婆痛斥這一不道
德行爲。小說中的銀香上演了一幕无愛、无性的金錢婚姻，這种婚姻終
將是不幸的。在《雷》中的婚姻似乎更讓人們思索，故事講述一个女人與
兩个男人之間的故事。哲浩原是玉順的初戀情人，一次不幸的事件讓哲
浩進了監獄。民秀曾是玉順母親的救命恩人，玉順爲了報恩只能服從命

---

23 權英順：《心中的墳墓》，《天池》，1987年10月，P45.

運的安排与民秀結爲夫妻。幸福的生活讓她暫時"忘却"對哲浩的依戀，但当哲浩釋放出獄，玉順再次見到哲浩時旧情夏發，抑制不住對他的思念。對這些早有所察覺的民秀，痛打玉順之后便憤然离家。隨后，理智的哲浩委婉地拒絕玉順。此時，她才眞正意識到愛在何方，便失聲痛哭："孩子她爸，我原來就是屬于你的人。"[24] 最后，玉順失去的不僅是愛情，而且還有家庭以及人生的幸福。

婚姻是神圣的，无愛、无性或者是由某种契約而結成的婚姻只能是以不幸的結局來告終，這无疑是對人類美好而神圣婚姻的一大降格。以上小說中所揭示的女性的"悲劇"都帶有一个共同的特征：那就是，由于她們對神圣婚姻倫理關系的理解不足，更是在于盲從，這就注定"悲劇"的反夏上演。這种不正当婚姻最終把美好的愛情帶入人生的迷途，在讀者眼前展現了男女双方的辛酸泪。

朝鮮族女作家在探索愛情、婚姻主題時，對于一些不合乎道德規范的現象給予批評的同時，也帶着自我審視的目光追問産生婚外戀情的原因。金陽錦的小說《夜雷》中的人民敎師英實就以自審的目光看待丈夫的外遇的。雖然丈夫的外遇給英實帶來身心上的痛苦，但她幷不是一味地指責丈夫的過失。她對過去冷靜地進行反思：丈夫"鰥夫"外号的由來以及自己只顧事業疏忽家庭生活的失責所在，以此避免不幸的再度發生。在這一題材的創作中，作家對于婚外戀的態度顯得較爲冷靜，幷能够理智對待，從而表現出女作家創作的成熟。

---

24 權善子：《雷》，《道拉吉》，1993年4期，P12。

03
新時期朝鮮族小說中的女性形象

3.1. 女性形象的基本類型

1) "圣女"与"妖婦"二元對立形象

　　以悠久的東方文化傳統爲背景，在漫長的封建社會中視男權爲統治思想之一的中國，對女性暗含有截然不同的含義。以"女"字爲偏旁的漢字中，如好、嫵、妍、奸、妖、妓等等而言，便含有對女性的褒貶之意。如果我們把目光轉向西方，似乎也能够看到類似的現象。在西方，隨着女權主義運動的興起，女權主義者認爲男作家筆下塑造的女性形象往往呈現出兩极分化的傾向，卽：要么是天眞、美麗、可愛、善良的"圣女"(或天使)，要么是惡毒、刁鉆、淫蕩、自私、蛮橫的"妖婦"(或惡魔)的二元對立的形象。這一對女性的褒貶含義在東西方槪莫能外，有着一定的契合之處。男性思維中這种二元對立是根深蒂固的，其影響也是深遠的。由于其强大的思維慣性，新時期朝鮮族男作家的創作也不能是例外。他們以男性思維的旣定方式及道德准則的威嚴來塑造"圣女"与"妖婦"形象。

　　在朝鮮族男作家所塑造的"圣女"形象中可以看到女性的美麗、溫柔、善良、孝順、順從、忍辱負重等內涵，這几乎是這一類型女性形象的共同特征。在新時期朝鮮族小說中，男作家從不同的角度塑造了心目中的"圣女"形象。尹光珠的小說《黃昏》中的花妮可以說是家庭生活中的"圣女"。在她年輕的時候，被一陌生男子奪去了貞操，不得不与他結下"百年婚約"。不料結婚兩年后的一次意外讓丈夫終身癱瘓。盡管親戚朋友一再勸說讓她改嫁，但未能動搖花妮的意志：“留下活生生的人，我怎么可以……我是人，我也是女人……但我不能爲了一个人的幸福做那樣的事情，絶對不可以”。[25]　在長達六年的時間里精心地照料丈夫的生活，在她的身上我們可以看到忠貞、堅韌等高尚的道德情操。在金勛的小說《誘惑》中塑造的女性李香玉是社會中的"圣女"形象。作爲一家大型商城的年輕經理，她以优質的服務与眞誠的笑容迎客，并以實際行動回報社會，很快便贏得社會的承認。但隨之而來的還有不少誹謗与非難，她并不畏懼，而是以過人的胆略敢于進行改革并与不文明行爲堅持斗爭。小說在"善"与"惡"的較量中，塑造了一位年輕、充滿生机与活力的成功女企業家形象。

　　与上兩篇小說不同，在朴正根的小說《夏娃的余韻》中塑造的女性形象則展現了另一般景致，卽女性的本眞。生長在農村里的英淑是一位天眞活潑的女性，"我"從美術學院畢業以后妻子英淑隨之進城，由于生活的拮据"我們"的生活无幸福可言。每当生活面臨危机的時候"我"就无端地找過碴儿，可后來英淑找到工作以后，"我"又曾對她產生怀疑、妒忌，甚至是憎恨。但有一天晚上，当皎洁的月光照射到妻子身上時，我心中頓時產生從未有的近乎神秘的崇敬：“几个月來，對妻子產生過怀疑甚

---

25 尹光珠：《黃昏》，《道拉吉》，1985年5期，P22。

至是憎惡，這一骯髒灵魂在看到妻子一絲不挂的身姿之時，如果說，我
在自我完善之中得到淨化是荒唐，那么，有時美的力量神秘得也近乎荒
唐。但這是旣定的事實。"[26] 　千百年來女性的美麗姿態都是藝術家所塑造
的最爲動人的景象。小說中"我"經過這一前所未有的神秘，使"我"的灵感
從新夏活，灵魂的升華又使"我"成爲一名眞正的藝術家。在小說中女人
最爲本眞的美化成爲一种崇高，這也是作者把題目定爲《夏娃的余韻》的
意圖所在。

　　如果我們仔細觀察以上小說中的花妮、李相玉、英淑爲代表的"圣
女"形象，就不難發現，在男權話語的支配下"圣女"形象的定式，卽男性
思維模式的驅使下表現的女性內在与外在的"美"，也就是女性身上閃射
的"光芒"。

　　進入80年代，隨着時代的發展及人們觀念的變化，朝鮮族小說中男
性所推崇的"圣女"形象漸漸失去了魅力，發生了逆轉。尤其是在商品經
濟的大浪潮中出現了与"圣女"形象相對立的另一女性形象——"妖婦"。
"妖婦"形象顚覆了男性傳統觀念中的女性形象，在小說中屬于這一形象
的女性不再是以美麗、天眞、善良等爲特征，而是更多地表現与之相對
立的一面，卽對男權做出反抗、報夏或墮落等。在中京默的小說《被女人
劫的男人》中，王舒對來自農村的范植的"殷勤"、"帮助"与"愛"更多是出
于金錢的誘惑。她以帮助爲由主動接近范植；以自己的美貌贏得范植的
歡心；以"愛"的付出，使范植充分相信自己。等時机成熟以后，她便使
出最后的"解數"，讓他自投羅網。在小說中看不到女性本有的美麗、天
眞、善良的一面，而是以妖艷、惡毒等爲特征的"妖婦"形象。接下來在
金云龍的小說《彩霞消失的地方》中則塑造了墮落的女性形象。生活在農

---

26 朴正根：《夏娃的余韻》，《天池》，1989年6月，P20。

村里的淑女一家時刻面臨生活的危机，无奈投奔到生活在大城市里的達順，在她的蠱惑之下，淑女的灵肉漸漸開始變質，最終无法逃脫金錢的奴役。淑女的眼中丈夫的形象逐漸變得黯淡，她忘却自己的人格、自尊所在。在小說中作者有意描繪出淑女走向墮落之前的种种心理矛盾，但這一切掩盖不住她在性交易結束之后得到巨額報酬的激動。

所謂男性筆下塑造的"圣女"与"妖婦"女性形象可以說是展現在我們面前的一副空洞的假象。男作者通過這一假象，試圖表達對"圣女"形象女性的极大贊美与"妖婦"形象女性的极度厭惡之情，這必是男性所固有的傳統思維觀念及道德准則的慣性所然。通覽該時期朝鮮族中短篇小說，會發現一个有意思的現象，在男作家筆下塑造的"圣女"形象明顯多于"妖婦"形象。這又是"圣女"形象受到男作家的愛戴与推崇的必然結果。在這類人物塑造中我們不能一概地否定這一現象的存在，而須認淸女性形象的兩极分化最終會把文學帶入歧路，勢必會對文學的發展産生不良的影響。

2) 賢妻良母形象

賢妻良母女性形象是男性筆下塑造的"圣女"形象。在新時期朝鮮族小說中，男作家對"圣女"形象的喜好直接表現在賢妻良母形象的塑造上，其表現尤爲突出。這是因爲自古在這一形象中含有"賢惠"、"勤勞"、"寬容"、"善良"、"含蓄"、"謙恭"、"溫柔"、"順從"、"忍耐"、"无微不至"、"自我犧牲"等特征，這些又是該時期朝鮮族小說中塑造女性形象時着力表現的内容之一。同時又是在這一時期，賢妻良母形象在女作家筆下發生了較大的變化，這些都是値得關注的問題。

(1) 賢妻良母形象的理想化

　　新時期伊始，在朝鮮族小說中塑造的賢妻良母形象多是帶有理想化的色彩，似乎接近于完美无缺的程度。尹正哲的小說《我的妻子》中的李福實，鄭世峰的小說《人情世界》中的春姬，黃秉樂的小說《妻子的心情》中的福子等，无疑是該時期男作家筆下賢妻良母的典范。

　　以小說《我的妻子》爲例，小說以丈夫"我"的視角叙述妻子李福實以自我犧牲精神換來"我"在事業上成功的故事。"我"師專畢業后安排到山溝里去当小學教師，經輔導員介紹認識了美麗的農村女子李福實。在多次交流中我們之間相互產生了感情，但由于身份的差异，李福實并沒有接受"我"的求婚。在"我"的引導和勸說下，她最終決定嫁給"我"，這也堅定了她的信心："……請您放心，好好工作吧。我甘愿受苦，伺候您。"[27]　結婚后的生活是幸福的，在妻子的精心料理下，結婚后的第一年在學期末評比中"我"当選爲"先進教師"。就這樣15年如一日，妻子在家里既主內又主外，全然不顧自己，把丈夫在事業上的成功当作自己人生的唯一幸福。然而歲月的无情，終日的奔波，最終使妻子積勞成疾患上了不治之症离開了人世，她在遺書中寫道："……无論遇到什么樣的困難，您在事業上的成功就是我唯一的夙愿，也是我最大的幸福……"[28]　這是妻子對丈夫"誓死效忠"的堅定信念，小說以前后照應來結尾，更加突出地表現了賢妻良母這一女性形象的人格魅力。

　　在這些小說中女性作爲賢妻良母几乎忘却了"我"是誰，自我存在。但"她們"却更清楚地知道"我"是爲了誰。顯然"她們"更多是爲了丈夫、家庭，而不是自身。"她們"自我价值實現途徑无疑是通過丈夫的成功，有出人頭地之日。這是"她們"扭曲的自我實現方式，是男性塑造的理想化

---

27 尹正哲：《我的妻子》，《天池》，1981年6月，P22。
28 同上，P29。

的賢妻良母形象的承載，"她們"只能以這种方式來表現自我。在這類小說中"她們"究竟何在？她們在于：面對人，女人反而弱化了自身作爲人的主体意識；她的人生，几乎全部淹沒在奉獻自身、服務于人的家庭勞動中。[29]

(2) 賢妻良母形象中的道德表現

与新時期伊始的《我的妻子》等小說相比，在80年代中期到90年代初，小說中對這一形象仍富有褒揚的含義，然而再度塑造時已經不再是完美无缺的理想形象。其特点可以歸納爲以下兩点：(1)賢妻良母女性形象在更加生活化的場景中塑造，使理想化色彩逐漸減少，而給人眞實感，幷富有濃郁的生活气息。(2)在賢妻良母形象塑造中注重表現家庭与生活矛盾冲突中的痛苦，刻畫具有高尙道德情操的女性。

屬這一類的小說有張志敏的《母親花》、徐正浩的《柳花春情》、金永根的《至誠》、尹光洙的《難看的嫂子》等。前兩篇小說中塑造了有着共同命途的賢妻良母，她們盡管是爲丈夫、家庭受盡磨難，却是被丈夫无情抛弃的女性；后兩篇小說中同樣塑造了在生活的磨難中始終爲丈夫、家庭獻身，但能使丈夫知錯悔改的，具有高尙道德情操的女性。就以《難看的嫂子》爲例，小說以"我"的視角，講述嫂子千錦嫁給"我"的哥哥以后，盡管家境貧寒，但在种种困難面前不低頭，給我們生的希望与信念的故事。嫂子与"我"哥結婚那一年，哥哥爲了掙錢去采伐場，偏偏在這一時候"我"母親因一場意外傷了筋骨。禍不單行，沒過多久"我"哥在采伐厂受傷回家，生活的重担全部落到嫂子身上。卽使如此，嫂子无任何怨言精心照理家中的病人。嫂子的婚姻生活是不幸福的，在結婚后的几年里"我"

---

29 李小江：《夏娃的探索》，河南人民出版社，1988年6月，P55。

哥總是以嫂子長得難看爲由對其加以欺辱；念念不忘初戀情人，不与嫂子同床。每当這時嫂子幷不怨天尤人，而是把憤懣埋在心底。可幸福往往不會來到如此命苦的女人身邊，生活的艱辛最終讓她患上不治之症，過早离開人世。在小說的最后，在嫂子臨終前"我"哥忏悔万分，愴痛不已。

(3) 賢妻良母的兩難境地

　　賢妻良母形象的塑造一直以來只是男作家才能享受的特權，而作爲女性，她們只有認同的權力，只能按照男性制定的規范來約束自己。由此，女性對賢妻良母形象塑造的缺席不能不說是遺憾，慶幸的是正值新時期朝鮮族女作家崛起之際，賢妻良母這一形象也在女作家筆下刻畫出來。但在人物塑造上明顯可以看到，塑造了尚符合男性中心觀念又要掙脫家庭的桎梏而充滿矛盾的女性形象。

　　李英愛的小說《那个傷感的春天》无疑是講述女性選擇要做賢妻良母，還是要做現代女性的矛盾，在家庭与事業之間難以兩全而徘徊的故事。自結婚以后年輕漂亮的順實心中家庭便成爲最爲"神圣"的存在，故她生活的一切几乎都圍繞着丈夫与孩子展開。結婚后的第一年爲了生子放弃了公司爲她准備的出國進修机會。此后在7年的結婚生活中，她把自己磨練成爲优秀的家庭主婦。然而，她的付出却沒有帶來相應的回報，在丈夫面前失去了魅力，在同窗們的自我炫耀面前几乎陷于"絕望"。此刻，對自我存在价值的缺失在順實心中産生巨大矛盾。在小說中描寫到："如果丈夫想要在事業上取得成功，變得更加自由，那么順實同樣從生活的桎梏中解脫出來想成爲有魅力的女性。此時，欲望在她心中熊熊燃燒。爲什么只有丈夫才能成爲社會人，只有丈夫才能取得成功呢？而爲什么把自己獨囿于家庭的藩籬之中，却把在社會上取得成功的女人当

作不正常的人了呢？這一世界上，在家庭与社會中取得成功的女性又是
如此之多！我又是什么時候變成這般模樣的家庭主婦了呢？……"30　對
于男性，看似理所当然的賢妻良母角色對女性來說是束縛，是男性對女
性角色扮演中的苛求，對此她們早已感到太苦太累。順實的自我反問，
正是對賢妻良母眞正价值的怀疑。經過短暫的徘徊之后，她要向人們証
明"我"的存在，從而找回自我人生的价值。在小說的末尾，作者以家庭
与事業"兩全的方式"找回主人公失去的人生价值，但其女性形象尙遵循
着男性定下來的道德法則。可見女性走出男權藩籬之艱難，家庭和社會
双重負荷下的生存是何等艱辛，這便是女性欲跳出男權牢籠的不易。

3) 受害者形象

　　自新中國成立以后，尤其是新時期改革開放的大好背景下，隨着時
代的進步女性地位的确發生了翻天覆地的變化。在生活、經濟、政治等
社會的各領域我們都可以淸楚地看到女性做出的巨大貢獻。盡管如此，
這些幷不能完全掩盖處于弱勢地位的女性所遭受的不幸。20世紀80~90
年代，在每一次社會變化与變革中一些女性始終擺脫不了受害者的命
運。她們所受到的傷害是多方面的，作家們同情和關注這些女性，以敏
銳的眼光把握住生活中受傷害的女性，幷在小說中塑造受害者形象。其
中多多少少承載着對這些女性命運的思考，幷引起社會對她們不幸命運
的广泛關注。
　　愛情作爲人性的重要組成部分之一，在文學中得到了永恒的主題表
現。愛情又是一把双刃劍，美好的愛情使人難忘，然而愛情的不幸却給

---

30 李英愛：《傷感的那一春天》，《道拉吉》，1997年5期，P72。

人留下永久的傷痛。在20世紀80~90年代，朝鮮族作家們通過這一愛情主題塑造了被愛情所折磨的女性形象，展現了在愛情生活中女性的不幸遭際。

在20世紀80年代的朝鮮族小說中，首先展現給我們的是在"文革時期"被男性无情遺弃的女性形象。鄭世峰的小說《壓在心底的話》中塑造了因從事副業影響丈夫的入党，又影響丈夫的前途，從而被无情地遺弃的今姬形象；姜昌祿的小說《啊，苹果梨》、鄭世峰的小說《人生的秘密》中塑造了由于"血統"、"身份"的差异，招致男方家長的反對而最終落入不幸的女性形象。上述小說中，女性受害是由"文化大革命"這一空前的社會灾難所引起的。但在此后小說中，愛情帶給女性的不幸命運似乎并沒有由于"文革"的結束而得到改變。黃炯久的小說《愛情的條件》中仍然繼續着女性被遺弃的受害狀態。隨后在尹熙言的《一个女人的命運》与崔洪日的《她与他，B縣》等小說中展現的女性不幸遭際中時代的因素退居次要地位，而男女之間的傷感經歷躍居首位。從而小說中女性的不幸程度似乎進一步加劇，兩篇小說共同給我們講述一个女人与三个男人的故事。在《一个女人的命運》中作者塑造了被男性蹂躪的順花形象，以女性的泪水來展現順花在婚姻中的遭際与不幸的婚姻生活。小說通過順花的回憶，講述在她人生中与性格迥然不同的男性——看似英俊，但爲人无耻、虛僞的許南；見錢眼開的麻子臉；无知、愚蠢的黑子的一次次失敗的婚姻，最終使她痛定思痛的故事。在新時期朝鮮族小說中，被男性无情遺弃的女性形象屢次三番地出現。《黑暗的影子》是較爲深入地開掘女性遭際的小說。在小說中，生活在農村的英姬与相奎是初戀情人，当相奎入伍不久，英姬爲還清父親欠下的賭債不得不与"恩人"万元戶永洙結婚，英姬的不幸從此拉開了序幕。結婚后沒過几年丈夫永洙染上了賭癮，欠下的債讓生活很快走向沒落。債主們的催促、威脅，甚至是强暴使得英姬處于痛苦的深淵之中。在她最爲痛苦，最爲需要相奎帮助的時候，曾經深深愛過她的相奎却以同窗永洙之間的誓約、義气爲由，委婉地拒絶英姬最爲懇切的請求。失望至极英姬最終离開了給她帶來无盡痛苦的地方。当她怀着无比的痛恨离開時哭訴道："我恨相奎！我恨永洙！我恨父親！恨那些只能給我們女性帶來痛苦的男人。"[31] 如小說所示，在英姬短暫的一生当中，使她痛苦的男性就像影子般跟隨着英姬的生活。因父親欠下的賭債而不得不結成的不幸婚姻；因丈夫再次欠下的賭債使生活走向沒落；債主的强暴、初戀情人相奎的袖手旁觀，對她來說愛情、父權、夫權、金錢這一切都是捆綁在她身上的沉重鐐銬，這些无時无刻踐踏、蹂躪着柔弱的英姬。可見，女性在男性的夾縫中求得生存，找回屬于自己的一片天空是何等之難。而在韓正吉的《紅色布條》、柳在順的《一个少女的故事》、李惠善的《頑固守旧的灵魂》等小說中則塑造了由于封建傳統的根深蒂固而在精神上受到迫害的女性形象。

由此可知，女性所要受到的痛苦并沒又因時代的發展、女性地位的提高而結束。在城市化建設与出國熱的社會背景下，女性受到的痛苦程度反而進一步加深。林鐘哲的《照在西天的新月》、張和濤的《她該走的路》、金英子的《歲月的小坡》等小說中共同講述農村女性進城以后的各种不幸遭遇。以小說《她該走的路》爲例，故事正是在大批農村人口流入城市的過程中發生的衆多不幸事件中的一件。恩姬自幼生長在農村，家境貧困，父親的去世對母女的生活來說无疑是雪上加霜。此后不久母親的病危，迫使恩姬進城，并在一家卡拉OK廳当小姐。由于美貌出衆，加上舞台絢爛灯光的照射，更加吸引來自各方的目光，其中就有无償帮助恩姬的某裝飾公司朴經理。此后，兩人之間的曖昧關系很快被敗露，這使

---

31 李譽天：《黑暗的影子》，《道拉吉》，1991年3期。P34

恩姬遭受朴經理妻子的謾罵与痛打。无獨有偶，這一慘劇被聞訊赶來的未婚夫所制止，但這一切讓未婚夫无法再忍受下去。一段切膚之痛的經歷使她失去了自己最爲珍貴的東西，這給恩姬心中留下難以磨滅的創傷。

在城市化的進程中，恩姬的遭遇旣讓我們感到心痛，又讓我們表示同情。但這些遠遠不够揭示在城市化、出國熱的帶動下无數女性的遭際。20世紀90年代初，中韓兩國建交以后大批朝鮮族涌入韓國社會。在資本主義文化的洗礼下變成金錢奴隶的女性；在家中苦苦等待出國勞務的丈夫、親人的女性；在异國倍受命運折磨的女性，這些都是由于該時期社會變化而受害的女性。在90年代的小說，如李東烈的《烈日》，李東奎的《孤獨的島嶼》，金英錦的《那天，那事》，崔均善的《恩女的首爾之行》中這些女性形象躍然紙上。《孤獨的島嶼》就給我們講述了妻子在家中苦苦等待出國勞務的丈夫歸來的故事。自丈夫俊浩出國勞務五年以來，明淑在家中服侍年老的婆婆權氏幷獨攬家務，在苦苦等待中艱辛地生活着。六年之后，明淑終于盼到了丈夫歸來，但不久却无形中發現受過資本主義文化洗礼的丈夫的与衆不同，這逐漸拉開了夫妻之間心灵的距离。此后，丈夫与某韓國女士在家中私通讓明淑徹底地心碎。六年的獨守空房却換來夫妻感情的日漸疏遠和丈夫的背叛，絶望之余明淑選擇了自盡。一位美麗、善良、賢惠的女性就這樣走到了生命的盡頭，一个原本幸福美滿的家庭就這樣在出國熱潮中湮滅。

在新時期朝鮮族小說中受害者女性形象存在的意義可以說是重大的。是因爲作家們通過受害女性的不幸遭際來喚起人們的同情，昭示着在現實生活中女性的存在狀態是多么的艱難。把這些有着不幸命運的女性展現在我們面前，深刻的意義在于作者對愛情、婚姻倫理与道德上的追問，同時讓讀者進一步進行反思。

4) 自我完善形象

正如上述，在新時期朝鮮族小說中受害者女性形象可謂層出不窮。但也有一些女性在衆多的困境面前沒有被困難嚇倒，更沒有退步。她們不甘心這种狀態的持續，而要振作起來，与命運抗爭，并逐漸去适應生存的法則。她們在摸索中尋找适合自己的出路，尋找自己生存的一席之地，逐步走向自我完善。她們的出路何在，在該時期小說中作者以各自不同的方式給与了解答，并帶有有關婦女解放的思考。

小說《一个女人的命運》与《她与他，B縣》中展現在我們面前的是一位在婚姻生活中接連遭際不幸的女性。在這些小說中，作者只給我們展示了一个女人婚姻的不幸，并沒有指出她們受到傷害之后的出路何在，更沒有展現出爲擺脫不幸婚姻而做出的具体的，强有力的行動。无疑，這是由于小說中女性性格的懦弱而引起的必然結果。在新時期朝鮮族小說中可以看到，作者的思索并沒有停留在表現這一不幸上，而留有進一步探索的痕迹，最終塑造出自我完善的女性形象。柳元武的小說《她与男子漢們》与朴振万的小說《沒有丈夫的女人》中共同講述生活在不幸中的女性走出家門，走向自我完善之路的故事。就以《她与男子漢們》爲例，小說中充滿了主人公春燕對丈夫的不滿。在開頭就有這樣一段描寫："今天又跟丈夫吵了架。世上的男人大概都對女人說三道四，但那些男人們又是如何呢？可恨的男人，明知丈夫可惡，但還得跟他們一起生活，難道這就是女人嗎？"[32]　春燕的婚姻是不幸的，命運的捉弄，所遇非人成了心頭之恨。春燕第一任丈夫孫應植雖然爲人正直，但顯得有些幼稚、粗俗、愚昧，在農村實行承包責任制以后，跟不上時代變化。于是春燕公

---

32 柳元武：《她与男子漢們》，《道拉吉》，1988年5期，P2。

然"背叛"丈夫而去，隨后嫁給農民企業家尹一奎。但生活環境的改變，并沒有給她帶來多大的幸福。在事業上的大方與家庭生活中的吝嗇使尹一奎判若兩人，加上生活的不自由，春燕如同生活在囚籠之中。婚姻的再次不幸遭遇，渴求愛情的失敗，使她清醒地認識到幸福在何方。她要自立，要自强，便踏上了自我實現之路——進城。女性自我完善的途徑是多樣的，女性不僅要從男性的依附中解脫出來，還要爲自立獲得經濟上的保障。在該小說中，女主人公就已經邁出了這一步伐。

接下來在姜孝根的小說《時代的幸運兒》中，女主人公离自我完善的目標更近了一些。小說中，作者以"我"春玉的視角進一步講述女性是如何自食其力的故事。生活在農村里的"我"不滿于父母介紹的婚事，從家里出走來到陌生的城市。在那里曾經相識的万哲以幫助爲由欺騙了"我"的感情，"我"一气之下离他而去。此后，爲了謀生"我"在一家飯店打工，后來發現女主人的卑劣行爲，毅然辭去工作。經多方努力，最后"我"經營起一家屬于自己的餐館，經過不懈努力最后成長爲优秀的个体戶。在小說中，作者塑造了具有反叛精神與開拓精神的時代女性，可以明顯地看到主人公在完善自我過程中留下的足跡。但作家似乎還沒有塑造出圓滿的自我完善女性形象，僅僅表現不依附男人，自食其力的女性所做出的具體行動。

在此后的小說，如金極敏的《純情流向之處》、金英子的《失去的路》中塑造的自我完善的女性形象更加飽滿，以完滿的結局來塑造作家心目中自我完善的女性形象。《純情流向之處》中爲了幫丈夫的進城，順姬與丈夫假离婚。当她意識到丈夫的背叛之后也進了城，在東浩的幫助下在集市里擺攤，最后與東浩組成新的家庭。同樣在《失去的路》中塑造的銀淑，在走向自我完善的過程中表現出更加果敢，以實際行動來表明女性是怎樣堅强地走向自我完善之路的。生活在農村里的銀淑的婚姻生活并不美滿，自實行農村承包責任制以來丈夫京哲失去了作爲男人應有的生活自立能力，加上去年因丈夫錯施肥料使庄稼毀于一旦。然而丈夫却在家中游手好閑，謾罵甚至毒打妻子。這把銀淑逼上了"絶路"，她冒着危險來到俄羅斯做起小本生意。在异國他鄉有說不盡的艱辛，她无時无刻不惦記着家鄉，越是那樣她越要咬緊牙關堅持下去。相反，其間京哲却過着消遙自在的日子，甚至与同村里的女人偸歡，被其丈夫發現后痛打了一頓。当銀淑得知此事以后陷入絶望，她心中産生一股盡快掙脫丈夫的强烈欲望。在絶望与欲望相互交織下，她把自己主動托付給同樣來做小本生意，幷在自己最爲困難之時給与极大帮助的秀龍。在文中寫道："秀龍，我將把身心全部給你，用一生來伺候你。我是女人，我除了女人的愛以外沒有什么可給的，請你不要扔下我……"33 過了漫長的七年之后，当銀淑回到故鄉再次面對丈夫的時候，早有所聞的銀淑幷沒有理會已經走投无路的京哲。她最終選擇了正確的道路，小說以銀淑和秀龍的結合作爲結尾。

以上在走向自我完善的女性身上都帶有剛强、堅靭的性格特征，幷在自强中求生存求進取。有必要指出，在塑造該類型女性形象時，作者大多描述她們受到不同程度的傷害，而后再叙述她們是如何擺脫這一痛苦，走向自我完善道路的過程。以上几篇小說，同是表現女性走向自我完善的過程，但与前三節中的女性形象的相互比較中可以總結出如下特点：(1)在這類小說中往往描繪女性的成長過程或者是較爲漫長的經歷，從中我們可以看到一个女性的成長史。(2)在這一以自我完善爲主題的小說中，作者們在結尾描繪了"理想圖景"。而這一"理想圖景"隨着作家對生活認識的深入以比較圓滿的結尾來表現最終的落脚点，那就是走向自我

33 金英子：《失去的路》，《道拉吉》，1996年1期，P45。

完善的女性首先在經濟上獨立；其次，女性得到幸福的婚姻。這也是該時期朝鮮族作家對女性解放的思考。

3.2. 女性形象的拓展

1) 女性生存的困惑

經過20世紀80年代的精神洗礼，当艱難崛起的朝鮮族女作家向前没跨几步便看到自己的堅定信念、理想憧憬与現實生活之間的差距，并且也意識到這种差距是難以逾越的。当她們怀着滿腔的熱忱、燃燒的激情踏入社會之時，面對冷酷的社會現實与社會對女性的种种苛求不得不放弃自己的選擇与追求，其間她們在犹豫、徘徊、彷徨，眼前呈現的几乎是一片迷茫。于是困惑産生了，在愛情、家庭、事業、社會風波的層層束縛中她們該何去何從？

(1) 愛情 —— 女性不圓滿的情感

正如在前几節中所看到的那樣，絶大多數女性在追求自由的愛情与婚姻的過程中尋找自我价值，却往往在這一過程中迷失方向，甚至是受到身心的巨大傷痛。新時期朝鮮族女作家再次涉足于愛情這一古老而永恒不變的文學主題時，已贏得自由愛情的女性仍被愛情所羈絆，陷于情感的种种困惑之中。該時期朝鮮族女作家通過這一愛情主題的探索，來展現生活在不同情感狀態下女性的處境。

当女性贏得愛情的自由，初步建立属于自己的愛情之后，女性是如何呵護來之不易的愛情，營造美好的愛情生活，又怎樣才能保持愛的芳香，又是如何應對情感的波折呢。這些可以在作家金紅蘭的小說《愛情的界限》、《秋日的天空》中探知一二。

在小說《愛情的界限》中英美与成洙共同度過了浪漫的大學時光之后，成爲令人羨慕不已的終身夫妻。婚后，熱情一時的成洙沒得到社會的承認，便一蹶不振，這逐漸与英美的理想愛情觀念拉開了距离。兩人之間的情感産生了隔閡，加上成洙連續不斷的晚歸，强忍已久的英美气憤之余，把成洙赶出了家門。一場夫妻之間的小小矛盾成爲成洙不幸命運的開始。几天后，值夜班時成洙被工厂里發生的一場意外奪去了生命。本可以避免的冲突，英美想把丈夫打造成杰出人才的"自私"念頭却斷送了丈夫的生命，英美對理想愛情的過于執着最終把家庭推向了破裂。通過小說可以淸楚地看到女性的相對扭曲的心理、情感狀態，卽当女性艱難地爭取到自由的愛情之后，對光彩奪目的理想愛情的期望、苦求帶來的与現實的种种矛盾冲突。這正是因爲，女性是如此艱難地爭取到來之不易的自由愛情，所以她們只能以過分的珍惜來維護自身權益，反而釀成一場不幸的結局。這也是作者把題目定爲"愛情的界限"的原因，当界限被超越之后，美好最終會被毁滅。

如果上一篇小說中作者是以嫌有蹊蹺之感的故事情節來達到該小說意義的傳達，那么，在小說《秋日的天空》中作者將在較爲現實的場景中，對愛情主題進行更深一層的思索。小說中塑造了一位面對生活中的丈夫、初戀情人車俊榮和在同一報社工作的同事鄭翰成，處于愛情抉擇狀態的燕姬形象。小說中的燕姬在畢業前夕一次下鄕實習中結識了英俊美貌的農村干部車俊榮，燕姬大學畢業以后結了婚幷進到報社工作，很快又与年長的鄭翰成相識。五年過后，燕姬的婚姻已變得有名无實，加上車俊榮的突然出現及鄭翰成的情感攻勢，在多种情感的交織中愛的選擇讓她陷入困惑之中。最后，燕姬与丈夫离婚，委婉拒絶鄭翰成的殷勤，選擇了車俊榮。然而現實幷沒有讓她從困惑中解脫，車俊榮在愛情和事業中依然如故地選擇了事業。最終，燕姬的愛情與婚姻未能兩全。

在以上小說中，无論女性是珍惜愛情的果實，還是再次面臨愛情的抉擇，女性始終處于情感的不圓滿、泥淖的狀態，這便是"基本的愛的自由的匱乏"。[34] 在這一不圓滿愛情狀態的探索中，我們仍然可以看到女作家幷沒有找到女性解放的終极圓滿答案，這也是女性尙未得到解放的又一佐証。

(2) 婚姻——女性的兩難境地

在人類漫長的歷史發展過程中，我們往往會看到歷史的反夏。在此，我們發現一个非常有意思的現象。那就是当女性覺醒之際，她們是如此執着地追求屬于自己的婚姻，但到現在婚姻却讓她們陷入兩難的境地。正如波伏娃在《第二性》中探討的那樣："結婚，是社會傳統賦予女人的命運。現在仍然如此。大多數女人，有的就要結婚，有的已經結婚，有的打算結婚，有的因沒有結婚而苦惱"[35] 当婚姻生活中男女兩性之間開始產生隔膜，无意中悄然走向歧路之時，女性的困扰便產生了。這時在她們心中開始出現不安、焦躁、躁動等情緒。

在柳元武的小說《强者，弱者》中的女主人公姜玉女正是身處于家庭與事業兩難境地的典型女性。姜玉女是一家有七百余名員工，年收入一亿五千万元的百貨大樓的副總經理。事業的成功對她來說好比是生活的一切，對于這一事業型女性在小說中作者是這樣描寫的："花的世界，女性的世界，玉女是這一世界的所有者，又是支配者。…… 事業使她生机

---

34 劉慧英：《走出男權傳統的藩籬－文學中男權意識批判》，三聯書店，1996年，P83。
35 西蒙娜‧德‧波伏瓦：《第二性》，陶鐵柱譯，北京：中國書籍出版社，1998年，P487。

盎然忘却了所有疲勞。"**36** 然而，對于事業的熱愛、執着却帶來与丈夫、儿子之間親情的疏离。加之丈夫与年輕保姆之間的不正當關系被發現以后，丈夫冷冷地單方面提出离婚要求，給這位事業上獨当一面的女人沉重的打擊。在這一難以接受的事實面前，"玉女想要哭喊，想要抗議。在男子漢世界里点燃熊熊的烈火，難道女人就只能如此嗎？但她的叫喊却沒有破口而出。兩行眼泪落下，這使得她更加悲哀。眼泪落在男人們的世界里。"**37** 小說中女主人公旣不能失去家庭，又不能在事業中无所作爲，這只能使她更加感到困惑。小說中姜玉女的困惑來自男權主義(丈夫与儿子)价值觀沉重的壓制及對女性應作爲賢妻与良母的双重苛求。正如小說中所表現的那樣，婚姻更多是給知識女性帶來了困惑，在事業与婚姻的冲突中她們不能兩全，即劉慧英在《走出男權傳統的藩篱》一書中指出："女性實際上處于一种最爲典型的兩難處境：要么犧牲獨立意識和人格，將自己的智慧和生命全部奉獻給某个男人或家庭，成爲傳統意義上的賢妻良母；要么爲了在人格上和事業上的獨立与成功，放弃个人的家庭和情感生活。"**38** 這无疑是給女性帶來的又一次傷害。

女性的困惑并不僅僅存在于已婚的女性身上，当婚姻生活中感情破裂女性不得已選擇婚姻的另一端——离婚之時，困惑仍然伴随着她們，使她們始終難以擺脫。現實告訴我們，离婚并沒有使女性的困惑减少反而是增加。李胜國的小說《一个人的家庭》講述本以爲离婚就可以得到心里平靜的銀儿，当离婚之后陷入种种困境的故事。小說中銀儿出國掙錢回來以后本想過上平靜的生活，但偶然的電話却促使家庭的破裂——她選擇了离婚。隨着時間的流逝，獨守空房的銀儿不久便發現心中的空

---

36 柳元武：《强者，弱者》，《道拉吉》，1995年3期，P24。

37 同上，P31。

38 劉慧英：《走出男權傳統的藩篱－文學中男權意識批判》，三聯書店，1996年，P85。

虛，對男性的渴望與親生骨肉之間感情的疏遠，直至人生路途中的迷茫。最后，她含淚茫然不知該去往何方。雖然在這兩篇小說中塑造了因社會賦予女性的責任，處于種種矛盾沖突之中的女性形象。但仍然暗含着男性對"背叛"女性的忠告。

2) 女性自我命運的關注

自古以來，古希臘神話中的"命運"一直是文學的生動主題之一。在20世紀90年代朝鮮族小說中"命運"仍然是作家所關注的焦點，也是執着探索的領域。尤其是女性个人的不幸命運，卽生活在農村、社會底層及出國在外女性的不幸遭際。在市場經濟的大环境下人們的物欲逐漸膨脹，在宣揚消費、享樂的社會文化基調中，傳統女性的价值觀、角色發生了逆轉，隨之女性命運的趨向也産生了諸多變化。在該時期朝鮮族小說中，女性的命運更多是圍繞金錢而展開，這就使得生活在社會底層的女性在消費社會中擺脫不了自我迷失、被异化的命運。她們將把自己帶入不幸命運的深渊之中，以各自不同的方式唱響命運的交響曲。早在80年代，在《一个少女的故事》等小說中女作家就以自我言說的方式述說女性命運的不幸，小說僅僅停留在作者情感的自我宣泄上。到了90年代，小說在环环相扣的情節線索中塑造了女性形象，揭示她們各自不同的命運趨向，其中含有作者對女性生存狀態的焦慮。

(1) 女性的异化

据馬克思主義的异化理論觀点來看，异化是人的物質生産与精神生産及其産品變成异己的力量，反過來統治人的一种社會現象。20世紀80年代末90年代初社會的轉型与資本主義思想觀念的侵淫，异化的女性形象陸續出現在新時期朝鮮族小說当中，并有其較爲清晰的發展軌迹。

金英今的小說《那天，那事》中塑造了正走向物化的明淑形象。小說以中韓建交以后跨國婚姻爲線索，借"我"給侄女介紹對象的場景，對女性的异化發出作者自身的感慨。生活在農村里的明淑一家過着窘迫的生活，当"我"把兩位韓國光棍要找中國媳婦的消息告之侄女明淑時，她是异常的興奮与激動。她似乎是懂得人生的眞諦，并向"我"說道："我認識到了錢的重要性。如果沒有錢，人品、長相都是无用的。您看我的家，凭長相、人品在村子里不比別人差。但由于沒有錢我們只能生活在茅草房，就像只動物……"[39] 顯然在明淑心目中金錢是至高无上的。她最后選擇了嫁給一位有錢的富老頭，欣然接受金錢的臣服。作者在塑造明淑這一异化卽將要付諸實踐的女性形象時，表達了內心的焦慮与不安："韓國這一巨大的磁石居然在農村山溝里也發揮着如此巨大的威力。這一磁石并不是別的，就是金錢！面對磁石的誘惑，年僅21歲的明淑要給散發出霉味儿的富老頭獻出自己。"[40] 作者發出這些感慨的同時隱含地流露出對明淑卽將到來的命運的思考，在金錢面前愛情、純眞都已變成了可供消費的商品，何况年輕美貌的女性。

金義天的小說《灰蒙蒙的光环》中所塑造的明姬是一位從貧窮走向异化，再進行自我反思的女性。明姬以优异成績研究生畢業以后在一家出版社工作，在一次偶然的机會經朋友介紹做了導游。經過几次磨練，看着日益改善的生活环境，被外國品牌包裝的身軀，她陶醉在一种莫名其妙的优越感中，而却難以自拔。這种喜悅并沒有讓她始終感到快樂，在看望指導老師時，他那對學問依然如故的執着精神和丈夫的"原始積累"理論的极大反差，以及游客的无礼行爲，使她的自尊受到嚴重的傷害，

---

39 金英今：《那天，那事》，《天池》，1996年12月，P27。

40 同上，P29。

以至讓她感到幻滅。小說中的主人公在自我异化与反异化的矛盾沖突中徘徊。

　　接下來在張慧英的小說《在俄羅斯見到的女人》中所塑造英姬是完全被异化的女性。小說中命運的不幸讓英姬不得不到异國俄羅斯去掙錢。在人生地不熟的他鄉，爲了掙錢她只能跟來俄羅斯不久的洪秀搭伴做起生意。經過一段時間的接觸，兩人之間産生了"親情"。此時英姬沒有錯過時机，以獻媚來讓洪秀陷入圈套后，便把自己的灵与肉全部交給洪秀，以此得到他的信任，爲自己掙到更多的錢排除后顧之憂。等洪秀卽將回國時，英姬便悄悄的离開了，她以异化了的身軀掙回了足够的錢財，同時給洪秀帶來家庭的破碎。英姬的不幸命運讓我們同情，但她出賣灵魂与肉体來換取錢財，并使對方陷入絶境的行爲讓人憎恨。小說中作者雖然只是塑造英姬一个异化的形象，但在現實生活中，尤其是在异國打工的女性來說何止是英姬這一人呢？

　　在以上小說中，塑造了异化過程中處于不同生存狀態的女性形象。我們可以看到女性雖然已經跳出家庭的桎梏，但她們爲了适應当下生存环境而不得不選擇异化。作者在塑造异化的女性形象時，總是使小說中的女性帶有道德的責任感。但這却讓女性進一步成爲男權下的"女奴"，女性終將擺脫不了死死纏繞在她們身上的男權的束縛，結束不了"悲哀"的命運。

(2) 女性的"夏仇"

　　在消費社會中，女性的美貌旣是商品，又是以最爲簡便的方式來創造"物質財富"的有生資本。這使得女性的美貌逐漸失去了原有的含義，被其它种种含義取而代之。当她們的美貌完全被物化以后，她們就以此作爲反抗男權的"利器"，与男性相抗衡，并做出反抗。朝鮮族女作家對這些女性的不同命運及時給与關注。小說中可以看到，在商品社會她們都以不同的方式与男性對抗，然而這些女性要改變自我存在方式的努力与反抗最終都是以失敗而告終，其結果要么成爲男性的犧牲品，要么消失在人生的迷途之中。

李今女的小說《美人草》中被物化的花妮是凭自身的美貌；金英子的小說《下着秋雨》中的玉子是以自己肉身的墜落來"夏仇"。花妮生活在不幸的家庭之中，母親早逝，父親常年酗酒，還得忍受継母的虐待。父親因病去世之后，花妮得到厂長的大力支持，却以此爲代价要滿足他的獸欲。忍受不了常年的蹂躏，花妮最后自學成才從事對外貿易工作。從此，她凭借美貌与才干任意擺布男性，逐漸變成金錢的奴隸，却免不了淪爲性病患者，結束自己年輕生命。相比之下，《下着秋雨》中所塑造的玉子更値得深思。故事發生在下着秋雨的那一天晚上，同村里的南植沒有給玉子所种的烟草田里打水道。玉子一气之下，拿起鐵鏟重重地擊打在南植的臉上。玉子由此"罪狀"被拘留又被南植沒收了田地，這讓玉子欠下了巨額債務。当她釋放出獄以后，无家可歸的玉子在經過一段時間的躊躇，便踏進了一家酒店当服務員，不得不選擇了墜落之路。從此她決心要"夏仇"，以自身的美貌，以充分物化的身軀，讓曾經使自己痛苦過的男人們身敗名裂——她首先把矛頭指向南植。在与南植无數次性交易中她得到丰厚的補償，沉浸在胜利的快感之中，經過短暫的喜悅之后却發現自己的迷失。她向朋友吐露眞情："爲金錢而哭，爲金錢而笑，又爲金錢而瘋狂之后却失去了人生，留給我的只是痛苦与怨恨。貞女，我一无所有。我沒有做母親的資格，孩子是不會原諒我的。沒有愛情的人生只是浩瀚的沙漠。"[41]　小說以玉子在人間的消失爲結尾。在以上兩篇小

---

41 金英子：《下着秋雨》，《天池》，1995年4月，P19。

說中薄命的女性都沒有得到好的結局，女性試圖以性"夏仇"的方式達到勝利彼岸的努力，并沒有拯救女性自身，却招致自我喪失、被异化的命運。爲此她們以自身巨大的犧牲作爲代价，此代价是无比沉痛的，使女性處于更加痛苦的境地，或者是陷入絶境。許蓮順的小說《透明的暗》則以更加戲劇性的表演方式，塑造了与男權相抗爭的銀實形象。生活在農村里的銀實爲了逃避家庭沉悶的气氛，要逃脫世襲般継承下來的窮困生活，要自由享受靑春權力的好奇之下，她選擇离家出走進城。在一家酒店相識了一位"先生"，不久銀實被他的話言蜜語所打動，獻出了自己的貞操怀了孕，却迫于"先生"的强硬態度不得不流産。戲劇就發生在医院的手術台上，給她做流産手術的大夫恰巧是那位"先生"的妻子。当銀實无意中得知這一切后心中便産生巨大的不平，她要讓給自己帶來痛苦的男人得到相應的報應，便把實情一五一十地告訴了大夫，以此來惩罰那位"先生"，最后耻笑道："看來您和您的丈夫的結合是天生緣分。丈夫結下來的'种子'，由妻子來鏟除。這眞是幸福。"**42**　這一譏諷无疑是對于男性卑劣人格的莫大侮辱，在這一場景中譏諷的話語却成爲揭露男性罪惡面目的最爲有效的"報夏"手段。

　　從以上小說中可以看出，女性從農村到城市融入商品社會的過程，并不是自我解放的過程，而是自我物化成爲商品又被男性奴役的過程。小說中女性的最后處境告訴我們，她們試圖要"夏仇"的努力使自己陷入絶境。作者正是通過她們命運的趨向探索女性的解放之路何在。顯然對男性的"夏仇"并沒有把女性解放出來。在与命運的抗爭中，女性依然沒有擺脫束縛，使她們陷入了更加艱難、尷尬的境地。

---

42 許蓮順：《透明的暗》，《天池》，1994年3月，P19。

(3) 女性的自我尋找

雖然女人爲自己，對曾使自己陷入痛苦的男性夏了"仇"。但這一番努力最終還是使女性陷入了无法擺脫的困境或者說是絶境。女人將何去何從，擺在女性面前的現實告訴她們這一途徑是行不通的，女性要尋找自我。

在以女性自我尋找爲主題的小說中比較代表性的有李東烈的小說《雪花抒情》與趙成姬的小說《哭泣的土地》。几乎同一時間發表的這兩篇小說中，作者以不同的方式塑造了尋求自我道路的女性。《雪花抒情》中的白香是以冷靜、執着的姿態實現了自我脫變來尋找自我的女性。小說以白香的思想轉變軌迹爲線索，試圖要揭示女性尋找自我的心路歷程。白香的丈夫盛三因公司破産不得不与實力派女性慧玉結爲貿易伙伴，事后白香發現了丈夫与慧玉之間的曖昧關系。此時，情敵慧玉向自己發出挑戰，一向以家業爲重的白香却没有對此憤憤不平，而是冷靜地思考与慧玉之間的差异所在。最后她以慧玉爲一面鏡子，要實現從家庭主婦角色到事業型女性角色的脫變，于是她出國留學，回國后更加堅定了要勇敢迎接社會挑戰的信念。雖然該小說中白香的形象不能排除以男作家的思維印記來塑造的嫌疑，但小說不拘泥于傳統的婚外戀小說模式，而塑造顯得更加成熟、理智對待个人情感，以自己的思維方式來實現自我的白香形象。接下來在趙成姬的小說《哭泣的土地》中的職業女性銀眞或多或少地印有作者本人的情感經歷。在具有濃厚散文色彩的故事，又在女主人公對歷史与現實的切身感受之中，傳達作者要找回自我的感悟。人到了中年，銀眞的婚姻在她所認爲的婚姻如同車軌最終結合爲一圓点的錯覺中走向徹底的失敗。在日常生活中，她生怕喪失自我。現實也証明，車軌永遠不能結合爲一个圓点。經歷婚姻失敗的痛苦，她要逃脫，在晚秋的旅途中深刻反省。在中俄邊界，她深深怀念眼前展現的一百多年前被俄羅斯強盜的貪婪所掠奪的土地，更加明确了自己生活的目的：她要找回生活的平衡点，要回到生活的原点。

3) 生命、生存的人文关怀

所謂人文關怀是對人的生存狀況的關怀，對人的尊嚴與符合人性的生活條件的肯定，對人類的解放與自由的追求。總之，人文關怀是關心人、愛護人、尊重人，關注人的生存與發展。人文關怀反映了人類自覺意識的提高，標志着社會文明的進步。

中國朝鮮族小說發展到20世紀90年代，經歷90年代初朝鮮族作家創作的短暫彷徨與迷茫之后，90年代中期小說創作便開始活躍了起來。尤其是90年代后期，部分作家不拘泥于小人物的悲歡离合這一單向度的中短篇小說創作模式，而從中脫穎而出，從哲學、人文的高度，表達對生存、生命的个人看法，表現了作家視野的拓展及對小說內涵的深層開掘。其中最具代表性的就是女作家對"人類母性"內涵的深刻認識，通過"母性"的重塑來傳達對人的關怀。而在上一節中梳理的男權視野下的賢妻良母形象，无疑是隱藏着男作家對于"賢妻"與"良母"的男權欲望。在這一欲望下，所表現的賢妻良母只能作為扭曲的表面形象，談不上"母性"所蘊含的眞正意蘊。90年代后期，朝鮮族小說当中這一題材的涌現，應歸功于女作家的思維敏感與自身的优勢。從生理而言，女性先天比男性有更丰富、細膩的生命体驗，女作家比男作家具有先天的优勢，她們把自己切身的生命体悟與生活經驗融合地表達出來，以最自然的情感狀態來書寫。從這一点上來看，她們是男作家无法比擬的，也正是這一緣故女作家在"人類母性"塑造中涵盖了博大的精神內涵。由此，對偉大"母性"的謳歌應由女性來書寫。

　　衆所周知母愛是无私、偉大、崇高的。母愛作爲女性最爲高尙的職責，正如波伏娃所說："女人是在做母親時，實現她的生理命運的；這是她的自然'使命'。因爲她的整个机体結构，都是爲了适應物种永存。"[43]　正是由女性自然"使命"的光照，女作家才能够眞正開始表現"母性"精神的意義。金英子的小說《攝理(或母愛)》中講述朴氏爲患上不治之症的女儿，整整十年如一日照料苦命孩子的故事。但故事幷沒有到此結束，可以從以下几个方面來理解作者塑造朴氏時"母性"所折射出的含義。從內容上看，小說中当朴氏得知猫的胎盤可以治愈女儿的病時親自買回猫崽圈養兩年，当它怀孕卽將生下猫崽時，爲得到胎盤在一間毛草房里整整守候七个多小時。爲了治療女儿的病朴氏做出了巨大的犧牲，這是對偉大"母性"的謳歌。從叙事上看，小說在猫仔的降生与同村九旬老人臨終的交叉叙述中，朴氏對生与死這一截然相反的生命狀態的感悟，得到意想不到的藝術效果。從這一小說的內容与叙事上來看，似乎已經對這篇小說有了較爲全面的了解，但把目光再次集中到朴氏時，可以看出作家塑造的朴氏身上的"自私"。作家始料不及的是，這一"母性"的崇高却建立在另一生命体的終結之上，這无疑是"母性""自私"的一面。作爲母親朴氏是矛盾的對立体，卽"母性"的"崇高"与"自私"。從這一点上來看，金英今筆下的"母性"塑造顯然是有缺陷的。

　　到90年代后期，對于"母性"的思考与理解幷沒有停留在此，其中女作家許蓮順的小說可謂表現"母性"的又一力作。許蓮順自1986年開始創作以來，在短短的十年間創作了三篇長篇小說及衆多中短篇小說，在崛起的女作家当中可謂是一枝獨秀。在經歷長達十年的文學創作生涯之后，許蓮順發表了短篇小說"宇宙的子宮"。在談到該小說的創作動机時

---

43 西蒙娜‧德‧波伏瓦：《第二性》，陶鐵柱譯，北京：中國書籍出版社，1998年，P550。

作者曾說：“去年訪問韓國，在一家博物館无意中看到了雕有女性生殖器的巨大雕塑品，当時我深感惊奇不知該用什么話來形容。…… 由于第一次看到，所以一下子覺得臉紅，而周圍的人却司空見慣似的。再等到心情平穩下來以后，出于好奇走近去看了一眼，那幅雕塑品的標題就叫做‘宇宙的子宮’”。[44] 作者對生活和藝術的双重敏感及个人創作的成熟，个人化的寫作立場使她在此后的小說中淋漓盡致地表現“母性”的含義，幷使之得到全面的提升。這一点在陳思和先生所提出的90年代文學的“无名”与“有名”狀態觀点中得到進一步的理解。在《九十年代文學面面觀》一文中，陳思和從当代文學史發展的角度考察了九十年代文學，認爲1995年以前，文學的走向還是清楚的，1995年以后則呈現无主題，无主潮趨向，几种文學走向同時幷存，表現出多元的价值趨向，也就是一种“无名”狀態。因爲“无名”狀態擁有多种時代主題，构成多層次夏合的文化結构，在這种狀態下，作家的叙述立場更加个人化，几乎每一个比較优秀的作家都有一个相對獨立的精神世界，作家開拓了个人心理空間，更貼近生活本身的个人叙事方式得以實現。[45] 同樣的“母性”主題在“无名”与“有名”狀態下其內容、內涵的表現也有所不同。可以說，在“有名”狀態下“母性”更多是以无私、自我犧牲等爲固有的特征，而在“无名”狀態下則更多是博愛爲特征。這一特征在作者許連順的小說中得到了很好的表現。作者在1992年發表的小說《悲哀的音律》中所塑造的是充滿本能，全心全意去愛，盡天職的母親形象。在小說中，女主人公因丑陋的容貌倍受鄰居們的歧視，也正出于這一原因勉强与傻气的丈夫維持着无愛无感情的婚姻生活。她生活的唯一意義就是撫養好孩子，但由于父母的緣故，生

44 金峰雄：《作家的視覺与思維》，《道拉吉》，1998年2期，P143。
45《九十年代文學面面觀－近期有關九十年代文學和文學評論的討論綜述》，文匯報，2000年11月11日，第012版。

活在精神壓抑中的孩子突然离家出走。卽便如此，她還是把生活的希望寄托在不知何時回來的孩子身上。通篇小說使人感受到"母性"最爲眞摯的情感，這也是出于作者對于母性的虔誠。同時，也正是作家對于"母性"主題的創作積累，才有可能在"无名"狀態下對"母性"的理解更有深度，以此來達到在《宇宙的子宮》中超越"母性"基本內涵的目的。

　　凡是讀過許蓮順的《宇宙的子宮》，大概都會對小說中的安氏有難以忘怀之感。在小說的結尾当儿媳嬉貞听完婆婆一生的講述以後對婆婆肅然起敬："婆婆的信仰就是自我犧牲爲前提的，是自始至終獻身的一生"。[46]　歷來家庭生活中婆媳關系是矛盾交錯的對立面，在該小說中也是從婆媳矛盾的對立中展開了叙述。嬉貞不能容忍有外遇的丈夫圣邱，向他提出了离婚要求。但又不想對卽將要考大學的女儿産生影響，便与丈夫分居一年之久。從此，她与婆家的來往減少了，感情也淡化了，她以此來惩罰有外遇的丈夫，向婆婆表示抗議。婆家在嬉貞的心目当中漸漸被忘却，但在有一天接到婆婆"失踪"的消息之后赶赴婆家，終于在農村教堂找到了年邁的婆婆。回到家婆婆道出常年淤積在內心的告白：安氏婚后因爲不能生育，便忍受巨大的心灵傷痛爲丈夫找來借种的盲女，盲女爲安氏丈夫生下了五个男孩，当老大圣邱九歲時丈夫与盲女双双离開人世，安氏便把丈夫与盲女安葬在一起。事后扶養孩子的重任落到了安氏的肩上，她欣然接受撫養幷无任何血緣關系的孩子們的使命，她要以此來向死去的丈夫"贖罪"。当嬉貞听完安氏的講述以后，被安氏作爲"母親"肩負的重任与義務，作爲妻子的忍耐与自我犧牲精神感化了，被眼前可敬可泣的老人宇宙般博大的胸怀産生了莫大的敬意。在安氏的胸怀面前，嬉貞与丈夫之間的矛盾得到了化解，人間世界的所有矛盾都被茫茫

---

46 許蓮順：《宇宙的子宮》，《道拉吉》，1997年6期，P17。

宇宙般浩大的子宮熔化了。子宮乃孕育生命的搖籃，作者借《宇宙的子宮》這一意象主題放射了"母性"的无限光芒。在小說中借种行爲給安氏与盲女的肉身帶來了說不盡的傷痛，在叙述視角的選擇上作者不從盲女的視角展開叙述，而是安氏的視角作爲切入点，因此更加烘托出安氏對于生命存在的博愛。正如古人云："長者能博愛，天下寄其身"。当文學的主題得到升華，在讀者心中产生巨大的共鳴的時候，文學才成爲眞正意義上的"人學"。從女性主義文學批評來看，安氏執意要爲丈夫找盲女使其生子，以此來"贖罪"的擧動難免要受到批評，從而作者的創作思維本身并沒有完全擺脫男權意識之嫌。但筆者認爲小說的主旨并沒有因此而削弱，這也不是作者所要表達的意圖。而在創作中已經表現出成熟的許蓮順并不是站在單純女性的立場上，而是從母愛的角度，滿怀着對生命的人文關怀，站在人性制高点上，抒發人間最爲可貴母性的无限虔敬之情。這也是這篇小說的終极意義所在。

04
對新時期朝鮮族小說中女性形象的思考

4.1. 女性品性的着力刻畫

1) 對比手法

對比手法是小說創作中慣用的手法之一，在人物形象塑造中的應用不僅使人物性格更加鮮明、主題思想突出，而且有利於故事情節的發展。新時期朝鮮族小說在塑造具有鮮明个性的女性形象及表現女性卓越品格時，對比手法的運用功不可沒。在該時期朝鮮族小說創作中運用對比手法來塑造女性形象的小說數量可觀，對比手法的灵活運用使得小說中人物形象對比更加鮮明。下面就對該時期朝鮮族中短篇小說中對比手法的具體運用進行論述。

對于在部分小說中生活容量、時間跨度較大時，爲表現人物性格的先后統一性及連貫性，時常運用到前后對比的手法。柳在順的《胸襟》、尹光珠的《黃昏》等小說中前后對比的手法運用得恰到好處。《胸襟》中今女是作者着力塑造的形象，小說通過描寫今女對人生道路中處于不同境地的知己愛子給与的關照，表現出无比寬广的胸怀。愛子婚后生下第三个孩子体弱多病，加上從鄰居老人那里听來的妄語，打算遺弃這孩子時，今女不顧自身的難處，主動帮助愛子找到能够撫養孩子的養母；当愛子的老大考上大學，愛子邀請親朋好友到家里來共同慶祝，盡管今女沒有得到愛子的邀請，却特意去看望愛子；当愛子的丈夫不幸去世以后，今女主動向丈夫提出要帮助愛子。歲月无情，人有情。在短暫人生的不同階段，今女對愛子關愛的前后對照中，始終貫穿着"情"字——卽友情、親情。小說中人情的始終如一正好表現今女胸懷的博大。

在小說中運用橫向交叉對比來塑造人物形象，展現在讀者眼前的人物區別更加明顯且一目了然。運用橫向交叉對比的手法來塑造女性形象的小說有《中年相見的兩位女人》、《遠去的光》、《孔雀之泪》等。就以《遠去的光》爲例，小說中有着截然不同成長經歷的慧淑與愛蘭是作者着力塑造的女性形象。作者以"我"的視角，審視在現實生活中的强者與弱者。慧淑的生活是不幸的，由于先天性身體缺陷一生下來被母親抛弃，后由一位好心的挑糞漢收養。儿時的遭際使她學會了堅强，更加激發生存的欲望。而愛蘭從小生長在富裕人家，在林業廳廳長父親的呵護下无憂无慮的長大。她們不同的成長經歷直接影響着對生活的態度。不管風吹雨打，惠淑每天都推着輪椅按時到"我"公司門口賣各种香烟。爲了多掙几毛錢，時常等到街上人影稀疏以后才回去。而愛蘭在公司午休時打扑克輸掉三四十元也毫不在乎，而是顯得异常的平靜。情節的發展最終給我們展現了她們對自身命運的不同把握上。当"我"被惠淑的生活態度感化，"同情"眼前坐在輪椅的惠淑，恨不得帮她賣掉全部香烟時，她却以憎恨怜憫的口吻一字一板地說道："先生，您看錯人了。我不愿別人來同情，而是更愿別人來嫉妒。"**47** 而当"我"拒絶愛蘭的"殷勤"時，她却失

---

47 金在國：《遠去的光》，《天池》，1993年6月，P16。

望之极說道：“到現在，我是依靠着別人生活過來的。誰都喜歡我，誰都想珍惜我，如果沒有愛我是活不下去。”**48** 故事的最后發生了戲劇性的變化，起初趾高气昂的愛蘭變得沮喪，這使我同情；而起初讓“我”“同情”的惠淑却充滿了活力。小說中“我”對兩位女人前后態度的變化使小說中人物性格對比愈加突出。

2) 塑造典型

　　典型形象的塑造是小說創作的重要課題，又是小說創作最基本規律之一。塑造典型形象，就要實現个性与共性的統一，人物性格与環境的統一，再現与表現的統一。其中，人物性格与環境的統一是在塑造典型形象過程中最爲重要的一环，馬克思、恩格斯曾經在《德意志意識形態》中所言：“人創造環境，同時環境也創造人”。通讀新時期朝鮮族中短篇小說，可以發現作家在塑造典型人物，尤其是着力刻畵女性美好品格時通常把人物放置在典型环境——家庭。家庭是最爲古老的社會形態，自古朝鮮民族深受儒家文化的影響，女性在家庭生活环境中表現出高尚品格，如“孝”、“忠”、“賢惠”等。新時期朝鮮族女性在家庭生活中依然扮演着重要的角色，在她們身上這些优秀的品質仍然光彩熠熠。然而，家庭生活的樣態也是多种多樣的。作者在塑造典型形象，在人物性格与典型环境的統一中刻畵女性品格時往往選擇具体的生活場景。這些內容在作者林元春的小說《卽使喜鵲在叫》、《親戚之間》**49** 中都較好地体現了出來。

---

48 同上，P21。
49 林元春：《親戚之間》，載于《中國朝鮮族文學作品精粹》(小說卷·上)，金學全主編，延邊人民出版社，2002年6月，P335-353。

《卽使喜鵲在叫》中玉今的丈夫因欠下巨額賭債离家出走，在窘迫破落的家庭中玉今獨自奉養着年老多病的公公。在小說的開篇中就爲玉今的出場描述了生活环境：

嘎噔，嘎噔，咯吱···

晚秋蕭瑟的大風中七扭八歪的柴門在搖蕩，發出刺痛人耳膜的聲音。早已不像樣的柴門數次被催逼的債主們的逞凶連根拔起。如今，洗劫一空只剩下窮骨頭的這家，柴門当有何用處呢。但由于息脉尚存的緣故，每当柴門掉下來時又重新裝上去。軟木做成的柱子，用鐵絲勉强把條條絮絮的木板拴起來的柴門，竟然發出那种凄凉的聲音。

嘎噔，嘎噔，咯吱···⁵⁰

這段环境描寫給讀者清楚地交代了玉今所處的家庭生活現狀－－貧寒与艱辛。公公与玉今共同盼望着离家出走的儿子(丈夫)早日歸來，但却始終杳无音訊。当鄰居大嫂勸她改嫁時她就以"……可怜年老的公公""我要服侍公公……"作答，始終未改變孝敬公公的這一信念。開頭對生活場景的鋪叙，加上公公不時發出讓人顫栗的咳嗽聲，襯托玉今作爲儿媳一味的爲家庭，孝敬年邁的公公的美好品德－－"忠"与"孝"。

在小說中，作者試圖在典型环境中塑造典型人物，但由于人物所處的环境及人物性格的單一、不够丰富，尚缺乏藝術典型的意蘊。進一步把家庭生活中的女性形象推向更高層次的小說是《親戚之間》。在該小說中塑造的農村婦女"銅佛寺大嫂"形象深入人心，具有很强的藝術概括性，也具備了作爲文學典型的范本意義。可以說，這是林元春對親戚之間人際關系的微妙變化，再加上自己生活的經歷及儿時對母親經常穿的布裙細致地觀察所留下的深刻印象，幷加以精心提煉得出的結果。小說

50 林元春：《卽使喜鵲在叫》，《道拉吉》，1986年6期，P2。

中，把芳節自守、溫柔賢貞、"不趨炎附勢，不見利忘義的正直与善良"[51]
等性格元素集中体現在"銅佛寺大嫂"身上。

《親戚之間》把典型人物放置在時代环境的變化之中，尤其是濃縮地
反映社會錯綜夏雜人際關系的家庭生活中去塑造。小說中藝術典型的成
功之處就在于，作者選取朝鮮族生活中的典型环境，如婚礼、壽宴、中
秋這一具有濃郁民族風情的喜慶場面。將筆觸深入到人物心灵深處，攫
取人精神的本質方面，對人物內心進行深層挖掘，從而實現小說中人物
性格的共性与个性的統一。

小說是以剛過門的媳婦"我"的視角來叙述的。通過"我"在不同环
境、場合，對"銅佛寺大嫂"身穿破裙等細節的觀察，細致入微地刻畵主
人公的美好心灵。当"我"結婚的第二天早晨，正爲准備几十口人的飯而
手忙脚亂時，"銅佛寺大嫂"正好從家里赶過來，一進門就下灶台。当
時，初次見面的"我"紅起了臉，對大嫂留下了深刻的印象。在文中描寫
道:"這位嫂子也紅了臉，只顧低頭撥拉灶洞里的火。我又把視線移到她的
破裙子上。裙子短得剛過膝，曲腿一蹲連膝盖也遮不住，露出里面像是
拆了旧手套、旧袜子織成的線袴。";在"我"婚后第二年公公過花甲，親
戚們爲公公祝壽而忙碌時，大嫂却一个人忙活在灶台上。"人們忙着裝
点壽桌的工夫，銅佛寺嫂子却埋頭准備着招待客人的菜肴。不過她不時
拉一拉破裙盖住膝盖，忙活不停的双手也似乎由于焦躁不安而略顯遲
鈍。";人生之路充滿坎坷曲折，由于公公婆婆双双去世，"文革期間"丈
夫含冤入獄，家境一下子跌到了低谷，同是李門天下親戚的來往逐漸减
少。十年后的中秋那一天唯獨大嫂來看望"我"，与此前相比"這張臉上已
經全然看不見前几年浸漬着汗迹和臟水的窘况痕迹了。她穿的是一套新

---

51 李云忠編:《中國少數民族現当代文學作品選》，民族出版社，2005年4月，P319。

做的灰色混紡料的小襖長裙。"；歲月如梭，当大嫂的長子結婚時，即使家境明顯好轉，大嫂仍然不忘自己要做的事情，"不知啥時候銅佛寺嫂子換上了干活穿的衣服，又像以前那樣蹲在鍋台邊忙活起來。我坐在炕坑燒火，看見她端起淘米盆往下望着我，就像我第一次往灶坑下望着她穿的破短裙那樣。"小說在典型环境中，對人物細節的描寫中人物性格有了一貫性，表現得恰到好處。在此后，新時期朝鮮族以家庭爲背景的中短篇小說中"銅佛寺大嫂"的印記仍依稀可見，在該時期朝鮮族小說中"銅佛寺大嫂"已成爲一个經典性的人物。

4.2. 女性命運的"悲劇性"

新時期朝鮮族小說中，已覺醒的女性不甘愿作爲男性的附庸，她們選擇了"出走"或者是"逃离"，成爲女性爭取解放和自我人格獨立的重要步骤。顯然從男性的依附走到這一步是艱難的過程，然而事實表明新時期的歷史环境并沒有給她們那一果敢的擧動提供多种選擇，這使小說未能生成多樣文本。

縱覽新時期朝鮮族諸多中短篇小說，在女性扮演的角色中含有人物命運的意蘊，即"悲劇性"。悲劇作爲美學的范疇之一，是指現實生活中或藝術中那些肯定性的社會力量，在与具有必然性的社會矛盾激烈冲突中遭到不應有的，但又不可避免的苦難或毁滅，從而引起悲痛、同情、奮發的一种審美特征。然而，在該時期小說中女性命運的"悲劇性"却不是指"歷史的必然要求和這个要求的實際上不可能實現"(恩格斯語)，而是指在時代的變革中如城市化、出國熱、市場經濟等社會环境下女性所受到的不幸与遭際，即小人物(凡人)命運的"悲劇"。雖然，新時期的時代环境中，看不到激烈的社會矛盾和冲突，悲劇色彩明顯淡化，但這些小人物命運的"悲劇"依然存在，使人們怜憫、同情。

在新時期伊始朝鮮族小說，如《她們的悲傷》、《人生的秘密》、《啊，苹果梨》、《壓在心底的話》等小說中展現了"文革"及封建思想對女性的戕害，這一女性命運的悲劇應歸咎于特定的歷史環境。然而，"文革"的結束幷沒有給女性帶來徹底的解放，她們生活中命運的"悲劇"似乎仍然在延續。該時期女性命運的"悲劇"主要來源于男權意識与社會的變革兩方面。男權意識的頑固依然是女性難以逾越的鴻溝，《她与他，B縣》、《黑暗的影子》等小說中展現了在男權的藩籬中苦苦掙扎，最終落入不幸結局的女性，上演了女性的愛情和婚姻"悲劇"；雖說新時期的到來給人們提供良好的生存環境，但由于市場經濟浪潮的冲擊下被金錢所裹挾、侵淫，加上都市化、出國熱的持續升溫人們的健康生存環境受到嚴重的污染。《歲月的小坡》、《孤獨的島嶼》等小說就爲我們展現了在這一浪潮中女性的"悲劇"。在上一章節《受害者女性形象》中，筆者已經梳理了具有悲劇色彩的女性形象。然而在以上小說中，作者關注的焦点僅僅是把女性的"有价值的東西"毁滅給人看，尚缺乏對女性"悲劇"的追問。

女性夾在性別与時代夾縫中，她們的天空是狹窄的，這讓女性的生活在一定程度上含有"悲劇性"基調，新時期女性的"悲劇"仍在繼續。作者在揭示女性"悲劇性"命運的同時，力求給小說中的人物尋找出路。然而，女性對自身性別的覺醒和自我命運的把握，遠遠沒有給她們帶來屬于自己的一片天地。在社會變革，如城市化進程中女性的掙扎就說明了這一点。小說中的這些女性進城的動机如何，作者把小說中的女性囿于狹小的天地里，如男性出入比較多的娛樂、消費等行業。小說《她該走的路》中作者塑造的受害者女性恩姬，正是由于家庭的貧困不得不到城市的一家卡拉OK廳去打工。在這里恩姬飽償了人生的酸甛苦辣，最后母親在

家中的去世，愛情的失去，使她落入"悲劇性"的境地。在該小說的結尾
描寫到："恩姬拿着一小包裹走下了山坡，又回頭望了一望。她曾經是爲
了生計離開了故鄉的，然而如今又爲了生活回到了故鄉。但此時的故鄉
却遠離她而去……"52　這是男性作者對女性"悲劇"命運的无奈描述。在
結尾作者尚未指出女性的出路何在，這一與小說題目相背离的結局反而
使得屬于女性的那一片天空顯得更加黯淡无光。

　　那么，相比之下女作家筆下的女性"悲劇"又是如何上演的呢？這也
是值得探討的話題。在新時期女性的"悲劇"同樣是女作家熱切關注的。
可以說，她們筆下的女性"悲劇"更加發人深省。作者金英子對女性"悲劇"
的揭示有着執着的追求。我們可以在她的小說《風雨中消失的女人》與《下
着秋雨》的相互聯系中看到女性"悲劇"命運的趨向。《風雨中消失的女人》
中，在農村長大的玉子早年失去了母親，結婚以后隨丈夫進到城市，不
料一場車禍斷送了丈夫的性命，生前丈夫所欠下的債務全部落到了玉子
身上。在知己貞女的勸說下，玉子离開了使她備受蹂躪的都市回到了故
鄉。但故鄉的生活幷沒有讓玉子心情平靜下來，面對債主們的催債；村
里人們的另眼相待，玉子強忍下心來，與貞女一同种植烟草。不料在那
連綿不斷的秋雨眼看快要淹沒烟草田時，情急之下玉子不得不以犧牲肉
身爲代价換取同村的南植給烟草田打通水道。然而，南植却背信弃義，
玉子一气之下拿起鐵鍬重重地擊打在南植的臉上。无情的法律最終讓玉
子經受了牢獄之苦，但玉子的"悲劇"命運幷沒有到此結束。時隔三年之
后作者創作的小說《下着秋雨》中，玉子的命運"悲劇"走到了极至。出獄
后的玉子又能何去何從呢？她能有足够的選擇余地嗎？命運只能讓她選
擇人生的"悲劇"："我只有這條路，如果還有，那么就是自殺。貞女請你

---

52 張和濤：《她該走的路》，《天池》，1993年10月，P12。

原諒，孩子，媽媽已經死了。"[53]　玉子選擇了自我墜落，她用异化了的身軀來報夏曾經讓她痛苦不堪的男性，并以此來進行反抗。結果顯而易見，玉子最后喪失了自我，付出了无比巨大的人生代价。在小說最后，作者也并沒有給讀者明确指出玉子的出路何在，而是以种种傳聞來結尾："有人說玉子進了監獄勞動改造，還說出國勞務。又有人說嫁給韓國老頭子，近來又說進深山当了尼姑。"[54]　小說爲玉子設定了這一結局，是因爲同是女性的作家也處于擺脫不了充滿矛盾的社會現狀。正如《浮出歷史地表》一書中所指出的那樣："在某种意義上，作者本人也是被緊緊鉗制在女性与社會時代的二項矛盾中……便勢必承受歷史給女性生活的狹窄規定。處于意識形態邊緣的女性的空間是狹窄的，女性的生活是整个社會板塊中微小孤獨的一部分，女作家在這片歷史規定的婦女生活領域內部尋不到更多的想象余地、更多的故事模式，除非她反叛這一規定——歷史本身。"[55]　偌大的天空，女性的栖身之地究竟在哪里？

当然還需要指出的是，女性"悲劇"的來源還在于女性自身，她們始終戰胜不了自身的怯懦与軟弱。從新時期朝鮮族小說中女性"悲劇"形象來看，顯然她們生活在社會主義時代，"既沾有旧時代的灰塵，又承受新時代的雨露；既帶有旧日女性的先天弱質，又具有当代女性自覺反抗厄運的精神。"[56]　小說《母親花》、《愛情的條件》等中的女性"悲劇"均來自女性自身的懦弱心態，這一心態進而成爲她們身上的无形枷鎖，把她們推向孤獨、絶望。在小說《愛情的條件》中賢淑的"悲劇"命運足以說明這一点。賢淑与丈夫在比較平和的氛圍中度過了20年之后，婚姻生活逐漸産生了裂痕。成俊因賢淑不能生孩子埋怨妻子；明明自己有了外遇，却

53 金英子：《下着秋雨》，《天池》，1995年4月，P12。

54 同上，P18。

55 孟悅、戴錦華：《浮出歷史地表》，中國人民大學出版社，2004年7月，P151。

56 吳宗惠：《新時期文學中的女性悲劇》，《文藝評論》，1986年6期。

強迫妻子鬧离婚。卽便是遭受丈夫的不公正待遇，婆婆、鄰居們的一再勸說改嫁，賢淑生活依然是爲了丈夫。她心甘情愿的接受丈夫的无礼行爲一再忍讓，在丈夫的逼迫之下賢淑不得已選擇了离婚：“我依了您的宿愿吧。仔細一想我或許是自私或許是幼稚，給您帶來過多的痛苦，我感到心酸。只要您過得好，我就无所謂，馬上辦理离婚手續吧。祝您幸福。”[57]　在小說中，賢淑的“仁慈”幷沒有給自己帶來命運的轉折，而是只能在孤獨中离開人世。

4.3. 女性形象塑造中的局限性

盡管在新時期80~90年代，短短的20年間作家們通過自己的不懈努力塑造了衆多栩栩如生的女性形象，取得了一定的成果。但塑造女性形象過程中不免有些局限，需要進一步探討。

1) 人物塑造的模式化、類型化傾向

文學創作作爲人的精神活動和意識活動的産物，与創作主体的心理機制和思維方式及生活体驗有着密切的關系。无庸置疑，作者丰富的生活經歷和獨到的人生体驗、个人的感悟直接影響創作活動。然而由于作者本身對生活的了解不够全面，不够深入等原因，在新時期朝鮮族小說創作中，仍然有片面强調故事性，描摹現實生活狀態的傾向，在人物形象塑造上顯得比較單薄，趨于模式化。

---

57 黃炯久：《愛情的條件》，《天池》，1986年2月，P66。

就以短篇小說《一个女人的經歷》爲例，小說中的順子是主要人物。順子由于家庭的貧困來到了都市，在一家富裕的家庭当保姆。久而久之与家里的小主人産生了一段戀情，最后獻出自己的貞操。当小主人去美國留學之后，她强忍着巨大的痛苦生下了孩子，又堅持學習。但当小主人留學歸來后却是无情地背叛，最后順子毫不犹豫地离他而去，去尋找屬于自己的道路。可是，当女性意識覺醒之際，女性在男性的背叛面前找回自我价值之時，小說中曲折動人的人物形象應具有的丰富人格，却在故事化的窠臼中沒有樹立起來，反而顯得僵硬、死板。小說中人物形象的最大局限在于，作者把一个人物的漫長人生歷程，過于濃縮在短篇小說当中，使得小說中的人物形象不够丰滿。自始至終很少有眞實感人的細節來多方面展示人物的內心情感世界，如她的无助、苦悶、愛憎，只是清淡的筆墨來勾勒順子的一生，而沒有給小說中的人物注入丰富的內涵。在該時期的中短篇小說中，屬于這一類的人物形象屢見不鮮。愛·摩·福斯特在《小說面面觀》中，把這一類人物命名爲"扁形人物"。是指"按照一个簡單的意念或特征而被創造出來"的，"可以用一个句子表達"的"類型人物或漫畫人物"[58]

文學創作是以作家广泛的生活体驗爲基础，幷要對現實生活進行提升与升華，從而達到藝術典型的目的。在這一過程中，有一不容忽視的环節就是"濃縮"与"提煉"。在上一節中已經談到了小說《親戚之間》是如何塑造典型的，再次重溫這篇小說之時，如果稍微變換審視的角度我們又可以發現一些新的東西。從小說中的人名這一線索來看，作者給小說中的主人公起了"銅佛寺大嫂"名号。"大嫂"称呼已經使人感到親昵、質朴，幷似乎從這一称呼中看到一位辛勤、平實的婦女形象。加上"銅佛

---

58 馬振方著：《小說藝術論稿》，北京大學出版社，1991年2月，P24。

寺"(地名)中的"銅佛"具有的慈善意蘊，更使人感到女性具有的賢惠、善良、慈悲爲怀的品格。可見，作者在給典型人物起名時是費了一番思索的，使之起到"以人物的外延弘揚人物的內涵的作用"。[59]　在新時期朝鮮族部分中短篇小說中不論小說的內容如何，都有人物塑造的模式化、類型化傾向，正是因爲對于紛繁夏雜的生活缺乏行之有效的"濃縮"與"提煉"過程。雖然在該時期中短篇小說中，有不少栩栩如生的人物形象展現在眼前，但同時由于人物姓名的重夏使用，使得人物的形象黯然失色。如：順子、花子等等，顯得有信手拈來之嫌，缺乏作者的匠心獨運。

2) 兩性和諧內容的缺失

提到和諧，是中國傳統文化中的核心部分，是對于生命、自然、人類的終极關懷，包括人與自然、人與人、人與社會的和諧等。2006年党的十六屆六中全會上《中共中央關于构建社會主義和諧社會若干重大問題的決定》的提出，使如今和諧社會建設理論有据可依。顯然和諧所包含的內涵、現實意義及其影響是深遠的。因此，以和諧的眼光來關照新時期中國朝鮮族小說創作是十分必要的。

雖然在20世紀80~90年代，广大作家在小說創作實踐中關注女性的生存狀態及命運的不同趨向，同時女作家對自我尋找、自我价值的建立及男權文化批判中創作出具有深刻內涵的佳作。但綜觀20年來的小說創作不難發現有一个共同的特点：那就是缺乏"陰陽合一"、"男女互補"的對男女兩性和諧相處及其生命樣態的書寫。就以該時期朝鮮族小說中兩性之間的情感狀態作爲切入点來看，可以很清楚地理出其多樣變化軌迹。

---

59 艾斐：《文學創作的思想與藝術》，北岳文藝出版社，1986年12月，P83。

在新時期初始男作家的小說創作中，部分小說塑造了被男性所抛弃的女性形象。《啊，苹果梨》中的順實；《壓在心底的話》中的今姬；《柳花春情》中的順姬；《跨過歲月》中的朴英姬等，她們都是被男性无情抛弃的女性。小說中男性以女方妨碍前途或者是身份差距懸殊等爲由抛弃女性，女性則无辜地遭受來自男性的情感背叛。這些小說沒有完滿地畵出男女双方共同走向和諧的道路，而在有的小說中只是以男性的悔改、自責等作爲結尾。

当女性崛起之時，覺醒的女性已不再是甘愿受傷害的對象。当她們受到男性的不公正待遇，産生糾葛或者是冲突時要做出反抗，選擇"逃离"。這一点在農村作爲背景的小說中体現得尤爲明顯。在《白色迷戀》、《下着秋雨》、《透明的黑暗》等小說中，都不約而同地涉及到了女性的逃离。逃离后的女性要么在商品化的都市中淪落，要么以异化的身軀來進行報夏最終一无所有、喪失自我，与兩性和諧的理想背道而馳，走上人生的极端。

再看90年代后期的知識女性的生存處境。当她們在社會上贏得了肯定并找到自己的立足之地時，却深深陷入到家庭与事業的兩難境地之中。《弱者，强者》、《哭泣的土地》、《傷心的那一春天》等小說正好描寫了在家庭与事業的矛盾中痛苦掙扎的女性。她們在兩難的境地中徘徊、迷茫，爲掙脱家庭的藩篱而大聲疾呼，或者選擇暫時的"逃离"。但无論如何她們始終困圄于矛盾的狀態之中。事實証明，女性"出走"、"逃离"、"反叛"等舉動成爲女性尋求解脱的出路或者是迫不得已的選擇時，嚴峻的現實告訴我們這一條路是行不通的。不僅是小說中的女性，塑造此類形象的作家們也未找到出路，究竟通往何處仍在探尋之中。

在以上小說中，男性抛弃女性還是女性做出反抗或者是女性在自己的人生路途中迷茫，從某种意義上可以理解爲，男女双方各自追求和諧的努力的欠缺及构建兩性和諧共處的理想狀態与現實之間有着遙遠距离。男女双方的和諧相處是双方共同來營造的，單方面的付出与犧牲最終難以實現兩性的和諧。女性的受害、命運的"悲劇"終將歸結到男女兩性的和諧及人与社會的和諧問題上。讓男女兩性走上平等和諧的道路，在和諧中實現女性的解放，這是当下文學創作的又一旋律，是我們關注的，也是期待的。

最后，本論文就以兩性和諧爲心聲做結束語！

05

結 語

　　衆所周知，文學發展總是跟時代的進步有着密切聯系。

　　20世紀80~90年代，中國朝鮮族文壇衆多作家塑造的鮮活生動的女性形象，不僅反映了該時期社會文化的變遷，也反映出該時期朝鮮族文學發展的繁榮景象。女性形象從單一、扁平逐漸發展成爲丰滿、立体，其內涵從淡薄逐漸發展成爲丰富，足以見証短暫20年間女性生活与心灵的發展軌迹。女性形象的一次次蛻變与演變，對原有形象的超越，既是對几千年來這一民族文學作品中傳統女性形象的解构与重建的艱難過程，又是女性尋找自我的漫長旅程。同時，在這一艱難的過程中可以清楚地看到，女性要成爲女人，要實現自我价值，要尋求女性解放以及在人文關怀中付出的不懈努力。

　　我們期待着，广大作家在文學藝術領域的精神跋涉過程中不斷强化自身認識，全面升華自我思想境界，愿他們(她們)走得更遠，飛得更高。

| 參考文獻 |

一、作 品

《天池》部分：

1. 姜昌祿：《啊，苹果梨》《天池》，1980年4月。
2. 鄭世峰：《壓在心底的話》，《天池》，1980年4月。
3. 高新一：《戀愛隊長》，《天池》，1980年9月。
4. 尹正哲：《我的妻子》，《大池》，1981年6月
5. 全成浩：《青春抒情》，《天池》，1981年8月。
6. 裴昌根：《介紹人》，《天池》，1980年11月。
7. 鄭世峰：《人情世界》，《天池》，1982年8月。
8. 黃秉樂：《妻子的心情》，《天池》，1982年11月。
9. 李相德：《思念之心》，《天池》，1983年2月。
10. 鄭世峰：《人生的秘密》，《天池》，1983年11月。
11. 李惠善：《下着雪的拂曉路》，《天池》，1984年5月。
12. 李光洙：《她們的悲傷》，1984年5月。
13. 尹熙言：《一个女人的命運》，《天池》，1985年2月。
14. 金陽錦：《夜雷》，《天池》，1985年7月。
15. 姜孝根的小說：《時代的幸運儿》，1985年10月。
16. 張志敏：《母親花》，《天池》，1985年11月。
17. 金勖：《誘惑》，《天池》，1986年1月。
18. 黃炯久：《愛情的條件》，《天池》，1986年2月。
19. 金京蓮：《心中的波濤》，《天池》，1986年3月。
20. 金極敏：《純情流向之處》，《天池》，1986年5月。
21. 金永根：《至誠》，《天池》，1986年6月。
22 崔洪日：《她与他，B縣》，1987年2月。
23. 方龍珠：《厂長的妻子》，《天池》，1987年5月。
24. 權英順：《心中的墳墓》，《天池》，1987年10月。
25. 全正煥：《綠色的櫸樹》，《天池》，1987年11月。
26. 申京默：《被女人劫的男人》，《天池》，1988年1月。
27. 李惠善：《頑固守旧的灵魂》，《天池》，1988年4月。
28. 方龍珠：《白發幽灵》，《天池》，1989年5月。
29. 朴正根：《夏娃的余韻》，《天池》，1989年6月。
30. 林鐘哲：《照在西天的新月》，《天池》，1990年4月。
31. 金義天：《灰蒙蒙的光环》，《天池》，1991年3月。
32. 金京日：《白色迷戀》，《天池》，1991年9月。
33. 尹光洙：《難看的嫂子》，《天池》，1992年1月。
34. 許蓮順：《悲哀的音律》，《天池》，1992年4月。
35. 徐正浩：《柳花春情》，《天池》，1992年6月。
36. 金在國：《遠去的光》，《天池》，1993年6月。
37. 張和濤：《她該走的路》，《天池》，1993年10月。

38. 張慧英:《在俄羅斯見到的女人》,《天池》, 1994年1月。
39. 許蓮順:《透明的暗》,《天池》, 1994年3月。
40. 金英子:《下着秋雨》,《天池》, 1995年4月。
41. 金英子:《攝理》,《天池》, 1995年9月。
42. 李東烈:《雪花抒情》,《天池》, 1996年5月。
43. 方龍珠:《孔雀之泪》,《天池》, 1996年10月。
44. 金英今:《那天，那事》,《天池》, 1996年12月。
45. 李東奎:《孤獨的島嶼》,《延邊文學》, 1998年5月。
46. 李胜國:《一个人的家庭》,《延邊文學》, 1998年8月。
47. 方龍珠:《過于矮小的您》,《延邊文學》, 1999年11月。

《道拉吉》部分：

1. 柳在順:《胸襟》,《道拉吉》, 1984年3期。
2. 李泰壽:《堂姊妹之間的對話》,《道拉吉》1984年6期。
3. 韓正吉:《紅色布條》,《道拉吉》, 1985年1期。
4. 金鐘云:《跨國歲月》,《道拉吉》, 1985年5期。
5. 尹光珠:《黃昏》,《道拉吉》, 1985年5期。
6. 柳在順:《一个少女的故事》,《道拉吉》, 1985年6期。
7. 韓貞花:《被中的眼泪》,《道拉吉》, 1986年2期。
8. 金順姬:《当迷霧散去之后》,《道拉吉》, 1986年3期。
9. 林元春:《卽使喜鵲在叫》,《道拉吉》, 1986年6期。
10. 韓貞花:《旋風裙》,《道拉吉》, 1988年3期。
11. 柳元武:《她与男子漢們》,《道拉吉》, 1988年5期。
12. 金云龍:《彩霞消失的地方》,《道拉吉》, 1989年1期。
13. 李譽天:《黑暗的影子》,《道拉吉》, 1991年3期。
14. 權善子:《雷》,《道拉吉》, 1993年4期。
15. 金紅蘭:《愛情的界限》,《道拉吉》, 1993年6期。
16. 朴振万:《沒有丈夫的女人》,《道拉吉》, 1994年2期。
17. 金紅蘭:《秋日的天空》,《道拉吉》, 1994年4期。
18. 金英子:《歲月的小坡》,《道拉吉》, 1994年6期。
19. 許蓮順:《晃動的島嶼》,《道拉吉》, 1994年6期。
20. 李今女:《美人草》,《道拉吉》, 1995年2期。
21. 柳元武:《强者，弱者》,《道拉吉》, 1995年3期。
22. 金英子:《失去的路》,《道拉吉》, 1996年1期。
23. 趙成姬:《哭泣的土地》,《道拉吉》, 1996年5期。
24. 張慧英:《積雪》,《道拉吉》, 1997年2期。
25. 李英愛:《那个傷感的春天》,《道拉吉》, 1997年5期。
26. 許蓮順:《宇宙的子宮》,《道拉吉》, 1997年6期。

二、理论专著及论文

1. 艾斐:《文學創作的思想与藝術》, 北岳文藝出版社, 1986年12月。
2. 李小江:《夏娃的探索》, 河南人民出版社, 1988年6月。

3. 馬振方：《小說藝術論稿》，北京大學出版社，1991年2月。
4. 張京媛主編：《当代女性主義文學批評》，北京大學出版社，1992年。
5. 劉慧英：《走出男權傳統的藩籬－文學中男權意識批判》，三聯書店，1996年。
6. 權立主編：《中國朝鮮族史研究(3)》，延邊大學出版社，1996年7月。
7. 西蒙娜·德·波伏瓦娃：《第二性》，陶鐵柱譯，北京：中國書籍出版社，1998年。
8. 洪子誠：《中國当代文學史》，北京大學出版社，1999年。
9. 金學全主編：《中國朝鮮族文學作品精粹》(小說卷·上)，延邊人民出版社，2002年6月。
10. 孟悅，戴錦華：《浮出歷史地表》，中國人民大學出版社，2004年7月。
11. 李云忠編：《中國少數民族現当代文學作品選》，民族出版社，2005年4月。
12. 楊匡漢編：《20世紀中國文學經驗》(上)，東方出版中心，2006年4月。
13. 吳宗惠：《新時期文學中的女性悲劇》，《文藝評論》，1986年6期。
14. 孟悅：《兩千年－女性作爲歷史的盲点》，《上海文論》，1989年2期。
15. 樂黛云：《中國女性意識的覺醒》，《文學自由談》，1991年 第三期。
16. 嚴圣欽：《中國朝鮮族婦女地位的變化》，黑龍江民族叢刊，1995年第三期。
17. 金峰雄：《作家的視覺与思維》，《道拉吉》，1998年2期。
18. 《九十年代文學面面觀－近期有關九十年代文學和文學評論的討論綜述》，文匯報，2000年11月11日，第012版。

한국인
중국 조기유학(早期留學)생의
유학선택 및 적응에 관한 연구

왕성성(王星星)

왕성성(王星星)

- 서울대학교 국제대학원 국제학 석사, 동 대학원 박사수료
- 연구분야 : 한·중 관계, 한·중 사회문화비교, 동북아지역연구

경력
- 미국 UCLA 유학
- 전 한국 전주대학교 인문대학 전임강사
- 現 한국 오산대학교 관광외국어계열 조교수

주요논문
- 「韓國人早期留學中國的槪況及其促動因素硏究 ──基于政策、文化、家庭等的綜合視角分析」
- 「当前韓國民衆對中國和中韓關系認識的實証硏究」 외 다수

▎ 본 연구는 저자가 2006년 발표한 서울대학교 석사논문인 "한국인 중국 조기유학생의 유학선택 및 적응에 관한 연구-2000년~2004년 베이징을 중심으로-"를 수정 보완하여 작성한 것임.

01
서 론

한 나라의 교육 실태는 그 나라의 장래성을 점치고 예언할 수 있는 중요한 자료이다. 우수한 인재들이야말로 지난 수 십 년 동안 한국의 발전을 이루어낸 원천이라 할 수 있다. 질 높은 교육과 우수한 인재의 양성은 장래에 있어 매우 중요한 과제이기 때문이다.

한국인의 교육열은 세계에서 손꼽힐 만한 수준이다. 질 높은 교육환경을 위하여 많은 한국인들은 외국으로의 유학을 선택한다. 그리고 외국유학생 수가 증가함에 따라 유학생의 연령대도 점차 낮아지고 있는 추세이다. 이처럼 조기유학은 지난 30여 년 동안 지속되어 왔으며 외국유학 붐의 한 지류이기도 한다. 세계화의 바람이 불면서 조기유학자의 수는 더욱 더 증가하기 시작했다. 이에 관해 동아일보(2005. 3. 29)는 "조기유학생 초·중·고교생수는 2000년 11월 자비 해외유학 자율화 대상이 고교졸업 이상에서 중학교 졸업이상으로 대폭 확대된 이후 꾸준한 상승세를 보이고 있다. 2004학년도에 최고치를 기록한 것"이라고 보도했다.

한국인 조기유학생 대열에서 갈수록 많은 학생들과 학부모들은 이웃나라인 중국에 관해 관심을 기울이기 시작했다. 1992년 한·중

수교이후, 정치, 경제, 문화 등 각 방면에서 양국의 교류는 활발히 진행되어 왔다. 중국 개혁개방 이후 몇 년 동안은 중국유학이라고 하면 언어연수와 대학 본과진학에 초점이 맞춰 이루어져 왔지만 최근 들어 중국의 엄청난 발전과 중국과의 교류 확대에 따라 초, 중, 고 자녀들을 둔 중산층 가정에서도 중국 유학에 대해 많은 관심을 가지게 되었다. 2000년 해외 유학 자유화 이후부터 해마다 중국으로 유학을 가는 한국학생들이 급증하고 있고 앞으로도 계속 늘어날 것으로 예상되고 있다. 그런데 이에 따른 부작용도 발생하면서, 조기유학 그 자체가 하나의 사회적 문제로 인식되고 있다. 그 중에서 조기유학생들의 현지 적응 문제는 가장 다루기 어려운 문제 중의 하나로 나타나고 있다. 많은 한국학생들은 왜 중국으로 조기유학을 떠나는 지, 조기 유학생들의 실태와 적응성은 어떠한 지, 또한 어떤 문제점들이 존재하는 지에 대한 이러한 새로운 현상에 대해 심층적으로 검토할 필요가 있다.

이러한 문제의식을 가지고 본 연구의 목적은 한국인 조기유학생들이 중국을 유학대상국을 선정하는 동기가 무엇이며 중국 현지에서의 조기유학생들의 학교적응 실태는 어떠한지를 파악하고, 이를 바탕으로 조기유학생의 학업 적응도 및 학교생활 적응도에 관련 변수들이 무엇인지를 밝히고자 하는 데 있다.

우선 그 동안의 조기유학에 관련한 기존연구들을 검토해보자.

첫째, 기존 연구들 중에 조기유학에 관해 안병철의 「조기유학의 현황과 과제: 북가주(Northern California) 조기유학생을 중심으로」[1]

---

1 안병철, 「조기유학의 현황과 과제: 북가주(Northern California) 조기유학생을 중심으로」, 한국사회학회, 96년 후기사회학대회, Vol.0, No.0, Startpage 67, Endpage 82, Totalpage 16, 1996.

는 미국 북가주(Northern California)에서 조기유학생의 현황과 문제점을 파악하고 앞으로의 과제를 검토하고 있다. 구체적으로 이 논문은 조기유학생의 유학 동기, 지역선택, 수속과정, 유학 전 준비과정과 현재의 학교학습 및 생활적응에 대해 연구하였다.

둘째, 강지연의 「학부모의 교육의식과 자녀 조기유학 선택-서울 강남지역 학부모들을 중심으로」[2]는 서울 강남지역에 거주하는 초, 중, 고등학생의 학부모들을 대상으로 면접조사와 설문조사를 실시하였다. 설문조사를 토대로 이 논문은 서울 강남지역 학부모들의 교육의식 성향이 조기유학에 대한 학부모의 의식 및 태도에 반영되는 모습과 학부모의 자녀 조기유학 선택에 영향을 미치는 변인을 알아보고, 밝혀진 변인들의 속성을 중심으로, 비슷한 성향의 교육의식을 가진 학부모들의 자녀 조기유학 선택 여부가 갖는 의미는 무엇인가를 유추해 보았다.

셋째, 한준상, 기영화, 강양원, 박현숙, 샤론메리엄의 「조기유학생 적응지도에 관한 연구: 조기유학제도의 문제 및 개선방안」은 조기유학제도 개선에 관한 연구를 다루고 있다. 대체로 현재 조기유학생들이 한국 조기유학 제도로 인해 현지에서 겪는 어려움을 파악한 후 그에 대한 조기유학제도의 개선방안을 제시하는 데에 목적을 두고 있다.

넷째, 정순진의 「해외 유학생들의 문화적 적응 방식에 관한 연구-미국 Dixie대학교 학부과정 유학생 사회의 현장기술지」는 최근 들어 급증하고 있는 해외유학 붐 현상에 주목하여 해외유학생의 생활을 현지에서 관찰했다. 이 논문은 해마다 해외유학생의 수는 늘어가

---

2 강지연, 「학부모의 교육의식과 자녀 조기유학 선택-서울 강남지역 학부모들을 중심으로」, 이화여자대학교 대학원 석사학위 청구논문, 2002.

고 있지만 이들에 대한 시각은 지극히 부정적이라는 데 착안하여 발견하여 실제 해외유학생에 대해 올바른 이해를 목적으로 미국의 Dixie대학교에서 유학하고 있는 학부유학생들의 사례를 중심으로 이들의 유학선택과정과 유학생활의 모습을 살펴보았다. 하지만 이 연구는 몇 가지 한계를 갖고 있다. 우선, 이 연구에서 보여 주는 유학생활의 모습과 미국의 대도시에 위치한 대학의 유학생활 사이에는 상당한 차이가 있을 수 있다. 게다가 유학대상국의 다각화로 인해 비영어권의 유학이 증가하고 있는데, 이들의 유학생활과 미국 유학생활의 경우는 크게 다를 것으로 생각된다. 그리고 초, 중, 고등학생의 조기유학이 증가하면서 유학생의 부류도 다양해져서 유학생활에도 연령별, 지역별 편차가 존재하리라 예상된다.[3]

지난 30여 년간 조기유학의 목적지는 주로 미국이나 캐나다 등의 영어권 국가였으므로, 조기유학에 관한 연구도 주로 영어권 국가를 중심으로 이루어졌다. 따라서 중국 조기유학에 관한 연구는 그다지 활발하게 이루어지지 않았다. 중국으로의 조기유학에 관한 그간의 논의는 학술적이기 보다는 신문 잡지의 기사나 특집 또는 르포 형식으로 이어져 왔다. 예를 들어 물푸레 출판사에서 나온 김혜진의 『세계는 왜 베이징대에 몰리는가』는 중국의 교육 시스템, 중국의 외국유학생교육, 중국에서 유학생활 등 조기유학에 관한 문제를 비교적 자세히 다루고 있다. 그러나 한국인의 중국으로의 조기유학문제는 최근에 나타난 새로운 사회현상이므로 이에 관한 이 책의 연구는 심층적이기 보다는 이론적 연구와 간단한 소개하는 정도에 그치고 있다.

---

3 정순진, 「해외유학생들의 문화적 적응방식에 관한 연구: 미국 Dixie대학교 학부과정 유학생 사회의 현장기술지」, 연세대학교 대학원 사회학과 학위논문.

일반적으로 유학생들이 겪은 현실적인 문제들로 가족문제, 문화적응문제, 재정문제, 학교문제, 인종차별문제, 건강문제, 그리고 대인관계문제[4] 등 매우 다양한 문제들을 들 수 있는데 본 연구의 연구내용은 한국인 중국 조기유학생의 학업 및 생활적응 크게 두 가지 영역을 중심으로 조기유학생들의 적응문제를 다루겠다.

본 논문은 현재 중국 베이징 지역 중국인 학교에 재학 중인 한국인 조기유학생들을 대상으로 연구하고자 한다. 지역과 학교 및 연구시기를 선택하는 데에 있어 아래 몇 가지 사항을 고려하였다. 첫째, 중국의 수도로써 한국유학생이 가장 많은 대표적인 도시인 베이징을 선택하였다. 둘째, 2000년 이래 한국의 해외유학 자율화로 인하여 중국으로의 조기유학을 선택한 학생들이 급증하기 시작했으므로 본 논문의 연구시기를 2000년부터 2004년으로 선정했다. 셋째, 자료의 객관성을 확보하기 위해 베이징에서도 한국학생들이 현재까지 가장 많이 모여 있는 10개 학교를 선정하여 설문조사를 실시하였다. '베이징사범대학교부속중학교(北京師範大學附屬中學)', '육재중학(育才中學)', '회문중학(匯文中學)' 등의 조사대상 학교는 국제화 정도가 비교적 높고 현재 재학 중인 한국학생의 숫자도 많은 편이다. 넷째, 이들 학교에서 104명 학생을 대상으로 설문조사를 통해 제1차 자료를 취득했다.

이 연구에서 주로 설문조사의 방법을 실시하였다. 설문조사를 위하여 베이징에 위치한 중국 국립학교의 한국인조기유학생을 대상으로 총 148부의 설문지를 배포하였다. 회수된 설문조사지는 총 112

---

4 박영숙, 박광배, 최상진, Antony Marsella, 김주한, 「미국 일시거주 한인 아동 및 청소년의 사회문화적 적응 촉진을 위한 인터넷 상담교육 프로그램의 효과검증」, 『한국심리학회지』, Vol. 21. No. 2, 2002, pp.97-139.

부이고 이 중 자료 분석에 이용된 것은 총 104부이었다. 설문지의 내용은 연구대상자의 개인적 배경, 중국에 유학 온 동기, 결정과정 및 학업진로, 학교생활(교사 및 교우관계, 사교육상황, 유학생활의 전반적인 만족도 등), 한중양국의 문화에 대한 인식 변인의 다섯 영역으로 구분하여 총 38개 항목으로 구성하였다. 그리고 현지 교사와 학부모의 인터뷰와 설문조사 결과를 통계처리를 하여 조기유학생의 현지 적응에 관련 변수들을 밝혀내고자 한다.

　마지막으로 이 논문의 구성은 다음과 같다. 우선 제II장에서 현재 한국인의 중국 조기유학의 실태를 살펴보겠다. 제III장에서 기존연구를 바탕으로 중국을 조기유학 대상국으로 선정한 동기를 검토하겠다. 제IV장에서 중국현지에서 한국유학생들의 적응성에 대해 분석하겠다. 구체적으로는 설문조사 응답자의 사회 인구학적 배경을 살펴본 다음 유학생들의 현지 학업 및 생활에 관련 변수들이 무엇인지를 밝혀내고자 한다. 셋째, 위의 분석결과에 의하여 논문의 결론을 내리고자 한다. 마지막으로 조기유학생들의 현지 학교적응에 있어서 문제점과 앞으로의 과제를 검토하고자 한다.

02
한국 학생들의
중국 조기유학의 실태

▎2.1. 조기유학의 정의

조기유학(早期留學)이란 개념은 사용하는 자에 따라 다른 의미로 규정되고 있다. 일부 연구는 조기유학생 중 해외에서 초·중·고에 재학 중인 한국인으로 규정하고 있는데 반해, 한국교육개발원(2001)은 '초, 중등 단계의 학생들이 국내학교에 입학 혹은 외국으로 나가 현지 외국의 교육기관에서 6개월 이상의 기간에 걸쳐 수학하는 행위'로 정의 하고 있다. 이들의 연구는 부모의 이직으로 인한 혹은 부모와 학생의 유학을 동행하는 경우에 대한 개념설정이 모호하다. 더욱이 최근 각종 보도 자료들이 조기유학에 대한 개념을 명확히 정의하지 않은 채 편의에 따라 보도하고 있어 그 의미가 독자에 따라 다르게 해석되고 있다.

〈국외유학에 관한 규정〉 제2조 제1호에서 유학이란 "외국의 교육기관, 연구기관 또는 연수기관에서 6개월 이상의 기간에 걸쳐 수학하거나 학문, 기술을 연구 또는 연수하는 것"을 의미한다. 이 규정은 조기유학생이 외국에서 6개월 이상 수학한 자로 규정되어 있으나, 조기유학생의 개념을 분명히 하려면 그 체류기관과 연령에 대한 논

의를 더 해야 하는데, 실제로 몇 살부터를 '조기'로 규정할 것인가를
법적으로 규정하기도 어렵다. 예를 들어 12세, 13세, 14세 혹은 16세
중 어느 연령이 조기인지를 명확하게 제한하는 한 가지 방법만이 있
는 것은 아니므로 이런 점을 고려하면 조기유학생을 연령으로만 제
한하는 것이 유일한 방법은 아닐 것이다. 조기유학을 법적 개념에
근거하여 정의하는 경우에도 문제가 생길 수 있다. 먼저 부모의 생
업을 이유로 해외이주로 인해 발생한 외국 학교에서의 수학을 조기
유학으로 정의할 수 있는가 하는 문제제기가 가능해진다. 즉, 한국
국적 보유자나 보호자의 파견근무 혹은 부모의 유학, 연수 등으로
동행한 자녀들이 현지 외국에서 학교를 다니고 있는 경우가 바로 그
것이다. 둘째, 한국국적을 취득하고 있으면서 외국 국적을 동시에
보유하고 있는 자들이 한국의 학교에서 재학하다가 어느 시기에 해
외학교에 재학하는 경우도 마찬가지이다. 셋째, 순수하게 언어연수
만을 목적으로 해외 학교에 기간을 정하고 체류하는 경우 역시 조기
유학으로 규정할 수 있는가 하는 데에 대한 논란의 여지가 있다[5].

　본 연구는 이런 점을 충분히 고려하여, 우선 '조기'를 사회적 통념
에 따라 미성년자이면서 국민기초교육단계에 해당하는 시기로 규
정하고, '국외유학에 관한규정'을 참고해 조기유학생의 사회적 신분
을 규정했다. 이에 따라 조기유학생은 순수하게 한국국적만을 가지
고 해외에서 학업을 목적으로 한 초·중·고 수준의 학교에 재학하고
있는 자들로 정의될 수 있다. 다시 말해, 보호자의 파견근무나 부모
의 유학 등으로 동행하거나 해외국적 취득자들이 현지 학교에 재학

　5 박영숙, 박광배, 최상진, Antony Marsella, 김주한, 「미국 일시거주 한인 아동 및 청
　　소년의 사회문화적 적응 촉진을 위한 인터넷 상담교육 프로그램의 효과검증」, 『한
　　국심리학회지』 Vol. 21. No. 2, pp.97-139, 2002.

하는 등 자신의 학업을 우선으로 하지 않는 경우를 제외한 초·중·고
등학생들의 외국에서의 수학 행위로 정의했다. 결론적으로 본 논문
에서의 '조기유학'이라 함은 "초·중·고등 단계과정의 학생이 부모
를 동반하지 않고 중국현지의 학교에 최소한 6개월 이상의 초, 중등
교육과정을 이수할 목적으로 출국한 자"를 가리킨다.

2.2. 한국 학생들의 중국 조기유학 실태

조기유학은 한국에서 지난 30여 년 간 지속되어온 교육현상이다.
특히 최근에는 그 수가 기하급수적으로 증가하게 되었다. 교육인적
자원부의 집계에 따르면, 조기유학생수는 1997년도 3274명에서 외
환위기로 1998년도 1562명으로 줄었다가, 1999년 1839명에서 2000
년 4387명, 2001년 7944명에서 2002년 10132명, 2003년에 10469명으
로 꾸준히 늘어나고 있다. (참고: 〈그림 1〉)

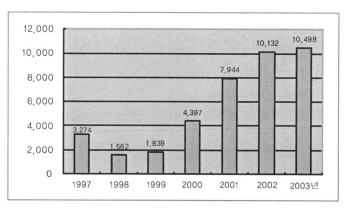

〈그림 1〉 연도별조기유학현황[6] (단위:명)

2005년도 3월 동아일보는 조기유학생 급증에 관해 아래와 같이 보도했다. "오랜 경기침체에도 불구하고 2004학년도에 서울 지역에서 유학을 목적으로 한국을 떠난 초중고교 학생 수가 사상최대를 기록했다. 특히 부모의 해외 근무나 이주에 따른 출국을 제외한 순수유학 목적으로 해외로 간 학생은 (전년도 비해) 33.9%나 늘었다. 서울지역에서만 하루 평균 34명의 학생이 한국을 떠나고 있는 셈이다. 국가별로는 2003년도에 비해 호주, 뉴질랜드 유학은 1357명에서 1050명으로 줄어든 반면 중국과 동남아시아 국가로의 유학은 2016명에서 2620명으로 크게 늘었다. 캐나다에 대한 선호는 여전히 높지만 경기가 어려워진 후 중국이나 싱가포르 등 동남아시아 국가로의 유학생이 늘고 있다."[7]

여기에서 조기유학생의 숫자는 교육인적 자원부의 공식적인 통계를 인용한 것이지만, 실제 중국으로 조기유학생의 수를 정확히 파악하기는 사실상 불가능한 실정이다. 정확한 조기유학 실태를 파악하기 위해서는 초, 중등 각급 학교 단계별 유학자수와 학생들이 유학하고 있는 지역과 학교형태, 조기유학의 동기, 유학자들의 적응상황과 같은 사항들에 대한 현황자료가 필요하다. 그러나 조기유학의 현황 혹은 실태는 여러 가지 이유로 파악하기가 곤란하다. 첫째, 불법적으로 유학을 떠나는 사례가 많기 때문이다. 둘째, 조기유학자들이 출국한 후의 관리 체제가 미흡한 까닭이다. 셋째, 유학생들이 현지에서 실제로 어떻게 적응하고 있는지에 관한 조사가 이루어지고 있지 못하다. 따라서 현재까지 정부가 확인해 온 활용 가능한 통계자료를 위주로 조기유학 현황을 파악하고자 한다.

---

6 초중고교생을 대상으로 하되 해외이주 또는 파견 동행은 제외함, 출처: 한국교육개발원, 2004.

7 홍성철 기자, 〈경기불황에도 유학생 사상최대〉, 동아일보, 2005.3.29. http://www.donga.com/fbin/output?search=1&n=200411280096. 최종검색일 2006.1.12.

한국에서 초·중·고고생의 해외유학이 자유화 된지 4년째 되는 2000년 중국으로 유학 간 전체 학생 수는 36,093명으로 미국(58,457명)에 이어 두 번째로 많았다. 과거에 비해 훨씬 많은 학생들이 중국으로 유학을 오고 있는 것인데 그 중에서도 특히 중고등학생들의 유학이 늘어나고 있는 추세라고 할 수 있다. 아래는 중국 베이징지역에 위치한 匯文中學의 사례를 참고하여 살펴보겠다.

중국에서는 정부로부터 정식허가를 받은 학교에서만 외국학생을 모집할 수 있게 되어 있다. 국가의 정식인가를 받지 않은 학교는 졸업증과 비자문제를 해결할 수 없게 되어 있다. 현재까지 정부로부터 외국 유학생의 허가를 받은 학교는 약 60여개이다. 베이징 匯文中學는 외국유학생에 대한 국가의 정식허가를 가장 먼저 받은 학교로서 북경시 소재 중등학교 중에서 외국유학생을 모집하기 시작했다. 1994년 이후의 유학생 수의 추이를 살펴보면 다음의 표와 같다. (참고: 〈표 1〉[8])

〈표 1〉 베이징 匯文中學의 유학생 추이

년도	유학생수	한국학생수	한국학생의 비율
1994	22	2	9.1%
1995	80	22	27.5%
1996	74	32	43.2%
1997	57	28	49.1%
1998	45	27	69.0%
1999	72	32	44.4%
2000	46	26	56.5%
2001	80	60	75.0%
2002	220	173	78.6%
2003	196	176	89.8%

8 유경희, 「중국에 유학중인 중고등학생들의 생활」, 『교육개발』, 한국교육개발원, 11+12월호, 2002.

〈표 1〉를 보면 1994년 이후 한국의 경제위기가 있었던 1999년을 제외하고는 匯文中學에서의 전체 한국인 조기유학생의 수와 전체유학생을 차지한 비율이 꾸준하게 증가하고 있음을 알 수 있다. 2000년 한국의 조기유학 자유화정책을 실시한 해부터 한국학생의 수는 학교 총 외국인의 절반 이상 차지하고 2003년에는 89.8%를 차지했다. 나머지 학생들은 인도네시아, 몽골, 일본, 미얀마, 베트남, 라오스, 브라질, 러시아 카자르스탄, 바나마, 와누아투 등 국가에서 온 학생들이다[9].

이제 이러한 유학열풍에는 어떤 사회적 논리가 작용하고 있는 가를 검토할 차례이다.

9 유경희, 「중국에 유학중인 중고등학생들의 생활」, 『교육개발』, 한국교육개발원, 11+12월호, 2002.

03
한국인 조기 유학생의
유학 선택

유학(留學, study abroad)의 사전적 정의는 "일정 기간 동안 외국의 교육기관이나 학술연구기관에서 교육을 받거나 연구 활동에 종사하는 것"(두산세계대백과 EnCyber, 2001), "외국의 학문, 문화, 기술 등을 공부하기 위해 외국의 교육, 연수 기관에서 연수하는 활동"(한국 브리테니커)등으로 명시되어 있다. 그러면 이들의 중국 조기 유학은 어떻게 가능한 것일까? 우선 거시적인 차원에서 해외유학은 국제적 수준의 교육과 문화의 상호교류라고 할 수 있다. 유학발생의 요인에 대하여 시로위와 잉켈레(Sirowy·Inkeles, 1985)는 본국에서 '밀어내는 요인'(push factors)과 유학대상국에서 '끌어당기는 요인'(pull factors)이 맞아떨어지면 한 학생의 유학 및 유학대상국이 결정된다고 하였다.

본국에서 '밀어내는 요인'들로는 자국 내의 대학정원의 부족, 성별이나 인종 등 특정요인에 대한 편견, 특정 학문 분야의 연구, 훈련 시설의 부족, 그리고 외국유학이 귀국 후 좋은 직장을 제공하거나, 해외 이민을 도와주는 경우 등을 들 수 있다. 유학대상국의 언어 및 문화가 자국과 비슷하거나, 그 나라의 교육비가 같은 교육 및 대학의 권위에 비해 저렴하거나, 특히 자국과 유학대상국의 교육체제가 같다면 이들은 유학대상국이 끌어당기는 힘으로 작용하게 된다. 이상의 분석에 비추어 본다면, '한국 학교교육에 만족할 수 없어서', '극심한 대학입학 경쟁 때문에' 떠난다는 한국사회의 조기유학은 유학대상국의 '끌어당기는 요인'보다는 본국에서의 '밀어내는 요인'에 힘입어 결정된 것이라고 볼 수 있다.[10]

커밍스(Cummings)는 아시아의 학생들이 왜 미국을 주요 유학대상국으로 선택하는가를 논의하면서, 유학 및 유학 결정을 내리게 하는 '촉진시키는 요인들'(facilitating factor)을 제시했다(Cummings, 1989). 아시아 국가들의 국토에 비해 많은 인구와 지속적인 경제성장이 유학의 가장 큰 이유이며 그 외에도 그들은 유학 시 (1) 자국의 정치적 불안정, (2) 높은 생활수준, (3) 해외유학의 제도화, (4) 주요 유학대상국 언어와의 친근감, (5) 급속한 경제성장, (6) 자국의 인문과학에 대한 편견(자연과학의 중시), (7) 양국의 경제교류의 양, (8) 이민자들의 수, (9) 유학대상국의 해외학생 흡수력, (10) 외국문화와 친숙해짐으로 생기는 이익, (11) 외국어 실력, (12) 각국 개별 대학의 지명도 등을 고려하여 유학 및 유학국의 결정을 내리게 된다는 것이다[11].

필자는 본고는 한국교육의 어떠한 면이 한국학생들의 중국 조기유학의 동기를 적용하는가를 앞에서 말한 세 가지 개념 'pull factor', 'push factor', 'facilitating factor'를 가지고 분석해 보고자 한다.

---

10 강지연, 「학부모의 교육의식과 자녀 조기유학 선택-서울 강남지역 학부모들을 중심으로」, 이화여자대학교 대학원 석사학위 청구논문, 2002.

11 정순진, 「해외유학생들의 문화적 적응방식에 관한 연구: 미국 Dixie대학교 학부과정 유학생 사회의 현장기술지」, 연세대학교 대학원 사회학과 학위논문, p.44.

▌3.1. 한국 조기유학의 정책변화 및 해외유학자유화

한국의 조기유학의 정책은 몇 차례에 걸쳐 변화되었다. 조기유학은 1997년까지만 해도 법적으로 언급되지 않았고, 다만 대학생 수준의 유학만이 부분적으로 언급되었을 뿐이었다. 그로 인해 조기유학은 편법으로 행해졌다. 한국에서 초, 중등학교에 재학하는 학생 가운데 조기유학을 결정한 이들은 합법적인 진학이 아닌 학교를 자퇴하는 등의 비정상적인 경로로 조기유학을 떠났다. 이런 상황에서 조기유학생의 정확한 수는 정부조차 파악하기 힘들었으며, 전체 유학생들의 수적 증가를 통해 조기유학생들의 증가세를 추론하는 것만이 가능하였다. 조기유학에 대한 불법화 조치로 인한 음성적 조기유학의 성행은 조기유학생의 구체적인 규모를 파악하는 데 큰 장애로서 작용하였다.

1997년 5월 1일 한국정부는 유학중인 남학생들의 병무연기를 규제하고, 유학용 관련서류 발급을 금지했다. 또한 조기유학을 막기 위해 조기유학자녀를 둔 학부모의 세무조사를 강화하기도 했다. 이런 일련의 조치들은 조기유학을 줄이기 위한 것이었으나, 거시적인 효과를 거두지는 못하였다.

이런 규제에도 불구하고 불법적 조기유학생이 증가함에 따라 정부는 아예 유학의 자율화를 고려하게 되었다. 김영삼 정부는 모든 부분에서 국가의 규제를 완화하는 차원에서 조기유학의 규제를 철폐하고자 했고, 이러한 내용의 새 법안이 김대중 정부의 출범과 함께 입법 예고되었다. 이후 1999년 11월 30일, 교육부는 공청회를 통해 조기유학의 전면개방을 고려했다. 조기유학의 금지가 국민들의 교육선택권을 규제하는 일련의 정책으로 제기되었기 때문이다. 그

러나 공청회 이후 2000년 3월부터 초·중·고 해외유학 전면 자유화
방침은 철회되었다. 그리고 정부는 〈국외유학에 관한 규정〉 개정안
을 재입법 예고했다. 2000년 3월 입법예고로 조기유학을 준비하던
학생들이 다시 불법유학자로 전락할 위험에 처하였기 때문이다. 이
들의 반발과 그로 인한 정책의 혼선을 염려한 정부는 조기유학의 단
계적 자유화 추진을 제시했다. 지금까지 고교졸업 이상자 혹은 학교
장, 시도교육감 추천 예체능계 중학교졸업자의 조기유학을 허용하
던 2000년 이전의 정책을, 입법예고 이후 다시 중학교졸업자 이상에
게 허용하기로 한 것이다.[12]

　이 같은 해외유학정책의 변화에 따라 조기유학생의 수도 크게 변
화하였다. 예를 들어 1990년 이래 꾸준히 증가했고, 1998년 IMF를
기점으로 그 수가 줄어드는 듯하였으나, 2000년 이후 다시 증가세에
있다. 앞에 언급했듯이 조기유학 자유화 정책을 실시한 지 4년째가
되는 2004년까지 초·중·고교학생을 떠난 숫자는 사상최대를 기록했
다. 조기유학자유화 정책은 날로 늘어나는 조기유학생에게 유학생
으로서 합법적인 신분을 보장하는 전제조건이 되었다.

3.2. 학부모의 교육의식 및 한국의 교육풍토

　대다수의 조기유학 선택과정에서 두드러지는 특징은 부모가 먼
저 적극적으로 유학을 권유했고, 당사자인 학생이 이 제안을 받아들

---

12 박영숙, 박광배, 최상진, Antony Marsella, 김주한, 「미국 일시거주 한인 아동 및 청
　소년의 사회문화적 적용 촉진을 위한 인터넷 상담교육 프로그램의 효과검증」, 『한
　국심리학회지』 Vol. 21. No. 2, 2002, pp.97-139.

여 유학이 현실화되었다는 점이다. 실제로 조기유학생들은 자아정
체성 및 사회에 대한 인식이 미성숙하여 자기 미래의 진로에 대해
독립적으로 판단할 수 없기 때문이다. 따라서 학부모는 자신의 교육
기준과 기존의 교육의식을 바탕으로 유학결정과정에 있어 주된 역
할을 맡고 있다.

여기서 '교육의식'은 교육의 전반적인 현상에 대해서 교육 당사자
들이 가진 주관적인 인식의 통합체로서 개개인을 중심으로 하여 형
성되지만, 현실 상황이라는 공통된 조건을 가지고 있기 때문에 일종
의 집합의식(collective consciousness)을 이루어 개인이 교육과 대한
행위를 규제하는 준거로 작용한다. 이는 교육의식 속에 가치에 대한
기준과 교육현실에 대한 인식 및 행위선택의 요소가 포함된다는 것
을 의미하는 것이다[13]. 학부모는 교육에 대한 자신의 가치기준에 따
라 교육현실을 인식하고 교육현실에 대한 인식을 바탕으로 교육과
관련한 행동 경향이나 태도를 결정하게 된다. 선행연구를 바탕으로
조기유학선택에 영향을 준 여러 가지 원인들, 즉 '밀어내는 요인'을
교육영역의 시각으로 살펴보고자 한다.

첫째, 학력과 학벌을 중요시하는 교육풍토. 일반적으로 한국사회
는 형식적인 학력이나 학벌이 능력보다 우대되는 상징적 학력사회
이라고 평가된다. 예를 들어 한국에서는 취업 시 대학졸업자를 우대
하는 사회적 분위기 속에서 모든 학부모들이 자녀를 대학에 보내고
자, 오로지 대학입시만을 위한 입시경쟁을 시키고 있다. 한국인들의
학교교육의 수준에 따라 사회경제적 삶의 기회가 좌우되는 현실을
실제로 경험하였기 때문에 학벌에 따른 사회경제적 보상을 확신하

---

13 강지연, 「학부모의 교육의식과 자녀 조기유학 선택-서울 강남지역 학부모들을 중
   심으로」, 이화여자대학교 대학원 석사학위 청구논문, p.5, 2002.

고 있으며, 이러한 신념은 모든 사람들이 공유하고 있어 교육과 출세의 인과관계는 실제보다 과도하게 부풀어져 있다. 따라서 모든 부모들이 경쟁적으로 자녀들에게 학교교육의 기회를 제공하려 하고 개방된 교육기회에도 불구하고 상대적으로 기회가 제한되었다고 생각하여 주어진 기회에 더욱 집착하기 때문에 학력과 학벌을 위한 경쟁은 줄어들 수 없는 것이다[14]. 이러한 치열한 경쟁 속에 모든 학생들이 소위 명문대에 들어갈 수 없는 국내의 현실을 알고 있기 때문에 일부 학부모들은 자식을 외국으로 조기유학을 보낼 결심을 하게 되는 것이다.

둘째, 공교육에 대한 불신. 해마다 바뀌는 대입제도, 지나친 입시경쟁, 교사의 촌지문제, 재수생 문제 등 수많은 문제들이 존재하는 공교육에 대한 불신 때문에 교육수요자들이 사교육 시장과 해외로 눈을 돌리는 고리가 형성되는 것이다. 조기유학생 급증하는 원인에 대해 (동아일보 2005.4.2) 아래와 같이 보도했다. "초·중·고교생 유학 러시현상은 공교육기능이 제대로 역할을 하지 못하는 것으로 공교육에 대해 불신하는 상황에서 과도한 사교육비 부담을 느낀 상당수 가정이 자녀를 외국으로 보내거나 아예 이민을 가고 있기 때문인 것으로 분석된다."[15]

셋째, 치열한 대입경쟁 및 좁은 대학문. 위에 서술한 바와 같이 한국사회에서 많은 사람들은 대학진학을 필수과정으로 인식하고 있으며, 개인의 사회적 지위상승을 위한 중요한 통로로 여기고 있다. 따라서 많은 사람들은 대학에 진학하길 원하고 입시경쟁은 날로 치

---

14 강지연, 「학부모의 교육의식과 자녀 조기유학 선택-서울 강남지역 학부모들을 중심으로」, 이화여자대학교 대학원 석사학위 청구논문, p.14, 2002.
15 〈초, 중. 고교 해외 유학생 사상 최대〉, 동아일보, 디지털 뉴스 팀, 2005.4.2.
   http://www.donga.com/fbin/output?search=1&n=200503290029.

열해지고 있는 실정이다. 그러나 제한된 대학정원으로 인하여 많은 탈락자가 발생할 수밖에 없다. 이러한 교육현실에서 성적이 중하위권인 학생들은 대학진학에 실패하면 거의는 재수를 해야 하고, 재수나 삼수 끝에 어렵게 대학진학에 성공해도 자신이 입학한 대학이 소위 명문대가 아니어서 만족하지 못하는 경우가 많다. 이러한 배경에서 이들은 보다 대학입학의 가능성이 높고 교육환경이 나은 해외유학을 선택하게 된 것이다.[16]

넷째, 엄청난 사교육비의 부담. 한국사회의 교육열이 다른 사회와 비교해서 특별히 높다고 하는 것은 학부모들의 자녀교육열이 비교적 높다는 것을 의미한다. 한국의 학부모의 자녀교육열은 세계적으로도 그 유례를 찾기 힘들다는 말도 과언이 아니다. 학력을 중요시하는 사회 분위기와 공교육 부실 등으로 사교육비 부담도 늘고 있다. 실제로 '과외학습' 및 '학원학습'은 오래 전부터 열악한 교육환경에서 '학교수업'을 보완하는 자구책의 하나로서 선택되어진 학습방법이다(부정방지대책협의회 1994: 22-3). 특히 지금과 같은 입시경쟁에서는 상위 10%안에 들어도 안전한 대입이 보장되는 것이 아니어서 많은 입시생들과 학부모들은 항상 불안할 수밖에 없고 이러한 상황에서 입시에 대한 불안감과 또 '주위에서 흔히들 과외를 많이 하니까'하는 생각 때문에 사교육을 많이 하게 된다. (이지연1993). 게다가 저학년 때부터 '착실히' 입시를 준비해야 '제 때'에 대학에 들어갈 수 있는 현실 때문에 이러한 정신적 부담을 줄이는 방편으로 '과외학습' 및 '학원학습'은 한국사회에서는 보편적인 학습방법 중의 하나가 되었다[17]. 과열과외를 인해 가정에서 경제적인 부담을 느

---

16 정순진, 「해외유학생들의 문화적 적응방식에 관한 연구: 미국 Dixie대학교 학부과정 유학생 사회의 현장기술지」, 연세대학교 대학원 사회학과 학위논문.

끼는 것도 현실이다. 이에 대해 동아일보(2005.3.29) 아래와 같이 보도가 있었다. "올해(2005년) 사교육비 부담이 4년 전에 비해 80%가까이 급증한 것으로 나타났다. 지난 해 6월 20일부터 1년간 가구당 월평균 교육비는 49만4 000원으로 2000년(37만1000원)보다 12만 3000원(33.2%)증가했다. 자녀 1인당 교육비도 22만 1000원에서 28만 7000원으로 29.9%증가했다. 교육비 가운데 학원 및 보충교육비 등 사교육비는 가구당 23만 2000원으로 4년 전(12만 9000원)보다 79.8%급증했다. 교육비 지출액이 많아지면서 자녀 교육비가 '부담스럽다'고 응답한 가구는 2000년 72.5%에서 올해에는 77.2%로 늘었다."[18] 이처럼 사교육비 부담이 크다는 현실에서 많은 학부모들은 외국으로 유학을 보내는 것이 경제적으로 나마 덜 부담이 된다고 생각하므로 조기유학을 택할 것이다.

다섯째, 외국어의 습득. 모국어가 아닌 제2언어를 배우는 데는 '결정적 시기' 또는 '중요한 시기'가 존재한다는 점을 대부분의 학자들이 동의하고 있다. 제2언어 학습에서 어린이가 어른보다 뛰어나다

---

17 정순진, 「해외유학생들의 문화적 적응방식에 관한 연구: 미국 Dixie대학교 학부과정 유학생 사회의 현장기술지」, 연세대학교 대학원 사회학과 학위논문.

18 "올해(2005년) 사교육비 부담이 4년 전에 비해 80%가까이 급증한 것으로 나타났다. 통계청은 22일 '2004년 사회통계조사결과'를 통해 이같이 밝혔다. 이전 조사는 6월20일부터 10일간 전국 3만3000가구의 15세 이상 가구원 7만 명을 대상으로 이뤄졌다. 교육비부담에 허리 휜다=지난 해 6월 20일부터 1년간 가구당 월평균교육비는 49만 4000원으로 2000년(37만1000원)보다 12만3000원(33.2%)증가했다. 자녀1인당 교육비도 22만 1000원에서 28만 7000원으로 29.9%증가했다. 교육비 가운데 학원 및 보충교육비 등 사교육비는 가구당23만2000원으로 4년 전(12만9000원)보다 79.8%급증했다. 학원 및 보충교육비로 가장 많은 지출을 하는 연령으로 한 달 평균 29만6000원을 사용했다. 특히 교육비로 월평균 100만 원 이상 지출하는 가구는 5.9%에서 10.1%로 늘었다. 교육비 지출액이 많아지면서 자녀 교육비가 '부담스럽다'고 응답한 가구는 2000년 72.5%에서 올해에는 77.2%로 늘었다." 차지완 기자, 〈사교육비 月 23만원. 4년 새 80%늘어〉, 동아일보. 2005.3.29. http://www.donga.com/fbin/output?search=1&n=200411220334.

는 점을 입증하는 이론들이 있다. 실제로 어린 나이에 언어를 습득하게 되면 원어민과 비슷한 발음을 할 수 있는 경우가 많다. 과거에 한국의 유학형태는 대학졸업 후 대학원 과정이 대부분이었으며, 비록 외국의 명문대학에서 대학원 과정을 마친다고 하더라도 현지 사람들의 기분이나 감정까지 느낄 정도의 완벽한 외국어 구사를 불가능하였고 이로 인해 국제무대에서 선진기술의 축적이나 정치적 외교능력이 미흡했던 것이 사실이었다. 이에 비해 어릴 때부터 외국어를 접하면 현지인과 흡사한 수준까지 언어구사가 가능해진다. 더욱이 현지친구들과 풍부한 인맥을 유지할 수 있게 됨으로써 앞으로는 국제무대에서 뒤지지 않는 성과들이 나타날 것으로 바라보는 낙관적인 시각도 있다. 이런 점을 고려하여 외국어를 완벽하게 구사할 수 있도록 하기 위하여 아이를 어릴 때 외국으로 유학을 보내는 경우 또한 적지 않다.

▌ 3.3. 중국 조기유학의 선택

중국으로의 조기유학 역시 그동안 정부의 제한조치로 많이 활성화되기 어려웠으나 2000년 3월 조기유학 자유화조치 이후부터 공식적으로 허용되었다. 게다가 세계적인 경제 불황 속에서도 해외자본의 중국진출이 계속 확대되고 있고 중국인과 중국문화에 대한 관심이 증가하는 가운데 중국어의 중요성이 부각되는 추세이다. 이처럼 급속한 경제성장을 보이는 중국이 세계 경제의 중요한 거점이 될 것이라는 예상이 힘을 얻어감에 따라, 많은 조기유학 준비생들과 학부모들은 중국유학이 미래의 힘이 될 것이라는 희망을 품고 그러한 가능성을 찾아 나서고 있다. 그렇다면 중국을 선택하여 조기유학을 떠나는 원인, 즉 '끌어당기는 요인'을 살펴보고자 한다.

첫째, 중국의 잠재력에서 찾아볼 수 있다. 중국은 1978년 개혁개방 이래 정치, 경제, 문화, 사회 등 각 방면의 분야에서 급속히 발전하고 있다. 세계 최고 기업들이 중국에 대해 지속적으로 투자를 확대하고 있다. 또한 한국과 중국은 지리적 인접해 있으면서 한국의 최대 무역대상국으로 급부상하고 있다. 화교로 대표되는 아시아 경제력 또한 중국의 잠재력과 가치를 다시 한 번 생각하게 하는 점이기도 한다. 중국의 경제적 가치가가 급증함에 따라 중국에 대한 외국의 인식도 많이 변화했다. 중국 개방 이후 몇 년 전까지만 해도 중국유학이라고 하면 언어연수와 대학 본과 진학에 초점이 맞춰져 이루어져 왔지만 최근에 들어 중국의 빠른 발전 속도와 중국과의 교류가 점차 확대되면서 초·중·고 자녀들을 둔 중산층 가정에서도 중국유학에 대해 많은 관심을 갖게 되었다.

둘째, 중국어의 중요성에 대한 인식에서도 찾아볼 수 있다. 세계 인구의 4분의 1이 중국어를 사용하고 있다. 뿐만 아니라 동남아시아 지역에서 화교권이 차지하는 비율도 매우 높다. 최근 몇 년 동안 한국에서는 중국어 열풍이 불기도 하였다. 한국 서점 어디에서나 중국어나 중국에 관한 책을 많이 찾아볼 수 있다. 그리고 중국어 학원들이 수도인 서울의 강남, 종로, 신촌 등 특히 학습 분위기가 조성되는 지역에서 급격히 생겨났고 중국어를 제2외국어로 지정한 중, 고등학교들이 많아지고 있다. 더불어 한국에서 중국어를 잘하면 취업에도 유리하다. 한겨레(2005.5.1)는 "중국어 잘하면 취업유리"라는 기사에서 "중국 시장에 대한 관심이 커지면서 중국어에 능통한 취업희망자를 선호하는 구인업체가 늘고 있다"고 기재하였다[19]. 온라인 취

업정보 사이트인 인쿠루트(www. incruit.com)에서도 "대부분 중소
기업에서 '중국어 능통자 우대'라고 명시되어 있고 대기업에서도
비슷한 분위기가 일어나고 있다. SK그룹은 제2외국어 가운데 중국
어 능통자에게 가장 높은 가산점을 주는 것을 내부원칙으로 하고 있
다. LG전자, 삼성화재, 현대모비스, 연합철강 등 업종을 불문하고 많
은 대기업 계열사들이 중국어 능통자에 대해 '가산점을 주거나 같은
점수면 우대하다'"는 채용정보를 흔히 볼 수 있다.

더불어 중국이 거대한 경제적 가치를 인정을 받으면서 세계의 강
국으로 부상하고 있는 만큼 중국 조기유학의 장점은 더욱 높이 평가
되고 있다.

우선, 중국은 같은 아시아계 사회이므로 다른 서구 지역에서 유학
하는 것보다 문화적 정체성의 이질감을 덜 느낀다는 것이다. 세계화
의 시대에 이런 인종적, 문화적 차이는 사소한 문제일 것 같지만 타
국 생활을 하는 데 끊임없이 따라다니는 절대 무시하지 못할 부분이
다. 자유롭고 평등한 나라로 보이는 곳일지라도 인종적인 차별이나
차이는 느끼게 마련이다. 같은 한자문화권에 속하는 한국과 중국은
문화적, 지리적 조건이 매우 가깝다. 외모에서의 동질감뿐만 아니라
일정부분 문화를 공유하는 점도 가지고 있기에 서로를 이해하는 데
큰 도움이 될 수 있다.

그 다음에 중국은 외국인학생에게 더욱 넓은 대학문을 열어주며
중국 유학 생활에서 응용력을 적극적으로 발휘할 수 있다는 점이다.
현재 한국뿐만 아니라 전 세계적인 관심 속에서 중국 내부에서는 외

---

19 송창석, 〈중국어 잘하면 취업유리〉, 한겨레, 2005.5.11.

국 학교와의 합작 교육이 성황리에 진행되고 있다. 각 학교에 '국제
부'반[20]도 따로 있을 정도이고 또한 국제학교[21]도 각 중심 지역마다
있기 때문에 중국에서 공부하면서도 다른 서구 국가의 학습 제도를
다양하게 경험해볼 수 있다. 중국의 대학입시는 한국 못지않게 치열
하지만, 외국국적을 가지고 있는 유학생들은 중국인 고등학생과 동
일한 조건으로 경쟁하지 않으며 외국인끼리만 시험을 보거나 경쟁
하도록 하는 특례입학제도가 시행되고 있다. 현재까지는 베이징대
학교[北京大學校], 칭화대학교[淸華大學校] 외의 다른 대학들을 중국
어시험(혹은 HSK[22]한어수평고시 6-7급만으로 입학을 허용한다.

---

20 현재 조기유학의 붐으로 유학생들의 연령층은 점점 낮아짐에 따라 이전에는 외국
학생을 받는 중, 고등학교가 굉장히 제한적이었지만 지금 점차 증가하고 있다. 이
처럼 외국유학생들이 수적으로도 급증하고 연령별로 다양해지고 있는 실정이어
서 중국학교도 발 빠르게 대처해서 외국인들을 위한 한어반(漢語班), 국제반 등 여
러 종류의 반을 편성했다.

21 중국의 국제학교(International School)는 중국에서 단지 중국어뿐만 아니라 다른 외
국어, 예를 들면, 영어를 하나 더 공부하려는 학생들에게 적합한 과정이다. 국제학교
는 중국대학으로 입학보다는 주로 영어권 국가의 대학입학을 목표로 하기 때문이다.
각 대도시마다 거의 국제학교를 갖춰 있다. 국제학교에서 외국학생이 중국어와 영어
를 동시에 배울 수 있는 장점이 있으며 비용이 일반 국립학교보다 훨씬 많이 든다.

22 HSK(Hanyu Shuiping Kaoshi): '한어수평고시(漢語水平考試)'의 머리글자로서 영
문으로는 'Chinese Proficiency Test(cpt)'이다. HSK는 제1언어가 중국어가 아닌
사람의 중국어 능력을 평가하기 위해 만들어진 국가 수준의 표준화고시이며 중국
대학에 들어가기 위해서는 가장 기본적으로 가지고 있어야 한 것이다. HSK는 초
중등(3~8급), 고등(9~11급), 기초(1~3급)등 3종류로 구분하여 실시되며 성적 유효
기간은 2년이다. 연수생의 자격으로 중국대학의 '한어과정'에 중급, 고급 단계를
차례차례 밟아나가 HSK5~6급이상을 따고 일반 중국대학에 들어갈 자격을 갖춘
다. 초중등HSK는 영어의 TOEFL수준에 해당하는 시험으로서, 초등 혹은 중등의
중국어 능력을 가지고 있으며, 400~2,000시간의 현대중국어교육을 학습한 것과
같고, 2,000~5,000개의 중국어 상용어휘와 이에 상응하는 어법지식을 파악하고
있는 사람이 응시하기에 적합한 시험이다. 시험성적에 따라 초등은 3~5급, 중급은
6~8급으로 구분된다. 고등HSK는 영어의 GRE수준의 해당하는 시험으로서, 고등
중국어 능력을 가지고 있고, 3,000시간 이상의 현대중국어 교육을 학습 한 것과 같
으며, 5,000개 이상의 중국어 상용어휘와 이에 상응하는 어법지식을 파악하고 있
는 사람이 응시하기에 적합한 시험이다. 시험 성적에 따라 고등은 9~11급으로 구
분된다. HSK는 중국 대학(원)입학 기준, 한국 대학(원)입학 및 졸업 평가 기준, 교

마지막으로 유학의 비용이 미국 등 영어권 나라보다 저렴한 것도 사실이다.

이상과 같은 논의를 본 연구대상자들을 유학사례에 적용시켜 보면 중국으로 조기유학은 다음과 같은 요인들이 작용해서 이루어진 다고 본다. 우선 한국 국내교육현실 및 학력과 학벌 위주의 교육풍토와 관련된 지나친 대입경쟁, 공교육에 대한 불신 및 외국어능력에 대한 중시 등을 '밀어내는 요인'으로 제시할 수 있다. 반면 중국의 '끌어당기는 요인'으로는 중국의 잠재력, 양국의 무역협력의 확대, 중국어의 중요성, 외국인입학의 상대적 용이성과 더불어 한국경제의 불황 속에서 유학비용을 절감할 수 있는 점 등을 거론할 수 있다. 여기에 무엇보다도 경제성장으로 인한 비교적 높은 GDP와 경제기반은 한국인이 외국으로 유학을 떠날 수 있는 가장 중요한 전제조건이다. 또한 2000년 이래 취해진 '해외유학자유화조치'와 같은 정부의 유학정책과 세계화 정책의 실시, 유학네트워크의 발달 등이 이들의 해외유학을 촉진시키는 요인이라고 볼 수 있다. 위에서 살펴본 중국으로 조기유학의 발생 요인들을 〈그림 2〉과 같이 요약할 수 있다.

양중국어 학력평가 기준, 각급 기업 및 기관에서 직원의 채용 승진을 위한 기준, 중국정부장학생 선발 기준 등으로 활용 될 수 있다.

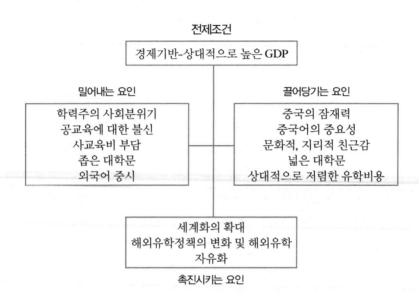

〈그림 2〉 중국 조기유학의 발생

04
한국인 조기유학생들의
중국 현지 적응 분석

　중국에서 유학하는 한국인 조기유학생들이 급속히 증가하고 있는 만큼 조기유학의 결과에 대한 신중한 검토가 필요하다. 무엇보다 예상 가능한 것은 조기유학을 떠나는 학생들이 문화적, 사회적 등 여러 방면에서 손쉽게 적응 하고 그것을 바탕으로 자신들의 역량을 최대한 발휘하여 자기발전을 도모한다면 국가적으로 막대한 장기적 이익을 창출하는 결과를 가져올 것임이 자명한 반면에, 부모에 이끌려서 또는 한국사회에서 적응을 하지 못한다는 이유로 중국에 가고, 그 결과 적응에 실패하여 사회적 낙오를 경험하는 학생들의 유학에 소비되는 경비는 결국 낭비되고 말 것이라는 사실이다. 이렇듯 유학의 성공의 여부를 경정하는 데 가장 중요한 요소가 유학생들의 현지 적응상황이다.

▎ 4.1. 조사방법

1) 조사문제

'적응'이란 원래 생물학에서 나온 용어로 생물 개체가 해당 환경에 따라 살아갈 수 있도록 알맞은 행동이나 태도를 취하는 일을 의미한다. 본 논문에서 적응은 적응 주체인 개인이 자신을 둘러싸고 있는 환경에 일방적으로 맞추어 가는 것이 아니라 그 환경에서 살아갈 수 있는 '문화적 능력'을 습득하면서 심리적인 안정을 추구해 가는 과정을 의미한다. 나아가 이것은 문화적 충격에서 문제를 찾고 풀어가는 과정이라는 점에서 적응을 자기 성숙의 과정으로 개념화하는 것도 가능하다.

본문에서 말하는 조기 유학생의 학교적응이란 외국에서 학교생활을 하면서 접하게 되는 새로운 환경을 자신의 욕구에 맞게 변화시키거나, 자신의 학교생활의 모든 상황과 환경을 바람직하게 수용하는 것을 말한다. 학교생활에 잘 적응하는 학생은 학교에 대한 감정이나 태도, 동기가 긍정적이기 때문에 대인관계가 원만하며, 학업 성적이 향상되고 인성이 바람직하게 형성되어 개인적인 성장은 물론 유학에 있어서도 성공적일 확률이 많다. 즉, 학교생활에서 학생이 대인관계나 학교의 기준 질서 등에 있어서 적절하게, 조화로운 행동을 하며 정상적인 학교생활을 하고 자기 자신도 만족하는 경우를 학교생활 적응이라 한다. 적응 혹은 부적응 유학생이 누구인가를 규정함에 있어 절대적인 기준이란 있지 않다. 유학생활의 적응은 한 가지 원인에 의해 발생하는 경우가 극히 드물고 여러 원인이 복합적으로 작용하여 발생하는 것이기 때문이다.

논문의 목적에 따라 본 연구자는 유학생활에 영향을 미친 독립변수에 따라 조기유학생들의 현지 유학생활 적응도가 달라질 것이라는 가설을 세웠다. 이러한 가설 하에 조기유학생들의 유학생활 및 학업과정 적응 상황을 파악한 다음에 유학생활 적응과 학업적응에 관련 변수들이 무엇인지를 밝히고자 하다. 따라서 다음과 같은 연구문제를 설정했다.

  (1) 중국으로 조기유학을 간 학생들의 사회적, 경제적 배경이 무엇인가?
  (2) 학업적응 및 학교생활 적응에 관련 변수들이 무엇인가?
  (3) 통계분석을 통해 설정된 각 독립변수에 따라 학교 적응도가 어떻게 달라질 것인가?

2) 조사 대상자의 선정

본 논문은 현재 중국 베이징 지역 중국인 국립학교에 재학 중인 한국인 조기유학생을 조사대상으로 선정하였다. 무엇보다도 베이징은 중국의 수도로서 한국유학생이 가장 많은 대표적인 도시이기 때문이다. 자료의 객관성을 확보하기 위해 베이징지역에 한국학생들이 비교적 많이 모여 있는 8개 학교를 선정하여 설문조사를 실시하였다. 특히 '베이징사범대학교부속중학교(北京師大學附屬中學)', '육재중학교(育才中學)', '회문고등학교(匯文中學)'와 같은 조사대상 학교는 교육수준과 학교의 국제화 정도가 비교적 높고 현재 재학 중인 한국학생의 수도 비교적 많다. 마지막으로 2000년부터 한국의 해외유학 자율화가 되어 중국으로 조기유학을 떠나는 학생들이 급증하기 시작했으므로 본 논문의 연구시기를 2000년부터 2004년으로 제한하였다.

3) 조사절차

이 연구의 목적을 달성하기 위해 연구자는 주로 설문조사의 방법을 실시하여 제1차 자료를 수집하였다. 현지조사 기간은 2005년 7월 5일부터 7월 30일까지 이루어졌다. 학생들의 유학생활에 관한 정보를 수집하기 위해 조사대상 학교의 한국인 학생을 직접 관리 하는 교사들 및 베이징에 한국인이 집중적으로 모여 사는 지역인 왕징(望京)에 거주하는 조기유학생의 학부모들을 방문하여 설문조사를 실시하였다.

설문조사는 베이징시의 중, 고등학교에서 재학 중인 한국인 학생(중국 학교를 다닐 목적으로 국제부이나 한어반(漢語班)에서 재학 중인 학생들을 포함)을 대상으로 세 가지 방법으로 진행되었다. 첫째, 베이징시에 있는 8개 학교(중학교 및 고등학교) 외국인 학생을 직접 관리하는 국제부 교사에게 설문지 배포하여 재학 중인 한국학생들에게 전달하게 하고 그들이 설문지를 작성한 후 다시 회수하는 방법이었다. 둘째, 베이징에서 오도구(五道口) 및 왕징(望京) 지역에 있는 한국인 초·중·고 학생을 대상으로 설립된 QS학원의 담당 선생님에게 설문지 배포를 부탁하고 현재 학원에서 공부 중인 학생에게 전달해 작성하게 한 후 회수하는 방법이었다. 설문조사를 실시한 두 지역에 위치한 QS학원은 한국인을 주대상으로 베이징시에서 설립된 학원들 중 가장 규모가 크며, 한국인 유학생 사이에서도 상당히 알려진 곳이다. 셋째, 왕징에서 거주하는 조기유학생 학부모를 통해 소개받은 설문조사 대상자를 상대로 설문조사가 이루어졌다.

설문지는 총 148부가 배포되었고 148부 중 112부가 회수되어 회수율은 77%였다. 회수된 설문지 112부 중 성인 중년의 유학생과 부모의 전근으로 인해 유학을 온 학생 여섯 명의 설문지 및 불성실하게 작성된 것을 제외한 104부가 분석에 사용되어 실제 회수율은 70.0%였다.

연구의 목적에 따라 설문지의 내용[23]은 연구 대상자의 개인적 배경, 중국에 유학 온 동기, 결정 과정 및 학업 진로, 학교생활(교사 및 교우관계, 사교육상황, 유학생활의 전반적인 만족도 등)및 한중 양국의 문화에 대한 인식의 다섯 영역으로 구분하여 총 38개 항목으로 구성하였다.

4) 자료 처리방법

첫째, 조사대상자의 일반적인 특성을 알아보기 위하여 빈도분석(Frequency Analysis)을 실시하였다. 독립변수는 '성별', '연령', '체류기간', '유학결정자', '주거형태', '한국학교에서의 성적', '중국어실력', '중국인교사에 대한 만족도' 및 '사교육 상황'으로 설정하였다.

둘째, 조기유학생들의 현지 적응에 관련된 변수를 알아보기 위하여 교차분석 $\chi^2(p)$를 실시하여 집단 간의 차이를 살펴보았다. 여기서 조기유학생들의 현지 적응문제에 대해 크게 '학업 적응도' 및 '생활 적응도' 이 두 영역을 중심으로 다루었다. '학교 적응도'는 주로 학교수업, 과제, 출석, 시험에 대한 참여와 성취도 및 중국 학교에서의 평균 성적을 중심으로 알아보았다. 그리고 '학교생활 적응도'는 주로 가까이 지내는 중국인 친구, 학생으로서 부적절한 경향 등을 중심으로 살펴보았다.

---

23 참조〈부록〉.

셋째, 본 연구의 실증분석은 모두 유의수준 $p(.05$, $p(.01$, $p(.001$ 에서 검증하였으며, 통계처리는 SAS 프로그램을 사용하여 분석하였다.

4.2. 조사 대상자의 일반적인 사항

조사대상자로 선정된 104명 학생은 '베이징시제55중학교(北京市第55中學)', '베이징청년정치학원부속중학(北京靑年政治學院附屬中學)', '북경사범대학교부속중학교(北京師范大學附屬中學)', '세청중학(世靑中學)', '수도사범대학교부속중학(首都師范大學附屬中學)', '외국어실험학교(外國語實驗學校)', '육재학교(育才學校)', '베이징시천통원중산실험학교(北京市天通苑中山實驗學校)', '해정외국어실험학교(海淀外國語實驗學校)', '회문중학교(匯文中學)' 등 10개 중학교 및 초등학교에서 재학 중이다. 이들이 재학 중인 학교는 고등학교 60.58%로 가장 많았고, 중학교가 20.19%, 초등학교가 0.97%, 그 외 한어반이 8.65%이었다.

유학 전 한국의 거주 지역 분포는 경기도 35%와 서울특별시 30%로서 가장 많았고 그 다음은 기타 전국 각 지역이다.

조사대상자의 아버지의 직업[24]은 관리직이 31%로서 가장 많았고

---

24 본 논문의 설문조사지는 부모의 직업에 대해 아래와 같이 설정하였다. (부록 참조)
　① 전문직(의사, 변호사, 작가, 예술가, 종교인, 약사, 교수, 언론인, 공인회계사 등)
　② 관리직(중소기업체 사장, 5급 사무관이사 고급공무원, 대기업 또는 은행 간부 등)
　③ 준전문직 또는 기술직 (교사, 학원 강사, 건축사, 연구원, 간호사 등)
　④ 사무직(중간관리직 회사원, 일반사무직 회사원, 일반공무원(6급이하)등)
　⑤ 판매직(도소매 상점 주인, 소규모 상점주인, 대규모 유통업체 판매직원)
　⑥ 서비스직(음식직, 세탁소 등의 주인, 기타 서비스직 등)
　⑦ 생산직(생산감독, 공장근로자, 단순노무자, 택시 운전사 등)
　⑧ 농어민

그 다음으로 사무직(19.3%), 판매직(14%), 전문직(12%), 서비스직
(10%), 기술직(9%), 등의 순이다. 어머니는 주부 52%로서 가장 많았
고, 직업을 가지고 있는 경우가 전체의 48%였다. 어머니 직업은 기
술지 19%, 사무직 17% 등 순이다.

한국학교에서의 평균성적에 대한 질문이다. 조사대상자의 반에
서 공부성적이 20등~30등 사이인 경우가 42%로서 가장 많았고, 10
등~20등 사이가 26%, 1등~10등 사이가 15.53%, 30등~40등 사이가
14.56%, 40등 이상이 3.88% 등의 순으로 나타났다.

<표 2> 조사대상자의 일반적 사항

		빈도	퍼센트
성별	남	70	67.3
	여	34	32.7
연령	만 17세 미만	52	50.0
	만 17세 이상	52	50.0
체류기간	6개월 이하	29	27.9
	7-12개월	9	8.7
	13-18개월	27	26.0
	19-24개월	10	9.6
	25개월 이상	29	27.9
유학을 결정한 사람	부모	23	22.1
	본인	25	24.0
	부모와 본인	56	53.8

---

⑨ 주부
⑩ 무직
⑪ 기타

		빈도	퍼센트
살고 있는 집	부모와 함께	59	56.7
	기숙사	22	21.2
	가정집 등	23	22.1
한국에서의 평균성적	40등 이상	4	3.8
	30-40등	15	14.4
	20-30등	43	41.3
	10-20등	26	25.0
	1-10등	16	15.4
중국어 실력	상	8	7.7
	중	30	28.8
	하	60	57.7
	전혀 못함	6	5.8
교사 만족도	불만족	48	46.2
	만족	56	53.8
학원이나 과외를 받는지 여부	받음	49	47.1
	받지 않음	55	52.9
	합계	104	100.0

〈표 2〉에서 보는 바와 같이 일반적 사항에 대해 살펴보면 성별에 따라서는 남자가 67.3%, 여자가 32.7%로 나타났고 연령에 따라서는 '만 17세 미만'과 '만 17세 이상'이 각각 50.0%로 나타났다. 체류기간에 따라서는 '6개월 이하'와 '25개월 이상'이 각각 27.9%, '13-18개월'이 26.0%로 나타났고 유학을 결정한 사람에 따라서는 '부모와 본인'이 53.8%, '본인'이 24.0%, '부모'가 22.1%로 나타났다. 살고 있는 집에 따라서는 '부모와 함께'가 56.7%, '가정집(homestay)' 등이 22.1%, '기숙사'가 21.2%로 나타났고 한국학교에서의 등수에 따라

서는 '20~30등'이 41.3%, '10~20등'이 25.0%, '1~10등'이 15.4%로 나타났다. 중국어 실력(HSK 시험 수준에 따라 평가함)에 따라서는 '하'가 57.7%, '중'이 28.8%로 나타났고 교사 만족도에 따라서는 '만족'이 53.8%, '불만족'이 46.2%로 나타났다. 학원이나 과외를 받는지 여부에 따라서는 '받지 않음'이 52.9%, '받음'이 47.1%로 나타났다.

4.3. 조기유학생의 학업적응에 대한 분석

1) 독립변수에 따른 중국 학교에서의 평균 성적

우선, 통계결과에 따라 설정된 독립변수인 성별, 연령, 체류기간, 유학결정, 주거형태, 한국 학교에서의 평균성적, 중국어 실력, 교사에 대한 만족도 및 사교육 상황에 따라 학업적응도가 어떻게 달라질 것인가에 대해 살펴보겠다.

(1) 성별에 따른 중국에서의 평균성적

〈표 3〉 성별에 따른 중국에서의 평균성적

	40등 이상	30-40등	20-30등	10-20등	1-10등	전체	$x^2(p)$
남	15.7%	17.1%	20.0%	22.9%	24.3%	100.0%	9.919* (.042)
여	23.5%	5.9%	5.9%	17.6%	47.1%	100.0%	
전체	18.3%	13.5%	15.4%	21.2%	31.7%	100.0%	

*p⟨.05

먼저 성별에 따른 중국에서의 평균성적의 차이가 있는지 알아보았다. 〈표 3〉에 의하면 성별에 따른 중국에서의 평균성적에도 다소 차이가 나타나고 있다. 조사대상자의 중국학교에서의 평균성적은 전체적으로 '1~10등'이 31.7%로 가장 많은 응답을 보였으며 '10~20등' 21.2%, '40등 이상'이 18.3% 순으로 나타났다.

성별에 따라서는 남자는 '20~30등'이 20.0%, 여자는 5.9%로 여자보다 남자가 더 높게 나타났고 남자는 '1~10등'이 24.3%, 여자는 47.1%로 남자보다 여자가 평균 성적이 '1~10등'이라는 응답이 더 높게 나타났으며 통계적으로도 유의미한 차이를 보였다.(p<.05)

(2) 중국어 실력에 따른 중국에서의 평균 성적

〈표 4〉 중국어 실력에 따른 중국에서의 평균 성적

	40등 이상	30~40등	20~30등	10~20등	1~10등	전체	$x^2(p)$
상	.0%	50.0%	.0%	.0%	50.0%	100.0%	
중	33.3%	13.3%	13.3%	10.0%	30.0%	100.0%	24.909* (.015)
하	13.3%	10.0%	18.3%	26.7%	31.7%	100.0%	
전혀 못함	50.0%	.0%	16.7%	16.7%	16.7%	100.0%	
전체	20.1%	13.5%	15.4%	18.8%	31.7%	100.0%	

*p<.05

다음으로 중국어 실력이 중국에서의 학업성적에 영향을 미칠 것인지에 대해 알아보았다. 〈표 4〉는 중국어 실력에 따라 중국에서의 평균 성적에도 차이가 나타남을 보여준다. 즉 중국어 실력이 높으면 학업성적도 높은 것으로 나타나고 있다.

조사대상자의 중국 학교에서의 평균 성적은 전체적으로 '1~10등'

이 31.7%로 가장 많은 응답을 보였으며, '40등 이상'이 20.1%, '10~20
등'은 18.8% 순으로 나타났다. 중국어 실력에 따라서는 '전혀 못함'
은 '40등 이상'이 50.0%로 타 집단보다 더 높게 나타났고, '상'은
'1~10등'이 50.0%로 중국어 실력이 '상'인 경우가 중국에서의 평균
성적이 '1-10등'이라는 응답이 타 집단보다 더 높게 나타났으며 통
계적으로도 유의미한 차이를 보였다.(p⟨.05)

　이상의 논의를 통하여 역시 언어 실력이 조기유학생 학교 적응에
있어 매우 중요한 요소임을 알 수 있다. 중국어는 그들이 처음에 중
국에 도착했을 때부터 겪게 되는 문제 중 가장 직접적인 것이기 때
문이다.

(3) 교사만족도에 따른 중국에서의 평균 성적

〈표 5〉 교사만족도에 따른 중국에서의 평균 성적

	40등 이상	30~40등	20~30등	10~20등	1~10등	전체	x^2(p)
불만족	20.8%	12.5%	27.1%	14.6%	25.0%	100.0%	11.404* (.022)
만족	16.1%	14.3%	5.4%	26.8%	37.5%	100.0%	
전체	18.3%	13.5%	15.4%	21.2%	31.7%	100.0%	

*p⟨.05

　기존 연구결과에 따르면 학생들이 학교에서 교우관계가 원만하
면 원만할수록 학교생활에 더욱 적응을 잘하는 것으로 나타나고 있
다. 이 점은 본 연구에서도 다시 확인되었다. 〈표 5〉에서 교사만족도
에 따른 중국에서의 평균등수에 대해 살펴보면 전체적으로 '1~10등'
이 31.7%로 가장 많은 응답을 보였으며 '10~20'등이 21.2%, '40등 이
상'이 18.3% 순으로 나타났다.

교사만족도에 있어서는 '불만족'은 '20~30등'이 27.1%, '만족'은 5.4%로 교사에 대해 만족해하는 경우보다 만족하지 못하는 경우가 더 높게 나타났고, '불만족'은 '1~10등'이 25.0%, '만족'은 37.5%로 교사에 대해 만족하지 못하는 경우보다 만족하는 경우가 중국에서의 평균 성적이 '1~10등'이라는 응답이 더 높게 나타났으며, 통계적으로도 유의미한 차이를 보였다.(p<.05)

2) 독립변수에 따른 학업성취도

다음에 한국 학교의 평균 성적 및 중국어 실력에 따라 학업 성취도가 어떻게 달라질 것인가에 대해 살펴보겠다. 한국 학교에서의 평균 성적부터 알아보자.

(1) 한국에서의 평균성적에 따른 학업성취도

〈표 6〉 한국에서의 평균 성적에 따른 학업성취도

	적응 못하는 편	보통	잘 적응함	전체	x^2(p)
40등 이상	50.0%	.0%	50.0%	100.0%	
30-40등	.0%	26.7%	73.3%	100.0%	
20-30등	4.7%	27.9%	67.4%	100.0%	27.139***
10-20등	.0%	34.6%	65.4%	100.0%	(.001)
1-10등	.0%	18.8%	81.3%	100.0%	
전체	3.8%	26.9%	69.2%	100.0%	

***p<.001

〈표 6〉에서 볼 수 있듯이 전체적으로 '잘 적응함'이 69.2%, '보통'

이 26.9%로 나타났다. 한국에서의 평균 성적에 따라서는 '10~20등' 은 '보통'이 34.6%로 타 집단보다 더 높게 나타났고 '1~10등'은 '잘 적응함'이 81.3%로 학업에 잘 적응한다는 응답이 타 집단보다 더 높 게 나타났으며 통계적으로도 유의미한 차이를 보였다.(p<.001)

위에 통계결과를 보면 한국 학교에서의 평균 성적이 중국에서 학 업 성취도와 매우 긴밀한 관계가 있다. 즉, 한국학교에서 공부를 잘 하는 학생들이 중국에서도 학업에 적응을 잘 하고 있다는 것으로 나 타났다.

(2) 중국어 실력에 따른 학업성취도

〈표 7〉 중국어 실력에 따른 학업성취도

	적응 못하는 편	보통	잘 적응함	전체	$x^2(p)$
상	.0%	.0%	100.0%	100.0%	
중	3.3%	50.0%	46.7%	100.0%	15.352*
하	5.0%	21.7%	73.3%	100.0%	(.018)
전혀 못함	100.0%	.0%	.0%	100.0%	
전체	9.6%	26.9%	35.5%	100.0%	

*p<.05

그럼 중국어 실력에 따라 학업성취도가 어떻게 달라질 것인가? 〈표 7〉에 의하면 조사대상자 중 전체적으로 '잘 적응함'이 35.5%, '보통'이 26.9%로 나타났다.

중국어 실력에 따라서는 '중'은 '보통'이 50.0%로 타 집단보다 더 높게 나타났고, '상'은 '잘 적응함'이 100.0%로 학업에 잘 적응한다 는 응답이 타 집단보다 더 높게 나타났으며, 통계적으로도 유의미한

차이를 보였다.(p<.05)

이상 본 바와 같이 우리는 학업적응도에 관련된 변수들을 확인하기 위해 상관분석을 실시하였다. 결과는 〈표 3〉, 〈표 4〉, 〈표 5〉, 〈표 6〉, 〈표 7〉과 같다. 독립변수인 '성별', '한국학교에서의 성적', '중국어 실력', '중국인 교사에 대한 만족도'는 학업적응과 통계적으로 유의미한 관계가 있다. 특히 '한국 학교에서의 평균 성적'은 중국 학교에서의 학교 적응과 긴밀한 상관관계가 있다(***p<.001). 그 이외에 통계결과에 따르면 '연령', '체류기간', '유학결정자', '주거형태' 및 '사교육상황'은 학업적응과 유의미한 관계가 없다.

4.4. 조기유학생의 생활적응에 대한 분석

조기유학생들의 생활적응 상황은 조기유학의 성공 여부를 결정하는 데 또 하나의 중요한 요소이다. 여기서 '생활 적응도'는 주로 '가까이 지내는 중국인 친구'(중국인 친구의 수, 중국인 친구와의 관계) 및 '학생으로서 부적절한 행동을 하는 경향'(술 마시는 정도, 중국 학교에서 징계를 받았는지의 여부)등을 중심으로 살펴보겠다. 그리고 독립변수인 '성별', '연령', '체류기간', '유학결정', '주거형태', '한국 학교에서의 평균 성적', '중국어 실력', '중국인 교사에 대한 만족도' 및 '사교육 상황'에 따라 학교생활 적응도가 어떻게 달라질 것인가에 대해 살펴보겠다.

1) 독립변수에 따른 중국인 친구의 수

여기서는 중국인 친구의 수와 관계있는 변수들을 확인하기 위해 독립변수인 '체류기간', '주거형태' 및 '중국어 실력'을 중심으로 살펴보겠다.

(1) 체류기간에 따른 가까이 지내는 중국인 친구의 수

〈표 8〉 체류기간에 따른 가까이 지내는 중국인 친구의 수

	5명 이상	3-4명	1-2명	없다	전체	x^2(p)
6개월 이하	3.4%	3.4%	20.7%	72.4%	100.0%	
7-12개월	11.1%	11.1%	55.6%	22.2%	100.0%	
13-18개월	33.3%	18.5%	22.2%	22.2%	100.0%	39.172***
19-24개월	60.0%	20.0%	20.0%	.0%	100.0%	(.001)
25개월 이상	20.7%	17.2%	31.0%	31.0%	100.0%	
전체	22.1%	13.5%	26.9%	36.5%	100.0%	

***p<.001

〈표 8〉에 의하면 체류기간이 길면 길수록 가까이 지내는 중국친구의 수가 많아지는 것으로 나타나고 있다. 조사 대상자 중에 중국친구가 전체적으로 '없다'가 36.5%로 가장 많은 응답을 보였으며 '1~2'명 26.9%, '5명 이상' 22.1% 순으로 나타났다.

체류기간에 따라서는 '19~24개월'은 '5명 이상'이 60.0%로 타 집단보다 더 높게 나타났고, '6개월 이하'는 '없다'가 72.4%로 가까이 지내는 중국친구가 '없다'는 응답이 타 집단보다 더 높게 나타났으며, 통계적으로도 유의미한 차이를 보였다.(p<.001)

(2) 주거형태에 따른 가까이 지내는 중국인 친구의 수

〈표 9〉 주거형태에 따른 가까이 지내는 중국인 친구의 수

	5명 이상	3–4명	1–2명	없다	전체	x^2(p)
부모와함께	11.9%	11.9%	32.2%	42.4%	100.0%	
기숙사	50.0%	18.2%	13.6%	18.2%	100.0%	16.462*
가정집 등	21.7%	13.0%	26.1%	39.1%	100.0%	(.036)
전체	22.1%	13.5%	26.9%	36.5%	100.0%	

*p<.05

주거형태와 가까이 지내는 중국인 친구의 수도 차이가 나는 것으로 나타나고 있다. 기숙사에서 생활하는 학생이 중국친구와 어울리는 기회가 더 많다고 예상된다.

위의 표를 살펴보면 조사 대상자 중에 중국인 친구의 수가 전체적으로 '없다'가 36.5%로 가장 많은 응답을 보였으며 '1–2명'이 26.9%, '5명 이상'이 22.1% 순으로 나타났다. 살고 있는 집에 따라서는 '부모와 함께'와 '가정집' 등은 '없다'가 각각 42.4%, 39.1%로 '기숙사'보다 더 높게 나타났고 '기숙사'는 5명 이상이 50.0%로 가까이 지내는 중국인 친구가 '5명 이상'이라는 응답이 타 집단보다 더 높게 나타났으며, 통계적으로도 유의미한 차이를 보였다.(p<.05)

(3) 중국어 실력에 따른 가까이 지내는 중국인 친구의 수

〈표 10〉 중국어 실력에 따른 가까이 지내는 중국인 친구의 수

	5명 이상	3~4명	1~2명	없다	전체	x^2(p)
상	75.0%	.0%	.0%	25.0%	100.0%	
중	33.3%	23.3%	30.0%	13.3%	100.0%	
하	11.7%	11.7%	28.3%	46.7%	100.0%	31.329** (.002)
전혀 못함	.0%	.0%	33.3%	66.7%	100.0%	
전체	22.1%	13.5%	26.9%	36.5%	100.0%	

**p<.01

중국어 실력에 따른 가까이 지내는 중국인 친구의 수에 대해 살펴
보면 전체적으로 중국인 친구가 '없다'가 36.5%로 가장 많은 응답을
보였으며 '1~2명'이 26.9%, '5명 이상'이 22.1% 순으로 나타났다.

중국어 실력에 따라서는 중국이 실력이 '상'인 경우는 중국인 친
구 '5명 이상'이 75.0%로 타 집단보다 더 높게 나타났고, 중국어 실
력이 '하'인 경우는 '없다'가 66.7%로 가까이 지내는 중국인 친구가
'없다'는 응답이 타 집단보다 더 높게 나타났으며, 통계적으로도 유
의미한 차이를 보였다.(p<.01) 이 결과에 따르면 중국어 실력이 좋은
학생이 중국친구와 교제하는데 더 적극적이고 학교생활에도 잘 적
응한다고 예상된다.

2) 독립변수에 따른 중국인 친구와의 관계

기준 연구에 따르면 학생은 학교 친구가 많으면 많을수록, 친구와
관계가 좋으면 좋을수록 학교생활에 잘 적응한다고 볼 수 있다. 중

국인 친구와의 관계에 대한 변수들을 알아보기 위해 체류기간, 주거
형태 및 중국어 실력을 따라 중국인 친구와의 관계가 어떻게 달라질
것인가에 대해 살펴보겠다.

(1) 체류기간에 따른 중국인 친구와의 관계에 대한 만족도

〈표 11〉 체류기간에 따른 중국인 친구와의 관계에 대한 만족도

	매우 불만족	별로 만족 하지 않음	약간 만족	매우 만족	중국인 친구 없음	전체	$x^2(p)$
6개월 이하	41.4%	10.3%	10.3%	10.3%	27.6%	100.0%	
7-12개월	11.1%	11.1%	44.4%	11.1%	22.2%	100.0%	
13-18개월	7.4%	7.4%	29.6%	33.3%	22.2%	100.0%	34.510**
19-24개월	.0%	.0%	30.0%	60.0%	10.0%	100.0%	(.005)
25개월 이상	13.8%	20.7%	37.9%	17.2%	10.3%	100.0%	
전체	18.3%	11.5%	27.9%	23.1%	19.2%	100.0%	

**p<.01

〈표 11〉에서 보는 바와 같이 체류기간에 따른 중국인 친구와의 관
계에 대한 만족도에 대해 살펴보면 전체적으로 '약간 만족'이 27.9%
로 가장 많은 응답을 보였으며 '매우 만족'이 23.1%, '중국친구 없음'
이 19.2% 순으로 나타났다.

체류기간에 따라서는 '6개월 이하'는 '매우 불만족'이 41.4%로 타
집단보다 더 높게 나타났고, '19~24'개월은 '매우 만족'이 60.0%로
중국친구와의 관계에 매우 만족한다는 응답이 타 집단보다 더 높게
나타났으며, 통계적으로도 유의미한 차이를 보였다(p<.01). 학생들
이 시간에 따라 중국친구와 어울리는 시간이 많아져 서로의 관계가

좋아질 수 있다고 보인다.

(2) 주거형태에 따른 중국인 친구와의 관계에 대한 만족도

⟨표 12⟩ 주거형태에 따른 중국인 친구와의 관계에 대한 만족도

	매우 불만족	별로 만족 하지 않음	약간 만족	매우 만족	중국인 친구 없음	전체	$x^2(p)$
부모와 함께	20.3%	11.9%	25.4%	16.9%	25.4%	100.0%	
기숙사	9.1%	9.1%	31.8%	50.0%	.0%	100.0%	16.129* (.041)
가정집 등	21.7%	13.0%	30.4%	13.0%	21.7%	100.0%	
전체	18.3%	11.5%	27.9%	23.1%	19.2%	100.0%	

*p⟨.05

⟨표 12⟩에서 볼 수 있듯이 주거형태에 따른 중국인 친구와의 관계에 대한 만족도는 전체적으로 '약간 만족'이 27.9%로 가장 많았으며 '매우 만족'은 23.1%, '중국인 친구 없음'은 19.2% 순으로 나타났다.

주거형태에 따라서는 '가정집 등'은 '매우 불만족'이 21.7%로 타 집단보다 더 높게 나타났고, '기숙사'는 '매우 만족'이 50.0%로 중국인 친구와의 관계에 매우 만족한다는 응답이 타 집단보다 더 높게 나타났으며, 통계적으로도 유의미한 차이를 보였다.(p⟨.05).

앞의 ⟨표 10⟩과 종합해 보면, 기숙사는 한국학생들과 중국학생이 접촉할 수 있는 기회를 만들어줌으로써 한국학생이 중국인 친구와 원만한 관계를 갖는 게 도움을 준다는 것을 알 수 있다.

(3) 중국어 실력에 따른 중국인 친구와의 관계에 대한 만족도

〈표 13〉 중국어 실력에 따른 중국인 친구와의 관계에 대한 만족도

	매우 불만족	별로 만족 하지 않음	약간 만족	매우 만족	중국 친구 없음	전체	x^2(p)
상	.0%	.0%	12.5%	75.0%	12.5%	100.0%	
중	10.0%	10.0%	40.0%	30.0%	10.0%	100.0%	
하	23.3%	13.3%	26.7%	13.3%	23.3%	100.0%	24.632* (.017)
전혀 못함	33.3%	16.7%	.0%	16.7%	33.3%	100.0%	
전체	18.3%	11.5%	27.9%	23.1%	19.2%	100.0%	

*p<.05

중국어 실력에 따른 중국친구와의 관계에 대한 만족도에 대해 살펴보면 중국어 실력이 높으면 중국친구와의 관계도 원만한 것으로 나타나고 있다. 〈표 13〉에서 전체적으로 '약간 만족'이 27.9%로 가장 많은 응답을 보였으며 '매우 만족'은 23.1%, '없음'은 19.2%이었다.

중국어 실력이 '중'인 경우는 '약간 만족'이 40.0%로 타 집단보다 더 높게 나타났고 중국어 실력이 '상'인 경우는 '매우 만족'이 75.0%로 중국인 친구와의 관계에 매우 만족한다는 응답이 타 집단보다 더 높게 나타났으며 통계적으로도 유의미한 차이를 보였다.(p<.05)

3) 독립변수에 따른 술 마시는 횟수

언론에서 조기 유학에 대해 비판적으로 보도될 때 가장 자주 지적된 것이 조기유학생의 일탈 행위다. 조기유학생이 자기 정체성을 유지할 수 있고 음주, 징계 등 학생으로서의 부적절한 행동을 최소한

으로 줄일 때, 우리는 그가 유학생활에 잘 적응하고 있다는 평가를 내릴 수 있다. 이 점에 대해 확인하기 위해 독립변수인 주거형태 및 한국 학교에서의 평균성적과 학생이 술 마시는 정도의 관계를 알아보고자 한다.

(1) 주거형태에 따른 술을 마시는 횟수

〈표 14〉 주거형태에 따른 술을 마시는 횟수

	마시지 않는다	한 달에 1~2회	한 달에 3~4회	한 달에 5회 이상	전체	x^2(p)
부모와 함께	47.5%	44.1%	3.4%	5.1%	100.0%	
기숙사	90.9%	9.1%	.0%	.0%	100.0%	17.486** (.008)
가정집 등	43.5%	39.1%	13.0%	4.3%	100.0%	
전체	55.8%	35.6%	4.8%	3.8%	100.0%	

**p<.01

〈표 14〉에서 본 바와 같이 살고 있는 집에 따른 술을 마시는 횟수에 대해 살펴보면 전체적으로 '술 마시지 않는다'가 55.8%, '한 달에 1~2회'가 35.6%로 나타났다.

살고 있는 집에 따라서는 '부모와 함께'와 '가정집 등'은 '한 달에 1~2회'가 각각 44.1%, 39.1%로 '기숙사'보다 더 높게 나타났고, '기숙사'는 '술 마시지 않는다'가 90.9%로 술을 마시지 않는다는 응답이 타 집단보다 더 높게 나타났으며, 통계적으로도 유의미한 차이를 보였다(p<.01).

(2) 한국에서의 평균 성적에 따른 술을 마시는 횟수

〈표 15〉 한국에서의 평균 성적에 따른 술을 마시는 횟수

	마시지 않는다	한 달에 1~2회	한 달에 3~4회	한 달에 5회 이상	전체	x^2(p)
40등 이상	.0%	75.0%	.0%	25.0%	100.0%	
30~40등	66.7%	26.7%	.0%	6.7%	100.0%	
20~30등	46.5%	44.2%	9.3%	.0%	100.0%	21.284* (.046)
10~20등	57.7%	30.8%	3.8%	7.7%	100.0%	
1~10등	81.3%	18.8%	.0%	.0%	100.0%	
전체	55.8%	35.6%	4.8%	3.8%	100.0%	

*p<.05

한국에서의 평균 성적에 따라 술을 마시는 횟수도 달라지는 것으로 나타나고 있다. 앞에 〈표 15〉와 종합해 보면 한국에서 공부를 잘하는 학생들이 중국에서 학업에의 적응을 잘 하고 있으며 생활 적응도 잘 하고 있음이 확인되었다.

위의 통계결과를 보면 조사대상자 중에 전체적으로 '술을 마시지 않는다'가 55.8%, '한 달에 1~2회'가 35.6%로 나타났다. 한국에서의 평균 성적에 따라서는 '1~10등'은 '마시지 않는다'가 81.3%로 타 집단보다 더 높게 나타났고, '40등 이상'은 '한 달에 1~2회'가 75.0%로 '한 달에 1~2회' 정도 술을 마신다는 응답이 타 집단보다 더 높게 나타났으며, 통계적으로도 유의미한 차이를 보였다.(p<.05)

4) 독립변수에 따른 학교 징계 경험

마지막으로 유학생이 부적절 행동 경향에 관련 변수들을 확인하기 위해 독립변수인 주거형태, 한국에서의 평균성적, 중국어 실력 및 교사와의 만족도를 중심으로 살펴보겠다.

(1) 주거형태에 따른 최근 1년간 중국 학교에서 징계 받은 여부

〈표 16〉 주거형태에 따른 최근 1년간 중국 학교에서 징계나 근신을 받은 적이 있는지 여부

	있다.	없다	전체	x^2(p)
부모와 함께	23.7%	76.3%	100.0%	6.281* (.043)
기숙사	.0%	100.0%	100.0%	
가정집 등	21.7%	78.3%	100.0%	
전체	18.3%	81.7%	100.0%	

*p〈.05

〈표 16〉에서 보는 바와 같이 살고 있는 집에 따른 최근 1년간 중국 학교에서 징계나 근신을 받은 적이 있는지 여부에 대해 살펴보면 전체적으로 '없다'가 81.7%, '있다'가 18.3%로 나타났다. 살고 있는 집에 따라서는 '기숙사'는 '없다'가 100.0%로 최근 1년간 중국 학교에서 징계나 근신을 받은 적이 '없다'는 응답이 타 집단보다 더 높게 나타났으며, 통계적으로도 유의미한 차이를 보였다.(p〈.05).

앞의〈표 9〉와〈표 12〉를 종합해 보면, 기숙사는 유학생 생활을 규칙적으로 관리함으로써 학생들이 학교 적응에 있어 도움이 된다는 것을 알 수 있다.

(2) 한국에서의 평균 성적에 따른 최근 1년간 중국 학교에서의 징계 여부

〈표 17〉 한국에서의 평균 성적에 따른 최근 1년간 중국 학교에서 징계나 근신을 받은 적이 있는지 여부

구분	있다.	없다	전체	$x^2(p)$
40등 이상	75.0%	25.0%	100.0%	
30-40등	33.3%	66.7%	100.0%	
20-30등	16.3%	83.7%	100.0%	13.320**
10-20등	7.7%	92.3%	100.0%	(.010)
1-10등	12.5%	87.5%	100.0%	
전체	18.3%	81.7%	100.0%	

**p<.01

〈표 17〉에서 중국 학교에서 징계나 근신을 받은 적이 있는지 여부는 전체적으로 '없다'가 81.7%, '있다'가 18.3%로 나타났다.

한국에서의 평균 성적에 따라서는 '40등 이상'은 '있다'가 75.0%로 타 집단보다 더 높게 나타났고, '10~20등'은 '없다'가 92.3%로 최근 1년간 중국 학교에서 징계나 근신을 받은 적이 '없다'는 응답이 타 집단보다 더 높게 나타났으며, 통계적으로도 유의미한 차이를 보였다.(p<.01)

(3) 중국어 실력에 따른 최근 1년간 중국 학교에서 징계 받은 경험

〈표 18〉 중국어 실력에 따른 최근 1년간 중국 학교에서 징계나
근신을 받은 적이 있는지 여부

구분	있다.	없다	전체	$x^2(p)$
상	12.5%	87.5%	100.0%	
중	.0%	100.0%	100.0%	
하	25.0%	75.0%	100.0%	12.750** (.005)
전혀 못함	50.0%	50.0%	100.0%	
전체	18.3%	81.7%	100.0%	

**p<.01

중국어 실력에 따른 최근 1년간 중국 학교에서 징계나 근신을 받은 적이 있는지 여부에 대해 살펴보면 전체적으로 '없다'가 81.7%, '있다'가 18.3%로 나타났다.

중국어 실력에 따라서는 중국어를 전혀 못하는 경우는 '있다'가 50.0%로 타 집단보다 더 높게 나타났고, 중국어 실력이 '중'인 경우는 '없다'가 100.0%로 최근 1년간 중국 학교에서 징계나 근신을 받은 적이 '없다'는 응답이 타 집단보다 더 높게 나타났으며, 통계적으로도 유의미한 차이를 보였다.(p<.01)

(4) 중국인 교사 만족도에 따른 최근 1년간 중국 학교에서 징계 받은 여부

〈표 19〉 교사 만족도에 따른 최근 1년간 중국 학교에서 징계나
근신을 받은 적이 있는지 여부

구분	있다.	없다	전체	$x^2(p)$
불만족	27.1%	72.9%	100.0%	4.638* (.031)
만족	10.7%	89.3%	100.0%	
전체	18.3%	81.7%	100.0%	

*p<.05

마지막으로 우리는 교사 만족도에 따른 최근 1년간 중국 학교에서 징계나 근신을 받은 적이 있는지 여부에 대해 살펴보았다. 전체적으로 징계경험이 '없다'가 81.7%, '있다'가 18.3%로 나타났다.

교사 만족도에 따라서는 '불만족'은 '없다'가 72.9%, '만족'은 89.3%로 교사에 대해 만족하지 못하는 경우보다 만족하는 경우가 최근 1년간 중국 학교에서 징계나 근신을 받은 적이 '없다'는 응답이 더 높게 나타났으며, 통계적으로도 유의미한 차이를 보였다.(p<.05)

이상 본 바와 같이, 학교생활 적응에 관련 변수들을 확인하기 위해 상관분석을 실시하였다. 결과는 〈표 11〉부터 〈표 19〉까지와 같다. 통계 결과를 정리해보면 성별, 한국 학교에서의 성적, 중국어 실력, 체류기간, 주거형태, 중국인 교사에 대한 만족도는 학교생활 적응도와 통계적으로 유의미한 관계가 있다. 특히 한국에서의 성적, 중국어 실력 및 체류기간(***p<0.001)은 학교생활 적응과 긴밀한 관계에 있다. 그 외에 통계결과에 따라 연령은 학교생활 적응과 유의미한 관계가 없다.

05
결 론

▌5.1. 결 론

이 연구에서 설문조사를 통하여 한국인 조기유학생들이 중국을 유학대상국으로 선정하는 동기를 검토하였고, 조기유학생들이 중국 현지에서 학교적응 실태 및 이를 바탕으로 조기유학생의 학업에의 적응 및 학교생활 적응에 관련 변수들을 밝혀내었다. 이상 연구한 내용을 요약하면 다음과 같다.

우선, 조기유학은 한국에서 지난 30여 년 간 지속되어온 교육현상 으로 최근에는 특히 그 수가 기하급수적으로 증가하게 되었다. 예전부터 한국인 유학생들을 영어권 국가를 선호했지만, 최근 몇 년 동안 한·중 두 나라의 각 영역의 교류가 확대됨에 따라 점점 많은 학생들과 학부모들은 이웃나라인 중국에 관해 관심을 기울이 시작했다. 현재 매년 중국으로 조기유학을 떠난 한국인 학생의 수가 급증세를 보이고 있고 앞으로도 계속 늘어날 것으로 예상된다.

조기유학(早期留學)이란 말은 사용자에 따라 다른 의미로 규정되므로 그 개념이 상당히 모호하다. 본 논문에서 말하는 '조기유학' 은

'초·중·고등 단계과정의 학생이 부모를 동반하지 않고 중국 현지의 학교에 최소한 6개 월 이상의 초, 중 등 교육과정을 이수할 목적으로 출국한 자'를 가리킨다.

둘째, 유학에 관한 '끌어당기는 요인(pull factor)' 및 '밀어내는 요인(push factor)' 및 '촉진시키는 요인(facilitating factor) 이론을 응용해서 한국인 조기유학생들이 중국을 유학 대상국을 선택하게 된 동기에 대해 검토했다. 구체적으로 유학을 발생하게 된 한국의 '밀어내는 요인'과 중국의 '끌어당기는 요인' 및 국제화 추세 등을 인한 '촉진시키는 요인'을 세 측면에서 교육 영역적 시각으로 분석하였다.

셋째, 중국에서 유학하는 한국 조기유학생들의 급속히 증가하고 있는 상황에서, 그들의 현지 적응문제가 유학의 성공의 여부에 어느 정도의 영향을 미치는지를 검토할 필요가 있다. 이 연구에서 조기유학생들의 현지 적응문제에 대해 크게 학업 적응 및 학교생활 적응이 두 영역을 중심으로 다루었다. 연구의 목적에 따라 현재 중국 베이징시 중국인 학교에 재학 중인 한국인 조기유학생을 조사대상으로 설정하여 설문조사의 방법을 실시하였다. 설문지의 내용은 연구 대상자의 개인적 배경, 중국에 유학 온 동기, 결정과정 및 학업진로, 학교생활(교사 및 교우관계, 사교육상황, 유학생활의 전반적인 만족도 등), 한중 양국의 문화에 대한 인식 변인을 묻는 다섯 영역으로 구분하여 총 38개 항목으로 구성되었다.

넷째, 이상 설문조사를 통해 수집된 제1차 자료를 이용해 통계처리는 SAS프로그램을 사용하여 분석하였다. 구체적으로는 조사대상자의 일반적인 특성을 알아보기 위하여 빈도분석(Frequency Analysis)을 실시하였다. 학업 적응도는 주로 학교에서 수업, 과제, 출석과 시험에 대한 참여와 성취도 및 중국학교의 평균성적을 중심으로 살펴보았다. 학교생활 적응도는 주로 가까이 지내는 중국인 친구의 수와 중국인 친구와의 관계, 술 마시는 정도 및 학교 징계 받은 여부 등을 중심으로 살펴보았다. 독립변수는 성별, 연령, 체류기간, 유학 결정자, 주거형태, 한국 학교의 평균 성적, 중국어 실력, 중국인 교사에 대한 만족도 및 사교육 상황 등으로 설정하였다. 마지막으로 학교 적응도에 관련 변수와 학교생활 적응도에 관련 변수들에 대해 교차분석 χ^2(p)를 실시하여 집단 간의 차이를 살펴보았다.

이상의 연구를 토대로 다음과 같은 결론을 내릴 수 있다.

첫째, 중국에 조기유학은 다음과 같은 요인들이 작용해서 발생된다고 본다. 우선 한국 교육현실의 부정적인 면인 학력과 학벌 위주의 교육풍토와 관련된 지나친 대입경쟁, 공교육에 대한 불신 및 외국어능력에 대한 중시 등을 '밀어내는 요인'으로 제시할 수 있다. 반면 중국의 '끌어당기는 요인'으로는 중국의 잠재력, 양국의 무역 협력의 확대, 중국어의 중요성, 외국인 입학의 상대적 용이성과 더불어 한국 경제의 침체에서 중국 유학비용을 절감할 수 있는 점 등을 거론할 수 있다. 여기에 무엇보다도 한국 경제 성장으로 인한 비교적 높은 GDP와 경제 기반이 한국인이 외국으로 유학을 떠날 수 있는 가장 중요한 전제조건이 되어왔다. 또한 세계화의 확대 및 2000년 이래 취해진 '해외유학자유화조치'와 같은 정부의 유학 정책 등도 이들의 해외유학을 촉진시키는 요인이라고 볼 수 있다.

둘째, 학업 적응도 및 학교생활 적응도에 관련 변수들을 확인하기 위해 상관분석을 실시한 결과에 의하면, (1). 성별, 한국 학교에서의 성적, 중국어 실력, 중국인 교사에 대한 만족도는 학업 적응도과 통계적으로 유의미한 관계가 있다. 특히 한국 학교에서의 성적은 중국 학교 적응도와 긴밀한 상관관계가 있다(***p<.001). 그 이외에 통계 결과에 따라 연령, 체류기간, 유학 결정자, 주거형태 및 사교육 상황 은 학업 적응도와 유의미한 관계가 없다. (2). 성별, 한국 학교에서의 평균 성적, 중국어 실력, 중국인 교사에 대한 만족도 및 주거형태는 학교생활 적응도과 통계적으로 유의미한 관계가 있다. 특히 한국 학 교에서의 평균 성적, 중국어 실력 및 체류기간(***p<0.001)은 학교생 활 적응도와 긴밀한 관계가 있다. 그 외의 독립변수인 연령은 학교 생활 적응도와 유의미한 관계가 없다.

셋째, 위에 통계결과에 의해서 한국인 중국 조기유학생들이 중국 현지에서의 학업에의 적응 및 학교생활에의 적응에 유의미한 영향 을 미치는 변수는 한국 학교에서의 평균 성적, 중국어 실력, 체류기 간, 주거형태, 교사에 대한 만족도 및 성별인 것으로 확인했다. 우선, 한국 학교에서의 평균 성적 및 중국어 실력이 특히 중요한 의미가 가지고 있다. 즉, 한국 학교에서의 평균 성적이 좋은 학생들이 중국 에 가서 학업 및 학교생활이 잘 적응하고 있으며(***p<.001) 음주, 징 계 등 학생으로서 부적절한 행동 경향도 낮다고 본다. 그리고 역시 현지에서 학업 및 유학생활 적응도는 외국어 실력에 달려 있다. 중 국어를 잘 하는 학생들이 중국 학교 학업 성취도와 학업 성적이 높 으며, 중국인 친구들과 어울리며 부적절한 행동 경향이 낮고 학교생 활 적응이 잘 한다고 본다.

그 외의 조사결과에 따르면 학생들이 지금 살고 있는 집이 크게 '부모와 함께 사는 집', '기숙사' 및 '일반 가정집' 세 가지 형태이다. 기숙사에서 사는 집단은 타 집단보다 중국인 친구의 수가 비교적 많 으며 중국인 친구와의 관계가 더 원만하고 음주 등 부적절한 행동 경향이 낮은 것으로 나타나고 있다. 기숙사는 유학생들의 생활을 규칙적으로 관리함으로써 학교 적응에 있어 많은 도움이 된다고 본다. 다음에 체류기간이 길면 길수록 중국인 친구의 수(***p<.001)가 많아지고 중국인 친구와의 관계도 원만해진 것으로 나타나고 있다. 또한 교사에 대한 만족도가 높으면 학업 성적도 높으며 중국 학교에서 징계 받거나 부적절한 경향이 낮은 것으로 나타나고 있다. 마지막으로 성별의 차이에 따라서도 조기유학생들의 현지 적응도가 달라지는 것으로 나타나고 있다.

5.2. 논 의

한중 양국 간의 교육, 문화 등 각 분야의 교류와 발전이 깊어짐에 따라, 앞으로 더 많은 한국학생들이 중국으로 조기유학 대열에 들어설 것이라 예상된다. 양국 간의 교류에 있어서 국제적인 안목을 갖춘 인재들이 앞으로 더욱 필요할 것이다. 오늘날 중국으로 유학을 떠난 학생들이 나중에 양국관계 발전을 위해 막중한 사명을 부여할 것이다. 중국현지에서 공부하는 한국 조기유학생들이 학업을 성공적으로 마치고 사회가 필요로 하는 우수 인재들로 성장하는 것이 우리가 기대하는 바이다. 또한 본 논문의 연구가 한국인 중국 조기유학생의 현지 적응문제에 대한 보다 깊이 있는 연구를 촉진하여 한국학생들의 조기유학을 성공적으로 만드는 데 기여할 수 있기를 희망한다.

그러나 중국으로 조기유학을 떠난 한국학생들은 또 하나의 새로운 교육기회를 제공받는 동시에, 여러 가지 무시할 수 없는 생활상의 문제점들에 봉착하고 있다. 예를 들어 한국 학교에서의 교육이 가지고 있는 '왕따'문제, '학교 폭력' 문제 등 부정적인 면이 중국현지 학교에서 그대로 나타나는 점, 사교육 성행을 비롯한 한국 학부모의 지나친 교육열, 중국 명문대인 '칭화대학교(淸華大學)'와 '베이징대학교(北京大學)'의 입학만 집착하는 학벌위주의 교육 의식, 조기유학을 인한 한국사회의 '기러기 아빠' 문제, '도피성' 조기유학과 같은 문제점들이 두드러지는 것이다. 이는 한국사회에서 대학교육이 가지는 의미와 밀접한 관계가 있다. 따라서 한국의 학교 교육이 이러한 문제를 극복하려면 한국 사회에서 대학 교육이 가지는 의미에 근본적인 변화가 일어나야 한다고 생각된다.

그렇다면 한국인 중국 조기유학과 관련된 앞으로의 과제는 무엇인가? 그 동안 여러 가지 구체적인 정책 과제들이 제시되었다. 성공적인 조기유학을 추진하기 위해 착실한 사전, 사후 지도를 통해 현지 유학생 생활적응 추진 프로그램을 강화해야 한다는 제안이 있었으며, 미국과 같이 한국 유학생이 많은 국가의 경우 지역별 상담 창구를 개설하여 유학생들의 현지 지도를 강구하여야 한다는 주장도 있었다. 이런 제안들은 광대한 국토를 지닌 중국에서 그대로 실시되기란 어렵지만, 신중하게 검토할 만한 가치는 충분히 있다.

마지막으로 이 연구에서는 한국인 중국조기유학생들의 학교적응과 생활적응에 영향을 주는 변인들을 밝혀내는 것에 의미를 두었다. 연구의 결과를 기초로 다른 나라로의 조기유학 현상을 분석하는 것도 의미 있는 작업이 될 것이다. 하지만 이 연구는 몇 가지 제한점을 갖고 있다. 첫째, 조사의 범위를 일부 지역에 한정하였으므로 이 연구의 결과를 중국의 다른 지역에서 유학중인 조기유학생의 유학생활모습과 동일시할 수는 없을 것이다. 둘째, 조사대상자를 중국의 공립학교 재학자로 제한하였으므로 사립학교, 국제학교에서 재학 중인 한국유학생들의 적응도와 다를 것으로 예상된다. 셋째, 고등학생 및 중학생이 본 연구의 주된 대상이 되었으므로, 초등학생 유학생활에 관해서는 별도의 연구라 필요할 것이다. 본 연구에서 담아내지 못한 조기유학생의 현지 적응문제들은 앞으로의 연구를 통해서 밝혀갈 생각이다.

| 참고문헌 |

〈국내문헌〉

1) 논문

강지연, 「학부모의 교육의식과 자녀 조기유학 선택-서울 강남지역 학부모들을 중심으로」, 이화여자대학교 대학원 석사학위 청구논문, 2002.

김영화, 이인효, 박현정, 『한국인의 교육열 연구』, 한국교육개발원, 1997.

김영화, 이인효, 박현정, 『한국인의 교육의식 조사연구』, 한국교육개발원, 1994.

김용우, 「국외유학 제도의 개선 방향」, 『새교육』 7월호, 1994.

김의영, 「해외 유학생의 실태와 문제」, 『대학교육』 9월호, 한구대학교육협의회, 1991.

박영숙, 박광배, 최상진, Antony Marsella, 김주한, 「미국 일시거주 한인 아동 및 청소년의 사회문화적 적응 촉진을 위한 인터넷 상담교육 프로그램의 효과 검증」, 『한국심리학회지(일반)』 Vol.21, No.2, 1996.

안병철, 「조기유학의 현황과 과제: 북가주(Northern California) 조기유학생을 중심으로」, 한국사회학회, 96년 후기사회학대회, Vol.0, No.0, Startpage 67, Endpage 82, Totalpage 16, 1996.

이민엽, 「놀라가나, 배우러가나」, 『마당』 1월호, 1985.

임광진, 『청소년 문화운동의 현장』, 집문당, 1994.

임영숙, 「조기 해외유학의 현황과 대책」, 『국회보』, 365, 3월호, 1997.

장영열, 「해외유학 제도와 실태」, 『정경문화』 7월호, 1983.

정순진, 「해외유학생들의 문화적 적응방식에 관한 연구: 미국 Dexie 대학교 학부과정 유학생 사회의 현장기술지」, 연세대학교 석사학위 청구논문, 1996.

조규향, 「국외유학정책의 평가와 문제점」, 한양대학교 행정대학원 석사학위 논문, 1985.

한준상, 기영화, 강양원, 박현수, 샤론메리엄, 「주기유학생 적응지도에 관한 연구: 조기유학제도의 문제 및 개선방안」, 『청소년연구』 제9권, 제1호, 2002.

한준상, 『한국교육의 개혁과 발전방향』, Hawaii. U.S.A., 1990.

한준상, 『현대한국교육의 인식』, 청아출판사, 1990.

2) 서적-단행본

김성혜, 『서울대보다 하버드를 겨냥하라!』, 물푸레.

김준수, 『중국어의 바다에서 헤엄쳐라!』, 아이필드.

김형섭, 황옥현, 『아이비리그 조기유학』, 매일경제신문사.

김혜진, 『세계는 왜 베이징대로 몰리는 가』, 물푸레 출판사.

박경자, 『자녀에게 중국유학을 선물하라』, 여성 신문사.

정길화, 조창완, 『박현숙 3인 3색 중국기』, 아이필드.

한준상, Sharan Merriam, 『조기유학 로드맵』, 청아출판사.

화서당, 『어학연수. 유학 중국으로 갑시다』, 넥서스 출판사.

홍현주, 『조기유학 알고 보내자 (홍현주 박사의 제대로 본 미국 교육현장)』, 넥서스 출판사.

3) 신문기사

"강남에 번지는 조기유학열풍", 문화일보, 1997.1.15.
"경기불황에도 해외유학생 사상최대", 동아일보, 2004.11.28.
"미 영문고 진학 이상열기", 동아일보, 2004.4.13.
"2001년-2002년 조기유학, 美,케나다 뉴질랜드, 중국 호주順", 동아일보, 2004.10.13.
"조기유학 꼭 보내야 할 까? -조기유학의 허와 실", 해법교육신문, 제2호, 2004.
　　11.24.
"중국 조기 유학 열풍", 문화일보, 2004.11.5.
"초, 중, 고교 해외 유학생 사상 초대", 동아일보, 2005.3.29.
"촌지 주기 억울하면 조기유학 보내든지...", 조선일보, 2005.4.1.
"해외유학으로 취업문 열어야죠...17%급증'사상최대'", 동아일보, 2004.11.28.

〈국외문헌〉

Phelan, P, Yu, H, C.& Davidson, A.L, "Navigating the psychosocial pressures of adolescence: The voices and experience of high school youth" *American Education Research Journal*, 1994.

Simon, Urike et al., "Factors influencing the adjustment process of foreign school-age children residing in the United States", *International Education*, Vol.19, No.2, 1990.

Tanaka, Tomoko et al., "Adustment patterns of international students in Japan", *International Journal of Intercultural Relations*, Vol.18, No.1, 1994.

Westwood, Marvin J. and Michelle Barker, "Academic achievement and social adaptation among international students: A comparison groups study of the peer-pairing program", *International Journal of Intercultural Relations*, Vol.14, 1990.

〈기타〉

KBS 뉴스, 2005.5.4. 동영상 [연속기획] 가정의 달/9. 기러기 가족의 올인
KBS 뉴스, 2005.5.14. 동영상 [뉴스타임] '기러기 아빠의 비극, 언제까지'.
http://www.chinaemb.or.kr/
http://www.chosun.com/
http://www.eoe.or.kr/
http://www.kedi.re.kr/
http://www.moe.edu.cn/
http://www.sen.go.kr/

중국 차세대 한국학 연구논문집

중국어권 학습자의 한국어
조사 오류의 원인 분석 연구

한춘희(韓春姬)

한춘희(韓春姬)

- 한국외국어대학교 국어국문학과 석사. 박사 수료
- 연구분야 : 외국어로서 한국어교육. 한국어문법

경력
- 대진대학교 교양학부 전임강사
- 중국 鹽城師范大學 한국어학과 외국인교수
- 現 국민대학교 교양대학 강사

주요 논저
- 「중국어권 학습자 조사 습득에서의 오류와 원인 분석 : 구조격 조사 '가'와 '를'」 외 다수
- 『TOPIK 高級必備 100語法点』, 공저. 上海譯文出版社, 2015.
- 『생성문법이란 무엇인가』, 공저. 한국문화사, 2015.

01
서 론

▮ 1.1. 연구의 목적과 범위, 방법

본고는, 중국어권 학습자들에게서 보이는 격조사 사용 오류 가운데 조사 대치 오류 유형을 우선 검토하고, 그러한 오류가 발생하게된 원인과 과정을 생성문법(Generative Grammar)적 관점에서 규명하는 데 그 목적이 있다. 격조사 대치 오류의 원인을 분석하는 가운데 제2차 언어습득에서 발견되는 모국어의 간섭이 작용하기도 함을 아울러 밝히게 될 것이다.[1]

조사 사용 오류에 관한 자료는, 중국어를 모국어로 하는 학습자들의 쓰기 과제로부터 추출하였다.[2] 그리고 여러 가지 유형의 조사 오

---

1 외국어 습득에서의 모국어 간섭에 관한 선구적인 연구로는 Rechard(1971)이 있다. 그는 오류 유형을 크게 학습자 언어 배경과 관계있는 오류와 그렇지 않은 오류로 구별했고, 후자를 다시 세분화하여 논의하였다. 이후 본문에서 자세히 밝히겠지만 중국어권 학습자가 보이는 구조격 조사의 대치 오류에서도, 용언의 통사적 특성에 관한 모국어(중국어) 지식의 간섭이 작용하고 있음을 알 수 있다.

2 오류 자료는, 현재 한국외국어대학교 한국어문화교육원에서 한국어를 배우고 있는 중국어권 유학생들의 쓰기 과제 결과물을 바탕으로 한다. 본래 2급~5급까지의 학생 73명의 자료를 수집하였으나 실제적으로 유의미한 자료는 57명의 것이었다. 이를 좀 더 구체적으로 밝히자면, 2급 학습자는 19명, 3급은 13명, 4급은 14명, 5급

류 유형 가운데 본고에서는, 구조격 조사와 본유격 조사 사용에서 보이는 대치 오류 유형에 한정하여 논의를 진행하고자 한다.

연구의 방법은 다음과 같다. 먼저 중국어권 학습자의 쓰기 자료를 수집한다. 수집된 자료 전체에서 발견되는 조사 오류 양상을 체계적으로 관찰한다. 관찰된 오류 양상을 생성문법적 관점에서 분류한다.[3] 이때 조사 사용 오류 유형은 크게 '조사 대치', '조사 누락', '조사 첨가'로 나눌 수 있다.[4] 그들 가운데 ⅰ) 구조격 조사끼리의 대치와, ⅱ) 구조격 조사와 어휘격 조사의 대치, 그리고 ⅲ) 어휘격 조사끼리의 대치 오류에 초점을 맞추고 그러한 오류의 발생 원인을 생성문법의 보편문법 이론에 입각하여 분석한다. 이러한 논의는 중국어 대응문과의 비교를 통해 이루어지게 될 것이며, 오류의 일부 유형에서 모국어의 간섭이 작용하고 있음을 밝히게 될 것이다.

1.2. 선행연구 검토와 문제제기

조사의 오류에 관한 기존의 연구들은, 여러 언어권 학습자들을 두루 고찰한 연구와, 특정 언어권에 초점을 맞춘 연구, 그리고 그 가운데 특히 중국어권 학습자를 대상으로 한 연구로 나누어 볼 수 있다. 먼저 첫 번째 부류에는 이은경(1999)과 김유미(2002), 이정희(2002),

---

은 11명이다. 귀한 자료를 제공해 주신 허경행 선생님께 이 자리를 빌어 감사의 말씀을 드린다.

3 후술하겠지만 생성문법의 관점에서 조사는 '구조격 조사', '본유격 조사', '후치사', '보조사'로 나눌 수 있다.

4 이은경(1999), 김유미(2000), 민자(2000), 이정희(2002), 김미영(2007), 추준수(2007), 박소영(2008)에서도 조사의 사용 오류 양상을 '대치, 누락, 첨가'로 구별하고 있다.

조철현 외(2002), 김미영(2007)이 있다.

　이은경(1999)는 일본어권과 영어권, 독일어권, 러시아어권, 체코어권, 타이어권, 덴마크어권, 스위스어권, 싱가폴어권, 인도네시아어권, 중국어권으로 나누어 고찰하였고, 이정희(2002)는 총 37개국의 학습자들을 살폈는데 어족과 인접성을 기준으로 표본이 30 미만인 경우는 언어권별로 정리하여 다시 일본어권, 중국어권, 영어권, 러시아어권, 기타 언어권으로 나누어 관찰했다. 김미영(2007)은 중국어권, 일본어권, 영어권, 태국어권, 몽골어, 베트남어권, 카자흐스탄어권, 우즈베키스탄어권, 폴란드어권을 살폈고 김유미(2002)와 조철현 외(2002)는 한국어 학습자의 말뭉치를 관찰하였는데 이 말뭉치에는 영어권, 일본어권, 중국어권 학습자의 자료는 반드시 들어가도록 기준을 세웠다.

　한편, 특정 언어권에 집중한 연구에는 영어권을 다룬 김정숙(2002), 일본어권을 관찰한 김정은(2004), 그리고 태국어권을 논의한 윤미영(2005) 등이 있다. 중국어권 학습자에 대해서는 민자(2000), 자이웨이치(2005), 임경희(2005), 추준수(2007), 박소영(2008) 등의 연구들이 있다.

　외국인 학습자의 일반적인 조사 습득 양상에 관해, 이은경(1999), 김유미(2000), 이정희(2002), 김미영(2007)에서는 조사의 오류 유형을 '대치 오류, 누락 오류, 첨가 오류'로 분류하였고 조철현 외(2002)는 '대치 오류, 생략 오류, 첨가 오류, 조사 형태 오류[5], 조사 환언 오

---

5 '조사 형태 오류'는 음운적 환경에 따른 이형태 오류를 말하는 것으로 이은경(1999), 김유미(2000), 이정희(2002), 김미영(2007)에서는 대치 오류에 포함시켰다. 생성문법의 관점에서 볼 때 이형태 오류는 음운적 환경에 따른 오류이기 때문에 통사론적 범주를 벗어나게 된다. 따라서 본 논문에서는 이형태 오류는 범위에서 제외한다.

류[6]로 분류하여 유형 분류에서 차이를 보인다. 이은경(1999)은 조사 누락보다 조사 대치에서 오류가 더욱 많이 나타나고 특히 '가, 를, 는' 사이에서 그렇다고 보고하였다. 반면 김미영(2007)에서는 조사 누락이 대치의 경우보다 더 빈번하다고 하였다. 김유미(2002)는 고급단계로 올라갈수록 대치보다 누락의 오류가 많아지고 주격조사 오류율이 특히 감소함을 지적하고 있다.

다음으로, 중국어권 학습자들의 조사 습득 양상에 관해 살펴보도록 하자.

민자(2000)는 문법 범주별 오류 양상 가운데 조사 오류가 가장 심각하고 그 중에서도 대치 오류가 가장 잦다고 보고 유형별로 원인을 분석하여 제시하고자 하였다. 민자(2000)는 오류의 원인을 모국어의 간섭으로 인한 언어 간 전이, 목표어 자체의 규칙을 잘못 적용한 언어내적 전이로 대별하고, 조사 대치 오류와 첨가 오류는 목표어 자체의 문법적 복잡성에 의한 언어내적 전이에 의해서 발생한 것으로, 조사 생략 오류는 모국어의 간섭으로 인한 언어 간 전이에 의해 나타난 것으로 보았다.

자이웨이치(2005)도 어휘 오류가 제일 많이 나타나고 그 다음으로 조사 오류가 빈번하게 발생한다고 지적하였다. 조사 오류에서 오류 유형을 '대치, 생략, 첨가, 형태, 환언' 오류로 분류했고 그 중에서 대치 오류가 제일 발생 빈도가 높다고 하였다.

임경희(2005)에서는 중국인 학습자들에게서 오류 빈도가 높은 9가지 조사들을 중심으로 연구를 진행하였고, 조사 사용횟수는 '가,

---

6 '조사 환언 오류'는 한국어의 그 표현을 위한 적절한 조사가 있음에도 불구하고 이 조사의 용법을 알고 있지 못한 학습자가 다른 어휘적 표현을 써서 조사의 의미를 대신하는 경우를 일컫는다.

는, 를, 에'의 순이라고 하였다. 임경희(2005)는 오류 유형을 '대치, 누락, 이형태'로 대별하고 이 가운데 조사 누락 오류가 가장 빈도가 높다고 하였다.

추준수(2007)에서는 조사별 오류 발생 위계가 격조사(부사격)주격)목적격))보조사 순이라고 하였고 음운 환경에 따른 이형태 적용 오류와, 규칙을 정확하게 익숙하게 못한 데서 오는 오류 등이 두드러졌다고 밝혔다.

반면 박소영(2008)에서는 오류 분석에서 주격조사가 가장 빈번하다고 보고하였다. 한국어 조사 '가', '를', 그리고 '는'에 한정하여 오류의 유형을 '대치, 누락, 첨가'로 분류하고 그 발생 원인을 모국어의 간섭, 문장 내 복잡성, 목표어 규칙의 확대 적용, 심리적인 영향으로 인한 회피 등으로 나누어 논의하였다. 중국인 학습자는 누락 오류를 가장 많이 범하는데 이는 학습자들의 심리적인 영향으로 인한 회피 전략이라고 볼 수 있다고 설명하였다.

조사 습득 양상을 체계적으로 연구하기 위해서는 우선 오류 유형을 체계적으로 분류하는 것이 필요한데, 선행연구들이 공통적으로 오류 유형을 대치, 누락, 첨가에서의 오류로 나누고 있다는 점은 따를 만하다. 오류의 발생원인 규명에서는 먼저 언어 내적인 차원에서의 천착이 필요한데 이전의 연구들에서는 오히려 언어 외적인 측면에 치중하거나 피상적인 관찰에 머문 감이 적지 않다. 유형들 간의 발생 빈도 차이를 도출하는 과정에서 엇갈린 결론들이 나오기도 했다. 성급한 일반화는 무리이며 객관적인 규준의 마련이 필요하다. 아울러 외국인 학습자들 전반의 특징을 밝힌 연구도 있었지만 그러한 거시적인 연구가 제대로 빛을 발하기 위해서는 먼저 개별 언어권에 초점을 맞춘 미시적인 연구가 충분히 이루어져 있어야 한다.

이에 본고에서는 중국어권 학습자에 초점을 맞추어 우선 조사 오류 양상을 체계적으로 분류하고 그 가운데 일부 유형에 초점을 맞추어 그 발생 원인을 언어 내적 차원에서 규명해 보고자 한다. 이러한 연구가 충분히 이루어지고 그 결과들을 개관적인 규준에 맞추어 계량화한다면 추후 유형별 발생 빈도에 관해서도 정밀한 탐구가 가능할 것이다.

02
조사 사용 오류의
전체 유형

2.1. 생성문법에 의거한 조사 분류[7]

중국어권 학습자의 조사 오류 현상을 본격적으로 논의하기에 앞서 먼저 한국어 조사를 생성문법의 관점에서 간략히 분류해 보기로 한다.

생성문법의 관점에서 조사는 크게 구조격 조사, 본유격 조사, 후치사, 보조사 등으로 구별해 볼 수 있다.[8] 먼저 구조격(Structural Case) 조사는 의미역 할당과 무관하게 일정한 구조적 형상에 의해

---

7 조사 분류에 대해 기존의 연구에서는 대체로 학교문법의 체계를 따랐다. 김유미(2000), 이정희(2002), 조철현 외(2002), 박소영(2008) 등에서 이를 확인할 수 있다. 이들 연구에서는 한국어 조사를 크게 격조사, 보조사, 접속조사로 나누었다. 격조사를 문장성분 기준으로 주격 조사, 목적격 조사, 보격 조사, 부사격 조사, 관형격 조사, 호격 조사, 서술격 조사 7가지로 분류한 연구(이정희, 2002; 김미영, 2007)가 있는가 하면, 주격 조사, 목적격 조사, 관형격 조사, 부사격 조사 4가지로 분류한 연구(조철현 외2002)도 있다.

8 김의수(2002, 2006, 2007)은 생성문법의 보편문법 가설 하에서 한국어의 격 허가 문제를 체계적으로 고찰해 본 것이다. 본고에서의 격과 조사에 관한 기본 시각은 위의 연구 내용에 입각한 것임을 밝혀 둔다. 아울러 한국어의 격과 조사에 관한 전반적인 연구의 흐름은 한국어학회 편(1999)에서 확인할 수 있다.

주어지는 격을 표시해 주는 조사로서 다음과 같은 예들을 포함한다.

(1) '구조격 조사'의 사례

가. 철수*가* 나에게 소식을 전해 왔다.

나. 나는 국수*를* 먹었다.

다. 나는 동생*의* 머리를 쓰다듬어 주었다.

(1가)는 '주격 조사'이고 (1나)는 대격(=목적격) 조사, (1다)는 속격 조사의 예이다.[9]

다음으로 본유격(Inherent Case) 조사는 의미역 할당과 함께 주어지는 격을 표시하는 조사이다.

(2) '본유격 조사'의 사례

가. 굵은 빗방울이 하늘*에서* 떨어졌다.

나. 철수는 집*에* 있다.

다. 영주는 서울*로* 떠났다.

여기서 '하늘에서'나 '집에', '서울로'는 서술어의 필수적인 성분, 즉 논항(Argument)이며, 서술어로부터 각각 시원역(Source), 장소역(Location), 도달역(Goal) 등의 의미역(Thematic role)을 할당받는다. 그리고 이때 본유격 조사 '에서'는 '시원역'과, '에'는 '장소역'과, 그

---

9 '격(Case)'을 '서술어와 다른 성분들 사이의 문법적인 관계'로 보는 입장에서는 '속격'을 제외하기도 하나 '격'을 "종속 명사(dependent nouns)가 그 핵(Head)에 대해 가지는 관계 유형(type of relationship)을 표시하는 체계"로 보는 Blake(1994:1)의 관점에서는 '속격' 또한 명사구 내에서 발견되는 명사구 지정어와 핵 명사 간의 문법적인 관계 유형이라 할 수 있다

리고 '로'는 '도달역'과 밀접한 관계에 놓인다.

한편, 서술어의 필수성분이 아닌 부가어(Adjunct)에 결합하는 조사를 '후치사'(postposition)로 구별해 볼 수 있다. 이들은 본유격 조사와 비슷하게 생겼지만 문장 내에서 하는 역할이 다르다.

（3）'후치사'의 사례

　가. 내가 고마운 뜻**에서** 너에게 주는 것이니 어서 받아.

　나. 철수는 아침**에** 운동을 한다.

　다. 영주는 버스**로** 학교를 다닌다.

위 문장에서 '에서, 에, 로'는 (2)의 본유격 조사와 형태는 똑같지만 논항이 아닌 부가어를 이끌고 있다는 점에서 구별된다. 즉, 그들이 결합해 있는 '고마운 뜻에서'나 '아침에', 그리고 '버스로'는 서술어가 필수적으로 요구하는 성분이 아니다. 다만, 행위의 '원인'이나 '시간', '방법' 등을 부가적으로 나타내 주고 있을 뿐이다.

마지막으로, 보조사는 격 표시와는 무관하게 앞말에 일정한 뜻을 더해 주는 조사를 가리킨다.

（4）'보조사'의 사례

　가. 나는 영화**만** 보았다.

　나. 적들은 우리 내부에**도** 있었다.

　다. 영주는 버스로**는** 집에 가지 못했다.

앞서 살펴본 구조격 조사나 본유격 조사, 후치사는 직접적으로나 간접적으로 격과 연결되어 있다. 학교문법에서 말하는 주격 조사, 대격(=목적격) 조사, 관형격 조사는 구조격 조사에 속하며, 부사격 조사라고 통칭되는 것들은 생성문법적 관점에서는 다시 본유격 조사와 후치사로 나뉜다. 소위 특수조사는, 이러한 격 조사들과는 구별되며, 일정한 문맥적인 뜻을 더하는 기능을 가진다고 본다.[10]

2.2. 조사 사용 오류의 유형 분류

생성문법에 의거한 조사 분류를 바탕으로 중국어권 학습자들에게서 실제로 발견되는 조사 사용 오류를 유형화해 보면 크게 '조사 대치 오류', '조사 누락 오류', '조사 첨가 오류'의 세 가지로 대별된다. 이제 이들을 각각의 사례와 함께 하위 유형들로 세분하여 제시해 보기로 한다.[11]

(5) 조사 대치 오류

　　가. 〈구조격 조사 → 구조격 조사〉

　　　　a. 〈를→가〉앞으로 단점*이* 열심히 극복하고 시정할 거예요.

　　　　b. 〈가→를〉일이 있으면 가족보다 친구**를** 더 많이 생각나요.

10　흔히 구조격 조사라고 일컬어지는 '가'와 '를' 또한 보조사가 가지는 '문맥적인 의미'를 일부 가지는 것으로 보인다. 그것은 '가'와 '를'이 보조사 '는, 도' 등과 공기하지 못하는 사실을 통해 알 수 있다. 구정보와 신정보, 초점과 주제라는 논제 하에 이루어진 저간의 논의들은 이를 잘 말해 준다. 그러나 여기서 분명히 해야 할 것은, 비록 구조격 조사가 문맥적인 의미를 지닌다고 하더라도 그것의 본연의 임무 가운데 하나는 분명 격 표시 기능이라는 점이다.

11　아래 제시되는 모든 오류 양상을 본고에서 다 다루지는 못한다. 그럼에도 불구하고 이를 제시하는 것은, 중국어권 학습자가 조사와 관련하여 보이는 실제 오류 유형의 전체 지형학이 어떠한 모습을 갖는지를 생성문법의 관점에서 간략하게라도 제시하고 싶었기 때문이다.

나. 〈구조격 조사 → 본유격 조사〉

    a. 〈가→에〉그리고 제 고향사람들이 너무 친절하고 마음**에** 착
해요.

    b. 〈를→에〉자신의 목표**에** 향해 열심히 공부하도록 할게요.

    c. 〈가→에게〉어린이**한테** 이런 교육을 받으면 많이 성장할 것
입니다.

    d. 〈를→에게〉저는 다른 사람**에게** 도와주는 것을 좋아합니다.

    e. 〈를→으로〉이런 방식**으로** 통해서 친구하고 더 친해질 수 있
습니다.

다. 〈구조격 조사 → 보조사〉

    a. 〈가→이나〉친구랑 같이 이야기할 때 친구가 어려움**이나** 있
으면 위로 한 말을 나눠야 합니다.

    b. 〈가→는〉만약 너의 행복을 다른 사람과 함께 나누면 그 행
복을 두 배 받으며 한 사람의 슬픔을 두 사람**은** 나누면 슬
픔을 반감시킨다

라. 〈본유격 조사 → 본유격 조사〉

    a. 〈에→에서〉수많은 사람들이 그 회사**에서** 다녀요.

    b. 〈에서→에〉저는 아름다운 곳인 남경**에** 왔어요.

    c. 〈에게→에〉어떤 음료회사는 파는 캔음료값 500원중에 200
원을 학업을 중단한 빈곤지역 아동**에** 기부합니다.

마. 〈본유격 조사 → 구조격 조사〉

    a. 〈에→를〉이것은 건강**을** 유리해요.

    b. 〈으로→를〉날씨가 춥지만 큰 스키장**을** 아주 유명한 곳이 바
로 "경이일 스키장"이에요.

    c. 〈에게→를〉저는 친구**를** 중국어를 가르칠 수 있고 친구가 저

*를*한국어를 가르칠 수 있어요.

d. 〈에게→가〉중국사람이나 한국사람이나 가릴 것 없이 어떤

사람*이* 필요한 것이 저에게 있을 때 반드시 인색하지 않고

그 사람과 나누도록 하겠습니다.

e. 〈에서→가〉그기*가*한국하고 일본이 볼 수 있습니다.

바. 〈후치사 → 후치사〉

a. 〈에→에서〉중국*에서* 곤난한 사람이 많기 때문에 그런 사람

과 나누고 싶습니다.

b. 〈에서→에〉모르는 사람 앞*에*말이 별로 없어요.

c. 〈으로부터→에게〉이번 경험에 통해서 잘 모르는 사람*에게*

자기를 보호해야 한다고 생각해요.

(6) 조사 누락 오류

가. 〈구조격 조사〉

a. 〈가〉인터넷에서 가장 유명한 곳으로 손꼽히는 *이곳*∅ 짠시

루도메시장입니다.

b. 〈를〉나눔을 통해서 우리 인생의 의미와 *중요성*∅ 느낄 수

있고 인생의 성장과정이라고 할 수 있습니다.

나. 〈본유격 조사〉

a. 〈에〉왜냐하면 *문화*∅ 따라서 입장과 생각도 달라요.

b. 〈과〉저는 *친구들*∅ 좀 달라요.

c. 〈으로〉그래야 전 *세계적*∅ 발전할 수 있습니다.

다. 〈후치사〉

a. 〈에서〉제 *고향*∅ 유명한 곳 바다의 동쪽이에요.

b. 〈에게〉둘째, 나눔이 *어린이*∅ 좋은 윤리라고 할 수 있습니다.

(7) 조사 첨가 오류

　가. 단일 첨가 오류

　　a. 〈구조격 조사〉

　　　〈의〉그래서 시가지역에는 샘물이 많이 있고 직접*의* 마실 수

　　　있습니다.

　　b. 〈후치사〉

　　　〈에서〉반*에서* 분위기가 좋고 선생님도 좋아요.

　　c. 〈보조사〉

　　　〈도〉머리가 도와주지 않아서 결국**도** 포기할 수밖에 없어요.

　나. 중첩 오류

　　a. 〈후치사+보조사〉

　　　〈에〉로산*에*는 앵두로 유명해요.

　　b. 〈구조격 조사+보조사〉

　　　〈가+도〉한국어를 공부하는 사람이**도** 많습니다.

　　　〈을+도〉그리고 같이 밥을**도** 먹도 춤을**도** 추고 노래도 불러요.

　유형별로는 (5)의 '조사 대치 오류'가 가장 다양하다. 한국어에서
는 흔히 조사 생략이 매우 쉽게 일어날 수 있는 것 같지만 경우에
따라서는 엄격히 제한되기도 한다.[12] (6)의 경우는 조사가 나타나지
않아 어색해진 '조사 누락 오류'의 경우들이다. (7)의 '조사 첨가 오
류'는 다시 '단일 첨가 오류'와 '중첩 오류'로 세분된다. 둘 다 모두
조사를 첨가하지 말았어야 했다는 점에서는 공통적이지만 전자는
조사 한 개조차 올 수 없는 환경이고 후자는 공기할 수 없는 조사

---

12 한국어 조사 생략 구문의 다양한 특성과 제약에 관해서는 이윤하(2009) 등을 참고
　할 수 있다.

둘이 겹쳐 나타났다는 점에서 구별된다. 본고에서는 '격 조사 대치 오류' 가운데 '구조격 조사 ↔ 구조격 조사', '구조격 조사 ↔ 본유격 조사', '본유격 조사 ↔ 본유격 조사'에 한정하여 논의를 진행하고자 한다.

03
격조사 대치 오류의
유형과 원인 분석

3.1. '구조격 조사 ↔ 구조격 조사'의 대치 오류의 유형과 원인 분석

1) 구조격 조사의 대치 오류 유형 I : 〈를→가〉

본 절에서는, '를'을 써야 할 자리에 '가'가 나타난 사례들을 고찰해 본다. 구체적인 논의에 들어가기 전에 앞으로 다룰 내용의 전체 모습을 먼저 개관해 보면 다음과 같다.

(8) 〈를→가〉 오류의 전체 하위 유형

　　가. 어휘적 속성에 대한 오해에서 비롯된 오류

　　　　a. 능격동사 구문 오류

　　나. 통사규칙의 잘못된 적용에 기인한 오류

　　　　b. 목적어→주어 인상 구문 오류

　　　　c. 주어→목적어 인상 구문 오류

〈를→가〉 대치 오류는 다시 '어휘적 속성에 대한 오해에서 비롯된 오류'와 '통사규칙의 잘못된 적용에 기인한 오류'로 양분된다. 전자는 중국어 어휘의 통사적 특성을 한국어 대응 어휘의 속성으로 잘못 인식하여 발생한 것이고, 후자는 중국어 지식의 간섭 없이 한국어의 통사 규칙에 대한 지식의 부족으로 인해 발생한 경우이다. 후자는 목적어→주어 인상 구문에서의 오류와 주어→목적어 인상 구문에서의 오류로 하위구분된다.[13]

가. 어휘적 속성에 대한 오해에서 비롯된 오류: 능격동사 구문 오류

본격적인 논의에 앞서 먼저 능격동사의 개념이 무엇인가부터 살펴야겠다. 능격동사(ergative verb)란, 접사 첨가와 같은 형태의 바뀜 없이 자동사와 타동사로 모두 쓰일 수 있는 동사 유형을 말한다.[14] 한국어의 예를 통해 이해를 도모해 보자.

(9) 한국어 능격동사 구문의 예
가. 타동사 용법: 철수가 **돌을** 움직였다.
나. 자동사 용법: **돌이** 움직였다.

가령, '경찰이 도둑을 잡다'와 같은 능동문(타동사문)에서 목적어 '도둑을'이 주어로 되기 위해서는 동사 '잡다'가 '잡히다'처럼 파생되어 '도둑이 경찰에게 잡히다'와 같은 수동문(자동사문)이 만들어져야 하는 게 보통이다. 그러나 능격동사 '움직이다'는 (9)에서 보는

---

13 오류 유형의 명칭은, 방금 언급한 대로, 해당 사례들의 구문 이름에 연유한다.
14 한국어를 대상으로 한 능격성 혹은 능격동사에 관한 논의는 고영근(1986)과 고광주(2001)을 참고할 수 있다.

것처럼, 접사 첨가와 같은 형태 변화 없이 자동사문과 타동사문에 두루 쓰일 수 있다. 이때 주의해서 볼 것은, (9가)의 목적어 '돌을'과 (9나)의 주어 '돌이'가 의미상 '움직이다'의 행위가 이끄는 사건 (event)에서 같은 의미론적 역할(Theta role)을 수행하고 있다는 점 이다.

그러면 이제 중국어권 학습자의 실제 오류 문장을 분석해 볼 차례 이다.

(10) 중국어권 학습자의 한국어 오류 문장

　　가. 매년 4월20일부터 24일까지 세계 <u>연회의가</u> 위팡에서 거행해 요. 〈L2-여자〉

　　나. 올바르게 수정할 경우: … 세계 <u>연회의를</u> 위팡에서 거행해요.

　　다. 중국어의 대당 표현

　　　　a. … 在　潍坊　擧行　　　世界風箏大會。

　　　　　에서 위팡 거행하다 세계 연회의를.

　　　　　　　　　타동사　　목적어

　　　　b. … <u>世界風箏大會</u>　在　潍坊　擧行。

　　　　　세계 연회의를　에서　위팡　거행되다.

　　　　주어　　　　　　　　**자동사**

중국어권 학습자가 보이는 오류 가운데 (10가)와 같은 것이 보이는 데, 이때 '회의가 거행하다'와 같은 표현은 '회의를 거행하다'와 같이 써야 맞다. 그렇다면 왜 이러한 오류가 발생되었을까?

그 실마리는 중국어 대응 문장인 (10다)에서 찾을 수 있다. 한국어 동사 '거행하다'는 중국어 동사 '擧行'에 대응되며, 이때 중국어 '擧

行'은 능격동사로서 자동사와 타동사 용법을 모두 가진다. 즉, 그것은 'A가 B를 거행하다'(타동사)나 'B가 거행되다'(자동사)의 2가지 쓰임을 모두 허용한다. (10가)에서 중국어권 학습자는 한국어의 '거행하다'를 중국어의 '擧行'와 동일시하고 '擧行'의 쓰임 가운데 자동사 용법을 채택하여 '세계 연회의'를 주어 자리에 앉힌 것으로 보인다. 그리하여 항상 '회의를 거행하다'와 같이 써야 함에도 불구하고 (10가)에서처럼 '회의가 거행하다'와 같은 문장을 산출하게 된 것으로 보인다. 따라서 한국어의 '거행하다'는 오로지 타동사로만 쓰이는 동사임에도 불구하고 중국어의 능격동사 '擧行'에 관한 지식에 이끌려 한국어의 '거행하다'가 능격동사이며 따라서 그것은 자동사 용법을 가질 수 있을 것이라고 오판한 것이다.

　여기에서 우리는 (10가)와 같은 오류를 일으킨 학습자가 조사 '가'와 '를'을 제대로 사용하지 못하는 것은 아니냐는 의문을 가져 볼 수도 있다. 이를 확인하기 위해 위 학습자의 쓰기 자료에서 조사 '가'와 '를'의 사용 양상을 살펴보았으며, 확인한 결과 그는 기본적으로 조사 '가'와 '를'을 사용하는 데 문제가 없음을 알 수 있었다. 그 근거는 (11가)와 (11나)이다.

　　(11) (10가)와 같은 오류를 일으킨 중국어권 학습자의 조사 '가', '를' 사용 양상

　　가. 조사 '가'를 정확히 사용한 문장

　　　a. 제 고향은 <u>연이</u> 제일 유명해요. 〈L2-여자〉

　　　b. 그때 <u>날씨가</u> 시원하고상쾌해요. 〈L2-여자〉

　　　c. 여러가지 <u>연이</u> 하늘에서 있어서 너무 아름다워요. 〈L2-여자〉

　　나. 조사 '를'을 정확히 사용한 문장

a. 사람들이 <u>연</u>을 띄우있고 여기저기 구경하고 맛있는 <u>음식을</u> 먹습니다. 〈L2-여자〉

(10)과 같은 맥락의 오류를 보이는, 다른 학습자의 문장 하나들 더 살펴보면 다음과 같다.

(12) 중국어권 학습자의 한국어 오류 문장

가. 볼 것이 없으면 여행의 <u>의미가</u>다 잃어버릴 것 같아요. 〈L4-여자〉

나. 올바르게 수정할 경우: ⋯ 여행의 <u>의미를</u>다 잃어버릴 것 같아요.

다. 중국어의 대당 표현

a. ⋯ 就　　等于　　　沒有　　　<u>旅行的意義了。</u>

-ㄹ　것 같아요　다 잃어버리-　여행의 의미를

　　　　　　　타동사　　**목적어**

b. ⋯ <u>旅行的意義</u>　　就　　等于　　　沒有了。

여행의 의미가　-ㄹ　것 같아요　다 잃어버리-

주어　　　　　　　　**자동사**

즉, 학습자는 한국어 동사 '잃어버리다'에 대응하는 중국어 동사를 '沒有'로 생각하였을 터인데, 이때 중국어 '沒有'는 능격동사로서 자동사와 타동사 용법을 모두 가진다. 즉, 그것은 'A가 B를 잃어버리다'(타동사)나 'B가 잃어버리다'(자동사)의 2가지 쓰임을 모두 허용하는 것이다. (12가)에서 중국어권 학습자는 한국어의 '잃어버리다'를 중국어의 '沒有'와 동일시하고 '沒有'의 쓰임 가운데 자동사 용법을 채택하여 '여행의 의미'를 주어 자리에 앉힌 것으로 해석된다. 한국어의 '잃어버리다'는 오로지 타동사로만 쓰이는 동사임에도 불구하고 중국어의 능격동사 '沒有'에 관한 지식에 이끌려 한국어의 '잃어버리다'가 능격동사이며 따라서 그것은 자동사 용법을 가질 수 있을 것이라고 오판한 것이다. 그리하여 항상 '의미를 잃어버리다'와 같이 써야 함에도 불구하고 (12가)에서처럼 '의미가 잃어버리다'와 같은 문장을 산출하게 된 것으로 보인다. 그러나 (10)과 (11)의 학습자와 마찬가지로, 이 학습자 역시 조사 '가'와 '를'에 관한 기본적인 용법은 제대로 알고 있는 것으로 보인다.(13가, 나). 따라서 이 학습자의 경우에서도, 중국어의 모국어 간섭이 한국어 동사 사용에 영향을 미치고 있다고 말할 수 있다.

(13) (12가)와 같은 오류를 일으킨 중국어권 학습자의 조사 '가', '를'의 사용 양상

　가. 조사 '가'를 정확히 사용한 문장

　　a. 아무래도 <u>정신이</u> 있어야 수업 중에 선생님 말씀 잘 들 수 있어요. 〈L4-여자〉

　　b. <u>시간이</u> 없어서 운동을 하기는커녕 아침을 잘 못 먹어요. 〈L4-여자〉

　　c. 우리 화사와 유명한 <u>화사가</u> 합작해서 손님들 주문하자마자 받을 수 있거든요. 〈L4-여자〉

　나. 조사 '를'을 정확히 사용한 문장

　　a. 수업이 시간에 항상 정신이 없고 <u>말을</u> 하고 싶지 않았어요. 〈L4-여자〉

　　b. 시간이 없어서 <u>운동을</u> 하기는커녕 <u>아침을</u> 잘 못 먹어요. 〈L4-여자〉

　　c. <u>준비를</u> 하기는커녕 시험 언제 하는지도 몰랐어요. 〈L4-여자〉

나. 통사규칙의 잘못된 적용에 기인한 오류

이상이 모국어 지식에 이끌린 오류라고 한다면, 다음에 살필 두 가지 하위 유형은 목표 언어인 한국어의 통사 규칙 적용 여부에 대한 지식의 빈곤에서 기인한 것들이다.

① 목적어→주어 인상 구문 오류

먼저 살필 것은, 이른바 목적어 → 주어 인상 구문(일명 tough construction)과 관련된 오류 유형이다. 본격적인 논의에 앞서 이러한 구문이 가지는 특징에 대해 살펴보자.

목적어→주어 인상 구문이란, 내포절의 목적어가 주절의 주어 자리에 나타나는 현상이다. 다음은 영어와 한국어의 전형적인 예들이다.[15]

> (14) 영어의 목적어→주어 인상 구문의 예
>
> 　가. It is easy [PRO to please *John*].
>
> 　나. *John*ᵢ is easy [PRO to please eᵢ].

> (15) 한국어의 목적어→주어 인상 구문의 예
>
> 　가. [PRO 이 문제를 풀기가] 어렵다.
>
> 　나. 이 문제가ᵢ [PRO eᵢ 풀기가] 어렵다.

---

15 이러한 구문에 대한 논의는 이미 Chomsky(1981) 이후 국내외적으로 많이 있어 왔고 따라서 다양한 접근 방식이 존재한다. 그러나 본고에서는 그러한 세부적인 논의가 중요하지 않다. 그러한 구문이 존재한다는 사실을 언급하는 것만으로 일단은 족하기 때문이다. 따라서 여기서는 통상적으로 쓰이는 '목적어 → 주어 인상' 구문이라는 명칭을 가지고 논의를 진행해 나가기로 한다.

우선 영어의 예에서, 'John'은 내포절에서 동사 'please'의 목적어로 나타날 수 있을 뿐만 아니라 주절의 주어 자리로도 버젓이 옮겨 나타날 수가 있다. 이와 같은 현상은 한국어에서도 발견된다. 즉, (15)에서처럼 '이 문제'는 내포절의 동사 '풀다'로부터 대상역(Theme)이라는 의미역을 받는 내포절의 목적어이다. 그러나 경우에 따라서는 마치 주격 조사를 취해 주절의 주어처럼 행세하기도 한다.

그런데 이때 주의할 것은 모든 경우에서 이와 같은 현상이 발생되지는 않는다는 점이다. 즉, 영어나 한국어 모두, 주절의 동사가 무엇이냐에 따라서 목적어→주어 인상이라는 통사 규칙의 적용 여부가 결정되는 것이다. 한국어에서는 '쉽다, 어렵다, 힘들다, 만만하다' 등의 부류가 그에 해당한다.

이제 이와 관련된 실제 오류 문장을 검토할 차례이다. 다음을 보자.

(16) 중국어권 학습자의 한국어 오류 문장

　　가. a. 좋은 일이든지 나쁜 일이든지 친구하고 이야기를 나누면 좋은 효과가 받을 수 있습니다. 〈L5-여자〉

　　　　b. 올바르게 수정할 경우: … 효과를 받을 수 있습니다.

　　나. a. 그기가 한국하고일본이 볼수 있습니다. 〈L2-여자〉

　　　　b. 올바르게 수정할 경우: … 한국하고 일본을 볼 수 있습니다.

　　다. a. 상황이 곤란한데도 웃음이 보일 수 있습니다. 〈L3-여자〉

　　　　b. 올바르게 수정할 경우: … 웃음을 보일 수 있습니다.

　　라. a. 이로 인해 서로 문화와 사고방식 등 이런 것의 차이가 더 잘 이해해주고 서로의 좋은 것을 배울 수 있다고 합니다. 〈L5-남자〉

　　　　b. 올바르게 수정할 경우: … 차이를 더 잘 이해해 주고 서로의 좋은 것을 배울 수 있다고 합니다.

위의 오류 문장 (16가-b)에서 볼 수 있다시피 본래 '좋은 효과'는 관형사절의 동사 '받다'의 목적어이다. 즉, "… [PRO 효과를 받을] 수가 있다"와 같은 구문에서 '효과'가 내포문을 벗어나서 "… 효과가ᵢ [PRO eᵢ 받을] 수가 있다"처럼 된 것이다. 그러나 '있다'와 같은 주절의 동사는 목적어→주어 인상이라는 통사 규칙을 허용하지 않는 동사 부류이다. 이것은 (16나, 16다, 16라)에서도 확인할 수 있다. (16나-b)에서 '한국하고 일본'은 관형사절의 동사 '보다'의 목적어인데 "… [PRO 한국하고 일본을 볼] 수 있습니다"구문에서 '한국하고 일본'이 "… 한국하고 일본가ᵢ [PRO eᵢ 볼] 수 있습니다"처럼 된 경우이고 (16다-b)는 관형사절의 동사 '보이다'의 목적어 '웃음'이 "… [PRO 웃음을 보일] 수 있습니다" 구문에서 벗어나 "… 웃음이ᵢ [PRO eᵢ 보일] 수 있습니다"처럼 된다. (16라-b)에서 '차이'는 관형사절 내의 부사절의 동사 '이해하다'의 목적어지만 결국에는 "… [PRO 차이를 더 잘 이해해 주고 서로의 좋은 것을 배울] 수 있다고 합니다."와 같은 구문에서 벗어나서 "… 차이가ᵢ [PRO eᵢ 더 잘 이해해주고 서로의 좋은 것을 배울] 수 있다고 합니다"구문처럼 된 것이다. 적절한 주절의 동사가 아닌 데도 이러한 인상을 적용하여 비문을 초래하게 된 것이다.

위와 같은 오류가 단순히 학습자들이 '가'와 '를'에 대한 기본적인 용법을 몰라서 발생한 것은 아니다. 위의 4명의 학습자는 다음과 같이 '가'와 '를'을 기본적으로 정확히 사용할 줄 알고 있다.

    (17) (16가-a)와 같은 오류를 일으킨 중국어권 학습자의 조사 '가', '를' 사용 양상

       가. 조사 '가'를 정확히 사용한 문장

a. 우리 사는 현대사회중에 나눔과 관련있는 <u>일이</u> 많습니다.
〈L5-여자〉

b. 친구하고 이야기를 나누면 <u>우정이</u> 더 좋아질수 있습니다.
〈L5-여자〉

c. <u>나눔이</u> 세계를 발전시킬 수 있습니다. 〈L5-여자〉

나. 조사 '를'을 정확히 사용한 문장

a. 지금 우리 책이나 <u>신문을</u> 읽거나 <u>영화를</u> 보는 것이 바로 다
른 사람의 성과를 나눕니다. 〈L5-여자〉

b. 만약에 사람들은 자기 <u>아는 것을</u> 여러 가지 방식으로 다른
사람에게 전하면 무슨 의의가 있습니까? 〈L5-여자〉

c. 나눔이 <u>세계를</u> 발전시킬 수 있습니다. 〈L5-여자〉

(18) (16나-a)와 같은 오류를 일으킨 중국어권 학습자의 조사 '가', '를'
사용 양상

가. 조사 '가'를 정확히 사용한 문장

a. 그때 <u>날씨기</u> 따뜻합니다. 〈L2-여자〉

b. 바람도 따뜻하고 사람의 <u>마음이</u> 따뜻해요. 〈L2-여자〉

c. 그리고 <u>꽃들이</u> 열어서 <u>도시가</u> 매우 아름다워요.

나. 조사 '를'을 정확히 사용한 문장

a. 저는 재일 위해의<u>봄을</u> 좋아해요. 〈L2-여자〉

b. 여러분 위해가면 꼭 <u>해산물요리를</u> 먹어요. 〈L2-여자〉

(19) (16다-a)와 같은 오류를 일으킨 중국어권 학습자의 조사 '가', '를'
사용 양상

가. 조사 '가'를 정확히 사용한 문장

　　a. 나는 속극적인 성격보다 적극적인 <u>성격이</u> 더 좋다고 생각
　　　합니다. 〈L3-여자〉

　　b. 그 것뿐만 아니라 <u>친구들이</u> 다 나한테 얘기하는 것을 좋아
　　　합니다. 〈L3-여자〉

　　c. 또한 가끔 <u>긴장감이</u> 필요합니다. 〈L3-여자〉

나. 조사 '를'을 정확히 사용한 문장

　　a. 그 것뿐만 아니라 친구들이 다 나한테 <u>얘기하는 것을</u> 좋아
　　　합니다. 〈L3-여자〉

　　b. 왜냐하면 나는 친구들에게 <u>위안을</u> 줍니다. 〈L3-여자〉

　　c. 그때는 항상 혼자 풀는 방법을 찾아서 자기에게 위로를 해
　　　줍니다. 〈L3-여자〉

(20) (16라-a)와 같은 오류를 일으킨 중국어권 학습자의 조사 '가', '를'
　　사용 양상

가. 조사 '가'를 정확히 사용한 문장

　　a. 사람마다 태어나자마자 세상에서 개체로 <u>존재하는 것이</u> 아
　　　니라 전체의 일부분으로 존재합니다. 〈L5-남자〉

　　b. 서로서로 긴밀히 <u>관계가</u> 되어 있습니다. 〈L5-남자〉

　　c. 그래서 우리는 살고 있는 전체 안에 <u>나눔이</u> 필요하다고 생
　　　각합니다. 〈L5-남자〉

나. 조사 '를'을 정확히 사용한 문장

　　a. 나눔이 다른 <u>사람을</u> 행복하게 하는 일이라고 생각합니다.
　　　〈L5-남자〉

　　b. 사실은 <u>나눔을</u> 받은 사람이 더 기쁘고 행복할 것입니다.
　　　〈L5-남자〉

c. 특히 큰회사나 <u>개인자본을</u> 많이 가지고 있는 사람들은 돈
을 많이 벌 수록 세금도 많이 내야 한다고 들었습니다. 〈L5-
남자〉

(16)과 같은 오류를 발생시킨 학습자는 2급부터 5급까지 보편적으로
나타났으며 초급단계의 학습자들도 자, 타동사를 사용함에 있어서
문제가 없음을 확인할 수 있었다. 따라서 학습자는 내포절의 목적어
를 주절의 주어로 인상할 때 한국어에서는 '쉽다, 어렵다, 힘들다, 만
만하다' 등의 주절 동사로 제한된다는 한국어의 통사 규칙을 잘 알
지 못한 것이라 할 수 있다.

이와 같이 중국어권 학습자가 목적어→주어 인상 규칙을 과잉 적
용하여 오류를 일으킨 예를, 예문 (21), (22)에서 더 확인해 볼 수 있
다. (16)이 주절의 동사가 '있다'인 문장에서 일어난 오류들이라면,
(21), (22)는 주절의 동사가 각각 '없다', '많다'인 문장에서 일어난 오
류이다.[16]

(21) 중국어권 학습자의 한국어 오류 문장

가. a. 저 같은 경우는 솔직히 말하면 <u>그런 면이</u> 생각해보적이 없
습니다. 〈L5-남자〉

b. …<u>그런 면이</u> [PRO e_i 생각해보]적이 없습니다.

c. 올바르게 수정할 경우: … [<u>그런 면을</u> 생각해보]적이 없습니다.

나. a. 가전이 고장나면 <u>신경이</u> 쓴 적이 없었어요. 〈L4-여자〉

---

16 '없다, 많다, 있다'는 학교문법 차원에서는 형용사라 불러야 하겠지만, 본고에서는
형용사 역시 일종의 자동사로서, '가다'와 같은 '동작동사'와 구별되는 '상태동사'
인 것으로 취급한다. 결국, 본고에서 사용하는 '동사'는 사실상 기존의 '용언'에 해
당한다고 생각할 수 있다.

　　　b. … 신경<u>이</u> [PRO e$_i$ 쓴] 적이 없었어요.

　　　c. 올바르게 수정할 경우: … [신경<u>을</u> 쓴] 적이 없었어요.

　(22) 중국어권 학습자의 한국어 오류 문장

　　가. a. 그래서 이것 때문에 친구가 <u>화가</u> 내는 경우가 많아요. 〈L3
　　　　여자〉

　　　b. …<u>화가</u> [PRO e$_i$ 내는] 경우가 많아요.

　　　c. 올바르게 수정할 경우: … [<u>화를</u> 내는] 경우가 많아요.

　　나. a. 자신 없는 것 때문에 일을 할 때 걱정하는 점이 많고 힘<u>이</u>
　　　　다 집중하지 못해서 실패할 때도 많아요. 〈L3-여자〉

　　　b. …힘<u>이</u> [PRO e$_i$ 다 집중하지 못해서 실패할] 때도 많아요.

　　　c. 올바르게 수정할 경우: … [<u>힘을</u> 다 집중하지 못해서 실패
　　　　할] 때도 많아요.

(21가-c), (21나-c) 구문의 '그런 면'과 '신경'은 관형사절의 동사 '생
각하다', '쓰다'의 목적어인데 관형사절의 목적어 자리에서 벗어나
(21가-b), (21나-b) 구문처럼 주절의 동사 '없다'의 주어가 되어 오류
를 일으켰다. 마찬가지로 (22가-c), (22나-c) 구문의 '화'와 '힘'도 모
두 내포절의 동사 '내다', '집중하다'의 목적어인데 내포절에서 벗어
나 (22가-b), (22나-b) 구문처럼 주절의 '많다'의 주어가 되어 오류
문장을 초래하게 되었다.

　이러한 오류가 목적어→주어 인상 구문이라는 통사적 환경 하에
서 발생한 것인지, 아니면 단순한 자동사, 타동사 용법의 미숙지에
서 기인한 것인지를 역시 다시 한 번 확인해 볼 필요가 있다. (21),
(22)와 같은 오류를 일으킨 학습자들의 조사 '가', '를'의 사용 양상을

살펴보면 아래와 같다.

(23) (21가-a)와 같은 오류를 일으킨 중국어권 학습자의 조사 '가', '를' 사용 양상

가. 조사 '가'를 정확히 사용한 문장

   a. 부자에게 평생동안 못 쓰는 <u>돈이</u> 아주 많습니다. 〈L5-남자〉

   b. 넷째, 사람의 <u>생명이</u> 아주 짧습니다 〈L5-남자〉

   c. 하지만 이 짧은 시간에 무한한 가치를 창출하면 사람한테 <u>남은 것이 의미가</u> 많습니다. 〈L5-남자〉

나. 조사 '를'을 정확히 사용한 문장

   a. 현대사회에서 나눔이 필요할 뿐 만아니라 누구도 자신 <u>가 진 것을</u> 나른 사람들한테 나눌 수 있다고 생각합니다. 〈L5-남자〉

   b. 다른 사람한테는 큰 <u>배를</u> 주고 자기는 그냥 제일 작은 <u>배를</u> 먹겠습니다. 〈L5-남자〉

   c. 셋째, <u>나눔을</u> 통해서 소중한 친구도 사귀고 날마다 즐겁게 지낼수 있습니다. 〈L5-남자〉

(24) (21나-a)와 같은 오류를 일으킨 중국어권 학습자의 조사 '가', '를' 사용 양상

가. 조사 '가'를 정확히 사용한 문장

   a. <u>돈이</u> 많지만 안 행복한 가족 같이 살느니 차라리 <u>돈이</u> 없지만 행복한 가족 같이 살고 싶어요. 〈L4-여자〉

   b. 그리고 초대를 발은 <u>사람이</u> 기분도 좋습니다. 〈L4-여자〉

나. 조사 '를'을 정확히 사용한 문장

a. 나도 <u>부산여행을</u> 한번 해 보기로 결심했어요. 〈L4-여자〉

b. 그리고 <u>초대를</u> 받은 사람이 기분도 좋습니다. 〈L4-여자〉

c. 판매자를 연락해서 물어봤는데 혹시 <u>내 장소를</u> 틀리게 쓴 대요. 〈L4-여자〉

(25) (22가-a)와 같은 오류를 일으킨 중국어권 학습자의 조사 '가', '를' 사용 양상

가. 조사 '가'를 정확히 사용한 문장

a. 사실은 저도 알는데 쉽게 바꿀 수 있는 <u>일이</u> 아니잖아요. 〈L3-여자〉

b. 이런 <u>생각이</u> 자주 있어요. 〈L3-여자〉

c. 그래서 이것 때문에 <u>친구가</u> 많은 편이에요. 〈L3-여자〉

나. 조사 '를'을 정확히 사용한 문장

a. 자주 <u>화를</u> 내요. 〈L3-여자〉

b. 나의 장점이 <u>남을 돕는</u> 것을 기쁘게 생각해요. 〈L3-여자〉

c. 길에서 거지를 만나면 꼭 <u>돈을</u> 줄 거예요. 〈L3-여자〉

(26) (22나-a)와 같은 오류를 일으킨 중국어권 학습자의 조사 '가', '를' 사용 양상

가. 조사 '가'를 정확히 사용한 문장

a. 성격은 <u>외향적인 점이</u> 있지만 내성적인 점도 있어요. 〈L3-여자〉

b. 낯선 사람들을 만날 때 좀 부끄러워서 <u>말이</u> 별로 많지 않아요. 〈L3-여자〉

c. 그때는 진짜 시끄럽고 친구하고 하지 않는 <u>말이</u> 거의 없어

요. 〈L3-여자〉

나. 조사 '를'을 정확히 사용한 문장

    a. 모든 <u>사람들을</u> 진심으로 대해요. 〈L3-여자〉

    b. 이후에는 이런 <u>성격을</u> 고쳐야 돼요. 〈L3-여자〉

    c. 일을 할 때 자신만만하고 <u>힘을</u> 다 집중해야 돼요. 〈L3-여자〉

학습자들은 목적어→주어 인상이 일어나는 통사적 환경이 아닐 경우에는 자, 타동사를 사용함에 있어 문제가 없었다. 그러나 목적어→주어 인상이 일어나는 통사적 환경에서는 단문에서 정확하게 사용한 동사임에도 불구하고 오류를 일으켰다. 즉, (25나-a) 구문에서 동사 '내다'의 대상인 '힘'에 목적격을 제대로 부여하고 있으나 (22가-a) 구문에서는 내포절의 동사가 '내다'임에도 불구하고 그 목적어에 해당하는 성분에 주격을 부여하고 있는 것이다. 마찬가지로 (26나-c) 구문과 (22나-a) 구문은 같은 동사 '집중하다'가 쓰였지만, (26나-c)에서는 목적격을 부여하였고 (22나-a)에서는 주격을 부여하였다. 이로부터 중국어권 학습자가 자, 타동사 용법을 잘 알지 못하는 것이 아니라 목적어→주어 인상 구문 환경에서 내포절의 목적어를 주절의 주어로 잘못 인상시켜서 오류가 발생한 것임을 확인할 수 있다.

요컨대, 중국어권 학습자는 한국어에서 목적어→주어 인상이라는 통사 규칙이 일정한 부류의 주절 동사에게서만 가능함을 알지 못한 채, 그러한 규칙을 무차별적으로 적용하였으며, 이는 목표 언어에 관한 지식의 부족에 기인한 오류 유형이라고 하겠다.

② 주어→목적어 인상 구문 오류

영어나 한국어에는 주절의 동사가 목적어로 취하는 성분이 동시에 의미상 내포절의 주어로도 해석되는 경우가 있다. 이 구문을 흔히 이차 술어 구문(secondary predicates construction)이라고도 부른다. 다음은 그 전형적인 예들이다.[17]

(27) 영어의 이차 술어 구문

　가. Sam broke the glass new.

　나. Lora loaded the wagon full.

(28) 한국어의 이차 술어 구문(1)

　가. 인수가 라면을 야참으로 먹었다.

　나. 철수가 맏아들을 의사로 만들었다.

(27가)와 (28가)는 '묘사 이차 술어 구문'에 해당하고, (27나)와 (28나)는 '결과 이차 술어 구문'에 속한다. 즉, 한국어의 예를 통해 설명해 보면, (28가)의 '야참으로'는 '묘사 이차 술어'로서, '인수가 먹을 당시의 라면'이 '야참'의 자격임을 기술하는 것이고, (28나)의 '의사로'는 '결과 이차 술어'로서, 철수가 맏아들을 키운 결과 맏아들이 '의사'가 되었다고 기술해 주는 것이다. 이때 주절의 술어가 목적어로 취하는 '라면'과 '맏아들'은 동시에 이차 서술어 '야참'과 '의사'의 주어이기도 하다.[18]

　이차 술어 구문에서의 술어는 여러 가지 모습을 띠는데 다음과 같

---

17 한국어의 이차 술어 구문에 관해서는 임창국(1999)을 참고하였다.

18 묘사 이차 술어 구문과 결과 이차 술어 구문에서 이차 술어의 위상이 다른데, 전자에서는 그것이 부가어의 지위를, 후자에서는 필수 성분의 지위를 갖는다.(임창국 1999:46-52). 즉, 전자에서는 이차 술어가 생략될 수 있지만 후자에서는 그렇지 못하다.

이 용언의 부사형 또한 자주 나타난다.

> (29) 한국어의 이차 술어 구문(2)
>
> 가. 나는 마음을 단단하게 먹었다.
>
> 나. 나는 **마음을**$_i$ [e$_i$ 단단하게] 먹었다.
>
> 다. *나는 e$_i$ [**마음이**$_i$ 단단하게] 먹었다.

위의 예에서 이차 서술어는 '단단하게'인데 부사형 어미를 취하고 있다. 그런데 이때 눈여겨보아야 할 것은, '단단하게'가 이끄는 내포절의 주어 자리가 비어 있다는 것이다. 즉, '단단하게'의 의미상 주어는 '마음'인데, 그것은 정작 주절의 목적어로 나타나 있다. 이는, 마치 내포절의 주어가 모문의 목적어로 인상한 것처럼 보인다. 그래서 이러한 구문을 '주어→목적어 인상' 구문이라 부르기도 한다. 그런데 (29다)에서 볼 수 있듯이, 내포절의 주어 자리가 채워지고 주절의 목적어 자리가 비어 있으면 비문이 되는 것을 알 수 있다. 이를 바탕으로, 한국어에서는 이차 술어 구문에서 '주어→목적어 인상'이 반드시 이루어져야 한다고 말할 수 있다.

그렇다면 이제 중국어권 학습자의 오류 문장을 검토해 보기로 한다.

> (30) 중국어권 학습자의 한국어 오류 문장
>
> 가. 왜냐하면 사람 생각 중에 다른 것을 선물로 보내느니 차라리 **돈이** 선물로 보낼 거예요. 〈L4-여자〉
>
> 나. … [**돈이** 선물로] 보낼 거예요.
>
> 다. 올바르게 수정할 경우: …**돈을** [e 선물로] 보낼 거예요.

(30가)는 '묘사 이차 술어 구문'에 해당한다. 주절의 술어 '보내다'가 목적어로 취하는 '돈'이 묘사 이차 서술어 '선물'의 주어이기도 한데, (30나)와 같이 내포절의 주어 자리가 채워져 있고 목적어 자리가 비어 있어 '주어→목적어 인상'이 이루어지지 않았음을 확인할 수 있다. 따라서 학습자가 이러한 한국어의 의무적 통사 규칙을 어겨 오류가 초래된 것이라 할 수 있다.

　이러한 오류에 대해서도 혹시 학습자의 '가, 를'에 대한 기본적 지식의 부족을 문제 삼을지 모르나. 아래에 제시하는 예문들을 통해 그러한 의혹을 불식할 수 있다. 즉, 아래 예문들은 위의 학습자가 '가, 를'의 기본 용법을 이미 정확히 알고 있음을 증명해 주고 있다.

　　(31) (30가)와 같은 오류를 일으킨 중국어권 학습자의 조사 '가', '를'
　　　　사용 양상
　　　가. 조사 '가'를 정확히 사용한 문장
　　　　　a. 다른 것 많지만 다 말래야 말 <u>수가</u> 없어요. 〈L4-여자〉
　　　　　b. <u>상담이</u> 되면 받은 그 사진과 다른 물건이 바뀌고 싶어요.
　　　　　　〈L4-여자〉
　　　나. 조사 '를'을 정확히 사용한 문장
　　　　　a. 저는 생활 것이 선택하면 컴퓨터 없이 <u>사는 것을</u> 선택하느
　　　　　　니 핸드폰 없이 사는 것 선택할 거예요. 〈L4-여자〉
　　　　　b. 하지만 중국사람이 이왕 <u>돈을</u> 보낼 거면 제대로 빨강색 편
　　　　　　지 봉투로 놓습니다. 〈L4-여자〉
　　　　　c. 밥 먹은 때 다 <u>이야기를</u> 해요. 〈L4-여자〉

　한편, 한국어의 이차 서술어 구문의 종류가 다양한 만큼, 오류 유

형도 다양하게 나타나는 편이다. (32)에서는 용언의 부사형 '확고하
게', 정도를 나타내는 부사 '많이', '자주'가, (33)에서는 명사구 '한
개'가 이차 서술어로 등장하였다.

(32) 중국어권 학습자의 한국어 오류 문장

　가. a. 그리고 통역사가 되면 돈을 많이 벌 수 있대서 통역사가 되
　　　 는 마음*이* 더 확고하게 먹습니다. 〈L4-남자〉

　　　 b. … [마음*이* 더 확고하게] 먹습니다.

　　　 c. 올바르게 수정할 경우: … 마음**을** [e 더 확고하게] 먹습니다.

　나. a. 저는 자유를 좋아하고 스트레스가 너무 싫은데 요즘 스트
　　　 레스*가* 많이 받아서 좀 우울해졌어요. 〈L3-여자〉

　　　 b. …[스트레스*가* 많이] 받아서 …

　　　 c. 올바르게 수정할 경우: …스트레스**를**[e 많이] 받아서 …

(33) 중국어권 학습자의 한국어 오류 문장

　가. 함께 웃음을 치면서 합*이* 한 개 형에게 드렸다. 〈L5-남자〉

　나. …[합*이* 한 개] 형에게 드렸다.

　다. 올바르게 수정할 경우: …합**을**[e 한 개] 형에게 드렸다.

위 예에서 보다시피 학습자는 이차 술어가 부사일 경우, 그 중에서
도 '많이'가 이차 술어로 나타날 때 비교적 높은 오류 빈도를 보인다
는 것을 확인할 수 있다.

　다양한 이차서술어 구문에서 일어나는 오류도 (30)과 마찬가지로
학습자가 자, 타동사 용법을 잘 알지 못해서 일어난 오류가 아니고
중국어권 학습자가 이런 통사적 규칙을 적용하지 않아서 발생한 것

임은, 아래 예문 (34), (35), (36)를 통해 확인할 수 있다.

(34) (32가-a)와 같은 오류를 일으킨 중국어권 학습자의 조사 '가', '를'
　　 사용 양상

　　가. 조사 '가'를 정확히 사용한 문장

　　　　a. 사람마다 <u>자신이</u> 갖고 싶은 <u>직업이</u> 있는데 저한테 제일 마
　　　　　음에 드는 <u>직업이</u> 바로 통역사입니다. 〈L4-남자〉

　　　　b. 하지만 <u>통역사가</u> 되는 일이 결코 쉬운 <u>일이</u> 아니다고 생각
　　　　　합니다. 〈L4-남자〉

　　　　c. 그리고 언제나 <u>자신이</u> 있어야 합니다. 〈L4-남자〉

　　나. 조사 '를'을 정확히 사용한 문장

　　　　a. 저는 워낙 언어 <u>공부를</u> 좋아해서 <u>언어공부를</u> 시작했습니다.
　　　　　〈L4-남자〉

　　　　b. 저는 지금 <u>한국어를</u> 공부하고 있습니다. 〈L4-남자〉

(35) (32나-a)와 같은 오류를 일으킨 중국어권 학습자의 조사 '가', '를'
　　 사용 양상

　　가. 조사 '가'를 정확히 사용한 문장

　　　　a. 제 성격과 자기 이름의 <u>뜻이</u> 좀 비슷해요. 〈L3-여자〉

　　　　b. 근데 <u>제가</u> 성격도 좀 이상해요. 〈L3-여자〉

　　　　c. 저는 자신있고 강한 <u>여자가</u> 되고 싶기 위해서 나쁜 성격을
　　　　　고치면 좋겠어요. 〈L3-여자〉

　　나. 조사 '를'을 정확히 사용한 문장

　　　　a. 저는 나쁜 <u>일들을</u> 기억하고 싶지 않아서 항상 <u>빠른</u> 소도로
　　　　　잘 전환할 수 있어요. 〈L3-여자〉

b. 좋은 생활과 공부하기 위해서 제 <u>단점을</u> 고치고 싶어요. 〈L3-여자〉

c. 저는 자신있고 강한 여자가 되고 싶기 위해서 나쁜 <u>성격을</u> 고치면 좋겠어요. 〈L3-여자〉

(36) (33가)와 같은 오류를 일으킨 중국어권 학습자의 조사 '가', '를' 사용 양상

가. 주어→목적어 인상 구문을 정확히 사용한 문장

　a. 1년후에 부모님의 유골을 받은 장남은 이 사실을 고통스럽게 숨기며 그날부터 날마다 동생들한테 사탕하명 한 개 주기 시작되었다. 〈L5-남자〉

　b. …이 사실을 [e$_i$ 고통스럽게] 숨기며…

나. 조사 '가'를 정확히 사용한 문장

　a. 게다가 <u>감독이</u> 사사건건 트집을 잡고 하도 야단을 쳐서 일하기 힘들다. 〈L5-남자〉

　b. 어느날 형이 왔을 때 사탕이 없는 손을 본 후에 동생들은 뭘 알게 된 것 같다. 〈L5-남자〉

　c. 예를 들어서 이제 금융위기 배경에서 서방국가들이 모두 지방보호주의 대책을 세운다. 〈L5-남자〉

다. 조사 '를'을 정확히 사용한 문장

　a. 게다가 감독이 사사건건 트집을 잡고 하도 야단을 쳐서 일하기 힘들다. 〈L5-남자〉

　b. 마개를열자마자 눈물을 흘렸다. 〈L5-남자〉

　c. 다음 날 형제들은 다시 사탕을 받게 되었다… 〈L5-남자〉

결국, 이러한 오류 역시, 중국어권 학습자가 목표 언어인 한국어의 이차 술어 구문에서 '주어→목적어 인상' 규칙이 항상 필수적으로 적용되어야 함을 알지 못하는 데서 기인한 것이라 할 수 있다.

2) 구조격 조사의 대치 오류 유형 Ⅱ : 〈가→를〉

이상으로 〈를→가〉 대치 오류 유형을 살펴보았다. 이제 논의할 것은, 〈가→를〉 대치 오류 유형이다. 본격적인 논의에 앞서, 다룰 내용을 개관해 보면 다음과 같다.

(37) 〈가→를〉 오류의 전체 하위 유형: 어휘적 속성에 기인한 오류
　　　가. 능격동사 구문 오류
　　　나. 비대격 동사 구문 오류

흥미로운 것은, 〈를→가〉 유형과 달리, 〈가→를〉 대치 오류에서는 오로지 어휘적 속성에 기인한 하위 유형만이 발견된다는 점이다. 그리고 두 가지 하위 유형 모두가 모국어 지식의 간섭에 의한 것이라는 점도 눈길을 끈다.

가. 능격동사 구문 오류

능격동사의 개념은 앞서 이미 살펴본 바와 같으니 곧장 오류 문장을 검토해 보기로 한다.

(38) 중국어권 학습자의 오류 문장
　　　가. a. 하지만 정말 참을 수 있는 <u>일을</u> 생기면 화가 많이 낼 겁니

다.〈L3-남자〉

b. 올바르게 수정할 경우: … 일*이* 생기면 …

나. 중국어의 대당 표현

a. … 如果 眞的 發生了 <u>忍无可忍的 事情</u> …

　　-면　정말　생기- 참을 수 있는 일을

　　　　　타동사　　**목적어**

b. … 如果 <u>忍无可忍的 事情</u>　眞的 發生了

　　-면 참을 수 있는 일이　정말 생기-

　　주어　　　　　**자동사**

한국어 '생기다'는 2항의 비대격 동사(unaccusative verb)로서 타동사와 동일한 통사구조를 가지지만 보충어에 대격을 할당할 수는 없다. 그런데 이러한 한국어 '생기다'에 대응되는 중국어 '生'은 능격동사로서 'A가 B를 生'(타동사 구문)과 'B가 生'(자동사 구문)이 모두 가능하다. 학습자는, 모국어 지식의 간섭으로, 한국어의 2항 비대격 서술어 '생기다'를 능격동사 '生'처럼 생각하여 '生'이 타동사로 쓰일 수 있고, 그리고 그 경우 '生'이 보충어에 대격을 할당할 수 있으므로 *'나쁜 일*을* 생길 때'와 같이 써도 무방하다고 여긴 것으로 보인다. 이것 역시 동사의 어휘적 속성에 관한 모국어 지식이 외국어 학습에 간섭을 일으킨 사례라고 할 수 있다.

위 학습자가 구사한 다른 문장 (39가)는, 비록 중국어에서는 능격 동사에 해당하지만 한국어에서는 2항의 비대격 동사일 뿐인 '없다'를 올바로 사용하고 있음을 보여준다. 이로부터 우리는 이 중국어권 학습자가 한국어의 비대격 동사의 존재를 인식하고 있음에도 불구하고 경우에 따라서는 중국어 능격동사의 모국어 지식의 간섭을 부분적으로 받고 있음을 알 수 있다. 위 학습자가 '가, 를'의 기본 용법을 정확히 알고 있다고 하는 것은 아래 (39나, 다)에서 확인할 수 있다.

(39) (38가)와 같은 오류를 일으킨 중국어권 학습자의 기타 능격동사 구문 및 조사 '가', '를' 사용 양상

　가. 능격동사 구문을 정확히 사용한 문장

　　a. 울고 싶지만 눈물<u>이</u> 없습니다. 〈L3-남자〉

　　b. 想　哭　　<u>眼泪</u>　　却　　　没了。

　　　싶　울고　<u>눈물이</u> -지만　없습니다.

　　　　　　<u>주어</u>　　　　　<u>자동사</u>

　　c. 想　哭　却　没　　<u>眼泪</u>。

　　　싶- 울고 -지만　없습니다 <u>눈물을</u>.

　　　　　　<u>타동사</u>　<u>목적어</u>

　나. 조사 '가'를 정확히 사용한 문장

　　a. 저는 일에는 열심인데 <u>끈기가</u> 없어서 좋은 결과를 받을 수 없습니다. 〈L3-남자〉

　　b. 제 <u>생격이</u> 조금 이상합니다. 〈L3-남자〉

　　c. <u>가족들이</u> 보고 싶은데 보고 싶지 않은 척합니다. 〈L3-남자〉

　다. 조사 '를'을 정확히 사용한 문장

　　a. 친구를 <u>사귀는 것을</u> 좋아해서 <u>친구를</u> 많이 사귀었습니다. 〈L3-남자〉

　　b. 그 <u>나쁜점을</u> 버리고 싶습니다. 〈L3-남자〉

　　c. 할 수 있는 <u>일을</u> 혼자 하고 할 수 없는 일도 혼자 합니다. 〈L3-남자〉

한편, (38)과 같은 오류 양상을 보이는 예를 두 가지 더 살펴보도록 하자.

(40) 가. 정문에 모자동의 <u>사진</u><u>을</u> 걸렸어요. 〈L2-남자〉

　　　나. 올바르게 수정할 경우: 정문에 모자동의 <u>사진</u><u>이</u> 걸렸어요.

　　　다. 중국어의 대당 표현

　　　　a. 正門上　挂着　　　毛澤東的　<u>照片</u>。

　　　　　정문에　걸렸어요　모자동의　<u>사진</u><u>을</u>.

　　　　　　타동사　　　　**목적어**

　　　　b. 毛澤東的　<u>照片</u>　在正門　挂着。

　　　　　모자동의　<u>사진</u><u>이</u>　정문에　걸렸어요.

　　　　　　주어　　　　**자동사**

(41) 가. 1년동안 많은 <u>일</u><u>을</u> 생겼습니다. 〈L4-여자〉

　　　나. 올바르게 수정할 경우: 1년동안 많은 <u>일</u><u>이</u> 생겼습니다.

　　　다. 중국어의 대당 표현

　　　　a. 一年当中，發生了　　很多　<u>事情</u>。

　　　　　1년동안　생겼습니다　많은　<u>일</u><u>을</u>.

　　　　　　타동사　　　　**목적어**

　　　　b. 一年当中，很多　<u>事情</u>　發生了。

　　　　　　　많은　<u>일</u><u>이</u>　생겼습니다

　　　　　　주어　**자동사**

(40가), (41가)의 '걸리다', '생기다'에 대응하는 중국어 동사는 '挂', '發生'인데, 이들 중국어 동사들은 모두 능격동사로서 자동사와 타동

사 용법을 모두 가진다. (40가)에서 중국어권 학습자는 한국어의 '걸리다'를 중국어의 '挂'와 동일시하고 '挂'의 쓰임 가운데 타동사 용법을 채택하였을 것이고, (41가)에서도 한국어 동사를 중국어의 능격동사 '發生'과 동일시하고 '發生'의 타동사 용법을 채택한 것으로 보인다. 한국어의 '걸리다', '생기다'는 오로지 자동사로만 쓰이는 동사임에도 불구하고 중국어의 능격동사에 관한 지식에 이끌려 오류를 일으킨 것이다.

여기에서 (39)와 마찬가지로 학습자의 이런 오류가 모국어 지식의 간섭에 의한 것인지, 아니면 단순히 그가 자동사, 타동사 구문에서 조사를 제대로 사용할 줄 몰라서인지를 짚고 넘어가야 할 필요가 있다. 아래 예문 (42), (43)을 통해 알 수 있는 것은, 위 학습자가 자, 타동사 구문을 생성하는 데 문제가 없고 능격동사 구문도 경우에 따라서는 정확하게 구사할 줄 안다는 것이다. 따라서 이 경우도 학습자의 능격동사 사용의 일부에서 중국어의 모국어 간섭이 작용하고 있다고 볼 수 있다.

(42) (40가)와 같은 오류를 일으킨 중국어권 학습자의 기타 능격동사 구문 및 조사 '가', '를' 사용 양상

가. 능격동사 구문을 정확히 사용한 문장

    a. 중국을 행방했을 때 Tian An Men 광장에서 의식을 거행했어요. 〈L2-남자〉

    b. … 在天安門广場   舉行了   儀式。

    … Tian An Men 광장에서   거행했어요. <u>의식을</u>

                     타동사   **목적어**

    c. … <u>儀式</u>   在天門广場   舉行了。

··· <u>의식*이*</u> Tian An Men 광장에서 거행했어요.

    <u>주어</u>   <u>자동사</u>

나. 조사 '가'를 정확히 사용한 문장

  a. 중국의 수도 때문에 <u>도시가</u> 아주 화려해요. 〈L2-남자〉

  b. 북해, 향산 등등 있는데 제일 유명한 <u>곳이</u> Tian An Men 광장이에요. 〈L2-남자〉

  c. 이 <u>광장이</u> 아주 커요. 〈L2-남자〉

(43) (41가)와 같은 오류를 일으킨 중국어권 학습자의 조사 '가', '를' 사용 양상

가. 조사 '가'를 정확히 사용한 문장

  a. 그 <u>친구가</u> 갈 거라고 말하면 그 친구를 감사해야 해요. 〈L4-여자〉

  b. 그 친구의 집에 밥을 먹는 상황도 있지만 밥을 안 먹는 <u>상황이</u> 더 있어요. 〈L4-여자〉

나. 조사 '를'을 정확히 사용한 문장

  a. 중요한 것은 바로 어른들 앞에 <u>담배를</u> 피울 수 없어요. 〈L4-여자〉

  b. 그 친구의 집에 <u>밥을</u> 먹는 상황도 있지만 <u>밥을</u> 안 먹는 상황이 더 있어요. 〈L4-여자〉

나. 비대격 동사 구문 오류

어순과 조사는 모두 '격'의 실현과 밀접한 관계에 있다. 즉, '격'은 어순에 의해서도, 조사에 의해서도 보장될 수 있다. 교착어적인 언

어인 한국어는 조사가 발달되어 있어 상대적으로 어순이 자유롭다. 반면, 고립어적 언어인 중국어는 조사가 발달되어 있지 않아 어순에 의존하여 격을 나타낸다. 즉, 중국어는 SVO언어로서 동사 V를 기준으로 주어를 V의 좌측에, 목적어를 V의 우측에 두어 위치로서 구별한다. SOV인 한국어는 비록 주어와 목적어가 모두 V의 좌측에 나타나지만 격 표지를 통해 그 둘을 잘 구별해 줄 수 있다.

한국어의 두 자리 서술어에는 아래와 같이 대격 동사뿐만 아니라 비대격 서술어 또한 존재한다.

> (44) 한국어의 두 자리 서술어
> 가. 철수가 밥을 먹는다. (2항 대격 동사)
> 나. 나는 순이를 좋아한다. (2항 대격 동사)
> 다. 나는 순이가 좋다. (2항 비대격 동사)

(44가)는 전형적인 대격 서술어 구문의 예이다. 즉, '먹다'는 두 자리 타동사로서 보충어에 '대격'을 할당하는 서술어이다. (44나)의 '좋아하다' 역시 2항 대격 동사이기는 마찬가지이다. 그러나 비록 (44나)와 뜻은 비슷하다 하더라도 (44다)의 '좋다'는 2항 비대격 서술어로서 자동사이기 때문에 자신의 보충어에 '대격'을 할당할 수가 없다.

격 표지가 발달한 한국어에서는 이렇듯 보충어가 '대격'을 취할 수도 있고 '주격'을 취할 수도 있다. 그렇다면 오로지 어순에 의존하여 격을 구분해 주는 중국어에서는 이러한 일이 가능할까? 결론부터 이야기하면, 중국어에서 '주격 보충어' 혹은 '주격 목적어'를 기대할 수는 없다. 그것은, SVO어순을 가진 중국어에서 '주격 목적어'는 있을 수 없는 개념이다. 왜냐하면 'V의 왼쪽'이라는 조건과 '목적어'라는 조건은 동시에 만족될 수 없는 상보적 속성이기 때문이다. 따라서 중국어에서는 2항의 비대격 서술어는 성립할 수가 없고 오로지 2항의 대격 서술어만 존재할 것이다. 그렇다면, 중국어권 학습자에게는 (44다)와 같은 문장이 배우기가 쉽지 않을 것이며, 그러한 유형을 모두 2항의 대격 서술어 구문으로 잘못 인식하기 쉬울 것으로 예측된다. 그리고 이는 실제로 그렇다.

(45) 중국어권 학습자의 오류 문장

　　가. 일이 있으면 가족보다 <u>친구를</u> 더 많이 생각나요.(L3-남자)

　　나. 올바르게 수정할 경우: ⋯ <u>친구*가*</u> 더 많이 생각나요.

한국어의 '생각나다'는 '주어' 외에도 '보충어'를 취하는 2항 서술어이다. 그러나 비대격 서술어이므로 보충어에 대격을 부여할 수 없다. 그러나 좀 전에 언급한 것처럼, 중국어에서는 '주격 목적어'라는 것이 원초적으로 성립이 불가능한 것이다. 따라서 중국어에 맞추어 '생각나다' 구문의 보충어의 형태를 결정하게 되면 '친구가'가 아니라 '친구를'이다. 이는 다음과 같은 중국어 대당 문장을 통해서 확인해 볼 수 있다.

(46) 중국어 대당 표현

　　有事的時候, 比起　家人　更　　想到　　<u>朋友</u>。

　　일이 있으면　보다　가족　더 많이　생각나다　<u>친구를</u>

　　　　　　　　　　　　　　　　　　　　타동사　<u>**목적어**</u>

즉, 한국어 '생각나다'의 중국어 대응 동사는 2항 대격 동사이다. 결국, 이와 같은 유형 역시 모국어 지식의 간섭에 기인한 것이라 할 수 있다.

> (47) (45가)와 같은 오류를 일으킨 중국어권 학습자의 기타 비대격 동사 구문 및 조사 '가', '를' 사용 양상
>
> 가. 비대격 동사 구문을 정확히 사용한 문장
>
>> a. 사람마다 자신이 갖고 싶은 직업*이* 있는데 저한테 제일 마음에 드는 직업이 바로 통역사입니다. 〈L4-남자〉
>>
>> 每个人　　都有　　自己　　想要的　　職業…
>>
>> 사람마다　있는데　자신이　갖고 싶은　직업*이*…
>>
>> **타동사**　　　　　　　　　**목적어**
>>
>> b. 통역사*가* 되는 것이 오래동안에 제 꿈이입니다. 〈L4-남자〉
>>
>> 成爲　　翻譯師　　是　我　許久的　　夢想。
>>
>> 되는　　통역사*가*　것이　제　오래동안에　꿈이입니다.
>>
>> **타동사　목적어**
>
> 나. 조사 '가'를 정확히 사용한 문장
>
>> a. 언어가 어떤 나라 문화의 상징 이기 때문입니다. 〈L4-남자〉
>>
>> b. 왜냐하면 언어공부가 하도 어려워서 포기하면 절대로 성공할 수 없기 때문입니다. 〈L4-남자〉
>>
>> c. 한국어 공부가 재미있기는 재미있지만 공부와 씨름하느라 힘들때가 많이 있습니다. 〈L4-남자〉
>
> 다. 조사 '를'을 정확히 사용한 문장
>
>> b. 저는 지금 한국어를 공부하고 있습니다. 〈L4-남자〉
>>
>> c. 그리고 그나라에 대한 모든 문화와 생활습관을 다 잘 알아야 해요. 〈L4-남자〉

d. 그리고 한국친구를 많이 사귀고 한국 문화를 직접 체험해
야 합니다. 〈L4-남자〉

(47나), (47다)에서 보다시피 학습자는 역시 자, 타동사의 용법을 명
확히 알고 있으며 따라서 (45가) 구문은 단순 자, 타동사 오류가 아
닌 비대격 동사로 인한 오류라는 것을 확인할 수 있다. 또한 (47가)
에서 확인할 수 있듯이, 학습자는 한국어의 비대격 동사에 대한 지
식을 가지고 있기는 하나 모든 경우에서 다 그렇지가 못해서 경우에
따라서는 중국어의 모국어 간섭을 받기도 한다는 것을 알 수 있다.

같은 양상을 보이는 비대격 동사 구문 오류의 기타 구체적인 사례
를 (48), (49), (50), (51)을 통해서 제시하는데 (48), (49), (50), (51)에
서도 (47)과 마찬가지로 학습자들이 자, 타동사 용법을 명확히 알고
있으나 한국어의 비대격 동사에 대한 지식이 완전하지 못하여 경우
에 따라서는 모국어인 중국어의 간섭을 받아 오류를 저지르는 것을
재차 확인할 수 있다.

(48) 가. 모르는 사람에게 모르는 질문이나 곤란한 일을 생기면 사람
보면 도 도와줄걸요. 〈L2-남자〉

나. 올바르게 수정할 경우: … 곤란한 일이 생기면 사람보면 도 도
와줄걸요.

다. 중국어의 대당 표현

当陌生人　　　　有疑問或　　　　遇到　　困難, …

모르는 사람에게 모르는 질문이나　생기면　곤란한 일을 …

　　　　　　　　　　　　　　　　타동사　목적어

(49) 가. 왜냐하면 친구들은 다 나는 <u>고민을</u> 별로 없다고 생각합니다.
　　　〈L3-여자〉

　　나. 올바르게 수정할 경우: … <u>고민이</u> 별로 없다고 생각합니다.

　　다. 중국어의 대당 표현

　　　… 我　　沒有　什么　<u>煩惱</u>。

　　　… 나는　없다　별로　<u>고민을</u>

　　　　　타동사　　목적어

(50) 가. 또한 외대에서 친한 <u>친구를</u> 생겨서 외대에 다니고 싶어요.
　　　〈L4-여자〉

　　나. 올바르게 수정할 경우: … <u>친구가</u> 생겨서 외대에 다니고 싶어요.

　　다. 중국어 대당 표현

　　　而且 在外大　交了　<u>好朋友</u>,　所以 想　　在外大 上學。

　　　또한 외대에서 생겨- <u>친한 친구를</u> -서 고 싶어요 외대에 다니.

　　　　　타동사 목적어

(51) 가. 제가 지금은 학생이라서 크게 나눌 수 없지만 <u>나눌수 있는 것</u>
　　　<u>을</u> 있습니다. 〈L5-여자〉

　　나. 올바르게 수정할 경우: … <u>나눌수 있는 것이</u> 있습니다.

　　다. 중국어의 대당 표현

　　　… 但還是 有　　　<u>捐的</u>。

　　　… -지만　있습니다　<u>나눌수 있는 것을</u>.

　　　　　타동사　　목적어

(52) (48가)와 같은 오류를 일으킨 중국어권 학습자의 기타 비대격 동

사 구문 및 조사 '가', '를' 사용 양상

가. 비대격 동사 구문을 정확히 사용한 문장

　a. 바다가 있기때문에 해산물 무척 유명해요. 〈L2-남자〉

| 因爲 | 有 | 海, | 水産 | 特別 | 有名。 |

| -때문에 | 있기- | 바다가 | 해산물 | 무척 | 유명해요. |

타동사 목적어

　b. 제고향은 유명한 특산물이 있지만 값이 좀 비싸요. 〈L2-남자〉

| 我家鄉 | 雖 | 有 | 有名的 | 特産, | 但 | 价格 有点 | 貴。 |

| 제고향은 | -지만 있- | 유명한 | 특산물이 | 값이 좀 | 비싸요. |

타동사　　　목적어

나. 조사 '가'를 정확히 사용한 문장

　a. 제 고향이 다른 도시에 비해서 물가가 좀 싸요. 〈L2-남자〉

　b. 그리고 제 고향사람들이 너무 친절하고 마음에 착해요.
　　〈L2-남자〉

　c. 밤이 크고 다른 지역에 비해서 훨씬 맛있어요. 〈L2-남자〉

다. 조사 '를'을 정확히 사용한 문장

　a. 사람들이 단동에 오면 해산물을 가지고 집에 가요 〈L2-남자〉

　b. 그리고 바다가 보고 밤을 먹고 해산물을 가지고 가세요.
　　〈L2-남자〉

(53) (49가)와 같은 오류를 일으킨 중국어권 학습자의 기타 비대격 동
　　사 구문 및 조사 '가', '를' 사용 양상

　가. 비대격 동사 구문을 정확히 사용한 문장

　　a. 또한 가끔 긴장감이 필요합니다. 〈L3-여자〉

而且, 偶爾　需要　　　緊張感。

또한　가끔　필요합니다　긴장감*이*.

타동사　　목적어

b. 예를 들면 시험 전에 <u>긴장감*이*</u> 있으면 더 열심히 준비해야
되다고 생각합니다. ⟨L3-여자⟩

比如說,　考試前　　有　　　緊張感 …

예를 들면 시험 전에　있으면　긴장감*이* …

타동사　목적어

나. 조사 '가'를 정확히 사용한 문장

a. 나는 속극적인 성격보다 적극적인 <u>성격*이*</u> 더 좋다고 생각
습니다. ⟨L3-여자⟩

b. 그 것뿐만 아니라 <u>친구들*이*</u> 다 나한테 얘기하는 것을 좋아
합니다. ⟨L3-여자⟩

다. 조사 '를'을 정확히 사용한 문장

a. 그 것뿐만 아니라 친구들이 다 나한테 <u>얘기하는 것*을*</u> 좋아
합니다. ⟨L3-여자⟩

b. 왜냐하면 나는 친구들에게 <u>위안*을*</u> 줍니다. ⟨L3-여자⟩

c. 그때는 항상 혼자 풀는 <u>방법*을*</u> 찾아서 자기에게 <u>위로*를*</u> 해
줍니다. ⟨L3-여자⟩

(54) (50가)와 같은 오류를 일으킨 중국어권 학습자의 조사 '가', '를'
사용 양상

가. 조사 '가'를 정확히 사용한 문장

a. 그 <u>친구*가*</u> 갈 거라고 말하면 그 친구를 감사해야 해요. ⟨L4-
여자⟩

      b. 그 친구의 집에 밥을 먹는 상황도 있지만 밥을 안 먹는 <u>상황</u>

        <u>의</u> 더 있어요. 〈L4-여자〉

    나. 조사 '를'을 정확히 사용한 문장

      a. 중요한 것은 바로 어른들 앞에 <u>담배를</u> 피울 수 없어요. 〈L4-

        여자〉

      b. 그 친구의 집에 <u>밥을</u> 먹는 상황도 있지만 <u>밥을</u> 안 먹는 상황

        이 더 있어요. 〈L4-여자〉

(55) (51가)와 같은 오류를 일으킨 중국어권 학습자의 기타 비대격 동

    사 구문 및 조사 '가', '를' 사용 양상

가. 비대격 동사 구문을 정확히 사용한 문장

    현대사회에서 도움이 필요한 <u>사람이</u> 많는 반면에 다른사람한

    테 도와줄수 있는 사람도 많습니다.

    現代社會   需要   帮助的   人   很多…

    현대사회에서 필요한 도움이 사람이 많는

타동사 목적어

나. 조사 '가'를 정확히 사용한 문장

      a. <u>과학자들이</u> 연구결과를 사회에 알려주지 않았으면 <u>사화가</u>

        발전할 수 있을까요?

      b. 꼭 큰돈을 나눠야 <u>하는 것이</u> 아니라 자신이 가진 것을 나눠

        야 합니다.

      d. 곁에서 걷다가 거지를 <u>본 적이</u> 한두번이 아닙니다.

다. 조사 '를'을 정확히 사용한 문장

      a. "나눔"이라는 말은 자신이 가지고 <u>있는 것을</u> 나누어 다른

        사람과 함께 살아가는 것입니다.

b. 과학자들이 <u>연구결과를</u> 사회에 알려주지 않았으면 사화가
발전할 수 있을까요?

c. 꼭 큰돈을 나눠야 하는 것이 아니라 자신이 가진 것을 나눠
야 합니다.

3.2. '구조격조사 ↔ 본유격조사'의 대치 오류 유형과 원인분석

1) '구조격 조사 ↔ 본유격 조사'의 대치 오류 유형 I : 〈가→에〉

본 절에서는 '가'를 써야 할 자리에 '에'가 나타난 사례들을 고찰
해 보고자 한다. 오류 양상을 살펴보면, '가→에' 대치 오류는 중국어
의 개사 '在'의 용법에 이끌려 발생한 것으로 해석된다. 구체적인 사
례들을 살펴보면 다음과 같다.

(56) 중국어권 학습자의 한국어 오류 문장

가. <u>공원에</u> 크거나 재미있더라고요. 〈L2-남자〉

나. 올바르게 수정할 경우: <u>공원이</u> 크거나 재미있더라고요.

(57) 중국어권 학습자의 한국어 오류 문장

가. 태산 정상에 도착하면 한 <u>6시간에</u> 필요한데 산 중간에 케이블
카있기 때문에 빨리 올라갈 수 있어요. 〈L2-여자〉

나. 올바르게 수정할 경우: 태산 정상에 도착하면 한 <u>6시간이</u> 필
요한데 …

(56가)는 장소를 나타내는 명사 '공원'이, (57가)는 시간을 나타내는 명사 '6시간'이 주어 자리에 나타나 있다. 먼저 (56가)를 살펴보면, 중국어에서 개사 '在'가 처소를 나타내는 명사와 함께 쓰여 문두에 놓일 경우 개사 '在'의 생략이 가능하다. (56가)의 처소 명사 '공원'은 마치 개사 '在'가 결합된 장소 부사어처럼 보일 법한 위치에 있다. 따라서 비록 '공원'이 문장 전체에서는 주어 자격을 가지지만 그것의 원초적인 의미가 장소와 관련되어 있고 여기에 중국어 개사 '在'의 생략 용법이 간섭하여 (56가)에서처럼 '공원이'가 아니라 '공원에'로 되었다고 설명할 수 있다. (57가) 역시 같은 맥락에 놓여 있는 것으로 보인다. 즉, '6시간'은 원초적으로 시간 표현이다. 중국어에서 시간성 명사는 명사 자체가 시간의 의미를 가지고 있으므로 굳이 별도의 개사가 쓰이지 않을 수도 있다. 그러나 그 해석만큼은 목적어가 아닌 부사어 해석이다. 따라서 이 경우 역시 비록 '6시간'이 서술어 '필요하다'의 주격 보어이지만 시간 표현에 대한 중국어식 해석에 이끌려 '6시간이'가 아닌 '6시간에'로 되었다고 풀이할 수 있다.

한편으로 위와 같은 오류에 대해서도 혹시 학습자가 단순히 '가'와 '에'의 기본적인 용법을 몰라서 생긴 오류가 아닌지 하고 의심해 볼 수 있으나, 아래 (58)과 (59)를 통해서 알 수 있듯이 위 학습자는 '가, 에'의 기본 용법을 이미 정확히 알고 있는 것으로 보인다.

> (58) (56가)와 같은 오류를 일으킨 중국어권 학습자의 조사 '가', '에' 사용 양상
>
> 가. 조사 '가'를 정확히 사용한 문장
>
>   a. <u>복린공원이</u> 유명한공원이에요 〈L2-남자〉

b. 공원에서 <u>나무하고물이</u> 많아요 〈L2-남자〉

나. 조사 '에'를 정확히 사용한 문장

　　a. 저는 항상 **PC방에** 갔어요 〈L2-남자〉

　　b. 저는 열심히 공부한 <u>후에</u> 나중에 친구하고 같이 일하고 싶
　　　어요 〈L2-남자〉

(59) (57가)와 같은 오류를 일으킨 중국어권 학습자의 조사 '가', '에'
　　사용 양상

가. 조사 '가'를 정확히 사용한 문장

　　a. 많는 <u>사람들이</u> 일출때문에 태산에 가요. 〈L2-남자〉

　　b. 매년 많는 <u>사람들이</u> 태산에 가서 소원을 빌거나일출을 봐
　　　요. 〈L2-남자〉

　　c. 게다가 태산 정상에 <u>공기가</u> 너무 좋기때문에 사람들은 내
　　　려가고 싶지 않아요. 〈L2-남자〉

나. 조사 '에'를 정확히 사용한 문장

　　a. <u>산동에</u> 유명한 관광지 많는데 태산은 유명한 관광지중 하
　　　나예요. 〈L2-남자〉

　　b. 올라가면서 기온 떨어지기 때문에 <u>봄에</u> 태산에 가면 제일
　　　좋아요. 〈L2-남자〉

　　c. 많는 사람들이 일출때문에 <u>태산에</u> 가요. 〈L2-남자〉

2) '구조격 조사 ↔ 본유격 조사'의 대치 오류 유형Ⅱ: 〈를→에〉

조사 '를→에' 대치 오류의 유형은 두 가지로 분류된다. 첫 번째 종
류는 학습자의 모국어의 간섭으로 인해 생긴 오류이고, 두 번째는

한국어의 지식에 이끌려 발생한 오류이다. 먼저 모국어 간섭으로 인해서 생긴 오류 유형을 살펴보자.

(60) 중국어권 학습자의 한국어 오류 문장
　　가. 겨울 아니면 가을마다 때 무리를 이룬 갈매기가 <u>바다위**에**</u> 빙빙 돌고 있어요. 〈L2-여자〉
　　나. 중국어의 대당 표현
　　　… 成群的　海鷗　<u>在海空</u>　盤旋.
　　　… 무리를 이룬 갈매기가 <u>바다위**에/에서**</u>　빙빙 돌고 있어요.
　　　　　　　　　　　　상황어　자동사

한국어의 동사 '돌다'는 'A가 B를 돌다'라는 논항구조를 가지면서 보충어에 대격을 할당한다. 이에 대응되는 중국어 동사 '盤旋'은 '<u>어떤 궤적이나 장소에서 빙빙 돌다</u>'라는 의미로 쓰이면서 장소나 공간을 나타내는 부사어(개사+명사)를 요구한다. 이때 주의할 것은 중국어에서는 장소를 나타내는 '에'와 '에서'의 구분이 따로 없다는 점이다. 따라서 학습자는 이런 모국어 지식의 간섭으로 '바다위에 빙빙 돌고 있어요'라는 문장을 만들어 내게 된 것으로 보인다. 이는 단순히 위 학습자가 '를, 에'에 관한 기본적인 지식이 없어 생긴 오류로는 보이지 않는다. 아래 예문은 그가 해당 조사들에 관한 기본 용법을 잘 알고 있음을 말해 주고 있다.

(61) (60가)와 같은 오류를 일으킨 중국어권 학습자의 조사 '를', '에' 사용 양상
　　가. 조사 '를'을 정확히 사용한 문장

　　a. 잔교는 청도의 상징으로 청나라대신 이홍장이 <u>청도를</u> 순찰
　　　할 때 항구가 없어서 대형 선박이 정박할 수 있기 위해서 만
　　　든 임시적인 항구였는데 해방후 인근 교주만에 아시아 제
　　　일의 화물항국가 설립됨으로써 항구의 <u>기능을</u> 잃고 기금은
　　　해변공원으로 남았요. 〈L2-여자〉

　　b. 그때 다채로운 <u>그림을</u> 이루고 있어요. 〈L2-여자〉

　나. 조사 '에'를 정확히 사용한 문장

　　잔교는 청도의 상징으로 청나라대신 이홍장이 청도를 순찰할
　　때 항구가 없어서 대형 선박이 정박할 수 있기 위해서 만든 임
　　시적인 항구였는데 해방후 인근 <u>교주만에</u> 아시아 제일의 화
　　물항국가 설립됨으로써 항구의 기능을 잃고 기금은 해변공원
　　으로 남았요. 〈L2-여자〉

　다음은 목표어 지식에 이끌려 오류를 일으킨 오류 구문을 살펴보
도록 하자. 오류 구문과 '를'과 '에'를 정확히 사용한 구문과의 대조
를 통해서 그 원인을 고찰해보도록 한다.

　(62) 중국어권 학습자의 한국어 오류 문장

　　가. 자신의 <u>목표**에**</u> 향해 열심히 공부하도록 할게요. 〈L4-남자〉

　　나. 朝　　我的　　<u>目標</u>　努力　學習.

　　　향해　자신의　목표　열심히　공부하도록 할게요.

　　개사　　　　**목적어**

위와 같은 오류는 중국어의 모국어 간섭에 의한 것이라고 볼 수
없다. 왜냐하면 중국어 개사 '向'은 그것 다음에 오는 명사구를 목적

어로 취하고 있어 사실상 '~를 향해'라고 해석이 되기 때문이다. 그러한 지식에 이끌렸다면 오히려 (62가)에서 '목표를 향해'라고 했었어야 할 것이다. 그러나 학습자는 '목표에 향해'라고 하고 있다. 이에 대해 우선, 학습자가 격조사 '를'과 '에'의 기본적인 용법을 모르고 있는가를 점검해 볼 필요가 있다. 다음을 보자.

(63) (62가)와 같은 오류를 일으킨 중국어권 학습자의 조사 '를', '에' 사용 양상

　가. 조사 '를'을 정확히 사용한 문장

　　a. 저는 워낙 언어 <u>공부를</u> 좋아해서 <u>언어공부를</u> 시작했습니다.
　　〈L4-남자〉

　　b. 저는 지금 <u>한국어를</u> 공부하고 있습니다. 〈L4-남자〉

　나. 조사 '에'를 정확히 사용한 문장

　　a. <u>사람</u>에 따라서 성격이 다르는데 <u>성격에</u> 따라서 일을 처리하는 방법이 달라요. 〈L4-남자〉

　　b. … 隨着　　不同的 <u>性格</u>, 處事方式　　　　　也 不同.
　　… 따라서 다르다 성격　일을 처리하는 방법이　달라요.
　　개사　　관형어 목적어

위에서 보듯이 학습자는 조사 '를'과 '에'의 기본적인 용법을 잘 알고 있음을 알 수 있다. 그런데 이때 주의를 끄는 것은 (63나)이다. 왜냐하면, 중국어 대응문을 통해 볼 때, 한국어의 '~에 따라서'는 중국어식으로는 '~을 따라서'가 되기 때문이다. 이러한 중국어 구문에도 불구하고 학습자는 한국어의 '~에 따라서' 표현을 정확하게 구별하여 사용하고 있는 것이다. 이에 한 발짝 더 나아가 아마도 학습자는

그러한 한국어와 중국어 간의 구별된 특징을 과도하게 일반화하여 '~향해'에도 적용하였을 가능성이 농후하다. 따라서 원래 '~을 향해' 라고 써야 할 것은, 오히려 '~에 따라서'에 이끌려 '~에 향해'라고 했 을 가능성이 높다는 것이다. 이러한 추론이 옳은 것이라면 이와 같 은 오류는 모국어 간섭이 아닌, 목표어 지식의 과도한 일반화에 의 한 것이라 할 수 있다.

3. '구조격 조사 ↔ 본유격 조사'의 대치 오류 유형Ⅲ: 〈를→에게〉

조사 '를→에게' 대치 오류는 중국어의 간섭에 일어난 오류이며 서술어가 '도와주다'일 때 초급부터 고급까지 두루 걸쳐 나타나고 있다는 것이 특징적이다. 아래에서 해당 예문들을 통해 구체적으로 논의해 보도록 하자.

(64) 중국어권 학습자의 한국어 오류 문장

　　가. a. 저는 다른 <u>사람</u>*에게* 도와 주는 것을 좋아합니다. 〈L3-남자〉

　　　　b. 我　喜歡　　給予　　<u>別人</u>　　　　帮助。

　　　　저는 좋아합니다 [주-　　다른 사람에게 도와- 는] 것을

　　　　　　　　　　타동사 간접목적어　　직접목적어

　　나. a. 그리고 미국은 <u>이라크</u>*한테* 도와주기위해서 전쟁했다고 말

　　　　　했지만 사실은 석유 때문에 전쟁한것을 우리 다 알잖아요.

　　　　　〈L4-여자〉

　　　　b. … 爲了　　　給予　　<u>伊拉克</u>　　帮助　而戰爭 …

　　　　　…-기위해서 주-　　이라크한테　도와-　전쟁했다고 …

　　　　　　　　　　타동사 간접목적어 직접목적어

다. a. 여러분 살다보면 다른 <u>사람*한테서*</u> 도움을 받아본 적이 없
　　　 는 사람이 없습니다. 〈L5-여자〉

　　b. 應該做　　 能　　 給予　　<u>朋友</u>　　 幫助的　 事情。
　　　해야 합니다 -수 있는 [주-　 친구한테　 도와-ㄹ] 일을.
　　　　　 타동사 <u>간접목적어</u> 직접목적어

한국어의 동사 '도와주다'에 직접 대응되는 중국어 표현은 없다. 다
만, 동사 '주다'의 뜻을 가진 동사 '給'를 사용함으로써 일종의 수여
동사 구문을 만들어 쓰는 용법이 중국어에는 존재한다. 예컨대, (64
가-b)에서 '*다른 사람에게 도와주다'에 해당하는 중국어 표현은 '給
予 別人 幫助'인데, '給'는 방금 논의한 것처럼 '주다'에 해당하고 '別
人'은 '다른 사람에게'라는 간접 목적어에, 그리고 '幫助'(돕다)는 '給'
의 직접 목적어에 해당하는 문법기능을 가지는 것으로 해석된다. 이
때 주의할 것은, 같은 동사이지만 이러한 중국어의 '도와 … 주다' 구
문에서는 '도와'(幫助)가 서술어라기보다는 '주다'의 직접 목적어로
인식이 된다는 점이다. 말하자면, 이 구문은 'A가 B에게 도움을 주
다'와 같이 여겨지는 것이다. 따라서 한국어라면 '다른 사람<u>을</u> 도와
주다'처럼 되어야 하겠지만, 중국어식으로는 '*다른 사람*에게* 도와
주다(도움을 주다)'라고 해야 옳다. 이와 같은 설명은 나머지 다른
두 예들, 즉 (64나, 다)에서도 마찬가지이다. 그리고 이러한 오류를
보인 학습자들이 조사 '를'과 '에게'의 기본 용법을 잘 알고 있음은
아래 예들을 통해 확인할 수 있다. 따라서 (64) 유형의 오류는 전적
으로 모어인 중국어의 간섭에 의한 것이라 결론지을 수 있다.

　(65) (64가-a)와 같은 오류를 일으킨 중국어권 학습자의 조사 '를', '에

게' 사용 양상

가. 조사 '를'을 정확히 사용한 문장

　　a. <u>친구를</u> <u>사귀는 것을</u> 좋아해서 <u>친구를</u> 많이 사귀었습니다.
　　〈L3-남자〉

　　b. 그 <u>나쁜점을</u> 버리고 싶습니다. 〈L3-남자〉

　　c. 할 수 있는 <u>일을</u> 혼자 하고 할 수 없는 일도 혼자 합니다.
　　〈L3-남자〉

나. 조사 '에게'를 정확히 사용한 문장

　　a. 그래서 친구가 <u>나에게</u> "너 진짜 남자 같아요"라고 했습니다. 〈L3-남자〉

(66) (64나-a)와 같은 오류를 일으킨 중국어권 학습자의 조사 '를', '에게' 사용 양상

가. 조사 '를'을 정확히 사용한 문장

　　a. 왜냐하면 첫번째 제 성격이 좀 평화적이니까 전쟁과 <u>싸우는것을</u> 싫어해요. 〈L4-여자〉

　　b. 계획은 <u>변화를</u> 따라가지 못한다. 〈L4-여자〉

나. 조사 '에게'를 정확히 사용한 문장

　　a. 그래서 제가 평화사자가 되면 서로의 입장과 생각 <u>상대방한테</u> 잘 얘기하고 제일 좋은 화해방법 찾으면 전쟁도 없어지고 아마 서로 도와주면 같이 발전할 수 있을거예요. 〈L4-여자〉

(67) (64다-a)와 같은 오류를 일으킨 중국어권 학습자의 조사 '를', '에게' 사용 양상

가. 조사 '를'을 정확히 사용한 문장

  a. 나눔을 통해 우리 사화에 작은 <u>변화를</u> 만들 수 있습니다.

    〈L5-여자〉

  b. 과학자들이 <u>연구결과를</u> 사회에 알려주지 않았으면 사화가

    발전할 수 있을까요? 〈L5-여자〉

  c. 꼭 <u>큰돈을</u> 나눠야 하는 것이 아니라 자신이 가진 것을 나눠

    야 합니다. 〈L5-여자〉

나. 조사 '에게'를 정확히 사용한 문장

  a. 자기가 필요없는 옷을 필요한 <u>사람한테</u> 나눴으면 얼마나

    좋겠습니다. 〈L5-여자〉

  b. 우리가 유행하지 않은 옷을 <u>그런사람한테</u> 보내면 그 사람

    들이 얼마나 행복할지 모르겠습니다. 〈L5-여자〉

  c. 지금부터 이런 <u>사람한테</u> 돈을 줘야 한다고 생각합니다.

    〈L5-여자〉

4) '구조격 조사 ↔ 본유격 조사'의 대치 오류 유형Ⅳ: 〈에→를〉

조사 '에→를' 대치 오류 역시 모국어로서의 중국어 간섭에 의한 것으로 보인다. 다음 예문들을 통해 구체적으로 논의해 보기로 한다.

(68) 중국어권 학습자의 한국어 오류 문장

  가. 그리고 다른 사람의 말<u>을</u> 너무 신경을 써요. 〈L3-여자〉

  나. 還有,   太   在乎   別人   說的話。

    그리고 너무 신경을 써요 다른 사람의 말<u>을</u>.

        타동사   **목적어**

(69) 중국어권 학습자의 한국어 오류 문장

　　가. 이것은 <u>건강을</u> 유리해요. 〈L2-남자〉

　　나. 這个　　有利　　[于　健康]。

　　　　이것은 유리해요　　　<u>건강을</u>.

　　　　타동사　　개사 목적어

(68가)의 '말'과 (69가)의 '건강'은 (68나)와 (69나)와 같이 중국어 대응문에서는 목적어에 해당한다. 한국어의 동사 구성 '신경을 쓰다'는 보충어에 '이' 성분 대신 '에' 성분을 요구하며 이는 '유리하다'에서도 마찬가지이다. 그러나 방금 언급한 것처럼 이들과 대응되는 중국어 표현들에서 보충어는 모두 '목적어' 자격을 가진다. 따라서 (68가)와 (69가)의 오류는 다분히 중국어 지식에 이끌린 오류일 가능성이 매우 크다. 그리고 이 경우에서도 학습자들은 한국어 조사 '를'과 '에'의 기본 용법을 아래와 같이 잘 알고 있는 것으로 관찰된다.

(70) (68가)와 같은 오류를 일으킨 중국어권 학습자의 조사 '를', '에' 사용 양상

　　가. 조사 '를' 정확히 사용한 문장

　　　　a. 자주 <u>화를</u> 내요. 〈L3-여자〉

　　　　b. 나의 장점이 <u>남을 돕는</u> 것을 기쁘게 생각해요. 〈L3-여자〉

　　　　c. 길에서 <u>거지를</u> 만나면 꼭 돈을 줄 거예요. 〈L3-여자〉

　　나. 조사 '에'를 정확히 사용한 문장

　　　　a. 아무 다른 사람이 그냥 전혀 <u>마음에</u> 두지 않게 하는 말을 저도 너무 개의해요. 〈L3-여자〉

(71) (69가)와 같은 오류를 일으킨 중국어권 학습자의 조사 '를', '에' 사용 양상

　가. 조사 '를' 정확히 사용한 문장

　　a. 사람마다 모두 샘물문화를 보호해요. 〈L2-남자〉

　　b. 지금은 정부가 샘물을 보호하기 위해서 최대의 노력을 다 해요. 〈L2-남자〉

　나. 조사 '에'를 정확히 사용한 문장

　　a. 없음.

5) '구조격 조사 ↔ 본유격 조사'의 대치 오류 유형Ⅴ : 〈에게→를〉

조사 '에게→를' 대치 오류 또한 중국어의 간섭에 의한 것으로 보인다.

(72) 중국어권 학습자의 한국어 오류 문장

　가. 저는 <u>친구를</u> 중국어를 가르칠 수 있고 친구가 <u>저를</u> 한국어를 가르칠 수 있어요. 〈L3-여자〉

　나. 我　　敎　　　　　　朋友　　　中國語 …

　　저는 가르칠 수 있고　<u>친구를</u>　　중국어를 …

　　타동사　　　　　**간접목적어** 직접목적어

(73) 중국어권 학습자의 한국어 오류 문장

　가. <u>판매자를</u> 연락해서 물어봤는데 혹시 내 장소를 틀리게 쓴대요. 〈L4-여자〉

　나. 聯系　　<u>銷售商</u>　　問過, …

연락해서 판매자를 물어봤는데 …

타동사   간접목적어

(74) 중국어권 학습자의 한국어 오류 문장

　　가. 그 친구가 갈 거라고 말하면 그 친구를 감사해야 해요. 〈L4-여자〉

　　나. … 那我 該　　　謝謝　　　那个 朋友。

　　　　… 　　　-야 해요 감사해- 그　　친구를

　　　　　　타동사　　　　　간접목적어

한국어에서 간접목적어는 통상 '~에게'로 나타나지만 이에 대응되
는 중국어 문장에서의 간접 목적어는 특별한 형태적 표지 없이 다만
직접 목적어를 선행하고 있다. 따라서 구조격 차원에서 보자면 중국
어의 간접 목적어는 직접 목적어와 마찬가지로 대격을 가지고 있다
고 할 수 있다. 중국어권 학습자는 이러한 모국어 지식의 영향을 받
아 한국어의 간접 목적어에도 대격 조사 '를'을 실현시켰을 가능성
이 매우 높아 보인다. 그리고 이러한 오류가, 단순히 조사 '을'과 '에
게'에 관한 기본적인 지식의 부재에 기인한 것은 아니라는 점을 아
래 예문들을 통해 확인할 수 있다.

(75) (72가)와 같은 오류를 일으킨 중국어권 학습자의 조사 '를', '에게'
　　사용 양상

　　가. 조사 '를'을 정확히 사용한 문장

　　　a. 새로운 친구를 빨리 사귀지 못해요. 〈L3-여자〉

　　　b. 그런데 모른 사람하고 이야기하지 않아서 자기를 잘 보호
　　　　할 수 있어요. 〈L3-여자〉

c. 말을 많이 하면 한국어 <u>능력을</u> 빨리 향상시킬 수 있어요.
〈L3-여자〉

나. 조사 '에게'를 정확히 사용한 문장

a. 없음.

(76) (73가)와 같은 오류를 일으킨 중국어권 학습자의 조사 '를', '에게'
사용 양상

가. 조사 '를'을 정확히 사용한 문장

a. 나도 <u>부산여행을</u> 한번 해 보기로 결심했어요. 〈L4-여자〉

b. 그리고 <u>초대를</u> 받은 사람이 기분도 좋습니다. 〈L4-여자〉

나. 조사 '에게'를 정확히 사용한 문장

a. 부모님께 편지 자주 하기는커녕 전화도 안 자주해요. 〈L4-
여자〉

(77) (74가)와 같은 오류를 일으킨 중국어권 학습자의 조사 '를', '에게'
사용 양상

가. 조사 '를'을 정확히 사용한 문장

a. 중요한 것은 바로 어른들 앞에 <u>담배를</u> 피울 수 없어요. 〈L4-
여자〉

b. 그 친구의 집에 <u>밥을</u> 먹는 상황도 있지만 <u>밥을</u> 안 먹는 상황
이 더 있어요. 〈L4-여자〉

나. 조사 '에게'를 정확히 사용한 문장

a. 없음.

▌3.3. '본유격 조사 ↔ 본유격 조사'의 대치 오류 유형과 원인 분석

1) '본유격 조사↔본유격 조사'의 대치 오류 유형Ⅰ:〈에→에서〉

조사 '에→에서' 대치 오류는 목표언어 지식의 빈곤에 기인한 것으로 볼 수 있다.

(78) 중국어권 학습자의 한국어 오류 문장

　가. a. 제고향*에서* 한강만한 큰 강도 있어요.〈L2-남자〉

　　　b. 我的家鄉　　還有　　　漢江 那么 大的 江。

　　　　제고향에　　-도 있어요 한강 만한 큰　강.

　나. a. 우리 고향 *에서* 바다도 있는데 해물이 제일 유명해요.〈L2-여자〉

　　　b. 我的家鄉　　　還有　　　海, 海鮮　最　有名。

　　　　우리 고향에　　-도 있는데 바다 해물이 제일 유명해요.

　다. a. 심양 *에서* PC방도 있어요〈L2-남자〉

　　　b. 沈陽　　還有　　　网吧。

　　　　심양에　-도 있어요 PC방

　라. a. 세계연대회동안 여러가지나라의 사람들이 위팡*에서* 집합해요.〈L2-여자〉

　　　b. 世界風箏大會期間, 世界各國的　　　人　　聚集　在 潍坊。

　　　　세계연대회동안 여러가지나라의사람들이 집합해요 *에* 위팡

　마. a. 한국에 오기 전에 제가 은행*에서* 취직하고 있었어요.〈L4-여자〉

b. 來　韓國　之前,　　我　在 銀行 工作了。

오- 한국에 -기 전에　제가 *에* 은행　취직하고 있었어요.

(78)에서 학습자가 오류를 일으킨 조사와 함께 쓰인 명사 '고향', 'pc 방', '위팡[19]', '은행'은 모두 처소를 나타내는 명사이다. 이 때 유의해야 할 점은 한국어의 '에'와 '에서'가 모두 처소를 나타내는 용법이 있으며 이럴 경우 그 둘은 모두 중국어의 개사 '在'에 대응된다는 것이다.[20] 즉, 중국어에서는 처소를 나타내는 '에'와 '에서'가 '在'로 중화되어 존재한다고 볼 수 있다. 따라서 중국어권 학습자들은 모국어에 없는 한국어의 '에'와 '에서'의 구별에 매우 곤란함을 느낄 수밖에 없을 것으로 보인다. 이는, 학습자들이 한국어의 본유격 조사 '에'와 '에서' 자체를 올바르게 사용한 예를 찾기가 상대적으로 매우 힘들다는 사실과도 맞물려 있다.

(79) (78가-a)와 같은 오류를 일으킨 중국어권 학습자의 조사 '에', '에서' 사용 양상

가. 조사 '에'를 정확히 사용한 문장

없음.

---

19 '위팡'은 중국 산동성의 지역 이름 '웨이팡'의 오류이다

20 처소를 나타내는 '에'와 '에서'

가. '에'는 동작이나 상태가 나타나는 지점을 가리키고, '에서'는 동작이 벌어지는 자리를 나타낸다.

a. 민우는 <u>소파에</u> 앉았다. / 民宇坐在沙發上.

b. 민우는 <u>소파에서</u> 앉았다. / 民宇在沙發上坐.

나. '에'는 동사의 움직임이 그 상태로 계속되는 것을 나타내고 '에서'는 움직임이 변화 되면서 계속 일어나는 것을 나타낸다.

a. 민우는 <u>서울에</u> 산다. / 民宇住在首爾.

b. 민우는 <u>서울에서</u> 산다. / 民宇在首爾住.

나. 조사 '에서'를 정확히 사용한 문장

없음.

(80) (78나-a)와 같은 오류를 일으킨 중국어권 학습자의 조사 '에', '에서' 사용 양상

가. 조사 '에'를 정확히 사용한 문장

　　a. 혹시 친구들이 시간이 있으면 제 <u>고향에</u> 들어가세요. 〈L2-여자〉

나. 조사 '에서'를 정확히 사용한 문장

없음.

(81) (78다-a)와 같은 오류를 일으킨 중국어권 학습자의 조사 '에', '에서' 사용 양상

가. 조사 '에'를 정확히 사용한 문장

　　a. 저는 항상 PC방에 갔어요 〈L2-남자〉

나. 조사 '에서'를 정확히 사용한 문장

없음.

(81) (78라-a)와 같은 오류를 일으킨 중국어권 학습자의 조사 '에', '에서' 사용 양상

가. 조사 '에'를 정확히 사용한 문장

　　a. 스타 많이 있기 때문에 많은 사람은 이것은 콘서트에 관심을 가집니다. 〈L2-여자〉

나. 조사 '에서'를 정확히 사용한 문장

없음.

(82) (78마-a)와 같은 오류를 일으킨 중국어권 학습자의 조사 '에', '에.
서' 사용 양상

　가. 조사 '에'를 정확히 사용한 문장

　　a. 지금 한국어를 잘 못하니까 한국 <u>은행</u>에 입사하는 것은 불
　　가능하나 봐요. 〈L4-여자〉

　나. 조사 '에서'를 정확히 사용한 문장

　　a. 선생님이 되기 위할 뿐만 아니라 앞으로 편하게 <u>한국에서</u>
　　살 수 있게 되기 위해서요. 〈L4-여자〉

2) '본유격 조사↔본유격 조사'의 대치 오류 유형Ⅱ:〈에서→에〉

조사 '에서→에'의 대치 오류 유형 역시 목표어 지식의 부족에 기
인한 것인데, 주로 초급에서만 확인되고 있다.

(83) 중국어권 학습자의 한국어 오류 문장

　가. a. 매일 <u>세계**에**</u> 온 관광개가 많이 있어요. 〈L2-남자〉

　　b. 每天, 有　　很多 從　　世界各地 來的 游客。

　　　매일 있어요 많이 <u>에서</u> 세계　　온　관광개가.

　나. a. 저는 아름다운 곳인 <u>남경**에**</u> 왔어요. 〈L2-여자〉

　　b. 我　從　　美麗的地方　　南京　來。

　　　저는 <u>에서</u> 아름다운 곳인 남경　**왔어요.**

　다. a. 저는 중국에 온 윤설입니다. 〈L3-여자〉

　　b. 我 是　　從　中國 來的 尹雪。

　　　저는 입니다 <u>에서</u> 중국 온　윤설.

(83가, 나, 다-b)에서 중국어 '從'의 의미는 'from'에 해당된다. 이에 대응되는 한국어 본유격 조사는 '에서'이며, '에'에는 그러한 용법이 없다. 그런데 중국어권 학습자는, 앞에서 논의한 것처럼, '에서'와 '에'를 구별하는 데에 원초적으로 어려움을 지니고 있다. 따라서 그들이 'from'에 해당하는 조사를 고를 때에 '에서' 대신 '에'를 잘못 선택하게 될 가능성도 그만큼 크다고 볼 수 있다. 그리고 여기서도, 앞 절에서 살펴본 바와 같이, '에'와 '에서'를 정확히 사용한 예를 찾기가 쉽지 않다.

(84) (83가-a)와 같은 오류를 일으킨 중국어권 학습자의 조사 '에', '에서' 사용 양상

가. 조사 '에'를 정확히 사용한 문장

없음.

나. 조사 '에서'를 정확히 사용한 문장

없음.

(85) (83나-b)와 같은 오류를 일으킨 중국어권 학습자의 조사 '에', '에서' 사용 양상

가. 조사 '에'를 정확히 사용한 문장

a. 우리나라는 너무 커서 여행하는 정소가 진짜 많고 좋은 사람이 있고 맛있는 음식도 많기때문에 외국사람들이 시간이 있으면 <u>우리나라에</u> 꼭 가야해요 〈L2-여자〉

나. 조사 '에서'를 정확히 사용한 문장

a. 저는 <u>고향에서</u> 사는동안 맛있는 음식을 자주 먹고 재미있는 일을 열심히 할수있었어요. 〈L2-여자〉

(86) (83다-a)와 같은 오류를 일으킨 중국어권 학습자의 조사 '에', '에서' 사용 양상

가. 조사 '에'를 정확히 사용한 문장

    a. 혼자 <u>집에</u> 있으면 좋아요. 〈L3-여자〉

    c. 보통 제가 기분이 나쁠 때 남자친구 다 <u>옆에</u> 있어요. 〈L3-여자〉

나. 조사 '에서'를 정확히 사용한 문장

    없음.

04
결 론

　이상으로 본고에서는, 외국어로서의 한국어 학습에서 발견되는 조사 사용 오류 가운데 격조사의 대치 오류 유형을 검토하고 그러한 오류가 발생하게 된 원인과 과정을 생성문법의 관점에서 규명했다. 우선 그 내용을 간단히 요약하면 다음과 같다.

　1장에서는 본 연구의 목적과 범위 및 연구방법을 밝히고 조사 오류를 논의한 선행연구를 중심으로 여러 언어권을 두루 고찰한 연구와 특정 언어권에 초점을 맞춘 연구를 검토하여 외국인 학습자의 일반적인 조사 습득 양상과 중국어권 학습자의 조사 습득 양상을 살펴보았다. 이러한 가운데 특히 오류의 발생원인 규명에서 언어 외적인 측면에 치중하거나 피상적인 관찰에 머문 기존의 연구에 대한 문제를 제기하였다.

　2장에서는 한국어 조사를 생성문법의 차원에서는 구조격 조사와 본유격 조사, 후치사, 보조사로 나누고 이를 바탕으로 조사 사용 오류 유형을 전체적으로 개관해 보았다. 오류 유형은 크게 조사 대치 오류, 조사 누락 오류, 조사 첨가 오류로 나뉘었으며 이들 각각은 해당 사례의 제시와 함께 다시 하위의 세부 유형들로 구분되었다.

이러한 오류 유형 가운데 본고에서는 3장에서 조사 대치 오류에서의 '구조격 조사 ↔구조격 조사', '구조격 조사 ↔ 본유격 조사', '본유격 조사 ↔ 본유격 조사'에 국한하여 그 오류 실태와 원인 분석을 행하였다.

먼저 3.1절의 '구조격 조사 ↔구조격 조사' 대치 오류 유형은, 〈를→가〉 유형과 〈가→를〉 유형으로 나뉘며, 전자는 다시 어휘적 속성에 대한 오해에서 비롯된 오류와 통사규칙의 잘못된 적용에 기인한 오류로 구분된다. 어휘적 속성에 대한 오해에서 비롯된 오류에는 능격동사 구문에서의 오류가 있었고 통사규칙의 잘못된 적용에 연유한 것에는 목적어→주어 인상 구문과 주어→목적어 인상 구문에서의 오류를 발견할 수 있었다. 한편, 〈가→를〉 유형은 모두 어휘적 속성에 대한 오해에 기인한 오류로 귀착되었는데 여기에는 능격동사 구문에서의 오류와 비대격 동사 구문에서의 오류가 있다. 이상의 오류 유형 가운데 어휘적 속성에 대한 오해에 기인한 오류들은 공히 모국어의 간섭에 의한 것으로 밝혀졌고, 나머지 통사규칙에 관한 오류는 모두 목표 언어인 한국어의 통사규칙에 관한 지식의 빈곤에 기인한 것임을 논의하였다.

다음 3.2절의 '구조격 조사 ↔ 본유격 조사' 대치 오류 유형은, 〈가→에〉 유형, 〈를→에〉 유형, 〈를→에게〉 유형, 〈에→를〉 유형, 〈에게→를〉 유형으로 나뉜다. 〈가→에〉 대치 오류는 중국어 개사 '在'의 용법에 이끌려 발생한 것이고, 〈를→에〉 대치 오류는 모국어의 지식이 간섭하여 일어난 경우와 목표어 지식에 이끌려 한국어의 통사규칙을 과도하게 적용하여 발생한 오류로 분류된다. 〈를→에게〉 대치 오류는 중국어의 '給'가 이끄는 수여동사 구문에 영향을 받아 생긴 것이다. 〈에→를〉 대치 오류와 〈에게→를〉 오류는 공히 중국어 대응 문장의 모국어 지식에 기인한 오류임이 확인되었다.

마지막으로 3.3절의 '본유격 조사 ↔ 본유격 조사' 대치 오류 유형은, 〈에→에서〉 유형과 〈에서→에〉 유형으로 나누어 살펴보았다. 두 유형 모두는 공히 목표어로서의 한국어 조사 '에'와 '에서'를 중국어권 학습자가 제대로 구별하여 사용할 줄 몰라 발생하였는데 이것은 '에'와 '에서'가 처소를 나타낼 경우 그 둘이 모두 중국어의 '在'로 중화된다는 것과 깊은 관련이 있다.

본 논문에서는 (5)~(7)에 제시된 수많은 하위 오류 유형에 대해서는 그 전체적인 윤곽만을 해당 사례와 함께 제시했을 뿐 미처 다루지는 못했다. 앞으로 그 각각의 유형들을 분석하고 원인을 추궁해 나가야 할 것이며 이를 바탕으로 효과적인 교수 학습 방안의 개발이 이루어져야 할 것이다. 아울러 더욱 광범위한 학습자 오류 말뭉치를 구축하여 조사 사용 오류 유형들이 개별적으로 혹은 종합적으로 한 개인에게서 아니면 등급별로 어떠한 변모 양상을 띠는지 그 추이를 추적해 나가야 할 것이다. 이러한 연구는 조사 사용 오류의 예방이나 사후 처방에 기여할 수 있을 뿐만 아니라, 조사 오류를 중심으로 한 각 언어권별 학습자들의 대조적 연구로도 뻗어나갈 수 있을 것이다. 이는 제2차 언어습득에 관한 이론적 차원의 연구인 동시에 해당 분야에 대한 실제적이고도 효과적인 교수 학습 방안의 개발을 위한 것이기도 하다.

| 참고문헌 |

강명윤, 『한국어 통사론의 제문제』, 한신문화사, 1992.

강명윤, 「격배당의 문제」『국어의 격과 조사』, 한국어학회 편, 박이정, 1999.

강영세, 「Korean Syntax and Universal Grammar」, Harvard대 박사학위논문, 1986.

고광주, 『국어의 능격성 연구』, 월인, 2001.

고영근, 「능격성과 통사구조」『한글』192, 한글학회, 1986.

김미영, 「한국어 학습자의 격조사 오류 분석 연구」, 충남대학교 석사학위논문, 2007.

김영주, 「The Syntax and Semantics of Korean Case」, Harvard대 박사학위논문, 1990.

김유미, 「학습자 말뭉치를 이용한 한국어 학습자 오류 분석 연구」, 연세대학교 석사학위논문, 2002.

김의수, 「국어의 격 허가 기제 연구」『국어학』39, 국어학회, 2002.

김의수, 『한국어의 격과 의미역』, 태학사, 2006.

김의수, 「격 허가의 대조언어학적 연구」『어문연구』136, 한국어문교육연구회, 2007.

김정숙, 「영어권 한국어 학습자의 조사 사용 오류 분석과 교육 방법」, 『한국어교육』13-1, 국제한국어교육학회, 2002.

김정은, 「일본어권 학습자의 조사 오용 양상」『한국어교육』15-1, 국제한국어교육학회, 2004.

민 자, 「오류 분석을 통한 효율적인 한국어 지도 방안 연구」, 서울대학교 석사학위논문, 2000.

박소영, 「중국인 학습자의 한국어 조사 사용 오류 분석과 교수 방안」, 성신여자대학교 석사학위논문, 2008.

성광수, 「격론: 격기능과 격표지」『국어의 격과 조사』, 한국어학회 편, 월인, 1999.

윤미영, 「태국인 한국어 학습자의 조사 사용 오류 양상」, 이화여자대학교 석사학위논문, 2005.

이윤하, 「공범주와 조사 처리 문제에 대하여」『국어교육』128, 한국어교육학회, 2009.

이은경, 「한국어 학습자의 조사 사용에 나타난 오류 분석 : 한국어 학습자의 작문을 중심으로」, 연세대학교 석사학위논문, 1999.

이정희, 「한국어 학습자의 표현 오류 연구」, 경희대학교 박사학위논문, 2002.

임경희, 「중국인의 한국어 학습에 나타난 조사 오류 분석」, 충북대학교 석사학위논문, 2005.

임창국, 「한국어 이차 술어 구문」, 고려대학교 석사학위논문, 1999.

자이웨이치, 「중국인 학습자들의 한국어 작문에 나타나는 오류 분석 연구」, 강남대학교 석사학위논문, 2005.

조철현 외, 「한국어 학습자의 오류 유형 조사 연구」, 2002년도 국어정책 공모과제 연구보고서, 2002.

추준수, 「중국인의 한국어 학습에 나타난 오류 분석」, 신라대학교 석사학위논문, 2007.

한국어학회 편, 『국어의 격과 조사』, 월인, 1999.

황규홍, "Nominative and Default Checking in Minimalist Syntax", Washington대 박사논문, 1997.

Blake, B. J., *Case,* Cambridge University Press, 1994.

Belletti, A. & L. Rizzi, Psych-Verbs and Θ-Theory, *MIT Lexicon Papers* 13, 1-71, 1986.

Chomsky, N., *Lectures on Government and Binding,* Dordrecht: Foris, 1981.

Chomsky, N., *Barriers,* MIT Press, 1986.

Grimshaw. J., *Argument Structure,* MIT Press, 1990.

Grimshaw. J. & A. Mester, "Light Verbs and Θ-Marking". *Linguistic Inquiry* 19-2, 205-232, 1988.

Haegeman, L., *Introduction to Government and Binding Theory-2nd edition,* Blackwell, 1994.

Huang, J., *Logical Relations in Chinese and the Theory of Grammar,* MIT Press, 1982.

Li, Y.-H. A., *Order and constituency in Mandarin Chinese,* Dordrecht: Kluwer Academic Publishers, 1990.

Rechards, J.C., "Error Analysis and Second Language Strategies", *Language Science* 17, 1971.

Rechards, J.C. & T.S. Rodgers, *Approaches and Methods in Language Teaching-2nd edition,* Cambridge University Press, 1986.

중국 차세대 한국학 연구논문집

지역협력관계와 한중FTA의
정치학적 연구

류 가(劉 佳)

류가(劉佳)

- 한국외국어대학교 정치외교학과 정치학 학사
- 한국외국어대학교 국제지역대학원 정치학 석사
- 연구분야 : 정치외교학, 한·중 관계

경력
- 한국의회발전연구회 제30기 국회연수과정 수료
- 대한민국국회 김동완의원실 정책비서 인턴
- 한국 한신초등학교 중국어 원어민강사

01
서 론

▮ 1.1. 문제제기 및 연구목적

제2차 세계대전 이후 세계 국제질서의 변화로 미국과 소련 중심의 양극체제의 국제질서가 형성되면서 냉전 시기에 접어들게 되었다. 그러나 소련의 붕괴로 인하여 탈냉전 시기에 들어서게 되면서, 아시아 국가 중 하나인 중국은 이 시기 국력성장의 길로 나섰다. 중국은 개혁개방 이후 국가발전의 목표를 '경제'에 두고 있으며 '평화와 발전'의 국가전략을 내세움으로써 빠른 성장을 보여주었다. 통계자료에 따르면 개혁개방 이후 중국은 2011년까지 연평균 약 10%의 높은 경제성장률을 기록하였다.[1] 중국은 경제발전과 동시에 국가의 종합국력 또한 신장시켜왔다. 경제성장에 기초해 중국은 1990년대에 들어오면서 국제사회와의 실질적 협력과 상호 의존을 강조하였고 자국과 국제사회의 관계를 중시하는 외교정책을 시행하였다. 중국외교의 이러한 흐름은 그 중심이 경제뿐만 아니라 정치, 안보 분

---

[1] 中華人民共和國國家統計局, http://data.stats.gov.cn/viewchart/index?m=hgnd (검색일: 2015.3.7.)

야로까지 확대되었다. 쟝쩌민(江澤民) 전 국가주석은 새로운 안보개념에 입각한 평화로운 국제질서와 경제 세계화의 중요성을 강조해 왔다. 이런 흐름 속에서 중국은 다자외교를 시행하게 되었다.[2] 즉, '평화와 발전'의 구호를 내세우면서 다른 국가와의 경제협력의 길로 나선 것이다. 또한 후진타오(胡錦濤)시대에 들어오면서 '화평굴기론'의 외교노선과 국내의 안정과 지속적인 국가발전의 노선을 취하였다.

중국은 경제적 발전을 통해서 국가의 종합국력, 국제사회에서의 자국의 지위를 상승시키는 동시에 외교정책에 있어서 세계국제질서에 따라 새로운 국가전략을 내세우는 모습을 보여주고 있다. 뿐만 아니라 동아시아 지역으로 시각을 전환하여 동아시아 지역협력 강화에 초점을 맞추어 아시아 국가 간의 상호의존과 공동 발전의 전략을 중시하고 있다. 이를 기반으로 중국은 국제기구 등에 적극적으로 참여하기 시작하였다. 2001년 중국은 세계무역기구(WTO: World Trade Organization)에 가입하였고 이후 동남아시아국가연합(ASEAN: Association of Southeast Asian Nations)에 가입, 자유무역지대 등을 추진하면서 지역의 안보와 협력을 위해 적극적으로 나아가는 모습을 보이고 있다. 특히 중국은 WTO 가입 이후 많은 국가들과의 자유무역협정((FTA: Free Trade Agreement)을 빠른 속도로 추진하고 있다. 중국과 현재 FTA를 체결한 국가는 총 11개국 이며, 그중에는 대다수가 동아시아 국가이다.[3]

따라서 중국 외교전략은 과거 미, 소 양국의 양극적인 관계 속에

2 김준철, 「중국의 대국전략과 동아시아 지역협력」, 충남대학교 대학원 박사학위논문, 2010, p.3.
3 한국무역협회, http://okfta.kita.net/ftaInfo.do?method=nationStatusView&mainNum=0403 (검색일: 2015.4.30.)

서 벗어나 현재는 지역 간의 협력, 지역 간의 상호발전과 의존관계를 중시하는 다자외교의 길로 나서고 있다. 이에 따라 동아시아 주도국인 한·중·일 3국의 FTA 체결은 동북아지역 경제, 정치의 협력 강화에 기여할 것으로 기대되지만, 현실적으로 3국의 FTA는 경제, 정치, 역사적 의견대립이 좁혀지지 않음으로 인해 단기적으로는 체결이 어려운 상황이다. 이런 상황 하에서 한·중 FTA을 우선적으로 추진하는 것은 향후 한·중·일 3국의 FTA 체결의 촉매제로 작용할 것이라는 중요한 의미를 가진다고 할 수 있다.

한·중 양국의 관계는 1992년 한·중 수교 이후 경제 분야, 정치 분야, 사회문화 분야 등 다양한 측면에서 짧은 기간에 급속히 발전해 왔다. 특히 경제적으로 무역 분야에서 1992년 수교 당시 64억 달러에 불과했던 양국 교역액은 2012년에 접어들면서 2,151억 달러로 무려 35배가량 성장하였다. 2003년도에 중국이 미국을 제치고 한국의 최대 수출대상국이 되었다. 한편, 한국은 2010년에 처음으로 대 중국 수출액이 1000억 달러를 넘어섰으며, 2012년에는 대 중국 수출액이 1,343억 달러, 무역흑자는 535억 달러로 최고를 기록했다.[4] 경제적으로 무역 분야에서 한국과 중국의 교역량은 높은 수준으로 나타났다. 또한 한국과 중국의 교류가 빈번해지면서 2012년에는 400만 명의 한국인이 중국을 방문하고 283만 명의 중국인이 한국을 방문했다. 특히 최근 한국을 방문하는 중국관광객들의 수는 매년 2배의 증가율을 기록하고 있다.[5] 한국과 중국의 긴밀한 관계가 계속되면서 이를 바탕으로 한·중 FTA의 체결은 더욱 유리하게 이루어질 수 있

---

4 이건여, 「한·중 FTA의 주요쟁점에 대한 연구」, 숭실대학교 석사학위 논문, 2013, p.11.
5 辛正承, "近期東北亞局勢與韓中關系," 「東北亞論壇」, 2014年 第2期 總 第112期, p.7.

을 것이다. 결국, 한·중 관계의 증진, 한·중 우호관계의 강화는 동아
시아 지역협력관계, 주변정세의 상호의존에 많은 기여를 할 것으로
기대된다.

다시 말해, 중국은 국내에서는 자국의 경제성장을 추구하면서 대
외적으로는 FTA 체결을 통해 정치, 외교, 안보적으로 동아시아의 주
도권을 확보하고 동아시아 지역협력관계를 강화하기 위한 적극적
인 노력을 하고 있다. 한·중 FTA의 체결은 중국 입장에서는 단순한
경제적 이익만을 바라보는 것이 아니다. 세계정세를 파악하여 장기
적인 관점에서 멀리 내다봄으로써 경제적 이익을 추구할 뿐만 아니
라 정치, 외교적으로도 대국의 전략을 내세우고 있는 것이다.

본 연구는 이러한 국제질서, 경제 및 정치적 현황을 바탕으로 중
국 개혁개방 이후의 외교정책의 변화를 살펴본 이후 이를 바탕으로
중국이 동아시아 지역협력을 어떠한 시각으로 바라보는지를 분석
한다. 또한 중국의 외교정책에 기초하여 한·중 FTA에 대한 전략적
분석을 시도하고자 한다. 본 연구는 중국의 외교정책 변화에 초점을
두고 한·중 FTA를 경제, 정치, 안보적인 측면에서 검토하고, 이를 바
탕으로 중국 FTA 체결의 전략적 특징을 분석하는 것을 목적으로 하
고 있다. 다시 말해 한·중 FTA에 관한 연구는 정치와 경제적 분석을
연계하여, 중국의 전략적 분석의 중점을 두고 있다. 이는 중국의
FTA 체결의도를 연구하기 위해 중요한 부분이다. 특히 한·중 양국
수교 이후 정치, 경제관계가 심화되면서 중국의 외교정책 변화에 관
한 연구는 양국 외교관계를 발전시키는데 의미가 있다. 중국에게는
국제정치적으로 영향력 있는 국가로 부상하면서 주변국과의 협력
관계가 대단히 중요하다. 이에 한·중 양국의 협력관계를 파악하는
것은 적지 않은 의미를 가진다. 한편, 한국에게도 무역상대국 1위이

자 역사적, 정치적으로 오랜 관계를 유지해 온 중국에 대한 이해가 대단히 중요하다. 한·중 FTA는 한·중 양국관계의 질적인 발전의 계기가 될 것으로 보인다.

▌ 1.2. 연구방법 및 선행연구 검토

본 논문의 연구 방법은 우선 정치와 경제현상을 연계하여 분석하였으며, 이와 더불어 기존의 선행연구 자료를 이용하여 진행하였다. 연구대상은 중국 입장에서 한·중 FTA 전략 특징을 중심으로 한다.

본 연구는 문헌연구에 기초하여 한국과 중국의 다양한 공식발간 자료를 이용하고자 한다. 1차 자료로서 통계자료를 활용하고, 한·중 양국에서 발표된 연구 성과를 2차 자료로 활용할 것이다. 주로 한국과 중국에서 발표된 논문을 참고하고, 한국의 외교부, 산업통상자원부, 한국무역협회 자료와 중국의 상무부, 중국해관통계(中國海關統計) 등의 각종 통계와 보고서 등을 수집·분석할 것이다.

연구 대상의 경우, 개혁개방 이후 중국 외교정책의 변화를 살펴보고 중국이 동아시아 국가들과의 지역협력관계를 어떻게 인식하는가 분석한다. 또한 한·중FTA의 경제적 효과와 정치적 전략에 초점을 맞추어 한·중 FTA 연구를 진행한다. 특히 중국의 경우, 덩샤오핑(鄧小平) 개혁개방 시기부터 중국의 외교정책이 어떻게 변화해왔는지 설명하고 이를 바탕으로 중국의 동아시아 구상과 지역협력의 변화인식을 통해서 한·중 FTA의 정치적 전략요인과 특징을 분석한다.

본 논문은 총 6장으로 구성하며, 논문의 주요 내용은 다음과 같다. 제 1장 서론부분은 논문의 연구목적을 바탕으로 연구방법과 구성을 제시한다. 그리고 본 논문을 작성하기 위한 이론적 배경으로서 신자유주의적 제도주의의 의미를 검토하여 설명의 가정을 수립한다. 제2장은 FTA에 대한 이론적 접근을 제시할 것이다. 즉 FTA에 대한 기본인식으로 출발하여 필요성과 역할을 설명할 것이다. 제3장은 중국 개혁개방 이후 외교정책의 변화로 인한 지역협력관계와 FTA에 대한 중국의 새로운 인식을 제시한다. 제4장은 한·중 FTA와 관련된 내용을 살펴본다. 먼저 한국과 중국이 각각 체결해 온 FTA의 현황을 고찰한 다음, 한·중 FTA 정책과 내용을 검토한다. 제5장은 경제적, 정치적 차원에서의 한·중 FTA 추진요인을 분석하고 중국의 한·중 FTA 추진전략의 특징을 분석한다. 제6장은 본 연구논문의 결론 부분이다.

한·중 FTA에 관한 선행연구 검토결과 전략적인 연구가 대부분을 차지하고 있다. 우선 김진열은 경제중심으로 중국의 FTA 기본전략을 분석하여 제시하였다. 또한 동아시아 지역안정화차원에서 한·중 FTA가 지닌 위상을 설명하였다.[6] 그리고 동아시아 지역주의와 한·중 FTA에 관하여 이희옥, 김재관 등의 연구는 한·중 FTA 협상과 관련한 문제들을 설명하고, FTA에 대한 중국의 안보적 차원, 지역협력, 지역전략 차원을 제시하고 있다. 특히 한·중 FTA에 관하여 경제적 이익문제보다 정치안보적 측면에 비중을 두고 있다.[7]

한·중 FTA에 관한 연구를 살펴보면, 한국과 중국의 FTA 전략에 관한 비교연구를 란운비는 한·중 FTA의 논의 배경, 필요성에 대해서 논의하고 한·중 FTA의 전략을 제시했다.[8] 그리고 중국 내 자료에

6 김진열, 『중국의 FTA협상 기본 전략과 한·중 FTA』, 서울: 높이깊이, 2010.
7 이희옥, 김재관, 주장환, 양평섭, 이홍규, 『한·중 FTA와 동아시아 지역주의』, 서울: 풀빛, 2009.
8 란운비, 「한국과 중국의 FTA전략에 관한 비교연구」, 전남대학교 석사학위논문, 2012.

서 왕샨샨(王珊珊)은 FTA같은 양자 또는 다자간의 국제무역관계에 대한 다소 일반적 논의를 전개하고 있다. 특히 중국이 다른 국가와의 FTA를 통해서 얻을 수 있는 이익을 설명하면서 중국의 FTA 전략적 구상을 제시했다.[9] 또한 후화이씬(胡懷心)은 주로 중국의 FTA 전략에 대한 기본적 내용을 서술하고, 한·중 FTA에 대한 평가를 시도하였다.[10] 류동후(劉東虎)는 동아시아 주요 국가들의 FTA 현황 및 전략을 분석하고, 중국의 동아시아지역에 대한 전략적 사고의 필요성을 강조하면서 중국의 FTA 추진 과정에 나타난 문제점을 지적하였다.[11] 한편 왕리(王莉)는 중국 FTA 정책의 발전과정을 검토한 후 FTA를 둘러싼 한·중 양국의 전략에 관한 비교연구를 수행하였다.[12] 한·중 FTA에 관한 중국의 연구 성과는 주로 「東北亞論壇」, 「國際商務論壇」을 통해 발표되고 있으며, 한·중 FTA에 따른 경제적 효과나 전략, 그리고 동아시아 지역경제통합 관련 연구가 주류를 이루고 있다.

한·중 FTA 전략에 관한 논문은 2001년 이후 다수의 연구논문이 발표되고 있으며, 특히 한·중 양국의 FTA 전략과 관련한 연구에 치중되어 있을 뿐만 아니라 FTA 전략과 관련된 대부분의 연구가 경제적 측면에 집중되어 있다는 한계를 지니고 있다. 특히 정치, 안보적 측면에 대한 심층적 연구는 빈곤한 실정이다. 또한 중국 FTA 전략에 관한 연구는 지역경제통합, 다자주의에 기초하고 있으나 한·중 FTA의 과정을 심층적으로 다루고 있지 못하다. 따라서 한국과 중국이 한·중 FTA를 적극적으로 추진하고 있는 배경과 의도, 그리고 합의과정에 대한 분석과 특징을 규명한 연구는 극히 소수에 불과하다.

---

9 王珊珊, 「中國雙邊FTA的利益分析及構想」, 東北師範大學 博士論文, 2014.

10 胡懷心, 「中韓FTA戰略比較研究」, 貴州財經大學 碩士學位論文, 2014.

11 劉東虎, 「我國東亞FTA戰略研究」, 中國中央黨校, 碩士學位論文, 2010.

12 王莉, 「中韓兩國FTA戰略的比較分析」, 東北財經大學 碩士學位論文, 2012.

이에 중국 외교정책 변화 분석을 출발하여, 한·중 FTA 체결과정을 바탕으로 중국의 동아시아 지역협력관계 구상에 대한 심층적 연구가 요구되고 있다.

본 연구는 기존연구를 보완하여 한·중 FTA 전략에 관한 일반적 내용을 서술하기보다 그것이 지닌 특징이 무엇인지를 분석한다. 이를 위해 중국의 지역주의에 대한 인식을 1978년 개혁개방 이후 외교정책의 변화를 통해서 파악하는데 중점을 주고 있다. 본 논문은 한·중 FTA에 관한 전략연구는 단순히 중국 FTA 전략이 지역주의, 다자주의 이론을 토대로 한 거시적 설명보다는 중국 외교정책변화 속에 지역협력관계에 대한 인식변화, 그리고 이것이 FTA 전략에 어떻게 투영되어 나타나고 있는 지를 분석한다. 특히, 본 논문에서는 중국의 외교정책의 변화로서 한·중 FTA 합의과정에 나타난 중국의 전략적 특징을 분석하는데 비중을 두고 있다.

1.3. 이론적 배경

1) 신자유주의적 제도주의

1990년대 이후 국제질서는 냉전 시기와 달리 국가 간 다양한 협력관계의 양태를 보이게 되었다. 1980년대 후반 구소련 및 동구권 국가들의 체제 전환이 이뤄진 이후 국제협력은 세계적 범위로 확대되었다. 이로써 세계는 시장경제, 자유무역의 제도화를 수립하는 방향으로 나아갔다. 이러한 협력적 현상을 현실주의 시각으로만 설명하는 데는 한계를 지닐 수밖에 없다. 자유주의 시각은 현실주의와 같이 국가를 국제정치의 주요한 행위자라고 간주하며, 국제정치의 무정부 상태를 인정하고 있다는 점, 그리고 무정부 상태(anarchy)가 국가의 행위양식에 직접적 영향을 미친다는 점에서 동일한 이론적 가정을 따르고 있다. 그러나 현실주의와 자유주의는 무정부 상태에서의 국가의 행위 양식에 있어서 서로 상이한 인식론저 가정에 입각하고 있다. 즉, 현실주의 시각은 무정부 상태에서 국가는 협력보다 갈등적 경향을 보이는 반면, 자유주의 전통은 무정부 상태 속에서도 협력이 가능하며, 진화할 수 있다고 주장한다. 또한 국가의 이익 추구 목표가 '상대적 이익'임을 강조한 현실주의와 달리 '절대적 이익'을 목표로 하며, 비록 '상대적 이익'이 존재한다고 하더라도 이는 '협력관계'의 본질을 방해하는 데는 이르지 못한다고 본다.[13]

무정부 상태에서의 협력 가능성이라는 자유주의의 기본 가정과 동일한 맥락에 있는 신자유주의(neo-liberalism)는 국제제도(international system)와 국제레짐(international regimes)을 국제관계에서 협력을 촉진하는 중요한 요인으로 이해하고 있다. 그런데 신자유주의는 '제도'의 중요성을 부각시키고 있다. 신자유주의적 제도주의를 이론적으로 규명하고 있는 코헤인(Robert Keohane)은 '제도'를 "행위역할을 지시하고, 행동을 제한하며, 기대를 형성하는 일련의 지속적이고 연결된-공식적·비공식적-규칙들"이라고 정의하고 있다.[14] 즉, 국제정치에서 제도란 그 역할이 단순히 국가 간 행위를 조율하는 것을 넘어 제도화 과정에서 국가행위에 영향을 주게 된다고 주장한다. 제도의 형태는 국제기구와 같은 공식적 제도, 특정 이슈에 대한 국가

---

13 박재영, 『국제정치 패러다임』, 파주: 법문사, 2009, pp.424-425.

14 Robert O. Keohane, *International Institutions and State Power: Essays in International Relations Theory,* Boulder: Westview Press, 1989, p.3.

간에 합의된 규칙을 갖는 국제레짐, 그리고 관례와 같은 비공식적 제도 등이 있다.[15] 국제레짐에 대한 개념은 1975년 러기(John J. Ruggie)에 의해 처음으로 제시되었다. 러기에 따르면, 레짐은 한 국가군에 의해 받아들여지는 상호 기대(inter-expectation), 규칙(rules)과 규정, 조직적 에너지와 재정적 공약으로 규정되고 있다.[16] 따라서 신자유주의는 국제레짐과 같은 제도의 영향으로 국가 간 협력이 지속된다고 본다. 신자유주의적 제도주의는 국제제도나 국제레짐은 단순히 국가의 행동에 영향을 주는 것뿐 아니라 보다 포괄적으로 제도가 개별 국가들에게 중요한 정보나 전문적 기술을 제공함으로서 외교정책 의제를 증진시키고, 개별 국가들의 대외정책 결정을 용이하게 하며, 국제 수준에서 국가들 간 협력관계를 가능하게 한다는 것이다.[17]

또한 크래스너(Stephen D. Krasner)는 국제레짐이란, "국제사회에서 행위자들이 기대하는 쟁점 영역에 대한 명시적(explicit), 묵시적(implicit) 합의에 따른 일련의 원칙(principles), 규범(norms), 규칙, 정책결정 절차(decision making-procedures)"로 정의하고 있다.[18]

자유주의는 제도적 사례로 국제 무역관계를 제도적으로 보장하는 WTO, FTA 등 경제적 상호관계, 유럽통합 등 지역공동체의 출현을 들고 있다. 그런데 신자유주의적 제도주의 관점은 지역협력관계를 설명하는데 있어서도 유용성을 지닌다. 즉 협력은 하위정치(low politics)로부터 상위정치(high politics)로 진화하는 성격을 지닌다는

---

15 박병철, 「국제평화에 관한 이론적 소고: 신자유제도주의를 중심으로」, 「평화학연구」 제14권 1호, 2013, p.21.

16 Ruggie, John G. International Response to Technology: Concepts and Trends, *International Organization,* Vol.29, No.3, 1975, p.570.

17 김준철(2010), p.17.

18 Stephen D. Krasner, "Structural Causes and Regime consequences: regimes as intervening variables," *International Organization,* Vol.36, No.2, 1982, p.186.

것이다. 따라서 국가 간 무역, 경제 협력은 점차 정치, 안보 등 분야까지 확대되며, 궁극적으로 지역 경제통합으로 발전할 수 있다는 것이다. 다시 말해, 신자유주의적 제도주의 관점에 따르면 국제정치는 무정부상태에서도 제도를 통해서 협력하는 관계가 가능하다. 이러한 점에서, 자유주의 시각은 국제사회의 본질을 협력적 관계로 강조함으로써 현실주의 시각에 비해 낙관적인 태도에 입각해 있는 것이다. 특히 국제제도 또는 국제레짐은 행위자들 간의 합의를 통해 규범을 확정하여 무정부 상태 하에서 발생하는 문제들을 해결함으로써 협력을 추동시키는 역할을 한다. 이러한 점에서, 신자유주의적 제도주의는 국제정치경제 관계에서 행해지는 무역 및 경제협력, 그리고 협력관계를 설명하는데 있어 이론적 유용성이 크다고 하겠다.

2) 분석의 틀

1990년대 본격화된 탈냉전 국제질서는 다자간 무역규범으로서 WTO의 창출 등 새로운 국제레짐을 출현시킴으로써 자유주의의 이론적 유용성을 다시 부각 시켰다. 이러한 과정에서 국가의 역할과 위상이 강조됨으로써 신자유주의에 대한 이론적 관심이 보다 확대되었으며, 다양하게 분기되는 계기를 맞게 되었다. 이로써 신자유주의는 상업적 자유주의(commercial liberalism), 공화적 자유주의(republican liberalism), 사회적 자유주의(social liberalism), 신자유주의적 제도주의(neoliberal institutionalism) 등의 갈래로 나아가게 되었다.[19]

특히 신자유주의적 제도주의는 국가를 주요한 행위자로 간주하

---

19 존 베일리스·스티브 스미스·퍼트리샤 오언스 편, 하영선 외 옮김, 『세계정치론』, 서울: 을유문화사, 2012, pp.160-161.

면서도, 국제 거버넌스(international governance)와 국제레짐의 형성 과정에 주요한 관심을 두고 있다. 본 논문은 한·중 FTA를 연구대상 으로 상정하고 있다. 이에 대한 이론적 설명을 위해 신자유주의적 제도주의를 따르고 있다. 이에 따라 국제정치 현상은 협력적 성격을 보이고 있으며, 이는 국가 간 합의를 바탕으로 형성된 제도를 통해 서 촉진시킨다는 가정에 입각해 있다. 신자유주의적 제도주의는 국 제사회의 본질을 '무정부 상태'라고 규정하고 주요 행위자로서 '국 가'를 가정하고 있기 때문이다.[20] 그런데 〈표 1〉과 같이 자유주의와 신자유주의적 제도주의는 동일한 인식론적 이론적 맥락을 지니면 서도 몇 가지 측면에서 차이점을 지닌다.

이와 같이 신자유주의적 제도주의는 국가 간 '협력'의 가능성과 '제도'의 역할을 강조하고 있으며, 국제정치경제학의 핵심 연구대상 으로서 국가 간의 경제협력을 설명하는 유용한 이론적 도구가 될 수 있다. 탈냉전 이후 국가들은 관세와 무역에 있어서 관세무역일반협 정(GATT: General Agreement on Tariffs and Trade), WTO 등 다양 한 제도를 통해서 자국의 이익을 만들어가고 있다. 이와 같은 국가 간의 협력관계는 부분적으로 상대적 이익의 차이에도 불구하고 장 기적 관점에서 상호이익 창출에 대한 기대 속에서 이뤄지게 된다. 대표적 사례로 미국이 GATT를 통해 개발도상국에게 제공하였던 최혜국대우 등 호혜적 태도를 들 수 있다. 그런데, 이는 미국의 장기 적 이익에 대한 고려에 근거한다고 할 수 있다.

---

20 김건우, 「다자간 안보레짐의 한계: 탈냉전기 유럽 안보협력에 대한 신자유제도주 의적 접근」, 『한국군사학논집』 제68호 1권, 2012, pp.124-125.

<표 1> 자유주의와 신자유주의적 제도주의의 인식비교

가정	자유주의	신자유주의적 제도주의
국가가 국제정치의 유일한 주요 행위자이다	아니다: 다른 행위자도 있다(전문화된 국제기관, 국가 상위기구, 이익집단, 초정부적 정책조직망, 초구가적 행위자들 [다국적 기업])	그렇다: 그러나 국제제도도 중요한 역할을 한다
국가는 단일하고 합리적 행위자이다	아니다 국가는 분열되어 있다	그렇다
무정부상태가 국가의 행동 우선순위를 결정하는 중요한 요인이다	아니다 국가는 분열되어 있다	명확히 그렇다
국제제도는 협력을 촉진시키는 독립 세력이다	그렇다: 기술, 지식, 복지 지향의 국내 관심도 중요하다	그렇다
협력에 대한 전망	낙관적	낙관적

* 출처 : Joseph M. Grieco, "Anarchy and the Limits of Cooperation: A Realist Critique of the Newest Liberal Institutionalism," *International Organization*, Vol. 42. No.3(1988), p.494.

신자유주의와 같은 자유주의적 시각은 국제무역을 자연스럽고 호혜적 교류로 인식하고 있다. 자유주의 국제정치이론가들은 자유무역이 쌍방 모두에게 이득을 제공하고 상호의존관계의 심화를 야기해 국제협력과 평화의 증진에 기여한다고 주장한다. 이런 국제무역관계는 국가 간 공통된 경제이익이 있고 국제무역을 통해서 정치적 이익까지 취득할 수 있다는 인식을 바탕으로 하고 있다. 신자유주의는 국제무역 활성화를 위한 국제기구인 GATT, WTO 등을 통해서 국제무역규범을 제정함으로써 무역자유화에 기여할 수 있다고 주장한다. WTO는 국제무역 확대, 회원국 간의 통상문제에서의 분쟁해결 등 세계시장에서 긍정적 역할을 시행하고 있으며, 국제무역 이 국제관계에 긍정적인 영향을 미친다는 입장을 취하고 있다. 국제 무역을 통해서 국가는 경제, 정치적인 이익을 취할 수 있으며, 국제 평화 또한 증진된다.[21]

이와 같이 제도화 과정을 통해 형성된 지역무역협정(RTA: Regional Trade Agreement), FTA같은 자유무역 협정은 국가 간의 원활한 무 역관계를 매개하는 역할을 수행하며, 상호 호혜적 이익을 취할 수 있도록 유도하는 기능을 담당한다. 특히, FTA는 국가 간 상호 이 득을 고려해서 합의의 원칙을 통해 규정을 확정한다. 또한 국가 간 에 상호 경제적 이익을 추구를 넘어 점차 협력의 수준을 제고시킴 으로써 외교, 안보적 협력으로 발전하게 된다. FTA는 국가들 간에 맺은 특정 제도로써 WTO보다 체결 가능성이 높고, 소수국가들 사이에 최대한 많은 공동의 이익을 창출하는데 핵심적 역할을 하 고 있다.

본 연구에서는 신자유주의적 제도주의의 이론적 가정에 바탕을 두고 국가 간의 협력의 제도화를 설명하기 위한 다양한 이론적 논의 들을 검토한다. 한국과 중국의 정치관계 및 경제관계는 'FTA 레짐' 을 통해서 협력의 수준과 범위를 확장해 나갈 수 있다. 한·중 양국은 FTA를 통해서 경제적으로 무역시장 활성화, 선진기술 교류, 자본 확 대 등의 효과를 기대할 수 있으며, 정치적으로도 지역 안정 확대, 지 역협력 강화 등의 큰 목표를 세우고 있다. 특히 중국의 입장에서는 양국의 FTA가 체결되면 경제이익이 물론이고 정치적으로 더 큰 의 미를 갖게 한다. 중국은 한·중 FTA를 통해서 주변국과의 교류가 확

---

21 우철구, 박건영『현대 국제관계이론과 한국』, 서울: 사회평론, 2004, pp.404-407.

대·심화 되면서 지역협력 관계의 강화를 추동하게 된다. 이는 중국이 추구하는 아시아 강국으로 성장전략과도 부합한다. 중국은 이를 발판으로 국제정치 무대에서 '책임 있는 강대국'을 궁극적 목표로 삼고 있다.

02
FTA에 대한 이론적 접근

▎2.1. FTA의 개념

일반적으로 FTA는 2개국 이상 국가들 간 또는 지역 상품의 자유로운 이동을 위해 모든 무역장벽을 완화하거나 제거하는 협정으로 정의된다. 이런 관점에서 보면, FTA는 지역경제통합의 한 형태로 이해할 수 있다. 또한 FTA를 교역의 내용 측면에서 본다면, FTA가 상품뿐만 아니라 서비스, 투자, 지적재산권, 정부조달, 환경 등을 포함하고 있어 포괄적인 개념으로 이해할 수 있다.[22]

FTA의 기본 구조와 역할은 〈그림 1〉과 같이 국가 간의 무역관계, 시장통합 등의 관계구조로 이뤄진다. FTA는 국가와 국가들 간 무역특혜를 부여하는 특혜무역협정으로서 지역경제통합을 위한 지역무역협정이다. 과거의 FTA는 인접국가 사이의 상품거래를 할 경우, 관세를 폐지하는 것이 협정체결 내용의 핵심을 차지하였다. 그러나 최근에는 원거리 국가들 간의 FTA 체결이 증가하면서 협정의 대상범위가 점차 확대되었다.[23]

---

22 이재기, 『FTA의 이해』, 서울: 한울, 2005, pp.73-75.
23 이창우, 『무한시장 FTA』, 서울: 다만북스, 2005, pp.29-30.

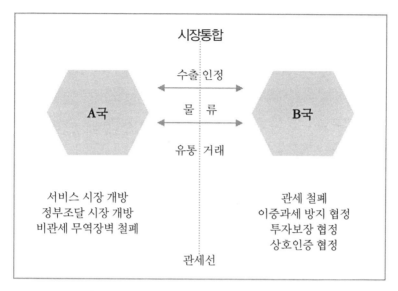

* 출처: 이창우, 『무한시장 FTA』(서울: 다만북스, 2005) p.30.

〈그림 1〉FTA 구조도

FTA는 국제무역질서의 변화와 밀접한 관계를 지니고 있다. 국제
무역질서는 1948년 출범한 관세와 무역에 관한 GATT를 기반으로
형성되었다. GATT의 목표는 다자주의(Multilateralism)를 기반으로
무차별주의(Non-Discrimination)[24]와 상호호혜주의(Reciprocity)[25]를
통한 관세장벽 철폐 및 수출입 제한 완화 등을 통해 세계교역의 증
진을 도모하는 것에 있었다. 그러나 GATT는 국제레짐으로서 강제
력을 지닌 국제기구가 아니라는데 한계가 있었다. 따라서 비강제적
규범을 지닌 GATT는 출발시점부터 많은 한계를 노출 할 수밖에 없

---

24 다자간 교역에 있어서 회원국 간 비차별성을 강조하는 최혜국대우를 의미하는 것
   이다.
25 외국기업이 국내에서 경제활동을 할 경우에 자국민과 동등한 내국민대우를 부여
   하는 것을 의미한다.

었다. 탈냉전 이후인 1995년 출범한 WTO는 국제무역질서를 주도해 온 GATT를 대체하였다. WTO는 무역장벽을 낮추고 무역협상의 기반을 제공함으로써 원활한 자유무역을 지원하는데 목표를 두었다.[26] 세계화의 확산과 더불어 많은 회원국들이 다자주의에 기반한 WTO에 가입하였다. 그러나 WTO는 농산물, 지적재산권 등 국가 간 이해가 걸린 민간품목들을 포괄하는 완전개방으로 나아가는데 이르지는 못하였다. 이러한 요인으로 인해 WTO에 가입한 대부분 국가들이 최소한 한 개 이상의 FTA를 체결한 상태이다.

WTO와 FTA는 무역장벽을 철폐 및 무역교역의 증대 등 경제를 지속적으로 발전해 나가기 위한 공통 목표를 가지고 있다. 그러나 WTO는 다자주의 원칙을 추구하는 반면에 FTA는 다자주의를 벗어나 양자주의 혹은 지역주의를 추구한다는 점에서 차이가 있다. 이러한 차이는 국가들의 자유무역 정책에 영향을 미치게 되었다. 즉, 국가들은 WTO를 통한 협상보다도 FTA 체결을 선호하게 되었다. 이는 각 나라들이 경제발전을 하는 과정에서 서로의 경제발전 수준 또는 정치적 차이가 존재하기 때문에 다자주의적인 WTO를 통한 목표의 실현보다도 상대적으로 FTA의 체결이 더 쉽게 이루어질 수 있을 뿐만 아니라 지역 간 경제무역 또한 더 효과적으로 이루어질 수 있기 때문이다.

현재 세계 무역질서는 다자주의와 양자주의가 병존하는 형태를 보이고 있다. 즉, 한편으로는 WTO를 통해서 모든 회원국에게 최혜국 대우를 보장해주는 다자주의의 원칙을 추구해나가고 있으며, 다른 한편으로는 양자주의에 기초한 FTA의 체결을 통해 경제통합의

---

26 윤남헌, 이호철, 『FTA 알고가자』, 서울: 씨스컴, 2013, pp.8-11.

모습을 보이고 있다. 무역세의 적용측면에서 살펴볼 때, FTA에서는
회원국들이 협상을 통하여 낮은 관세를 적용하는 반면에 비회원국
에게는 WTO에서 유지되는 관세를 적용하는 것도 FTA를 선호하게
된 요인으로 작용하고 있다. WTO와 FTA는 원칙적으로 같은 목적
을 가지고 있다. 그러나 FTA의 체결이 세계무역관계 속에서 국가
간 또는 지역 간의 무역경제관계를 원활하게 촉진하는 역할을 담당
한다고 할 수 있다.

〈표 2〉 국제무역체제의 변화

구분	GATT(1947~)	WTO(1995~)	FTA(2000~)
기본 원칙	MFN(최혜국대우) 다자우의, 자유무역주의	GATT+ 내국민대우·시장접근 보장·투명성의 원칙·공정경쟁 등	영역주의, 상호이익 균형의 원칙, 민감성존중의 원칙
설립 목적 및 성격	- 관세장벽 철폐를 통 한 세계 교역 증진 - 관세문제를 주로 다 루는 다자간무역협정	- GATT체제 확대 (무역분쟁 해결기구 상설화) - 무역과정에서의 모 든 문제를 포괄적으 로 다루어 나가는 국 제무역기구	- DDA협상의 부진에 따른 대체성격으로 출범 - 양자 간 또는 복수 국가 간 협정, 상호 이익 도모
의사 결정	만장일치	다수결	-

* 출처: 윤남헌, 이호철, 『FTA알고 가자』(서울: 씨스컴, 2013), p.13. 참조 재작성.

▎2.2. 세계 FTA체결 현황

2015년 6월 현재 WTO를 통해서 발효된 RTA은 총 398건이다. 그 중에서 상품무역을 다룬 FTA는 총 230건이다.[27] 여기에는 서비스 협정이 128건, 개도국간 특혜협정이 15건, 관세동맹[28] 25건이 포함 되어있다. 또한 대부분의 국가들이 최소한 한 개 이상의 FTA를 체 결하고 있는 것으로 나타나고 있다. 이러한 점에서 보면, 세계 FTA 체결은 높은 수준이라 할 수 있다.

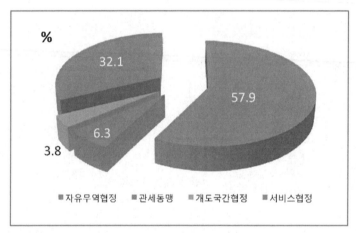

* 출처: 한국무역협회 국제무역연구원
http://okfta.kita.net/ftaInfo.do?method=rtaStatus&mainNum=0404
(검색일: 2015.6.6.)

〈그림 2〉 RTA 유형별 비중

---

27 "전세계지역무역협정RTA현황," http://okfta.kita.net/ftaInfo.do?method=rtaStatus&mainNum=0404 (검색일: 2015.6.6.)

28 관세동맹(Customs Union)은 자유무역협정(FTA)보다 통합수준이 높으며 회원국 간의 자유무역 이외에도 역외국에 대한 공동 관세를 적용한다.

〈그림 2〉을 살펴보면, WTO를 통해서 파악된 RTA는 총 4부분으로 나누어져 있는데 이는 FTA, 관세동맹, 개도국간 특별협정[29], 서비스협정[30]으로 구분할 수 있다.

세계무역질서를 규정하는 WTO의 출범에도 불구하고 다양한 경제적 목적을 추구하는 지역주의가 확산되고 있다. 이러한 배경에는 WTO 출범 전후에 대규모 FTA를 추진하는 모습을 살펴보면, FTA가 급속하게 발전하는 원인은 단순히 WTO가 추구하는 다자주의적 체제로 인한 결함으로 인한 것이라기보다는 국가와 국가의 경제, 정치, 외교 전략적 이익을 고려하였기 때문이다. 또한 세계경제의 발전과 동시에 국가들이 유럽연합(EU: European Union), 북미자유무역 협정(NAFTA: North American Free Trade Agreement) 같은 지역공동체를 형성하며, FTA는 지역경제통합의 길을 선호하고 있기 때문이다.

▎2.3. FTA의 긍정적 효과

무역 거래시 물품의 관세를 없애고 자유롭게 거래하는 FTA를 통해서 무역장벽을 완화함으로써 얻을 수 있는 효과로는 무역창출효과(Trade Creation Effect)와 무역전환효과(Trade Diversion Effect)가

---

29 개도국간 특혜협정(PSA, Partial Scope Agreement)은 방콕협정과 같은 개도국간 경제협력을 위한 지역협정으로서 GATT 제24조 혹은 GATS 제5조의 조건에 따른 것이다. 즉, 실질적으로 모든 무역 및 서비스의 자유화 조건을 충족하지 않아도 된다. 따라서 일부 품목에 대한 제한적 자유화도 가능하다.

30 FTA와 서비스협정(EIA, economic Integration Agreement)은 일반적으로 FTA가 체결될 때는 서비스 개방도 동시에 논의되는 경우가 많으므로, WTO 통계에서는 각각 FTA와 서비스 협정으로 중복 집계된다. 예컨대, 한·칠레 FTA의 경우도 FTA 1건, 서비스협정 1건 등 총 2건으로 집계되고 있다.

있다. 무역창출효과는 경제통합으로 인해서 재화 공급원이 생산비가 높은 공급원 A국에서 생산비가 저렴한 공급원 B국으로 대체됨으로써 발생하는 효과를 말한다. 반면에 무역전환효과는 생산비가 저렴한 공급원 A국이 생산비가 오히려 비싼 공급원 B국으로 대체되면서 발생하는 효과를 말한다.[31] 전자는 경제통합으로 인하여 무역창출의 긍정적 효과로 볼 수 있는 반면 후자는 부정적 효과로 볼 수 있다. 무역창출효과가 무역전환효과보다 큰 경우에는 경제통합의 후생효과가 증대되는 것으로 본다. 최근 전 세계적인 국가들이 FTA 체결을 적극적으로 추진하는 배경 하에는 FTA를 통해서 무역창출효과가 더 클 것이라는 낙관적 기대가 자리를 잡고 있는 것으로 보인다. FTA에 대한 긍정적 효과를 살펴보면 첫째, 소비자 후생증대 효과가 있다는 것이다. 소비자 후생효과라는 것은 국가 A가 FTA의 체결을 통해서 예전보다 더 싼 가격으로 더 많은 물품을 소비하게 되는 것이다. 이것을 통해서 소비자의 후생이 증대된다. 간단히 말하면 관세의 철폐 등으로 인해 국내외 물품 간 경쟁으로 물품 가격이 하락하는 반면에 소비자의 소비능력은 증가하게 되는 것이다. 둘째, 경제성장에 대한 가속화 효과이다. FTA의 체결로 관세철폐 등의 문제가 발생하게 되는데 이로 인해 국내 기업의 경쟁 압력이 증가하게 된다. 국내시장에서 장악력을 향상시키기 위해 제품에 대한 기술력을 강화하고 비용을 낮추게 된다는 측면에서 경제성장의 동력이 된다. 셋째, 해외직접투자를 유치하는 효과이다. FTA를 통해서 무관세 등의 혜택을 받음으로써 시장에 대한 접근을 더욱 쉽게 할 수 있다. 이로써 국가 간 자본의 유동성이 확대되어 해외직접투자에 확대

---

31 金鍾旭, 「무역창출효과와 무역전환효과」, 부산발전포럼, 2005, p.92.

를 추진한다. 넷째, 시장의 창출·선점 효과이다. FTA 협정을 통해서 FTA 역내 국가는 역외국가보다 더 유리한 조건을 가지고 시장 확보에 있어서 더 안정적인 무역이 가능해지는 것이다. 다섯째, 정치, 외교적으로 봤을 때 지역 간 동맹, 안보강화의 효과가 있다는 것이다. 이는 FTA의 체결이 단순히 경제적인 이익뿐만 아니라 정치적으로 국가들 간의 동맹 강화, 지역 간의 평화를 확보할 수 있도록 한다는 것이다. 현재 한·중 FTA의 경우에는 양국의 기본적인 경제관계 형성을 추구하지만 동북아 평화, 안보강화에 대한 긍정적 기대가 존재한다. 즉 중국의 부상 이후 한·중 관계가 더욱 밀접해지면서 양국은 FTA 체결로 인해 경제와 정치, 외교적 혜택이 제고될 것이라고 인식하고 있다.[32]

최근에 많은 국가들이 FTA를 추진하기 위해 적극적인 노력을 하고 있다. 이는 FTA 체결의 긍정적인 효과가 크다는 판단 하에서 이루어지는 것이다. 그럼에도 불구하고 FTA를 통해 발생하는 부정적 효과도 없지는 않다. 국가는 FTA의 협상과정에서 FTA를 통한 수입보다 수출의 증대를 더욱 원하게 된다. 하지만 실제 FTA 협상과정에서 양국의 이익을 고려했을 때 산업 별 이익의 정도에 차이가 존재하게 되므로 FTA를 체결하게 되면 자국의 취약 산업은 어느 정도의 타격을 받을 수 있다. FTA의 추진은 국가 전체적으로 그 이익을 봤을 때 긍정적 효과가 더 크지만 국가 내 시장의 안정성이 국가경제와 정치발전의 중요한 부분이라는 점에서 부정적 효과를 간과할 수는 없다. FTA의 협상과정에서 발생할 수 있는 문제점과 우려는 각 국가의 대책을 필요로 하고, 국민과의 소통과 협상을 필요로 한다.

---

32 마창환, 『FTA 이해와 활용』, 중앙일보 시사미디어, 2010, pp.28-38.

03
중국의 외교정책변화와
지역협력관계

▍3.1. 지역협력관계의 구상

21세기 국제정치의 두드러진 특징은 지역주의가 확산되면서 EU와 ASEAN 같은 지역공동체 형성과 동시에 지역 간 또는 국가 간 다양한 협력체제를 통해 긴밀한 관계를 맺어오고 있다는 점이다. 지역협력관계의 형성을 이해하기 위해서는 지역주의의 배경과 더불어 지역주의 생성단위로서 '지역' 개념을 먼저 파악할 필요가 있다.

일반적 의미에서 '지역'은 지리학에서 하위에 있는 단위체를 의미하며, 이는 '미시 지역' 혹은 '지방'이라고 칭해진다. 하지만 정치학 혹은 국제정치학에서 이해하는 지역은 국제체제의 하위 수준 또는 초국가적 단위체를 의미한다. 여기서 지역은 '거시 지역'으로서 국민국가 영역과 지구 혹은 국제체계 사이에 존재하는 공간을 말한다. 그러나 21세기 이후에 들어서면서부터 전통적 시각을 넘어 지역의 개념은 대단히 전략적으로 이루어지고 있다.[33] 즉, '지역'은 지리적 측면뿐만 아니라 사회적 의미를 포함한 포괄적 개념으로 받아들여지고 있다. 국제정치에서의 지역주의는 냉전시기에는 유럽중심의 지역주의가 중심이었다면, 탈냉전 이후에는 세계를 중심으로 움직이는 신지역주의를 특징으로 하고 있다. 탈냉전 이후 광범위하고 빠른 속도로 진행되는 지역주의는 동아시아 지역의 경제협력분야에서도 나타나고 있다. 동아시아 지역주의에 대한 역사적 계기는 1980년 9월 캔버라에서 태평양경제협력회의(PECC: Pacific Economic Cooperation Conference)의 창설과 1989년 아시아태평양경제협력체(APEC: Asia Pacific Economic Cooperation)의 창설에서부터 찾을 수 있다. APEC은 아·태지역에서의 경제협력문제에 대한 논의를 촉발시키는 계기가 되었다. APEC은 호주가 주도하고 일본이 지원하면서 시작되었지만, 미국이 이에 대해 높은 관심을 가지면서 무역자유화와 APEC의 효율적 운영이 주요 의제로 부상하게 되었다.[34]

1997년 발생한 아시아 경제위기는 아시아 지역경제협력관계에 있어 중요한 시기였다. 아시아경제의 붕괴위기에도 불구하고 미국과 APEC은 여기에 적극적으로 대응하지 못했다. 그 이후 1997년 12월, ASEAN 창설 30주년 기념 정상회의를 계기로 한·중·일3국이 참여하면서 APT(ASEAN Plus Three) 정상회의가 출범하게 되었다. 아시아지역의 강대국인 중국과 일본, 한국이 APT에 적극적으로 참여함과 동시에 자국의 아시아 지역에서의 영향력 또한 확보하고 있다. APT는 현재도 아시아지역에서 중요한 역할을 담당하고 있으며, 지역협력관계 속에서 성공적인 사례가 되고 있다.

동아시아 지역주의는 국가들 간의 협력관계를 형성하면서 지역

---

33 정용화, 박명림, 손열, 조영남, 박인휘, 전재성, 김상배,『동아시아와 지역주의』, 서울: 지식마당, 2006, pp.13-14.

34 유현석,『동아시아 지역주의: 평화, 번영, 인간안보의 지역적 모색』, 서울: 집문당, 2012, pp.67-69.

통합의 길로 나아가게 되는데 지역통합은 국가들이 특정한 목적을 가지고 이는 달성하기 위해 제도나 규범을 만들어서 지역협정을 만드는 과정이다. 이를 통해서 협정을 맺은 국가들 간의 정치, 경제, 사회, 문화 등의 분야에서 상호작용을 증진하게 된다.[35] APEC과 APT 등과 같은 공동체의 형성은 바로 이런 역할을 하고 있다. 하지만 유럽지역에 비하면 동아시아 지역공동체는 또 다른 특징을 가지고 있다. 이런 특징들을 정리해보면 다음과 같다. 첫째, 동아시아 지역주의는 역내와 역외로의 촉진요인으로 작용해 왔다는 사실이다. 둘째, 동아시아 지역주의는 특히 동남아지역통합체로서 ASEAN이 주도적으로 추진되고 있으며, ASEAN 방식의 통합전략으로 추진되고 있다. 셋째, 지역주의의 경제협력문제는 가장 큰 관심사이지만 지역협력의 범위가 정치안보·사회문화적 영역으로 확대되어 나가고 있다. 넷째, 동아시아 지역주의는 그 발전과정에서 APT와 동아시아정상회의 (EAS: East Asia Summit)로 이원화되면서 동아시아지역통합의 향방에 많은 영향을 미칠 것으로 기대되고 있다.[36] 이를 통해 동아시아 지역공동체 형성은 단일한 요인에 의해 작용해 온 것이 아니라 지역 내, 외적인 원인을 통해서 추진되어 왔다고 할 수 있다. 또한 EU와 같은 유럽 공동체에 비하면 범위가 더 넓다. 특히 지역협력, 경제통합에 중점을 두고 있지만 정치, 사회, 문화의 분야로까지 관심이 확대되어 가고 있는 것이다. 동아시아 지역공동체의 이런 특징을 통해서 지역 내부의 구성, 구성원, 지역정체성 등 ASEAN 지역의 특수성을 확인할 수 있다.

---

35 전홍택, 박명호,『동아시아 통합전략: 성장·안정·연대의 공동체 구축』, 한국개발연구원, 2010, pp.27-28.
36 주봉호,「동아시아 지역주의: 현황과 전망」, 동북아시아문화학회 국제학술대회, 2010, p.246.

이와 같이 동아시아 지역공동체의 특징들이 드러나면서 동아시아 지역주의의 중요성은 크게 강조되고 있다. 세계화가 가속화되면서 국제적 협력관계는 국가들 간의 경쟁과 협력을 추동하는 동시에 자국의 발언권을 강화하고 있다. 21세기에 들어오면서 세계질서의 변화와 동시에 국가와 국가 간의 상호 의존관계와 협력은 국제사회의 불가피한 현실이 되었다.

3.2. 중국의 지역협력전략 변화

탈냉전시대 지역주의 발전의 추세는 동아시아 지역으로 전환되고 있다. 동아시아 지역협력관계의 형성은 중요하며, 그 과정 속에서 중국은 동아시아지역에 대한 새로운 대응전략을 도입하고 있다. 개혁개방 이후 부상한 중국의 동아시아 지역에 대한 전략적 변화는 동아시아 지역에게 영향을 주는 것이다. 중국은 개혁개방 이후 경제발전과 외교노선의 변화로 인해 동아시아 지역주의에 대한 높은 관심과 새로운 인식을 가져왔다.

먼저 1980년 중반 이후 동아시아 지역주의의 발전 배경을 살펴보면 다음과 같다. 무엇보다 예전에 비해 동아시아 역내 국가들의 동맹관계는 과거에 비해 배타적 모습으로 변화하였으며, 국가 간의 협상과 타협을 통해서 접촉과 교류가 높아졌다. 또한 중국을 비롯한 사회주의 국가의 개방정책에 따라 냉전시기 소원해 있던 역내 국가 간에 지역차원의 연계가 강화되어 왔다. 이러한 이데올로기의 약화와 경제시스템의 통합이 동아시아 지역주의의 발전에 상당히 기여하였으며, 이외에도 경제적 다양성에 따른 상호보완성 등이 동아시아 지역의 지역주의 발전의 유리한 원동력이 되었다. 예를 들어서 1980년대 중반 일본과 기타 동아시아 국가인 말레이시아, 필리핀, 태국, 인도네시아 등의 자원 집약적 산업 등 다양한 경제적 구조의 형성은 동아시아 지역 발전의 원동력이 되었다. 중국은 탈냉전 시대에 접어들면서 이러한 동아시아 지역주의 발전 배경을 기반으로 자국의 외교적 변화를 도모함과 동시에 동아시아 지역주의의 새로운 전략적 인식을 구상해왔다.[37]

중국의 외교정책변화는 크게 두 시기로 구분해 볼 수 있다. 먼저 개혁개방 이전 중국의 외교정책으로 마오쩌둥(毛澤東) 중심의 중국 외교정책이다. 이 시기에는 중국과 서방 국가와의 교섭은 제한적이었으며, 대부분의 국제교류는 사회주의 진영내부에 국한되었다. 이러한 외교정책은 상징적으로 "새로 시작하기(另起爐竈)", "국내의 외국침략 세력을 제거한 후 다른 국가와 수교하기(打掃幹淨屋子再請客)", "대소일변도(壹邊倒)"의 정책기조를 통해 표출되었다. 특히 '대소일변도 외교정책'은 중국은 소련의 사회주의 진영의 입장을 표방하는 것이었다.

그리고 다른 주요시기는 1978년 덩샤오핑이 개혁개방을 통해서 적극적인 경제발전에 중심을 두던 시기였다. 이때 중국은 '평화와 발전론'을 통해 평화적 국제관계에 바탕을 두고 경제성장에 집중하고자 하는 외교노선을 제시했다. 특히 1980년 이후 중국의 외교 전략은 실용적인 경제발전에 중심이 두어졌다. 이를 실현하기 위해 평화로운 국제환경이 필요하다는 것이다. 이때 현대화 경제발전을 추진하기 위해서 서방국가와 경제관계의 중요성을 느끼고, 외교적으

---

37 서정경, 원동욱, 「동아시아 지역주의와 중국의 대응전략」 『한국정치학회보』 제43집 제2호, 2009, p.267.

로 서방국가와의 상호 관계 증진을 시도하였다. 다음으로 쟝쩌민 체제가 등장한 이후 중국은 '신안보관' 외교정책을 실시하며, 다른 국가와의 협력관계를 중시하였다. 후진타오 시대에 들어와서 '평화굴기' 외교 전략으로 전환했으며, 미국과의 관계는 경쟁과 협력의 이중적 성격을 가지고 있었다. 왜냐하면 경제적으로 급속한 발전을 하던 중국은 대국으로 성장해 나가려는 목표를 가지고 있었으며, 이를 달성하기 위해서는 평화적 환경질서, 특히 강대국과의 관계도 중요했기 때문이다. 또한 2012년에 2월, 시진핑(習近平)은 워싱턴 방문 연설에서 '신형대국관계'를 본격적으로 제시하면서 국가 간의 상호의존, 상호신뢰, 즉 공존의 중요성을 강조했다. 이것은 부상하는 중국의 21세기 미중 관계에 대한 신외교적 전략이다. 그 동안 국제정치에서는 국가 간 서로에 대한 불신으로 인해 공존하지 못하였다. 이에 반해 시진핑은 신형대국관계를 제시하며 국제정부에서 국가들 간의 상호신뢰, 공존을 통해서 협력관계가 형성될 수 있다고 제시했다(〈표3〉참조).

〈표 3〉 중국의 외교정책 변화

주요시기	외교 정책	중점 방향
덩샤오핑	평화와 발전론, 도광양회, 유소작위	개혁개방을 통해 사상적 해방, 경제발전 중시
쟝쩌민	신안보관	다자주의 중심
후진타오	화평굴기, 화평발전	국내안정 중시, 국가 발전 확보
시진핑	신형대국관계	미국 등 강국과의 관계 중시

* 출처: 필자작성.

중국은 '평화와 발전론', '신안보관', '화평굴기', '신형대국관계' 등의 외교정책으로 국제사회에서 자국의 발전 이념을 구체화를 시켰으며 특히 2001년 중국이 WTO에 가입하면서 국제화가 정점에 이르렀고, 상해협력기구(SOC: Shanghai Cooperation Organization), 6자회담, 보아오(博鰲)포럼, ASEAN, APT와 FTA 등 지역협력관계에 적극적으로 참여하였다.[38]

21세기에 중국은 강대국과의 관계뿐만 아니라 다자주의를 강조하면서 주변 국가와의 관계, 특히 동아시아 지역의 협력관계에 우선순위를 두고 있다. 다시 말하면 중국은 국제사회에서 강국으로 부상하고 있는 동시에 주변국, 지역 간의 협력관계 또한 적극적으로 추진하는 모습을 보여주고 있다.

3.3. 지역협력과 FTA의 역할

동아시아 지역주의의 제도화는 1960년대부터 본격적으로 제도화의 방향으로 나아갔다. 최초 5개국을 중심으로 형성된 ASEAN은 1999년 캄보디아의 가입으로 현재 10개 회원국을 보유하게 되었다.[39] 이후 이러한 동아시아의 지역주의는 ASEAN을 중심으로 심화되어 나가다 지리적 범위를 넓혀 아태지역으로 범주가 확대된다.

동아시아의 지역주의는 1997년 아시아 금융위기를 계기로 그 필요성이 제기되면서 활발하게 진행되었다. 이러한 맥락에서 ASEAN

---

38 한국국제정치학회 중국분과, 『중국 현대국제관계』, 서울: 오름, 2008, p.26.
39 2015년 현재 ASEAN회원국은 인도네시아, 말레이시아, 필리핀, 싱가포르, 태국, 브루나이, 베트남, 라오스, 미얀마, 캄보디아 등 10개 국가이다.

국가들과 한국, 중국, 일본이 참여하는 APT가 출범하게 되었다. 즉, 동아시아 지역주의는 최초로 ASEAN의 제도화를 계기로 ASEAN을 중심으로 시작하게 되었다. 그리고 그 이후 2001년부터 동아시아 역내 국가들이 FTA를 적극적으로 추진하기 시작하였고, 다른 제도적 경로보다 상대적 협상 가능성이 높은 FTA를 선호하는 동아시아 지역주의의 성격이 나타났다.[40]

최근에 빠른 속도로 추진하고 있는 FTA는 지역주의, 또한 지역경제통합의 형성에 큰 의미가 있다. 특히 아시아 역내 국가들 간의 적극적 FTA 추진과 함께 동아시아 중심 국가인 한·중·일 3국의 FTA 형성은 중요한 의미가 있다. 뿐만 아니라 고도로 경제 발전 중인 중국의 입장에서 보면 한·중·일 3국의 FTA형성은 지역 간 경제통합과 지역협력강화를 촉진하는 역할을 한다.

중국의 FTA 추진의 계기는 2002년 11월에 한·중·일 정상회담에서 원쟈바오(溫家寶) 총리가 한·중·일 3국간의 FTA를 공식적으로 제의하면서 부터이다. 그러나 한·중·일 3국간의 FTA는 일본의 소극적 태도와 3국의 정치경제, 사회문화 등 여러 부문의 차이로 인해 타결에 이르기 쉽지 않을 것으로 전망되고 있다. 실제 한·중·일 3국의 FTA 추진과정에서 몇가지 한계를 노출하고 있다. 첫째, 다국 간의 FTA 추진은 양국 간의 FTA보다 상대적으로 어렵다는 문제. 둘째, 한·중·일 3국의 정치경제적 구조에 차이가 존재한다는 문제. 셋째, 3국간의 영토문제. 넷째, 역사적 문제. 다섯째, 국제관계 문제, 특히 미국과의 국제관계문제 등 주요한 문제들이 있다. 먼저 다자간의 FTA 형성 과정은 양자간의 FTA 형성보다 합의도달이 용이하지 않

---

40 이승주, 「FTA의 확산과 동아시아 지역주의의 중층화」, 『한국정치외교사논총』 제 32집 1호, 2008, pp.140-146.

다. 왜냐하면, 국가 수가 많아질수록 다양한 협상의제와 충돌요인이 많기 때문이다. 또한 한·중·일 3국의 경우, 정치, 경제적 차원의 차이가 크다는 점도 작용하고 있다. 즉 민주화된 한국과 일본은 중국과 완전히 다른 정치구조를 가지고 있어서 일치 정도가 낮고 내부적 논의대상과 합의되어야 할 문제 많을 수밖에 없기 때문이다. 한·중·일 3국간 영토문제도 FTA 타결의 장애요인으로 작용한다. 일본과 중국의 조어도(釣魚島)문제, 일본과 한국의 독도문제는 국가 간 민감성이 대단히 큰 문제가 되고 있다. 영토문제는 한 국가의 자존심과 주권(主權)이 걸린 문제이므로 쉽게 양보하거나 해결할 수 있는 문제가 아니라는 점에서 협상의 구조적 장애물이 되고 있다. 다음은 역사문제인데 지리적으로 인접한 한·중·일 3국은 역사적으로 복잡하게 얽혀있다. 특히 일본은 중국과 한국 모두를 침략한 역사가 있고, 신사참배와 위안부 문제들로 인해 중국과 한국 사람에게 깊은 상처를 주었다. 슬픈 과거사 문제들로 인하여 다시 정치경제적인 협력관계를 맺는 것은 불가능하다기 보다 쉽지 않을 것이다. 마지막으로 한·중·일 3국은 미국과의 관계에도 영향을 받는다. 중국의 부상으로 미국은 국제적 지위에 불안과 위협을 느끼고 중국을 견제하려는 움직임을 보이고 있다. 이로 인해 여러 동아시아 국가 중에서도 한·중·일 3국과 미국의 관계에 주목할 필요성이 높아지게 되었다.[41] 한·중·일 3국간의 FTA는 위에서 분석한 것과 같이 많은 난관을 마주하고 있으며, 단기적 관점에서 타결을 기대하기는 쉽지 않다.

2003년부터 한·중·일 3국의 민간 공동연구가 시작해서 2015년 이후 3국의 FTA 협상이 도쿄와 서울에서 지속적으로 이뤄지고 있다

---

41 박홍석, 「한·중·일 FTA의 가능성과 한계」, 「국제정치연구」제13집 1호, 2010, pp.165-167.

(《표 4)참조). 그러나 〈표 4〉에 따르면, 한·중·일3국의 FTA 연구는 2003년에 시작되어, 2011년 말에 연구가 종료되었다. 그러나 그 기간 동안 큰 성과를 거두지 못하고, 2013년3월이 되어서야 한·중·일 FTA 제 1차 협상을 시작하였으며, 2015년 6월 현재 제7차 협상까지 하였지만 한·중·일 3국 FTA는 단기간 안에 이룰 수 없었다. 앞으로 3국의 FTA 형성은 장기적인 관점에서 더 많은 협상과 합의를 통해서 추진해나가야 할 것이며, 현실적인 조건에서 당장 3국의 FTA 체결보다는 양국 간의 FTA 추진을 우선적으로 실시하여 이를 3국간 FTA 체결로 확대해 나갈 필요가 있다. 특히 한·중·일 3국의 FTA에 한국은 일본과 달리 긍정적인 태도를 보였으며 이는 한·중 FTA 체결의 가능성이 한·중·일 3국의 FTA 체결의 가능성보다 더 높다는 것을 의미한다. 또한 한·중·일 3국의 FTA에 대해 중국은 가장 적극적인 모습을 보이고 있다.

〈표 4〉 한·중·일 FTA 추진과정

2003-2009	3국간 민간공동연구 진행
2009.10.10	한·중·일 정상회의 시 산관학 공동연구 추진 합의
2009.10.25	한·중·일 통상장관회의시 2010년 상반기 중(한·중·일 정상회의 개최 이전) 산관학공동연구 개시 및 이를 위한 준비회의를 2010년초 한국에서 개최키로 합의
2010.1.26	한·중·일 산관학 준비회의 개최(서울), 공동연구 운영규칙(TOR)등 협의
2010.5.6-7	한·중·일 FTA 산관학 공동연구 제 1차 회의 개최(서울)
2010.9.1-3	한·중·일 FTA 산관학 공동연구 제 2차 회의 개최(도쿄)
2010.12.1-3	한·중·일 FTA 산관학 공동연구 제 3차 회의 개최(웨이하이)
2011.3.30-4.1	한·중·일 FTA 산관학 공동연구 제 4차 회의 개최(제주)
2011.6.27-28	한·중·일 FTA 산관학 공동연구 제 5차 회의 개최(키타큐슈)
2011.8.31-9.1	한·중·일 FTA 산관학 공동연구 제 6차 회의 개최 (창춘)
2011.12.14-16	한·중·일 FTA 산관학 공동연구 제 7차 회의 개최 (평창)

2011.12.16	한·중·일 FTA 산관학 공동연구 종료
2012.5.13	3국 투자보장협정 서명
2012.11.20	한·중·일 FTA 협상개시 선언 (프놈펜)
2013.3.26-28	한·중·일 FTA 제1차 협상(서울)
2013.7.29-8.2	한·중·일 FTA 제2차 협상(상하이)
2013.11.26-29	한·중·일 FTA 제3차 협상(도쿄)
2014.3.4-7	한·중·일 FTA 제4차 협상 개최(서울)
2014.9.1-5	한·중·일 FTA 제5차 협상 개최(베이징)
2015.1.16-17	한·중·일 FTA 제6차 수석대표협상 개최(도쿄)
2015.4.13.-17	한·중·일 FTA 제7차 실무협상 개최(서울)

* 출처: "한·중·일 FTA 현황,"
  http://okfta.kita.net/ftaInfo.do?method=korStatusView01&pageGb=N&idx=7
  62&mainNum=0402 (검색일: 2015.4.13.)

04
한·중 FTA
추진배경과 과정

4.1. 중국의 FTA 추진정책과 내용

중국의 FTA 추진 현황을 살펴보면, WTO가입 이후 FTA 체결을 빠른 속도로 진행하고 있으며, 시진핑 지도부 출범 이래 새로운 발전 추세를 보이고 있다. 주변국가와 FTA를 추진하는 것뿐만 아니라 그 범위를 국제적으로 더 넓히고 있다. 그리고 주변국가인 한국과 FTA를 적극적으로 추진하면서 한·중·일 FTA의 계획을 내세우며 역내 포괄적 경제동반자 협정(RCEP: Regional Comprehensive Economic Partnership)등 지역적 자유무역협정 또한 적극적으로 참여하는 모습을 보인다.

그리고 중국은 FTA 추진에 있어서 양적인 측면뿐만 아니라 질적인 측면을 고려하고 있다. 예를 들어 중국은 스위스와의 FTA에서 상품수출, 관세개방의 정도에서 매우 높은 수준의 타결을 이뤘다. 또한 그동안 중국은 다른 국가와의 FTA를 적극적으로 추진해오면서도 민감한 분야로 여겨지는 환경, 노동 등 부분에서는 협력의 어

려움을 겪어왔지만 협력 범위를 넓히면서 타결 가능성에 중심을 두고 있다.[42]

중국의 FTA 추진 과정은 WTO가입 이후 주변 국가와 경제적 측면에서의 이익을 위주로 추진해왔지만, 경제적 이익과 비경제적 이익을 추진하면서도 외교, 안보 측면으로까지 확장해 나가는 성격을 띠고 있다.

〈표 5〉 중국의 FTA 추진현황

구분	국가/협정명	추진경과	비고
발효 (11건)	태국 FTA	발효(2003.10.)	
	홍콩 CEPA	발효(2004.1.)	- 포괄적 경제동반자 협정 (CEPA: Closer Economic Partnership Arrangement)
	마카오 CEPA	발효(2004.1.)	
	ASEAN FTA	EHP 발효(2004.1.) 상품협정 발효(2005.7.) 서비스협정 발효(2007.7.) 투자협정 서명(2009.8.)	- 동남아시아국가연합 (ASEAN): 싱가포르, 말레이시아, 필리핀, 브루나이, 인도네시아, 태국, 캄보디아, 라오스, 베트남, 미얀마 등 10개국 - 조기 철폐 프로그램(EHP: Early Harvest Programme)
	칠레 FTA	상품협정 발효(2006.10.) 서비스협정 발효(2010.8.) 제6차 투자협정 개최(2010.2.)	
	파키스탄 FTA	EHP 발효(2006.1.) 상품협정 발효(2007.7.) 서비스협정 발효 (2009.10.)	

---

42 이해연, 명진호, 제현정, 문슬기, 안병선, 『주요국 FTA추진 현황과 2014년 전망: 19개 경제권(69개국)을 중심으로』, 한국무역협회 국제무역연구원, 2014, p.11.

구분	국가/협정명	추진경과	비고
발효 (11건)	뉴질랜드 FTA	발효(2008.10.)	
	싱가포르 FTA	발효(2009.1.)	
	페루 FTA	발효(2010.3.)	
	코스타리키 FTA	발효(2011.8.)	
	태만 ECFA	ECFA 공식서명(2010.6.) ECFA 발효(2010.9.) EHP 발효(2011.1.) EHP 2단계 발효(2012.1.) 양안투자보장협정, 양안세관협정 서명(2012.8.9.) EHP 3단계 발효(2013.1.) 양안투자보장협정, 양한세관협정 발효(2013.2.) 양안서비스무역협정 서명(2013.6.)	- 경제협력기본협정(ECFA: Economic Cooperation Framework Agreement) - 조기 철폐
서명 및 타결 (4건)	아이슬란드 FTA	서명(2013.4.)	- 유럽국가와 최초의 FTA
	스위스 FTA	서명(2013.7.)	
	호주 FTA	타결(2014.11.)	
	한국 FTA	타결(2014.11.) 정식서명(2015.6.) 국회 비준동의안 제출 (2015.6.)	
협상 중 (5건)	SACU FTA	협상 개시 선언(2004.6.)	- 남아프리가 관세동맹(SACU: Southern African Customs Union) 보츠와나, 레소토, 나 미비아, 남아공, 스와질란드 등 5개국

구분	국가/협정명	추진경과	비고
협상 중 (5건)	GCC FTA	2014-17Action Plan 서명(2014.1.)	- 2014-17 Action Plan: 경제 분야 및 교육, 문화 등에 양국이 합의한 것으로 향후 FTA체결의 초석을 마련하고자 한다.
	노르웨이 FTA	제8차 협상(2010.9.)	
	한·중·일 FTA	제7차 실무협상 개최(2015.4.) 제7차 수석대표협상 개최(2015.5.)	
	RCEP	관세 자유화율 합의 목표(2014.8.) 협상 타결 목표(2015)	- 역내포괄적경제동반자협정 (RCEP) : ASEAN 10개국, 한· 중·일, 호주, 뉴질랜드, 인도 등 총 16개국
추진 검토 (1건)	인도 RTA	공동연구 개시(2003) 공동연구 종료(2007.10.) 정상회담 개최(2008.1.) 무역투자 포럼 개최 (2010.1.)	

* 출처: 이혜연, 명진호, 제현정, 문슬기, 안병선, "주요국 FTA추진 현황과 2014년 전망," 한국무역협회 국제무역연구원(2014.3.), pp.12-13. 참고하여 재작성.

4.2. 한국의 FTA 추진정책과 내용

한국의 FTA 추진정책은 세계무역질서에 따라 변화해 왔다. EU, NAFTA 등과 같은 다른 지역에서의 지역경제통합의 성공적 사례를 모델로 삼아 지역무역협정에 적극적으로 참여하고 있는 것이다. 특히, 경제적으로 부상하고 있는 중국과의 FTA 체결을 통해서 장기적으로 한·중·일 FTA의 추진이라는 목표를 세우고 있다. 한·중·일

FTA가 체결되면 아시아 지역경제통합이 중요한 단계에 들어서게 된다. 또한 한국의 2015년까지의 FTA 추진 현황을 살펴보면 발효한 FTA가 11건이나 되었고, 서명 및 타결된 FTA는 4건이 있고, 협상중인 FTA는 7건이 있다. 자세한 내용은 아래 〈표 6〉와 같이 한국의 FTA 추진현황을 통해서 제시한 바 있다.

한국은 무역경제시장에서의 생산성과 경제력 등을 향상시키기 위해 지역무역협정을 적극적으로 추진하고 있다. 이에 따라 한국의 FTA는 4가지 원칙에 기반하여 추진되고 있는데, 첫째, 동시다발적 추진원칙이다. 즉, FTA 체결진도를 단기화하여 추진하고 기업들의 기회비용 최소화, FTA끼리의 상이한 효과들을 상호 상쇄, 보완할 수 있도록 하는 것이다. 둘째, 선진 거대 경제권과의 우선적 FTA 추진 원칙이다. 이를 통해 한국경제의 선진화와 경제적 이익의 극대화를 도모할 수 있도록 하고 산업 성장동력 확보를 위해 신흥 유망시장과의 FTA를 추진하는 것이다. 셋째, 포괄적 FTA 추진 원칙이다. 즉, FTA 내용에 있어 상품분야뿐만 아니라, 서비스, 투자, 정부조달, 지적재산권, 기술 표준 등 광범위한 산업부문을 포함시키는 것이다. 넷째, 국민적 동의에 기반한 FTA 추진원칙이다. 즉, 체계적이고 국민적 이해를 바탕으로 국민이 공감하는 FTA 추진이다.[43]

---

43 정인교, 노재봉, 『글로벌시대의 FTA전략』, 서울: 해남, 2005, pp.165-180.

<표 6> 한국의 FTA 추진현황

구분	국가/협정명	추진경과	비고
발효 (11건)	칠레 FTA	발효(2004.4.)	
	싱가포로 FTA	발효(2006.3.)	
	EFTA FTA	발효(2006.9.)	- 유럽자유무역연합(EFTA: European Free Trade Association) : 스위스, 노르웨이, 아이슬란드, 리히텐슈타인 등 4개국
	ASEAN FTA	상품협정 발효(2007.6.) 서비스협정 발효 (2009.5.) 투자협정 발효(2009.9.) 한·ASEAN FTA업그 레 이드 추진 위한 국내 공 청회 개최(2013.5.)	
	인도 CEPA	발효(2010.1.)	
	EU FTA	공식서명(2010.10.) 잠정발효(2011.7.)	
	페루 FTA	발효(2011.8.)	
	미국 FTA	발효(2012.3.)	
	터키 FTA	발효(2013.5.) 서비스·투자 5차 협상(2013.11.)	
	캐나다 FTA	발효(2015.1.)	
	호주 FTA	발효(2014.12.)	
서명 및 타결 (4건)	뉴질랜드 FTA	정식서명(2015.3.) 국회 비준동의안 제출 (2015.6.)	
	베트남 FTA	정식서명(2015.5.) 국회비준동의안 제출 (2015.6.)	
	콜롬비아 FTA	서명식 개최(2013.2.) 국회비준 동의 완료 (2014.4.)	

구분	국가/협정명	추진경과	비고
서명 및 타결 (4건)	중국 FTA	타결(2014.11.) 정식서명(2015.6.), 국회 비준동의안 제출 (2015.6.)	
협상 중 (7건)	한·중·일 FTA	제7차 수석대표협상 개최(2015.5.)	- 3국 투자보장협정 서명 (2012.5.)
	RCEP	제4차 협상(2014.4.) 관세 자유화율 합의 목표(2014.8.) 협상 타결 목표(2015)	
	인도네시아 CEPA	협상 개시선언(2012.3.) 제7차 협상(2014.2.) 상반기 타결 가능성 높음(2014)	
	GCC FTA	협상 개최(2009.7.) 원산지, 서비스 회기간 회의(2009.11.)	
	멕시코 FTA	제2차 협상(2008.6.)	
	일본 FTA	제3차 과장급 실무협의 개최(2012.6.)	
	TPP	캐나다, 호주, 브루나이, 뉴질란드, 베트남 등과 에비 양자협의(2014.2.) 일본 에비 양자협의 (2014.3.)	
추진 검토 (7건)	MERCOSUR FTA	공동연구 최종연구보고 서 채택(2007.10.) 한·MERCOSUR TA 추 진 협의 MOU체결 (2009.7.)	- 남미공동시장(MERCOSUR: Mercado Comun del Sur): 브라질, 아르헨티나,파라과 이, 우루과이,베네수엘라 등 5개국
	이스라엘	민간공동연구 개시 (2009.8.) 공동연구 종료(2010.8.)	
	중미	공동연구 개시(2010.10.) 공동연구 종료(2011.4.)	- 중미5개국: 파나마, 코스타 리카, 과테말라, 온두라스, 엘살바도르

구분	국가/협정명	추진경과	비고
추진 검토 (7건)	말레이시아 FTA	타당성 연구 완료 (2012.12.)	
	SACU FTA	민간공동연구 개시 합의 (2008.12.)	
	몽골 FTA	민간공동연구 개시 합의 (2008.10.)	
	러시아 BEPA	제2차 BEPA 공동연구 그룹 회의(2008.7.)	- 양국 간 경제동반자 협정 (BEPA, Bilateral Economic Partnership)

* 출처: 이혜연, 명진호, 제현정, 문슬기, 안병선(2014.3.), pp.2-4. 참고하여 재작성.

한국은 이러한 원칙에 기반하여 농업분야에서의 민감품목에 대해서는 신중한 태도를 보이고 있는데, 이에 국내 산업에 대한 보호정책을 강화하고 있다. 이런 측면에서 봤을 때 한국의 FTA 추진은 소극적 부분이 있다는 것을 부정할 수 없다. 그러나 민간분야에 대한 보호정책은 국내시장 안정화를 위하여 필요한 수단이지만 FTA는 국가와 국가 상호간의 이익을 추구하는 협정이므로 장기적인 이익이 더 중요한 것이다.

이에 따라 한국은 FTA를 통해서 기본적으로 시장의 활성화 확보, 경제성장, 더 나아가 지역 간의 FTA 체결은 지역안보강화, 지역 간 협력관계 구상에 있어서 큰 목표를 기대할 수 있을 것이다. 특히 한국은 아시아 국가 간의 FTA를 통해서 동아시아 지역 관계 속에서 자국의 중요한 역할을 수행하기 위해 적극적으로 주변국과의 FTA를 추진해 나가면서, 이런 과정을 통해 자국의 국제지위를 확보하려는 목표를 삼고 있다.

┃ 4.3. 한·중 FTA 추진과정

1) 한·중 FTA 추진배경

21세기 국제통상환경의 변화에 따라 WTO는 지역 소수 국가들 간의 경제무역관계의 고속 발전에 커다란 기여를 하지 못하고 있다. 따라서 이를 대신할 수 있으며 지역적 경제동맹관계를 목표하는 FTA 협상을 활발하게 추진하고 있다. 중국은 2001년 WTO가입 이후, 고속 경제성장의 길로 나서면서 연평균 약10.5%의 GDP 증가율을 달성했다.

또한 2002년부터 중국의 무역증가율은 매년 20% 이상 폭발적으로 증가하고 있으며 이에 따라 무역의존도 2001년 38.5%에서 2006년 65.7%, 2010년 67.4% 등 60% 이상까지 크게 높아졌다.[44] 이를 통해 중국이 WTO 가입 이후 경제, 무역측면에서 높은 성장률을 기록했다는 사실을 알 수 있다. 중국은 경제적으로 급속도로 성장하는 동시에 대외적으로는 지역협력에 대한 새로운 인식을 형성하고 있다. 이는 FTA를 통해서 세계무역시장에 진입하고 주변국가와의 협력관계까지 확보하기 위한 것이다. 중국은 지속적인 경제발전을 추진하고 있으며 FTA는 중국의 새로운 외교 전략이라 볼 수 있다. FTA를 통해서 국내정치, 경제발전의 안정화를 도모하고, 외교안보 관계를 확립하기 위한 것이다. 이러한 기반 하에서 중국은 주변국과의 FTA 추진에 있어 적극적인 자세를 보인다.

그 중에서도 한국과 중국은 한·중 수교 이후, 양국의 정치경제 관계가 밀접해지면서 한·중 FTA의 추진에 적극적으로 나서게 된 것이

---

44 문철주, 김주원, 「한·중 FTA의 배경 및 효과에 대한 연구: 재중한국기업들을 중심으로」, *The Society of China Culture in Korea*, Vol. 34, 2011, p.197.

다. 현재 중국은 한국의 제 1의 무역대상국이며 수출시장이다. 한국은 한·중 FTA를 통해서 거대한 중국시장에 진출하여 경제적 이익을 확보해 나갈 것이다.

한국 측은 자동차, 화학 또한 금융, 서비스 등의 분야에 높은 관심을 가고 있다. 반면에 중국은 농수산 분야에서 우위를 점하고 있으므로 한국의 농산물시장에 큰 관심을 가지고 있다. 무엇보다 양국 산업발전 불균형 등의 문제로 인하여 FTA 협상과정에서 극복해 나가야 할 사항들이 적지 않다. 특히 한국 측은 농업 분야에 대한 우려가 가장 크기 때문에 대책을 세우는 것이 필수적이지만, 중국과 합의를 하는 것 또한 중요할 것으로 예상된다. 그럼에도 불구하고 한·중 양국은 FTA를 통해서 경제, 정치, 외교 등 공동 이익을 추구함으로써 양국의 FTA를 발전시켜 나갈 것으로 보인다.

2) 한·중 FTA 추진과정

한·중 FTA의 추진과정을 살펴보면 한국과 중국은 2004년 11월 양국 정상회담에서 2005년부터 민간 공동연구의 추진을 합의하였다. 양국은 민간 공동연구를 통해서 FTA의 추진정책, 거시경제적 효과, 경쟁력 분석 결과를 발표하고 한·중 FTA의 심층적 연구를 위해 산관학 공동연구의 필요성을 도출했다. 이와 더불어 2007년부터 2010년까지 산관학 공동연구를 진행했다.[45] 그 이후 정부 간 협상방식을 단계적으로 채택했다.[46] 한·중 FTA 1단계의 협상과정은 2012

---

45 한·중 FTA 산관학 공동연구 보고서는 7개 항목으로 구성, 한·중 FTA의 부문별 영향, 양국 법, 제도 현황 분석과 한·중FTA 협상 관련 권고 등이 주요 내용이다. 기본 원칙은 ① 포괄성, ② 실질적 자유화, ③ WTO규범과의 합치성, ④ 민감부문 고려, ⑤ 지속가능한 개발 등이다.

년 5월에 시작해서 7차례의 협상을 통해서 2013년 9월에 1단계 모델리티(Modality) 협상을 마무리 했고, 2단계 협상은 13년 11월부터 시작해서 7차례의 협상을 했다. 2014년 11월 10일에 중국 베이징에서 개최된 한·중 정상회담에서 양국정상은 한·중 FTA 협상이 실질적으로 타결되었다고 공식 선언을 발표했다 한·중FTA는 제14차 공식 협상을 통해서 FTA의 핵심문제에 대한 최종 합의를 도출하면서 양국 통상장관 (한국: 윤상직 장관, 중국: 高虎城 부장)이 '한·중 FTA 합의의사록'에 서명하였다.

한·중 FTA의 구체적 추진과정은 외교통상위원회에서 나온 자료를 중심으로 아래와 같이 정리를 했다.

〈표 7〉 한·중 FTA의 주요 추진경과

- 2005년 7월-2006년 9월: 민간 공동연구 진행.
- 2007년 3월-2010년 5월: 산관학 공동연구 진행.
- 2010년 9월-2012년 4월: 정부 간 사전 실무협의 진행, 민감 분야 보호를 위해 단계별 협상방식 채택.
- 2012년 1월9일: 한·중 정삼회담 베이징에서 협상 개시 합의 후, 국내 절차 추진.
- 2012년 5월(1차 협상, 中베지징): 협상운영세칙(TOR: Terms of Reference) 확정, 무역협상위원회(TNC: Trade Negotiating Committee) 설치.
- 2012년 7월(2차 협상, 제주도): 상품분야 품목군에 대한 정의와 기준에 대한 논의 개시, 서비스와 투자 분야 작업반 개최.
- 2012년 8월(3차 협상, 中웨이하이): 상품을 민감도에 따라 일반·민감·초민감 품목군으로 구분.
- 2012년 10월-11월(4차 협상, 경주): 비관세 장벽 및 무역구제 분야에 대한 논의 개시.
- 2013년 4월(5차 협상, 中하얼빈): 서비스·투자 모델리티의 핵심 요소 에 대한 의견 교환.
- 2013년 7월(6차 협상, 부산): 상품 모델리티 및 협정 대상 및 범위 등에 대해 상당한 진전.

---

46 1단계는 모델리티이며, 2단계는 협정문 및 시장접근이다.

- 2013년 9월(7차 협상, 中웨이팡): 모델리티(협상기본지침) 합의, 1단계 협상 마무리.
- 2013년 11월(8차 협상, 인천): 상품은 양허 및 협정문 협상을 동시에 진행, 원산지, 통관 등 여타 분야는 협정문안 협의.
- 2014년 1월(9차 협상, 中시안): 상품분야 양허수준 및 서비스, 투자 분야 자유화 방식 협상.
- 2014년 3월(10차 협상, 일산): 상품분야 양허수준 및 서비스/투자 분야 자유화 방식 협상.
- 2014년 5월(11차 협상, 中쓰촨성): 상품분야 2차 양허안을 교환하고, 양측 핵심 관심품목에 대해 2차 양허요구안 교환. 서비스 분야는 1차 양허 요구안을 교환하고 상호 관심분야에 대한 의견 교환.
- 2014년 7월(12차 협상, 대구): 서비스·투자분야 자유화 방식(韓 네거티브 vs. 中 포지티브)에 대한 원칙적 합의 도출.
- 2014년 9월(13차 협상, 中베이징): 상품분야 집중 협의를 진행하여 잠정종합 패키지(안) 교환.
- 2014년11월(14차 협상, 中베이징): 6개 분야 잔여쟁점 집중 논의→2단계 협상 마무리.
- 2015년2월: 한·중 FTA 가서명.
- 2015년6월(서울): 한·중 FTA 정식서명.
- 2015년6월: 한·중 FTA 국회 비준동의안을 제출.

* 출처: "한·중 FTA 개요 검토," 국회 외교통상위원회(2015.3.), p.3.참조 재작성.

한·중 FTA의 진행과정은 2005년 민간 공동연구로 시작하여, 2012년 5월에 첫 번째 협상을 진행한 이후 2014년 11월까지 협상을 마무리 했다. 한·중 양국은 11월 10일에 정상회담에서 협상의 '실질적 타결'이 되었다는 공식 선언을 하였다.

또한 양국은 FTA 실질 타결 이후 2015년 2월 25일에 한·중 FTA 협정문 영문의 가서명을 완료하였다. 양국은 2015년 6월 1일에 FTA 협정문의 정식 서명을 하였으며, 6월 4일에 국회 비준동의안을 제출 했다.

05
중국의 한·중 FTA
추진요인과 성격

5.1. 경제적 요인

한국과 중국은 2012년부터 FTA 협상을 본격적으로 시작하여 14 차례의 협상과정을 통해 2014년 11월에 FTA 협상을 실질적으로 타결하였으며, 2015년 6월에 정식서명을 하였다. 현재 중국은 한국의 최대 수출입 무역국이며, 한국은 중국의 제 3위 수출국 제 2위의 수입국이다. 이는 한중 양국은 긴밀한 무역관계를 유지하고 있으며, 매우 밀접한 경제관계를 형성하고 있다는 것을 보았다.

〈표 8〉 한·중 양국 투자현황

(단위: 억불, %, 건수)

구분	2003	2004	2005	2006	2007	2008	2009	2010	2011	2012	2013	2014	누계
중→한	0.5	11.6	0.7	0.4	3.8	3.4	1.6	4.1	6.5	7.3	4.8	11.9	53.5
(비중,%)	(0.8)	(9.1)	(0.6)	(0.3)	(3.7)	(2.9)	(1.4)	(3.2)	(4.8)	(4.5)	(3.3)	(6.3)	(2.3)
(건수)	(522)	(596)	(672)	(332)	(363)	(389)	(537)	(616)	(405)	(512)	(402)	(525)	(8,738)
한→중	28.8	37.2	36.7	45.3	71.0	49.1	27.3	44.4	47.7	65.3	48.0	22.6	634.1
(비중,%)	(44.3)	(41.5)	(37.9)	(23.3)	(23.7)	(13.3)	(8.8)	(12.9)	(10.5)	(16.5)	(13.7)	(9.9)	(16.3)
(건수)	3,150	4,007	4,658	4,701	4,602	3,309	2,121	2,297	2,208	1,854	1,875	1,196	49,695

* 출처: "한·중FTA 협상 결과 및 향후 계획," 산업통상자원부 국회 보고자료(2015.3.13.)
* 자료: 산업통상자원부, 한국수출입은행(신고금액기준)
** '중→한' 누계는 '65~'13, '한→중' 누계는 '88~'13 누적기준, 비중은 전세계 대비 신고금액 기준
*** '14년 중→한 투자증가는 제주도 관광레저, 문화컨텐츠(게임산업) 투자에 기인
**** '중→한'은 `14년말 기준, '한→중'은 `14.9월말 기준

무역관계, 특히 지역 간의 무역은 회원국 간의 자유무역 최대화, 자국의 상대적인 우수한 산업의 생산과 수출을 통해서 경제이익을 극대화한다는 기본 목적을 가지고 있다. 한중 양국은 지리적으로 인접한 지리적 우월성, 경제구조상의 상호보완성 등을 가지고 서로의 기술을 수용하기에 용이한 편이다. 이를 통해서 중국은 한국과의 FTA를 체결함으로서 한국의 선진 생산기술을 수용할 수 있고, 경제발전의 경험을 얻을 수 있다. 또한 한국의 성공적인 경제제도를 도입하며 자국의 경제발전을 이끌어 나갈 수 있을 것이다. 즉, 다른 선진국과 비교해 봤을 때 한국과의 FTA 추진은 상대적으로 용이하고 이를 통해서 자국 경제산업의 발전이 가능해진다.[47]

---

47 이충배, 노진호, 서윤희, 「한·중 FTA의 경제적 효과와 양국의 FTA추진전략 비교」, 「관세학회지」 제12권 1호, 2011, pp.211-235.

중국 국무원발전연구중심(國務院發展硏究中心), 한국의 대외경제 정책연구원은 한·중 FTA의 가능성 및 정책 제안에 대하여 각각 연구보고서를 발간하였다. 각국의 연구결과에 따라 중국 측은 한·중 FTA가 체결되면 중국이 0.5%의 GDP 성장률을 달성할 수 있으며, 한국은 5%의 GDP 성장률을 달성할 수 있다고 제시하였다. 한국 측에서는 한국에게 3%의 GDP 성장률을 가져다 줄 것이라는 결과가 발표되었다.[48] 연구결과에 따르면 중국보다 한국이 GDP 성장에 있어 더 큰 영향을 받을 것이지만 한·중 FTA의 체결은 양국에게 공동이익을 가져다 줄 것이 분명하다.

중국은 2001년에 WTO에 가입하면서 관세를 인하하고 통상제도를 개선하는 길로 나섰다. 1997년에 중국의 평균관세율은 23%였으나, 2001년에 3,462개 품목에 대한 관세를 인하함으로써 관세율을 15.3%까지 낮추었다. 2003년도에는 3,019개 품목에 대한 관세를 인하함으로써 평균 관세율 11%를 달성하였다.[49] 2010년에 들어와서 중국의 평균 관세율은 약10%로 변화하였다.

2010년도 중국의 관세율을 예로 들면 그 중에서도 농업의 평균 관세율은 15.7%, 비농업 관세율은 9.2%이었다. 수입 농업 물품 중에서 관세율이 상대적 높은 산업은 설탕, 곡물, 솜, 음료, 담배 등이 있으며 각각 평균 20%가 넘는 관세율을 가지고 있다. 비농업 산업에서는 의류의 평균 관세율은 16%으로 제일 높은 수준이다. 반면에 한국의 평균관세율은 16.6% 수준이다. 농업품의 평균관세율은 55.9%의 높은 관세율을 가지고 있으나 비농업품의 관세율은 1.2%에 불

48 高鶴, 王巖, 「FTA框架下中韓貨物貿易結構與經濟效應分析」, 『對外經貿實務』第4期, 2014, p.29.
49 정인교, 「한·중 경제성장 및 경제교류의 평가와 재조명」, 인하대학교 정석물류통상연구원 학술회의 발표논문. 2014, p.191.

과하다. 그 중에서 농업관세율이 높은 품목은 곡물(161.1%), 커피와 차(74.1%), 유제품(69.8%), 청과물(63.6%) 등이 있다. 비농업품 중에서 의류(28.4%)와 방직품(16.5%)의 관세율은 상대적으로 높은 편이다.[50] 특히 한국의 평균관세율은 중국에 비해서 상대적으로 높은 수준이다. 농업분야에서는 중국에 비하여 한국의 수입관세가 상당히 높으며, 비농업분야에서는 중국이 한국에 비하여 높은 관세율을 보여주고 있다. 이는 한국이 농업분야에서는 취약한 반면 중국은 농업부문에서는 높은 경쟁력을 가지고 있는 것으로 볼 수 있다. 결국, 관세장벽수준에 따라 부문별로 각국의 산업경쟁력에 있어서 차이가 발생한다는 것을 알 수 있다. 이것은 한·중 양국이 FTA를 체결할 때 각국의 산업적 특징에 따라 직면하게 될 문제이다. 그럼에도 불구하고 한·중 양국은 상대적으로 우월한 무역부문과 상대적으로 취약한 무역부문에 있어서 차이가 존재하기 때문에 상호보완이 가능해지므로 양국은 FTA를 통해서 경제적으로 상호 이득을 추구할 수 있다.

즉, FTA 체결 이후의 경제효과를 분석해 볼 때, 한·중 양국은 첫째, 한·중 양국의 경제성장을 이끌어 낼 수 있다. 둘째, 양국의 산업구조를 확대할 수 있다. 셋째, 양국 간 투자 및 협력 관계를 증진시킬 수 있다. 넷째, 동북아 지역의 경제 협력을 추진할 수 있다.[51] 다시 말해, 한·중 양국 산업구조의 보완성이 존재함으로 인해 한국은 중국의 넓은 시장, 풍부한 자원, 저렴한 노동력을 이용해서 자국의 이익을 창출할 수 있다. 반면 중국은 자국의 커다란 시장과 자원을 이용하여 한국으로의 수출을 확대할 수 있다. 또 중국은 한국의 선진 기

---

50 趙金龍, 程軒, 高鐘煥, 「中日韓FTA的潛在經濟影響研究-基於動態遞歸式CGE模型的研究」, 『國際貿易問題』 第二期, 2013, p.60.
51 高鶴, 王巖, 2014, pp.31-32.

술을 도입해서 국내 산업의 기술력을 발전시켜 나갈 수 있다. 뿐만 아니라 동북아 중심국이 된 한국과 중국은 FTA를 통해서 지역경제 발전을 확보해 나가는 추진력이 될 것이다.

5.2. 정치적 요인

한·중 FTA의 추진은 단순히 무역이익창출과 같은 경제적인 후생효과의 측점에서만 볼 수가 없다. 지역경제통합을 통해 중국은 주변 국가와의 상호의존 관계를 강화하면서 역내 주도권의 자리를 모색하고 있다. 경제적인 이익보다도 지역 내의 외교, 안보에 중점을 두고 FTA를 추진해 나가고 있는 것이다.

중국이 FTA를 추진하는 정치적 요인은 먼저 중국의 개혁개방 이후 뚜렷하게 나타나는 외교정책의 변화를 통해서 알아볼 수 있다. 중국은 개혁개방 이후 경제발전을 목표로 내세우면서 사회주의 시장경제체제를 확립하고 있다. 이를 달성하기 위해 평화적인 국제환경을 필요로 하며, 후진타오 시대에 들어오면서는 '평화굴기' 라는 외교정책으로 국내외의 평화적 발전질서를 도모하고 있다. 이처럼, 중국은 주변 국가와 경제관계를 맺음으로써 정치관계까지도 안정화하는 것을 목표를 하고 있다. 중국은 대내외적인 강국으로 성장해 나가는 동시에 다자간 외교의 중요성을 인식하여 이를 목표로 주변 국가와의 국제경제관계를 활성화하고 있다.

중국의 한·중 FTA를 적극적으로 추진하려는 경제 외적인 요인, 즉 정치적인 요인을 분석하면 다음과 같다. 첫째, 중국은 한·중 FTA를 통해서 평화롭고 안정적인 주변 국제환경을 모색하려는 것이다.

둘째, 한·중 FTA를 통해서 중국의 한반도 영향력 확보하려는 것이다. 셋째, 한반도의 안정성을 확보하고 이를 바탕으로 동아시아 지역협력관계를 강화하려는 목표를 세우고 있다.[52] 즉, 위에서 분석하고 있는 것과 같이 중국은 개혁개방 이후 경제발전의 중심을 두면서 주변국가와의 우호관계 형성을 매우 중요한 과제로 삼고 있다. 주변국가와 평화로운 경제관계를 맺으며, 국내 고도경제성장의 길을 모색하고 있는 것이다. 또한 미국과 같은 대국에 대응하기 위하여, 한반도에서의 영향력 확보에도 중요성을 느끼고 있다. 한반도의 안정성 확보, 자국의 한반도 영향력 강화를 위하여 한·중 FTA가 분명히 필요한 것이다. 더 나아가 지역주의 형성을 통해 동아시아 지역협력관계까지 확보하는 것을 의도하고 있다.

무엇보다, 역내 국가 간의 FTA 협상은 세계경제발전 흐름을 고려할 때 그 필요성이 분명히 나타나고 있다. 하지만 그 이전에 타결 가능성이 높은 다자간의 FTA 체결은 지역안정성, 지역통합의 최종적 목표를 위한 중요한 중간 다리의 역할을 하고 있다. 이에 비해 양자간의 FTA 형성은 지역협력 강화에 있어서 매우 효과적인 방법이다. 그리고 중국이 동아시아에서 자국의 영향력을 확보하는데 있어서 주변국가와의 FTA같은 무역관계 형성이 중요한 역할을 하게 될 것이다. 중국은 경제발전과 동시에 정치적으로도 국제지위를 높이면서 다른 국가와의 정치, 외교관계를 확보하는데 큰 의미를 갖고 있다.

한·중 FTA에 대해 중국은 한국이 지닌 지경학적, 지정학적 취약 부분을 고려해 적극적으로 나서고 있다. 중국에 비해 한국은 넓은 시장을 갖고 있지 않지만 지리적으로 아시아국가중인 한국은 중요

---

52 전병곤, 「중국의 한·중 FTA 추진의도와 정치외교적 영향」, 『중국연구』제41권, 2007, pp.338-340.

한 지리적 역할을 갖고 있다. 이는 미국과 일본 등 선진국과의 정치적 대응력을 제고시킬 수 있다. 특히 미국과 일본은 동아시아 지역에서 강한 영향력을 유지하고 있다. 대국으로 성장하는 중국에게 역내 협력관계의 확장은 미국의 동아시아 영향력 확보를 억제하는 수단이 될 수 있다. 또한 한국의 입장에서는 중국과 북한에 관계에도 불구하고 한중협력의 심화 자체로 중국의 북한에 대한 태도에 영향을 미칠 수 있게 된다.

한·중 양국의 FTA 체결은 경제관계의 긴밀화와 더불어 정치적 우호관계를 더욱 심화시킬 수 있다. 그 결과, 한·중 FTA를 바탕으로 양국은 정치적 '절대적 이익'을 추구하게 될 것이다.

5.3. 한·중 FTA 추진의 전략적 특징

1) 지역통합 및 미국(美國)에 대한 대응

세계경제가 활성화되고 발전되면서 지역경제발전의 필요성이 뚜렷하게 나타나고 있다. 이에 따라 지역경제통합은 발전의 필연적인 추세이다. FTA는 1990년대에 들어와서 세계적으로 확산해 나가고 있으며, WTO보다 무역관계 형성 가능성이 매우 높고 국가와 국가, 세계경제와 정치의 관계를 긴밀하게 촉진시키고 있다. 또한 국제무역과 경제협력관계 속에서 국가는 자국의 경제수준 정도 그리고 필요성에 따라 FTA를 통해서 추구하는 경제와 정치적 분야에서의 목적이 각각 다르다. 중국의 FTA 발전은 2000년대 이후 본격적으로 시작되었는데, 단계별로 구분해보면 첫번째 시기는 시도하는 단계였다. 즉, 1991년부터 2000년까지이다. 두 번째 시기는 추진하는 단계였다. 이는 2000년부터 2007년까지이다. 세 번째 시기는 성장하는 단계로 2007년부터 현재까지 이다.[53] 1991년부터 중국의 지역경제 협력관계에 대한 인식이 높아지면서 1991년 APEC(아시아태평양경제협력체)에 가입하였다. 2000년대에 들어와서 ASEAN의 지역경제 통합의 구상이 시작되었고 중국이 지역경제통합 FTA 전략을 본격적으로 시작하고 특히 2007년 10월에 후진타오 주석은 당의 17대 보고에서 "實施自由貿易區戰略, 加强雙邊多邊經貿合作," 즉, 자유무역전략을 시행하며, 양자 또는 다자간에 경제와 무역관계를 강화해야 한다는 FTA 전략을 제시하였다.[54]

지역 간의 경제협력관계는 FTA를 통해서 양자 그리고 다자간의 경제관계를 형성하면서 아세안 10개국의 자유무역협정(AFTA: ASEAN Free Trade Area), 10+1[55], 10+3[56], APEC, TPP, RCEP 등 다양한 지역경제협력체를 형성하고 있다. 이는 지역협력관계가 긴밀해지면서 중국의 FTA 전략이 ASEAN과 협력관계, 주변국, 그리고 자원이 풍부한 국가와의 경제협력관계를 우선적으로 추진하고 있다는 특징을 보여준다. 중국과 ASEAN의 FTA 체결 이후 경제적 효과를 살펴보았을 때 2002년 중국과 ASEAN의 쌍무무역액은 548억 달러였지만, 2012년 쌍무무역액이 4001억 달러로 증가하여 연평균

53 包艶, 「中國自由貿易區(FTA)戰略演進進程硏究」, 遼寧大學 外國語學院, 遼寧工業大學學報 社會科學版, 第12卷 第6期, 2010, pp.20-21.
54 莊芮, 「亞太區域經濟合作下的中國FTA戰略」, 對外經濟貿易大學, 國家行政學院學報 經濟發展與改革, 2012, p.26.
55 10+1는 브루나이, 인도네시아, 싱가포르, 말레이시아, 필리핀, 태국, 베트남, 라오스, 미얀마, 캄보디아 등 ASEAN 10개국과 한국, 중국, 일본 각국으로 이루어져 정상회의다.
56 10+3는 ASEAN 10개국과 한·중·일 3개국으로 이루어져 정상회의다.

20% 이상의 높은 성장율을 달성하였다. 중국은 ASEAN의 최대무역 상대국이며, ASEAN은 중국의 3번째 무역상대국이다. 이를 통해서 중국은 관세인하를 활용하여 ASEAN 지역의 시장과 자원을 활용하면서 한편으로는 지역경제통합을 추진할 수 있다. 그리고 RCEP와 같은 다자간의 경제무역협정의 형성, 아시아경제발전과 지역경제통합에도 큰 영향을 미칠 것이다. RCEP가 타결이 되면 경제 총규모로 볼 때 약 20만억 달러의 자유무역구의 형성이 예상된다. RCEP는 동아시아 지역경제통합의 하나의 모습이며 동아시아 한·중·일 삼국의 경제공동체의 형성은 동아시아 지역 협력에 있어 주도적인 역할을 발휘하게 될 것이다. 2012년의 분석 결과에 따라 한·중·일 3국의 총 GDP는 14.3만억 달러이며, 세계 GDP의 약 20%를 차지하고 있다. 수출과 수입은 5.4만억 달러정도이며, 세계무역의 약 35%를 차지하고 있다.[57] 이렇게 상당히 높은 경제비중을 차지하는 한·중·일 삼국이 지역경제 협력관계를 형성하게 되면 세계경제에도 큰 영향을 주게 될 것이다. 이러한 동아시아 지역경제협력체의 형성을 통해 동아시아 정치, 외교, 안보가 확보될 것이며 이는 큰 의미를 갖게 된다. 즉, 한·중 FTA의 체결은 경제적 효과를 기대함으로써 체결된다기보다는 중국의 전략적인 구상의 일환으로 체결되는 것이라 할 수 있다. 한국 경제학자들의 예측에 따라 한·중 FTA는 중국에 비해 한국에 더 큰 경제적 영향을 미칠 것이며 이를 통해 중국의 한·중 FTA 체결은 중국의 정치적이고 전략적인 선택이라고 분석하고 있다.

또한 한·중 FTA의 형성은 지역경제협력관계가 강화되고, 특히 세계경제의 중심이 동아시아로 옮겨가면서 강대국인 미국의 시각도

---

57 徐秀軍, 「三大支柱構建中國的區域FTA戰略」, 『世界知識』第17期, 2013, pp.33-35.

아시아로 전환되고 있다. 미국은 2008년 9월부터 TPP에 대한 협상을 본격적으로 시작하였고 이는 미국이 세계강국으로써 아시아 중심의 지역경제 발전 속에서 주도적인 지위를 확보하려는 것을 보여준다. 빠른 속도로 부상하고 있는 중국은 세계 패권국인 미국에 대응하기 위해, 또한 미국이 아시아지역 경제주도권의 확보하는 것을 억제하기 위해 주변국가와 FTA 등의 경제무역관계를 형성하는 것을 매우 중시하고 있다. 중국이 이렇게 지역경제통합을 추진해 나간다면 패권국인 미국과 대결할 수 있는 경쟁력을 갖출 수 있을 것이다.

다시 말해, 중국은 외교노선을 전환하여 지역경제협력을 위해 나서고 있다. 특히, 동아시아가 경제, 정치적으로 그 중요성이 높아지면서 중국은 주변국과의 경제공동체를 매우 중시하고 있으며 동아시아 지역경제협력관계에서 자국의 주도력을 확보하기 위해 적극적으로 노력하고 있다. 또한 주변국과 무역관계의 형성은 자국의 경제 활성화뿐 아니라 외교안보적인 역할이 될 수 있다. 이를 통해서 대국 미국과 경쟁하고, 미국이 동아시아의 주도권을 확보하는 것에 대응하기 위한 중국의 전략적 선택이다.

2) 신흥대국(新興大國)전략

중국은 개혁개방 이후 국제정치, 경제에 대해 새로운 인식을 전환하고 있다. 이에 따라 중국의 외교정책의 변화는 뚜렷하게 보이며 다자주의 외교 노선으로 나아가고 있다. 중국은 세계화(globalization) 흐름 속에서 과거와 달리 신흥대국으로 새로운 부상을 위해 적극적 노력을 하고 있으며, 중국의 경제와 정치적 지위는 높아지고 있다. 특히 중국은 2012년에 시진핑 체제가 들어서면서 대외적으로 대국굴기(大國堀起)의 외교정책을 제시하며, 2020년까지 전면적인 소강 사회(小康社會)를 건설할 것으로 전망하고 있다. 또한 정치적으로 국 제사회에 대한 영향력을 확대하는 목표, 그리고 경제, 사회적으로 산업구조 고도화와 지방정부의 역할 증대, 소득불균형 완화와 지역 개발 등 목표를 제시하고 있다. 이것은 중국의 외교정책은 후진타오 주석의 외교방향을 이어서 한 단계 상승한 것으로 나타나고 있다. 중국은 고도성장한 경제력으로 인해 종합국력을 강화시키며 세계 무대에서 대국으로 주도적 역할을 발휘하기 위해 노력을 하고 있다. 또한 중국은 과거의 도광양회(韜光養晦) 외교정책에서 탈피해 대국굴 기의 외교적략을 세웠다.[58] 중국은 책임 있는 대국의 모습으로 성장해 나면서 세계의 무대에서 영향력을 확보하면서 세계의 경제와 정치에 편입하려고 한다. 이는 중국은 주변국으로 시작하면서 지역협력관계 를 만들어 나가면서 세계정치, 경제의 무대로 진출할 것이다.

이에 따라 한·중 양국의 FTA는 중국이 주변국과의 경제관계가 활성화하며, 동북아 국제정치 문제에 있어서 전략적인 의미를 갖게 된다.

특히 중국의 시진핑 정부와 한국의 박근혜 정부 이후 한·중 양국 관계는 우호적 관계를 유지하고 있다. 한·중 양국관계는 1992년에 국교수립 이후 점진적 발전과정을 거쳐 왔다. 1998년이 '협력 동반 자 관계' 이어서 2003년에 '전면적 협력 동반자 관계'로 변화하였으 며, 2008년에 들어와서 '전략적 협력 동반자 관계'로 발전해 왔다.[59] 특히 양국의 2014년 말 FTA 협상의 실질적 타결은 양국이 '전략적 협력 동반자 관계'의 실천적 의미를 보여주는 것이었다. 한·중 양국

---

58 장정재, 「中國 시진핑 시대 개막과 부산의 과제」, 부산발전연구원, 제176호, 2012, p.1.
59 張鍵, 「中韓關系發展現狀及展望」, 中韓人文交流國際學術硏討會 발표논문, 2013, p.23.

국제관계는 새 정부와 함께 새로운 발전단계로 넘어가면서 동아시아 경제통합의 중요한 시발점이 될 것이라는 전망이다.

중국은 종합국력의 상승과 동시에 국제질서의 새로운 인식을 도출하고 있다. 이는 중국은 '평화와 발전', '다자외교', '화평의 굴기', 등 외교전략으로 평화의 구호를 내세우면서 세계무대에서 부상하고 있다. 또한 전략적으로 책임 있는 대국의 모습을 통해서 주변국, 즉 동아시아 중심으로 국제관계를 강화하면서 지역협력관계를 확대할 것이다. 이를 통해서 중국은 동아시아 책임대국의 위상을 목표를 하고 있다. 그러나 중국은 WTO 가입 이후 적극적으로 국제제도에 참여하고, 보편적 국제규범을 수용하고 있다. 미국은 중국의 부상을 미국의 패권지위를 위협하는 요인으로 이해하려는 경향이 있다. 즉 '중국위협론'과 미국내 중국의 부상에 대한 부정적 인식은 이를 반영한다. 그러나 이와 달리 중국은 강대국과 더불어 우호협력 관계를 발전시켜다는 외교정책을 강조하고 있다. 중국이 다양한 국제기구에 가입하고, 국제제도에 참여하는 등 다자외교 무대에서의 적극적 태도는 국제지위를 확보하려는 의지를 보여주는 것이다.

중국은 갈등과 전쟁은 치르지 않은 평화로운 국제환경 속에서 강대국으로 성장하며 세계무대에 진입하려는 최종 목표를 삼고 있다. 이를 달성하기 위해 중국은 고도성장해 나가는 경제력을 바탕으로 다양한 국제제도에서 적극적 참여와 주도적인 역할을 요구받고 있다. 제도를 통해서 국제관계를 형성시키고 협력을 통해서 지역정치 경제를 강화하는 것이다. 그리고 이 과정에서 불가피한 절차적, 규범적 문제가 발생할 수도 있지만 이를 회피하지 않고 적극적 참요와 해결책을 내세워 세계를 이끌어 나갈 수 있는 능력을 모색하고 있다.

06
결 론

탈냉전 이후 세계의 무역 및 경제질서는 GATT 체제에서 WTO로 대체되었다. 그러나 WTO 체제는 도하개발 아젠다(DDA: Doha Development Agenda)에서 논의하기로 한 지적재산권 및 농수산물 등 민감성이 높은 분야를 포괄하고 있지 못하고 있을 뿐만 아니라 다자구조가 지닌 비효율성을 보여 왔다. 따라서 효율성이 높은 양자 간 FTA가 선호되고 있는 추세를 보이고 있다. 한국과 중국은 포괄적이고 완전한 타결이 지체되고 있는 WTO 체제보다는 국가 간 경제협력의 수준을 제고시킬 수 있는 FTA 정책을 선택하고 있다. 이러한 양국의 경제협력선호 배경은 경제적, 외교적 측면에서의 공동이익이 합의에 도달하기 쉽다는 인식에 따른 것이다. 중국은 개혁개방 표방 이후 경제적 부상이 두드러진 2000년대 이후 무역의존도가 높은 한국과의 FTA를 적극적으로 모색해 왔다.

그런데 중국의 FTA 전략은 보다 본질적인 외교전략에 근거하고 있으며, 개혁개방이 시작된 1978년 중공 11기 3중전회 이후의 대외정책의 흐름 속에서 찾을 수 있다. 중국의 외교원칙은 기본적으로 1953년 저우언라이(周恩來)가 인도를 방문 당시 제시한 '평화공존 5

개항 원칙'에서 기인한다. 즉, 상호주권 존중과영토보전(互相尊重主權和領土完整), 상호불가침(互不侵犯), 내정 불간섭(互不幹涉內政), 호혜평등(平等互利), 평화공존(和平共處)의 원칙이다. 중국은 이러한 기본적인 외교원칙을 바탕으로 개혁개방 이후 전면적인 외교관계 수립을 본격화 해왔다. 특히 덩샤오핑 초기 도광양회의 소극적인 외교정책을 지속해 오던 중 1990년대 이후 경제성장이 급속히 이루지면서 적극적인 외교노선으로 변모하였다. 후진타오 시기에는 '평화발전론'을 내세우면서 중국이 앞으로 주변국들과의 갈등을 최소히고, 평화적으로 발전해 나갈 것이라데 강조점을 두었다. 이와 같은 1990년대 이후 중국 외교정책의 변화는 쟝쩌민의 '신안보관', 후진타오의 '화평굴기'로 대표되었다. 이 두 가지 외교정책이 지닌 공통적 특징은 다른 국가와의 협력에 대한 강조이다. 실제 쟝쩌민 이후 중국은 외교적인 측면에서 다자주의에 중점을 두면서, 동아시아의 강대국으로서 세계무대에 본격적으로 등장하였다. 시진핑 이후의 '신형대국관계'는 미국과의 긴장 관계를 완화하고 책임 있는 대국의 모습을 보여주는 것을 목표로 하고 있는 있다. 이는 쟝쩌민, 후진타오 대외정책과 맥락을 함께하고 있는 것이다. 시진핑 시대 중국의 대외정책의 목표는 국제질서에 적극적으로 편입하여 WTO, FTA 같은 국제제도에 적극적으로 참여하는데 있다. 나아가 세계국제질서 속에서 지역주의의 확산의 일환으로서 동아시아 지역경제공동체를 구상하면서 정치경제적으로 주변국과 정치경제적으로 더욱 긴밀한 관계를 맺고 있다. 양자간 FTA가 경제협력의 지역적, 세계적 확대의 촉진제가 될 수 있다는 측면에서 한·중 FTA의 추진은 중국에게 큰 의미를 갖게 되며, 따라서 중국은 한국에 비해 FTA를 보다 적극적으로 추진하려는 자세를 보이고 있다. 이처럼 중국이 한국과의 FTA

체결에 큰 기대를 걸고 있는 것은 한·중 FTA의 전략적 필요성에서
비롯된 것이다. 먼저 중국은 한·중 FTA를 통해서 동아시아 지역협
력체 구상을 실현할 수 있는 발판을 만들 수 있게 된다. 이는 중국이
ASEAN 가입과 동아시아의 강대국인 한국과 일본과의 FTA 체결을
통해서 지역협력강화를 추진하고 있으며 주변국과 적극적으로 정
치, 경제관계를 맺음으로써 동아시아 중심국으로서의 위상을 목표
로 하고 있는 데서 나타난다. 둘째, 미국의 '재균형정책'에 대응하기
위함이다. 냉전 이후 미국은 아시아에 대한 전략을 변경하였다. 냉
전 당시 미국 외교정책은 유럽과 중동 지역에 대한 비중이 상대적으
로 높았다. 그러나 최근 아시아로의 회귀를 내세우며 아태지역에 대
한 관심을 강화하고 있으며, 오바마 행정부 이후 미국의 아시아 중
시 전략은 더욱 본격화 되었다. 미국은 TPP를 통해서 아시아로 진출
하여 동아시아의 주도권을 획득하기 위한 전략을 추진하였다. 이는
중국의 동아시아 전략에 영향을 미치게 되었다. 중국은 아시아국과
의 협력 강화를 위해 FTA를 적극적으로 추진해나가는 한편, 이를
통해서 자국의 무역시장을 확대하고 경제력을 강화하여 종합국력
을 상승시키고 동아시아에서의 영향력을 확대해 나가고 있다. 중국
은 동아시아 지역에서의 주도권을 강화하려는 목표를 가지고 있다.
셋째, '책임 있는 강대국'의 모습으로 세계무대에서 영향력을 행사
하기 위함이다. 중국의 시진핑 국가주석은 제 12기 전국인민대표대
회에서 중화민족의 부흥(復興)이라는 '중국의 꿈(中國夢)'을 역설하
면서 국가적 통합, 인민의 행복, 국가의 현대화, 강력한 군대 그리고
초강대국화를 강조하였다. 이를 통해 중국이 자국의 부상과 동시에
평화적인 국제환경 형성을 위해 노력할 것이며, 국제무대에서 '책임
있는 강대국'으로서 인정받는 것을 목표로 한다는 것을 알 수 있다.

즉, 21세기의 국제질서는 전쟁과 같은 무력적 수단을 통해서 국제사회에서의 지위가 확대되는 것이 아니라 다양한 국제제도의 도입 및 국제질서의 편입에서 비롯되는 협력관계 속에서 국력강화가 이루어지는 것이다. 따라서 중국은 이러한 측면에서 주변국들과 경쟁적인 관계만을 추구하기보다는 장기적으로 더 큰 가치를 추구하면서 협력적인 관계를 중시하고 있다.

한·중 FTA의 추진은 중국에게 국가전략으로써 큰 의미를 가지며, 한국과의 무역관계를 통해서 단순히 경제적 이익만을 추구하기보다는 정치, 지역협력, 지역안보적인 방면에서의 이익을 중시하는 것이라 할 수 있다.

┃ 참고문헌 ┃

〈한국자료〉

김준철, 「중국의 대국전략과 동아시아 지역협력」, 충남대학교 박사학위 논문, 2010.
김종욱, 「무역창출효과와 무역전환효과」, 부산발전포럼, 2005.
란운비, 「한국과 중국의 FTA전략에 관한비교연구」, 전남대학교 석사학위논문, 2012.
마창환, 「FTA 이해와 활용」, 중앙일보 시사미디어, 2010.
뮤철주, 김주윈, 「한·중 FTA위 배경 및 효과에 대한 연구: 재중한국기업들을 중심
    으로」, The Society of China Culture in Korea, Vol. 34, 2011.
박홍석, 「한·중·일 FTA의 가능성과 한계」『국제정치연구』제13집 1호, 2010.
박병철, 「국제평화에 관한 이론적 소고: 신자유제도주의를 중심으로」, 『평화학연
    구』제14권 1호, 2013.
박재영, 『국제정치 패러다임』, 제3판, 파주: 법문사, 2009.
서정경, 원동욱, 「동아시아 지역주의와 중국의 대응전략」, 『한국정치학회보』제43
    집 제2호, 2009.
이건여, 「한·중 FTA의 주요쟁점에 대한 연구」, 숭실대학교 석사학위 논문, 2013.
이해연, 명진호, 제현정, 문슬기, 안병선, 「주요국 FTA 추진 현황과 2014년 전망:
    19개 경제권(69개국)을 중심으로」, 한국무역협회 국제무역연구원, 2014.
이승주, 「FTA의 확산과 동아시아 지역주의의 중층화」, 『한국정치외교사논총』제
    32집 1호, 2008.
이충배, 노진호, 서윤희, 「한·중 FTA의 경제적 효과와 양국의 FTA 추진전략 비
    교」, 『관세학회지』제12권 1호, 2011.
이희옥, 김재관, 주장환, 양평섭, 이홍규, 『한·중 FTA와 동아시아 지역주의』, 서
    울: 풀빛, 2009.
이재기, 『FTA의 이해』, 서울: 한올, 2005.
이창우, 『무한시장 FTA』, 서울: 다만북스, 2005.
주봉호, 「동아시아 지역주의: 현황과 전망」, 동북아시아문화학회 국제학술대회, 2010.
정용화, 박명림, 손열, 조영남, 박인휘, 전재성, 김상배, 『동아시아와 지역주의』, 서
    울: 지식마당, 2006.
전홍택, 박명호, 「동아시아 통합전략: 성장·안정·연대의 공동체 구축」, 한국개발
    연구원, 2010.
정인교, 「한·중 경제성장 및 경제교류의 평가와 재조명」, 인하대학교 정석물류통
    상연구원 학술회의 발표논문, 2014.
정인교, 노재봉, 『글로벌시대의 FTA전략』, 서울: 해남, 2005.
전병곤, 「중국의 한·중 FTA 추진의도와 정치외교적 영향」, 『중국연구』제41권, 2007.
장정재, 「中國 시진핑 시대 개막과 부산의 과제」, 부산발전연구원, 제176호, 2012.
김건우, 「다자간 안보레짐의 한계: 탈쟁전기 유럽 안보협력에 대한 신자유제도주
    의적 접근」, 『한국군사학논집』제68권 1호, 2012.
김진열, 『중국의 FTA협상기본전략과 한·중 FTA』, 서울: 높이깊이, 2010.
한국국제정치학회 중국분과, 『중국 현대국제관계』, 서울: 오름, 2008.
우철구, 박건영, 『현대 국제관계이론과 한국』, 서울: 사회평론, 2004.
윤남헌, 이호철, 『FTA 알고가자』, 서울: 씨스컴, 2003.

유현석, 『동아시아 지역주의: 평화, 번영, 인간안보의 지역적 모색』, 서울: 집문당,
　　2012.
존 베일리스·스티브 스미스·퍼트리샤 오언스 편, 하영선 외 옮김, 『세계정치론』,
　　서울: 을유문화사, 2012

〈중국자료〉

王莉, 「中韓兩國FTA戰略的比較分析」, 東北財經大學 碩士學位論文, 2012.
王珊珊, 「中國雙邊FTA的利益分析及構想」, 東北師範大學 博士論文, 2014.
胡懷心, 「中韓FTA戰略比較硏究」, 貴州財經大學 碩士學位論文, 2014.
劉東虎, 「我國東亞FTA戰略硏究」, 中國中央黨校 碩士學位論文, 2010.
辛正承, 「近期東北亞局勢與韓中關系」 『東北亞論壇』第2期 總第112期, 2014.
高鶴, 王巖, 「FTA框架下中韓貨物貿易結構與經濟效應分析」 『對外經貿實務』第4期, 2014.
趙金龍, 程軒, 高鐘煥, 「中日韓FTA的潛在經濟影響硏究-基於動態遞歸式CGE模型的硏
　　究」, 『國際貿易問題』第二期, 2013.
包艷, 「中國自由貿易區(FTA)戰略演進進程硏究」, 遼宁大學 外國語學院, 遼宁工業大學
　　學報 社會科學版, 第12卷 第6期, 2010.
莊芮, 「亞太區域經濟合作下的中國FTA戰略」, 對外經濟貿易大學, 國家行政學院學報經
　　濟發展與改革, 2012.
徐秀軍, 「三大支柱構建中國的區域FTA戰略」, 『世界知識』第17期, 2013.
張鍵, 「中韓關系發展現狀及展望」, 中韓人文交流國際學術硏討會, 2013 .

〈영문자료〉

Keohane, Robert O., *International Institutions and State Power: Essays in
　　International Relations Theory,* Boulder: Westview Press, 1989.
Ruggie, John G., "International Response to Technology: Concepts and Trends",
　　International Organization, Vol.29, No.3, 1975.
Stephen D. Krasner, "Structural Causes and Regime consequences: regimes as
　　intervening variables," *International Organization,* Vol.36, No.2, 1982.

〈참고사이트〉

한국무역협회, http:// www.kita.net
한국산업통상자원부, http://www.motie.go.kr
FTA종합지원포털, http://www.fta.go.kr
中華人民共和國國家統計局, http://www.stats.gov.cn
中華人民共和國商務部, http://www.mofcom.gov.cn
中華人民共和國海關總署, http://www.customs.gov.cn